MARIE ET MARYA

Paru aux éditions Préludes :

La Vie secrète d'Elena Faber

Jillian Cantor

MARIE ET MARYA

TRADUIT DE L'ANGLAIS (ÉTATS-UNIS) PAR PASCALE HAAS

PRÉLUDES

Titre original :

HALF LIFE
Publié par HarperCollins en 2021.

Couverture : D'après Sarah Brody. © Alexander Spatari / Lupengyu / Getty Images.
© Magdalena Russocka / Trevillion Images.
Photo auteure : © Alan Cantor.

Préludes est un département de la Librairie Générale Française.

ISBN : 978-2-253-08083-1

Pour Gregg, mon amour à travers le temps

Elle est morte   en étant une femme célèbre   qui niait
ses blessures
niait
que ses blessures   provenaient   de la même source que son pouvoir

ADRIENNE RICH

Marie

France, 1934

À la fin, mon univers s'assombrit. Mes os sont fatigués, ma moelle osseuse s'amoindrit. J'ai consacré ma vie entière à la science, mais, aujourd'hui, elle ne m'est d'aucun réconfort.

Mes deux médailles du Nobel ne sont pas là pour me réchauffer ou me tenir la main. Mes *petites Curie*[1] ne peuvent pas me conduire vers un paradis auquel je ne crois même pas, pas plus qu'elles ne peuvent réparer mes os comme elles m'ont permis de réparer ceux des soldats pendant la guerre. Je ne vois plus vraiment l'éclat du tube de radium posé sur ma table de nuit. Le savoir là ne m'aide pas à me sentir mieux. Ma vue a tellement baissé que tout est presque noir.

À soixante-six ans, je suis en convalescence, mes os ne sont plus capables de me porter en dehors de ce lit. Je dors presque toute la journée, mais je continue

---

1. C'est ainsi qu'on appelait les véhicules que Marie Curie a équipés d'unités de radiologie pour aller sur le front pendant la Première Guerre mondiale. (Toutes les notes sont de la traductrice.)

à rêver. Pierre me revient le plus souvent, bien que je ne l'aie pas vu depuis longtemps. Pourtant, lorsque je ferme les yeux, c'est comme si c'était hier, la douleur m'oppresse si fort la poitrine que je cesse un instant de respirer. Puis je me réveille et respire à nouveau. Je ne suis pas encore morte.

Mais Ève est là. Qui m'appelle dans l'obscurité.

Maman, tu as besoin de quelque chose ?

Je rouvre les yeux, et la silhouette que je distingue ressemble plus à une ombre qu'à ma fille cadette. *La fille aux yeux de radium.* Je regrette de ne pas avoir appris à mieux comprendre la musique qu'elle joue au piano. *Il y a autre chose que la science*, voudrais-je lui dire à cet instant. *Joue dans toutes les salles de concert dont tu rêves, trouve un homme qui soit ton égal, et aimez-vous*. Seulement les mots ne sortent pas comme il le faudrait.

Mais oui, je vais te jouer une chanson, dit-elle.

C'est sans doute ce que je lui ai demandé. Car les touches du piano tintent, telles les gouttes de pluie sur le toit en tôle de notre laboratoire ce dernier matin avec Pierre.

Tant de choses se sont passées depuis ; c'est étrange que je repense à cette journée pluvieuse, à ce moment précis. Je ne crois pas à une vie dans l'au-delà ni en Dieu. Après tout ça, je ne crois pas que Pierre sera là à m'attendre quelque part. Mes os enfouis sous la terre deviendront poussière. D'ailleurs, quelle importance, une fois que mon cœur s'arrêtera, que mon cerveau sera privé d'oxygène et que mon esprit aura complètement disparu ? Mon esprit *est* ce que je suis, qui j'étais. Irène et Frédéric poursuivront mes travaux à l'Institut, tout ce que j'ai fait ne sera pas perdu. Voilà qui devrait me suffire, je le sais. Pourtant, d'une certaine manière, il n'en est rien ; mon esprit a encore envie d'un dernier problème scientifique, d'un dilemme de plus avant que je ne disparaisse.

Maman… C'est de nouveau la voix d'Ève.

Des heures ont passé, ou seulement quelques minutes. À moins que ce ne soit des jours. Telle une ombre, ma fille magnifique se penche vers moi. Non, il y a maintenant deux ombres. J'aimerais que l'autre soit celle d'Irène, ma fille aînée, mon cœur, ma compagne, ma confidente. Mais cette ombre, beaucoup plus grande qu'Ève, est trop imposante.

Quelqu'un est venu te voir, murmure-t-elle. *Il dit que vous avez été amis en Pologne, il y a longtemps.*

Il ?

L'ombre se transforme en un souvenir. Comme mon odorat ne m'a pas encore abandonnée, j'inspire profondément : menthe poivrée et tabac de pipe. Puis viennent la rivière gelée à Szczuki, les pommes de pin et les sapins le long de la route où nous nous promenions tous les deux.

Marya… Qu'il prononce mon prénom de naissance me surprend après qu'on m'a appelée Marie pendant une quarantaine d'années. À moins que je ne me souvienne de la façon qu'il avait de le dire à l'époque, quand il m'a demandé de l'épouser au bord de la rivière.

Nous étions alors très jeunes, n'avions rien d'autre que nos sentiments l'un pour l'autre. Jusqu'à ce jour où nous n'avons même plus eu cela et où, le cœur brisé, je suis partie de Szczuki. Kazimierz Zorawski appartient à une autre vie.

Marya… Il le redit. Il a dû s'asseoir dans un fauteuil près du lit, car, au moment où j'ouvre les yeux, son ombre me paraît plus petite, plus proche. En sentant le poids de sa main sur la mienne, je sais. Je sais que c'est *sa* main, la sensation est la même après toutes ces années. J'ai à nouveau vingt-deux ans, je patine sur la rivière à en avoir le tournis et je ris. C'est ridicule, puisque scientifiquement impossible. Mes os sont quasiment réduits en poussière. Je suis incapable de me lever de ce lit.

Pourquoi es-tu ici ? crois-je lui demander. Mais peut-être que je ne dis rien du tout.

La plus grande erreur de ma vie a été de te laisser partir, répond Kazimierz. *J'aurais dû t'épouser.*

Est-ce que ça a été la plus grande erreur de la mienne ? À quoi aurait ressemblé une vie avec Kazimierz ? Tout aurait-il été différent ?

Je ferme les yeux. Et j'imagine.

Marya

Pologne, 1891

J'emballai mes affaires dans une telle hâte que je voyais à peine ce que je faisais à travers le brouillard de mes larmes et de ma colère. Sortant le peu que je possédais de la commode, je le jetai dans ma valise en essuyant mes larmes d'un revers de main. Peu m'importait de froisser mes robes. Elles étaient usées, et, de toute manière, qui les verrait désormais en dehors de Papa et Hela quand je les retrouverais à Varsovie ? *Pauvre. Indigne.* Abandonnée.

C'était ce sentiment qui me faisait le plus mal, me vrillait le ventre d'une douleur physique. Des années auparavant, Maman et Zofia m'avaient déjà abandonnée, pas par choix mais parce qu'elles avaient succombé à la maladie. Et bien que leur mort m'ait plongée dans une telle tristesse que j'en étais devenue apathique, je n'avais pas éprouvé autant de colère qu'à cet instant. Kazimierz n'allait pas mourir. Il était bien vivant et disait m'aimer. Je *savais* qu'il m'aimait. Pourtant, il m'avait quittée.

« Ce n'est pas mon choix, Marya, m'avait-il dit quelques heures plus tôt. Mes parents ne nous autoriseront pas à nous marier. » Nous marchions sur le chemin qui menait à la rivière, loin du manoir de ses parents à Szczuki, pendant que ses jeunes frères et sœurs, dont j'avais la charge, faisaient la sieste. Kazimierz me tenait par la main, comme toujours lorsqu'on se promenait l'après-midi, et tandis qu'il m'annonçait cette nouvelle épouvantable, prononçait ces mots épouvantables que je ne voulais pas entendre, il me serra la main si fort que je la dégageai aussitôt. « Je n'ai pas le choix, répéta-t-il. Marya, s'il te plaît !

— Tu as le choix, avais-je rétorqué. On a toujours le choix. »

Avant l'arrivée de Kazimierz, c'était cette idée même qui m'avait permis de tenir bon durant les longs mois où j'avais été gouvernante chez les Zorawski. Je ne voulais pas m'occuper d'enfants. Contrairement à ma sœur Hela, je n'appréciais pas leur compagnie. Mon esprit mourait d'envie d'apprendre. Depuis que j'étais à Szczuki, je consacrais mes soirées à m'instruire en autodidacte, et bien qu'à mon arrivée j'aie eu autant de passion pour la littérature, la sociologie et la science, j'avais fini par décider que c'était la science que je voulais étudier à l'université. Or, pour cela, il me fallait gagner assez d'argent pour quitter la Pologne russe, où les femmes n'avaient pas le droit d'être ou de faire quoi que ce soit d'important, et certainement pas de s'inscrire à l'université.

Avant de tomber amoureuse de Kazimierz, j'avais prévu de partir à Paris chez ma sœur Bronya. Elle et moi avions conclu un accord – je travaillerais et lui enverrais de l'argent le temps qu'elle passe son diplôme de médecine, après quoi je viendrais à Paris, et elle travaillerait comme médecin et m'aiderait pendant que j'étudierais à l'université. J'avais pris moi-même cette décision :

je serais gouvernante jusqu'à ce que j'aie les moyens de faire ce que je voulais vraiment. Et là, Kazimierz, *un homme*, et intelligent en plus, était en train de me dire qu'*il n'avait pas le choix*.

« Que veux-tu que je fasse, Marya ? m'avait-il demandé en se mettant à genoux, comme s'il me suppliait de le comprendre, de lui pardonner – ce que je refuserais. Si je désobéis à mes parents, ils me renieront et…

— Et quoi ? m'étais-je emportée. On sera pauvres ensemble ? Parce que – comment dit ta mère, déjà ? – je suis une fille *indigne* qui ne deviendra jamais rien ?

— Je t'aime, avait-il dit tout bas.

— Vraiment ? » Et voyant qu'il restait coi, j'étais repartie en courant à la maison.

Le reste de l'après-midi, je l'avais passé à sangloter sur mon lit, sans prendre la peine de m'occuper des enfants après qu'ils s'étaient réveillés de leur sieste. Comment pouvais-je continuer à être leur gouvernante en sachant ce que Pani Zorawska pensait de moi ? Et en sachant que Kazimierz était d'accord avec sa mère, que lui et moi ne pouvions pas être ensemble.

Je jetai toutes mes affaires dans ma valise et, dès qu'il fit sombre, je me faufilai hors de la maison dans le silence de la nuit, sans dire au revoir à mes employeurs. Mon sac sur l'épaule, je me rendis à pied au village, où je louai un fiacre qui me conduirait à travers les champs de betterave sucrière s'étendant à perte de vue – le trajet jusqu'à la première gare prenait cinq heures. Tous les roubles que j'avais gagnés me serviraient à payer le cocher, et ensuite le train jusqu'à Varsovie, où je retrouverais mon père et ma sœur Hela. Lorsque j'arriverais chez moi, je serais vraiment sans un sou.

De retour à Varsovie, je restai au lit – qu'ont dû penser mon père et Hela ? *Pauvre Marya, trop menue et trop fragile, destinée à être éternellement désaimée.* Hela était ma sœur la plus proche en âge ; elle avait seulement un an de plus que moi, et comme j'avais toujours été en avance à l'école, on nous avait mises dans la même classe au lycée de filles. Nous étions un peu comme des sœurs jumelles, d'ailleurs c'était à elle que j'avais écrit ces dernières années pour parler de Kazimierz et confier le secret que je n'avais dit à personne – nous nous étions fiancés. Cependant, tout ce que je lui dirais en revenant à la maison était que c'était fini, et que je ne voulais pas en parler.

« Marya ! » Hela m'appelait derrière la porte de ma chambre, de sa voix aiguë aussi ravissante qu'un chant d'oiseau. Je voulais aller la rejoindre, m'accrocher à elle comme je l'avais fait étant petite quand notre sœur aînée était morte. Mais l'absence de Kazimierz me pesait tellement que j'en étais incapable. Je me tournai sur le côté et fis semblant de dormir en fermant très fort les yeux.

Hela entra et m'appela encore une fois dans l'obscurité. Je ne répondis pas, ne bougeai pas. « Tu n'es pas la seule », finit-elle par dire avant de s'en aller.

Une partie de moi avait envie de lui demander ce que sa remarque signifiait, l'autre de dormir à tout jamais.

Un après-midi, plusieurs semaines après mon retour à Varsovie, mon père frappa à la porte de ma chambre où, contrairement à Hela, il entra aussitôt. « Il est l'heure de te lever et de te préparer », dit-il.

J'étais d'humeur maussade, léthargique. La faim, ou le dépit, m'avait affaiblie, mais je n'avais aucune envie de me lever, de manger ou de vivre ma vie. « Je n'ai rien à quoi me préparer », maugréai-je. À un moment donné, il faudrait que je me lève et cherche une nouvelle place de gouvernante, une perspective que je n'arrivais pas encore à affronter. Bronya, qui avait presque terminé son diplôme, avait dit que je pourrais emménager avec elle et son nouveau mari à Paris, néanmoins, j'aurais besoin d'argent pour m'inscrire aux cours, et je n'avais rien à mon nom. Je n'étais qu'une sans-le-sou.

« Tu vas bientôt partir à Paris, dit mon père d'un ton joyeux en ouvrant les rideaux. Il y a beaucoup à faire !

— À Paris ? » Je me redressai et plissai les yeux pour m'accoutumer à la lumière soudaine. « Je n'en ai pas encore les moyens... Aurais-tu oublié que j'ai quitté les Zorawski ?

— J'ai un peu d'argent de côté qui couvrira ta première année d'inscription à la Sorbonne. Tu commenceras les cours en novembre.

— Mais, Papa... Je ne peux pas te laisser faire ça... Tu n'as pas assez d'argent ! »

La Sorbonne. L'idée même me faisait l'effet d'une friandise pour l'esprit, tout mon corps chantonnait, de nouveau bien vivant, comme cela n'était pas arrivé depuis que j'avais quitté Kazimierz au milieu des bois.

« Helena et moi, on se débrouillera. Il faut que tu partes étudier à l'université. Tu es intelligente, Marya, et tu as travaillé si dur pendant tant d'années... Tu le mérites. »

Qui avait raison ? Papa ou Pani Zorawska ? Étais-je une fille intelligente ou une fille indigne ? Mais mon père allait m'aider à partir à Paris. L'idée suffit à me faire sortir du lit.

Je l'embrassai sur la joue. « Merci ! »

Il me serra dans ses bras et m'embrassa sur la tête. « Tu me remercieras en obtenant ton diplôme à la Sorbonne. »

Cette nuit-là, je ne rêvai pas de Kazimierz, ni de ses baisers qui me donnaient l'impression de sentir le soleil sur ma peau lorsque nous traversions la forêt, main dans la main. Je rêvai des beaux laboratoires qui certainement m'attendaient. La rêverie se prolongea le lendemain à mon réveil, me laissant dans la bouche une sensation de douceur comme si je venais de manger un *kolachke*[1] et avais encore le goût de la confiture sur la langue. Paris, à seulement deux trajets en train, m'attendait : c'était tout ce que j'avais toujours voulu.

Enfin, presque.

Le matin de mon départ, mon père proposa de m'aider à porter mes bagages jusqu'à la gare. Hela me dit au revoir sur le seuil de l'appartement, m'expliquant que me faire ses adieux sur le quai serait trop difficile, trop émouvant. Et elle avait raison. Je me sentais déjà au bord des larmes lorsque je parcourus la brève distance avec mon père dans un quasi-silence.

Je n'emportais pas grand-chose, et je n'avais pas vraiment besoin de son aide, mais je n'en fus pas moins heureuse de sa compagnie silencieuse. J'avais juste un tabouret pliant – mon billet de quatrième classe ne donnait pas droit à une place assise – et une valise,

1. Brioche à la confiture.

très lourde, qui contenait surtout des livres en vue du long trajet. Je ne possédais que quelques robes et avais envoyé par fret le reste de mes affaires.

« Prends soin de toi, était en train de dire mon père. Et pense à manger. » Il me trouvait toujours trop maigre. Il est vrai que j'avais tendance à oublier de me nourrir quand j'avais l'esprit occupé à autre chose. Que ce soit Kazimierz ou mes études.

« Ne t'en fais pas ! Bronya y veillera. » Si Hela était ma sœur-jumelle, Bronya était ma sœur-mère. Elle était l'aînée, et extrêmement responsable. Après la mort de notre mère, c'était elle qui avait endossé le rôle maternel à la maison. Même après toutes ces années, même en vivant si loin, son souci pour Hela et moi transparaissait dans ses lettres.

« Tous tes papiers sont en ordre ? » me demanda mon père, bien qu'il l'eût déjà fait avant de partir. Il avait peur que les officiers russes qui contrôlaient la frontière polonaise ne s'intéressent de trop près à une jeune femme voyageant seule et ayant pour patronyme *Sklodowska*. Avant ma naissance, il avait participé à l'insurrection de janvier 1863 contre l'armée russe – c'était à cette époque que nous avions perdu nos biens et étions devenus pauvres. Mais depuis, les Russes avaient eu de multiples autres préoccupations. Les Sklodowski gardaient profil bas, et Bronya avait effectué ce trajet plusieurs fois sans rencontrer aucun problème.

« Tu sais bien que oui, Papa, tu t'inquiètes trop !

— Je ne peux pas m'en empêcher… Je m'inquiète parce que je t'aime, ma chère et douce Marya », dit-il alors que nous arrivions à la gare.

Nous nous arrêtâmes tous deux de marcher, et je le serrai fort dans mes bras. Incapable de retenir plus longtemps mes larmes, j'enfouis ma joue humide dans la laine feutrée de sa veste. Pendant toutes ces années passées à Szczuki, j'avais été séparée de mon père et de Hela, mais là, ce serait différent. Paris était très loin, à quarante heures de train. Et il plaçait tout son argent, toute sa confiance, dans ma réussite à la Sorbonne, chose que nous avions longtemps crue impossible pour moi qui avais grandi en étant à la fois pauvre et femme à Varsovie.

On entendait siffler le train qui approchait. Je m'arrachai à l'étreinte de mon père, ramassai mes bagages et avançai vers le quai. La ville de Varsovie, majestueuse, grise et étouffante, serait bientôt derrière moi. D'un seul coup, je me sentis plus légère, ivre de joie à l'idée de ce qui m'attendait.

Au moment où le train entrait en gare, je crus entendre quelqu'un crier mon nom de l'autre côté de la rue. Je fis comme si de rien n'était, persuadée que j'avais imaginé cette voix, car elle ressemblait à celle de Kazimierz.

Mais je l'entendis à nouveau : « Marya, attends ! »

Je me retournai, et il était là, qui traversait la rue en courant et en agitant les bras. Kazimierz était grand et séduisant, avec un long visage et des yeux bruns ténébreux. Là, il était tout rouge, en sueur et essoufflé. L'air frais de l'automne me frigorifia. Ma peau se transforma en glace. Ma propre voix gela dans ma gorge, et je ne pus répondre.

« Que se passe-t-il ? » me demanda mon père en se tournant vers Kazimierz. Il connaissait son existence, mais sans plus de détails. Kaz était l'homme qui avait brisé le cœur de sa fille, qui estimait qu'elle ne serait jamais assez bien pour qu'il l'épouse.

« Que fais-tu ici ? » lançai-je à Kazimierz. Je posai ma valise et, les mains sur les hanches, exigeai une explication.

Il se tenait devant moi, haletant. « Tu ne peux pas t'en aller, Marya ! dit-il en jetant un coup d'œil vers le train, dans lequel les passagers commençaient à monter. Où que tu ailles, tu... tu ne peux pas partir ! Reste. Reste ici avec moi... » Sa voix s'enroua. Je ne lui avais jamais vu un air aussi désespéré. L'amour que j'avais pour lui me fit frissonner.

« Comment m'as-tu trouvée ? » La question m'avait échappé, alors que ce que je voulais vraiment savoir était : Pourquoi ? Pourquoi était-il ici ? Ses parents désapprouvaient notre union. Or jamais Kaz ne les décevrait ni ne prendrait le risque d'être renié et de se retrouver, comme moi, sans un sou. N'était-ce pas ce qu'il m'avait expliqué ?

« Je suis passé chez toi. Helena m'a dit que je pouvais encore te rattraper avant qu'il ne soit trop tard.

— Trop tard ? » répétai-je.

Mon père lui posa la main sur l'épaule. « Il vaudrait mieux que vous partiez. » Il le dit avec calme, mais autorité. Papa n'était pas quelqu'un de menaçant – et Kaz le dépassait de plusieurs centimètres –, néanmoins, à cet instant, il sembla beaucoup plus grand. Kazimierz recula.

« Je l'aime, dit-il en s'adressant à mon père, pas à moi. Je veux qu'elle soit ma femme.

— Mais tes parents...

— Je me fiche de mes parents. Aucune femme en Pologne, non, dans le monde, n'est aussi intelligente et belle que toi, Marya ! Tu te rappelles ce que tu m'as dit, ce dernier après-midi où on a patiné sur la rivière ? » Je lui avais dit qu'il m'apaisait, que toute ma vie avant lui n'avait été qu'une immense rivière de glace : pauvre comme je l'étais, et souvent encline à des accès de mélancolie, je n'arrêtais pas de tomber et de tomber encore. Mais en m'accrochant à lui, je savais que je ne tomberais plus. « Eh bien, c'est la même chose pour moi, dit-il. Ces dernières semaines où j'ai été sans toi, je suis tombé.

— Marya est en route pour Paris, l'informa mon père, me ramenant à l'instant présent.

— Paris… », soupira Kazimierz, le visage décomposé.

Il connaissait mon accord avec Bronya, cependant, après nous être fiancés, nous avions décidé que je resterais en Pologne, que je serais sa femme et que j'enseignerais au lycée de filles, comme Hela. Je voulais étudier à l'université, mais je n'allais pas bouleverser ma vie à cause de ça si j'avais l'amour, si je l'avais lui, ici en Pologne.

« Vous vous écrirez », dit mon père.

Les amis s'écrivaient, les frères et sœurs s'écrivaient. Les maris et les femmes ne vivaient pas en étant séparés par la moitié d'un continent.

Kazimierz me prit doucement les mains, sans les serrer très fort. Leur contact me réchauffa. « Je t'en supplie, Marya, reste et épouse-moi… Notre amour est plus précieux que ton université, tu me l'as dit. Et si Paris a tant d'importance pour toi, nous irons ensemble un jour, après que j'aurai passé mon diplôme. »

Je lui avais dit cela alors que nous patinions sur la rivière gelée à Szczuki : son amour comptait plus que l'université. Mais c'était à un moment où la Sorbonne me semblait encore très lointaine, éternellement inaccessible. À présent, je ne savais plus.

Je regardai Kazimierz, puis mon père. Papa fronçait les sourcils ; Kaz souriait. Son sourire était contagieux. Je n'arrivais pas à lui lâcher les mains. Je voulais aller poursuivre mes études à Paris, mais je voulais aussi être avec l'homme que j'aimais.

Et je fis un choix.

Marya

Pologne, 1891-1892

Tu as le choix. On a toujours le choix.

Kazimierz et moi, nous nous étions choisis. Le mariage eut lieu un mois après cette conversation sur le quai de la gare. Je devins Marya Zorawska dans une petite église de Varsovie, où seuls mon père et Hela étaient présents. Ses parents le renièrent, refusèrent de lui parler et d'assister à la cérémonie, ou de lui donner de l'argent. Mais je n'en avais jamais eu et, de toute façon, que représentait l'argent quand on avait l'amour ? Nous nous avions l'un l'autre, cela valait tout.

Je craignais que mon père ne soit déçu, mais, le jour de mon mariage, la seule chose que je perçus sur son visage était de la joie. « Mon adorable Marya. » Après la cérémonie, il me serra dans ses bras et m'embrassa sur les joues. « Tout ce que je veux, c'est que tu sois heureuse.

— Je suis très heureuse », lui assurai-je. Et je l'étais. Réellement. Les périodes de ma vie où j'avais ressenti cette tristesse me peser et assombrir mes pensées me semblaient derrière moi. Être avec Kazimierz me remplissait d'une joie dévorante et d'une satisfaction que je n'avais pas le souvenir d'avoir jamais connues. Du moins, pas depuis que ma mère était morte de la tuberculose, lorsque j'avais dix ans. Être avec lui me donnait le sentiment d'un apaisement permanent.

Hela me dit qu'elle m'enviait, et elle m'avoua avoir été amoureuse d'un homme pendant que j'étais à Szczuki. Jozef lui avait expliqué qu'il ne pouvait pas l'épouser parce qu'elle était pauvre. « Tu n'es pas la seule », m'avait-elle dit au moment où j'allais si mal.

« Tu as fait ce qu'il fallait », me dit-elle juste après mon mariage. Rassurée par ma sœur-jumelle, je me sentais encore plus sûre de moi, encore plus heureuse.

Seule Bronya, qui ne pouvait pas revenir en Pologne pour la cérémonie, exprima ses doutes dans une lettre. *Nous avions un accord*, m'écrivit-elle. *Je veux que tu viennes faire tes études à Paris. Je te suis redevable de toute l'aide que tu m'as apportée le temps que je termine mon diplôme.* Bronya, notre sœur-mère, voulait toujours que tout soit juste. *Et en plus, tu ne peux pas laisser passer la chance d'étudier.*

Je lui répondis de ne pas se soucier de ces vieilles promesses, ou de me devoir quoi que ce soit. Je pourrais toujours venir à Paris plus tard, il n'y avait pas d'urgence. Les études seraient là, quand nous aurions les moyens. Et en plus, elle aurait dû comprendre ce que je ressentais – récemment, elle-même avait trouvé l'amour et épousé un médecin, qui s'appelait également Kazimierz. Notre père plaisantait en disant que, si on trouvait un troisième Kazimierz, Hela serait heureuse elle aussi.

Puis Bronya découvrit qu'elle attendait un enfant, ce qui était une joyeuse nouvelle, de sorte qu'elle eut un autre sujet de préoccupation que sa petite sœur. Ses lettres se firent moins fréquentes et, quand elles arrivaient, elles étaient pleines de détails sur le déroulement de sa grossesse.

Mais je n'avais plus besoin qu'elle s'inquiète à mon sujet. Dorénavant, j'avais pour cela un mari.

Nous étions pauvres, cependant cette situation ne durerait pas indéfiniment, nous nous l'étions promis. Kazimierz avait un esprit brillant pour les mathématiques. Il avait presque terminé son doctorat en géométrie analytique et avait pris un poste d'enseignant dans une école secondaire à Loksow, une petite ville située à une heure de train de Varsovie. Il avait été admis à l'université Jagellonne de Cracovie pour passer son doctorat en mathématiques. Toutefois, sans le soutien financier de ses parents, nous n'avions pas les moyens de payer l'inscription, pas plus que d'habiter dans la belle ville culturelle de Cracovie, en Pologne autrichienne. Kazimierz disait que ce n'était pas grave ; on ferait des économies, on déménagerait, et il s'y inscrirait dans un an ou deux.

« Et ensuite, Paris ! » lui rappelais-je chaque fois qu'arrivait une lettre de Bronya. Plus tard, nous partirions à Paris, où je suivrais des cours à la Sorbonne.

« Oui, bien sûr, ma chérie, disait Kaz en m'embrassant sur la tête. Un jour, on ira à Paris. »

Mais pour l'heure, Kazimierz avait un emploi en Pologne, et, juste après nous être mariés, nous quittâmes Varsovie et nous nous installâmes à Loksow. Pour sept roubles par mois, nous avions loué un minuscule appartement d'une pièce au-dessus d'une boulangerie, si bien que toute la journée les odeurs alléchantes de pain montaient chez nous. Nous n'avions pas de quoi acheter assez de nourriture, ou assez de charbon pour chauffer régulièrement la pièce en hiver. Mais cela ne nous dérangeait pas. Je l'avais lui, il m'avait moi.

Le soir, quand nous allions nous coucher, Kazimierz m'enlaçait de ses grands bras et s'accrochait à moi dans son sommeil. Sa respiration s'accordait à la mienne. *Apaisée.* Nous nous entendions à la perfection. Je dormais enveloppée dans un cocon d'amour et de bonheur, bien au chaud et comblée.

À Varsovie, avant de m'engager comme gouvernante, j'avais pris des cours à l'Université volante[1]. En Pologne russe, il était interdit aux femmes de faire des études supérieures, aussi ces cours se donnaient-ils en secret, dans des lieux qui changeaient sans cesse pour des raisons de sécurité. J'avais ainsi étudié la chimie, la physique et la littérature. À Loksow, il n'existait rien de ce genre. Après avoir vécu là trois mois, j'annonçai à Kazimierz que j'allais créer une université volante.

« Quoi, *kochanie* ? » Il était distrait, car il corrigeait des devoirs d'élèves sur la table pendant qu'on dînait. Il ne voulait pas m'ignorer, seulement c'était le meilleur moment de la soirée et le meilleur endroit pour trouver de la lumière, puisque à cette heure-là le soleil couchant de la fin du printemps éclairait la table minuscule placée devant l'unique fenêtre.

« Une université volante, répétai-je. Je veux en ouvrir une à Loksow. Les femmes en ont besoin. J'en ai besoin. » Je dessinai des cercles avec ma cuiller dans

---

1. Organisation clandestine patriotique et illégale, qui pendant plus de vingt ans dispensa des cours en appartement.

le bouillon clair que j'avais préparé, et tenté (en vain) d'améliorer en y ajoutant une vieille pomme de terre.

Dans la journée, pendant que Kazimierz enseignait, je travaillais comme gouvernante auprès de frères jumeaux. Les Kaminski étaient une famille que Kazimierz avait connue dans son ancienne vie plus aisée, et savoir que ses parents l'avaient renié ne semblait pas les rebuter dans la mesure où je ne leur coûtais pas cher. Mais le soir, j'avais envie de plus. Lire les livres de Kaz ne me suffisait pas. Je voulais des conversations stimulantes, des expériences, des problèmes à résoudre et, surtout, une communauté. Toute ma vie, excepté à Szczuki, j'avais eu des gens auprès de qui apprendre : d'abord, les livres polonais interdits que nos parents nous lisaient le soir avant de dormir, ainsi que les discussions avec mon père et mes sœurs, puis les cours de l'Université volante que j'avais suivis avec Bronya à Varsovie.

Kazimierz finit par poser la copie qu'il corrigeait et leva les yeux. Des yeux brun foncé, presque noirs, que j'avais observés suffisamment de fois pour distinguer les différences subtiles qu'ils exprimaient entre le désir, la colère, l'inquiétude et la faim. À l'instant, ils étaient remplis d'inquiétude. « Si tu veux apprendre quelque chose, je t'enseignerai les maths le soir.

— Oh, Kaz, tu es déjà épuisé d'enseigner toute la journée ! Et en plus, je veux trouver d'autres femmes comme moi avec qui discuter. » Après avoir étudié toute seule pendant des années à Szczuki, j'étais prête à aller plus loin. Et j'avais beau aimer mon mari, à Loksow, où je n'avais ni famille ni amis, ni aucune possibilité de m'instruire en dehors de chez moi, je me sentais très seule.

« Mais… une université clandestine ? C'est trop dangereux, Marya ! Si tu te fais prendre, tu risques d'être arrêtée et jetée en prison…

— Je ne me ferai pas prendre. » Bien que je n'aie aucune envie d'être arrêtée, il y avait peut-être pire. Mon esprit était comme engourdi, ramolli. Il me démangeait de l'exercer en me confrontant à de nouvelles personnes et à de nouvelles études.

« L'idée ne me plaît pas, dit Kazimierz en posant sa main sur la mienne. Je ne supporterai pas l'idée qu'il t'arrive quelque chose, ma belle et douce Marya.

— Il ne m'arrivera rien, lui promis-je. Avant que je te rencontre, Bronya et moi avons suivi des cours à Varsovie, et tout s'est très bien passé. » À la vérité, nous avions eu une ou deux frayeurs, une descente de police de temps à autre. Une femme de ma classe de chimie, Petra, avait disparu, et la rumeur avait couru qu'elle avait été arrêtée. Mais une autre rumeur évoquait une liaison illicite, un bébé, et bien que je ne l'aie jamais revue, le danger avait semblé lointain. Je m'étais persuadée qu'elle avait déménagé à la campagne pour fonder une famille. « Je commencerai par quelque chose de petit, avec seulement quelques femmes. On ne se réunira qu'une fois par semaine. J'en ai besoin », répétai-je.

Kazimierz soupira. Il me connaissait assez pour savoir que rien de ce qu'il dirait, ni même qu'il s'inquiète, ne me ferait changer d'avis. Il me pressa doucement la main. « Promets-moi que tu seras prudente, finit-il par dire.

— Évidemment, mon chéri. » Je me penchai au-dessus de la table et l'embrassai tendrement sur les lèvres. Puis je me mis à tout planifier. J'allais créer cette université, où moi-même je me lancerais.

Kazimierz continuait à me regarder. Il reposa la copie, puis m'attrapa par les épaules en m'attirant contre lui. Il m'embrassa, cette fois avec plus de fougue, comme pour me rappeler qu'il était là, qu'il était la chose la plus importante. Et il l'était.

Mais un jour, on irait à Paris, et je parviendrais à étudier dans une vraie université. En attendant, je devais me préparer au mieux pour être prête.

Marie

Paris, France, 1891

Tu as le choix. On a toujours le choix.

Je monte dans le train pour Paris en laissant Kazimierz sur le quai de la gare – à le voir, on dirait que je lui ai piétiné le cœur. Mais mon cœur à moi se sent libre, éclate des multiples possibilités que me réserve l'avenir. Le lourd nuage oppressant qui a écrasé mes pensées et mes espoirs pendant ces longues années d'ennui où j'ai été gouvernante se lève à mesure que le train s'éloigne de Varsovie. Au bout de tant d'années, étudier à l'université est enfin à ma portée. Peut-être que mon amour pour Kazimierz n'était pas de l'amour, car l'idée de renoncer à l'université *pour lui* ne me paraît plus du tout aussi judicieuse qu'elle l'était encore il y a quelques mois quand je patinais à Szczuki.

Quarante longues et pénibles heures plus tard, Bronya m'attend à la gare du Nord. Elle a terminé sa spécialisation en obstétrique et est une femme mariée – elle est tombée amoureuse d'un autre médecin, polonais lui aussi, un dissident politique en exil qui a dû fuir la Pologne russe.

La revoir est tellement merveilleux que mon cœur se gonfle plus encore. Elle est si belle, si heureuse et si mature… ce n'est pas possible ! Avant même de la serrer dans mes bras, je passe ma main sur son ventre arrondi. « Tu attends un bébé ? » Je suis stupéfaite de voir que ma sœur va devenir la mère de son propre enfant, au lieu d'être seulement notre sœur-mère à Hela et moi. Et aussi parce qu'elle m'a caché la nouvelle jusqu'à ce jour.

« Oui ! » Elle rit en me serrant plus fort et m'embrasse sur la tête, puis lisse les mèches blondes qui se sont échappées de mon chignon pendant le voyage interminable. « Tu vas être tante… *ciotka* ! se reprend-elle aussitôt en polonais.

— Tante. » Je répète le mot français qui me paraît à la fois étranger et délicieux sur ma langue.

Bronya et son mari habitent un petit appartement à la Villette, rue d'Allemagne, à une heure de la Sorbonne en prenant deux omnibus hippomobiles.

Quelques jours après mon installation, Bronya me dessine un plan. C'est la première fois que je parviens à me débrouiller toute seule avec les omnibus sans me perdre. Alors que je remonte la rue Saint-Jacques pour aller m'inscrire à la Sorbonne, jamais je n'ai ressenti une telle légèreté, un tel bonheur. En Pologne, une femme ne peut pas entrer dans une université, payer les frais de scolarité et s'inscrire. Mais à Paris, tout est possible !

Je ne me sens plus du tout la même fille, la même femme qui, il n'y a pas si longtemps, patinait dans la vie à Szczuki en étant une gouvernante sans le sou et follement amoureuse. Au moment de remplir ma fiche d'inscription, j'écris Marie au lieu de Marya. La version française de mon prénom me semble mieux convenir à ma nouvelle vie d'étudiante, de scientifique. À Paris, Marie peut être n'importe quoi ou n'importe qui. Je fais le serment de laisser la triste et apathique Marya derrière moi.

« Tu es réveillée ? » La voix de Bronya transperce l'obscurité de ma chambre.

« Oui. Désolée… Je t'ai empêchée de dormir ? » On est le 3 novembre, le jour où je vais devenir officiellement étudiante à la faculté des sciences de la Sorbonne, et je me suis réveillée au milieu de la nuit sans pouvoir me rendormir tellement je suis impatiente et excitée.

« Non, répond-elle en écartant un peu le rideau, derrière lequel il fait encore nuit noire. Je t'ai entendue tourner en rond, mais c'est le bébé qui m'a réveillée… » Elle soupire. « Je nous prépare du café ? Je ne vais pas me recoucher.

— Moi non plus. Mais… on ne va pas réveiller Mier ?

— Ce n'est pas grave », dit Bronya d'un air indifférent. Je me sens un peu mal vis-à-vis de mon beau-frère, qui est très gentil mais réservé – pas du tout comme les deux sœurs indépendantes d'esprit qui vivent chez lui. Mier est le diminutif de Kazimierz et, chaque fois que Bronya a prononcé son nom ces dernières semaines, je n'ai pas pu m'empêcher de penser à mon Kazimierz à moi sur le quai de la gare à Varsovie. Mais je ne regrette pas mon choix. En plus, mon beau-frère n'est pas du tout comme lui. L'amour et l'adoration que Mier a pour Bronya sautent aux yeux dès qu'il pose le regard sur elle, et il est d'accord avec *tout* ce qu'elle lui demande, ferait n'importe quoi pour qu'elle soit heureuse et épanouie. Il ne lui demanderait jamais de le choisir lui plutôt que la médecine et, rien que pour cela, je l'adore.

Bronya part faire du café. Je m'habille dans la pénombre. Je n'ai pas de nombreuses robes, et j'en attrape une au hasard dans l'armoire sans me soucier de laquelle. Tous les roubles de mon père ayant servi à payer mon inscription, il ne me reste plus rien pour acheter de nouveaux vêtements ou quoi que ce soit d'autre. Je compte sur Bronya pour me loger et me nourrir. De toute manière, je me fiche de quoi j'ai l'air. Du moment qu'elle me couvre, n'importe quelle robe me convient. J'attache mes cheveux blonds en chignon serré, puis rejoins ma sœur dans la salle à manger.

« Tu es inquiète ? me demande Bronya en me tendant une tasse de café.

— Inquiète ? De quoi devrais-je l'être ? » Je ris, d'un rire plus aigu que d'habitude qui me fait prendre conscience que, oui, je suis sans doute un peu inquiète.

« Tu seras sûrement la seule femme dans ton cours de physique, dit Bronya, pragmatique. Et les hommes n'apprécieront pas que tu sois meilleure qu'eux. » À la légère amertume dans sa voix, je comprends qu'elle a dû vivre une expérience similaire quand elle a commencé ses études de médecine. Pourtant, les lettres qu'elle m'a envoyées ne contenaient rien de la sorte – elles parlaient uniquement du fait qu'elle apprenait des milliers de choses, de la joie qu'elle trouvait dans tout ce savoir médical et sa pratique.

Je secoue la tête. Qui se soucie des hommes ? Si je m'inquiète d'une chose, c'est de me rendre compte que, au fond, Pani Zorawska pourrait avoir vu juste à mon sujet, que je ne suis pas assez douée et n'arriverai jamais à rien. Peut-être que les cours seront trop difficiles, ou que je me retrouverai à court d'argent avant d'obtenir ma licence. Je n'imagine pas ce que je ressentirais si je devais retourner en Pologne sans un sou à la suite d'un échec.

Derrière la fenêtre, le soleil levant embrase le ciel d'un éclat pourpre et orangé. Je termine mon café et respire un grand coup. Inquiète ou pas, je me sens plus que prête. Mes années en autodidacte m'ont amenée aussi loin que je pourrai jamais parvenir toute seule. Désormais, j'ai besoin de professeurs brillants, d'avoir accès à des laboratoires. « Je vais y aller, dis-je. Je préfère arriver en avance. »

Bronya me saisit les mains et les serre dans les siennes. « Bonne chance, *ma petite sœur* ! »

Ces dernières semaines, j'ai révisé mon français. « *Merci, ma grande sœur !* »

La Sorbonne est en rénovation, et comme les travaux ne sont terminés qu'en partie, le bruit des pelles et des marteaux des ouvriers résonne dans toute la rue Saint-Jacques. Mon premier cours a été déplacé dans une vieille maison située plus loin dans la rue. J'arrive une heure avant le début et m'installe au premier rang. Les autres étudiants qui entrent peu à peu s'assoient derrière moi dans la salle poussiéreuse.

Le professeur se tient juste devant moi – âgé, chauve, avec une longue barbe blanche, il porte une veste noire à queue-de-pie et une longue cravate blanche. Hormis les traces de craie sur ses manches, il a plus l'air d'être habillé pour aller à un dîner que dans un laboratoire.

Sa tenue est un rappel que ce cours est plus sérieux que tous ceux que j'ai suivis auparavant. Je ravale la boule d'angoisse qui me noue la poitrine, la remontée de café qui me brûle le fond de la gorge.

Il commence à faire l'appel des étudiants. Au moment où il dit Marie et écorche horriblement mon nom – Sokol-ow-ska –, je ne comprends pas qu'il s'agit de moi. Un homme assis derrière moi me tapote l'épaule. En voyant tous les regards tournés dans ma direction, je rougis d'embarras. Naturellement, tout le monde sait qui le professeur a appelé. Je constate que, comme Bronya l'avait prévu, je suis la seule femme dans la salle.

« Oui, présente », dis-je en vitesse en sentant la rougeur gagner mon cou. Le professeur Paul Appell coche mon nom et continue à égrener ceux des autres étudiants.

Quelqu'un murmure, assez fort toutefois pour que je l'entende : « Qui est cette femme étrangère aux cheveux magnifiques ? » Une femme étrangère ? Des cheveux magnifiques ?

Un autre dit : « Que fait une jolie petite chose comme ça à un cours de physique ? Se serait-elle égarée ? »

Les ricanements fusent. Le professeur les ignore et poursuit l'appel.

Donc, j'ai le droit d'être ici, pas comme en Pologne, mais aucun de ces hommes ne va-t-il me prendre au sérieux ? *Une jolie petite chose.* Est-ce tout ce que l'on verra en moi ?

Ma gêne laisse rapidement place à l'ennui. Bronya m'a prévenue, et je suis bien décidée à ne pas me laisser troubler, à ne pas me laisser gâcher ma première matinée de cours. Les yeux rivés sur le professeur Appell dans son habit élégant, je regarde droit devant, comme s'il n'existait rien ni personne d'autre dans la salle que sa voix.

De toute façon, je ne suis pas ici pour me faire des amis. Je suis ici pour apprendre, être la meilleure en physique. Je leur montrerai à tous.

Marya

Loksow, Pologne, 1893

Comme je l'avais promis à Kazimierz, mon université volante commença en petit comité. Au début, il n'y avait avec moi qu'une autre femme, Agata, qui elle aussi travaillait chez les Kaminski, où elle faisait la cuisine et le ménage. Notre université se réunissait tous les mercredis soir et, chacune notre tour, on apprenait à l'autre ce que l'on savait. Son père, mort lorsqu'elle était adolescente, avait été médecin, aussi connaissait-elle des quantités de choses sur le fonctionnement et la structure du corps humain. Quant à moi, je lui enseignais les rudiments de chimie que j'avais appris à l'Université volante à Varsovie. Au bout de quelques mois, une de ses amies, Emilia, voulut se joindre à nous et, très vite, celle-ci amena une amie, puis encore une autre, de sorte que, l'année suivante, nous étions au nombre de six.

Leokadia Jewniewicz fut la septième à rejoindre notre école, par l'intermédiaire de sa cousine Joanna, et elle était la seule à posséder en plus des talents artistiques. Elle était pianiste et donnait déjà des concerts en privé. Le premier mercredi soir où elle vint dans mon appartement – lequel n'était déjà pas assez grand pour accueillir six personnes, encore moins sept –, je vis tout de suite qu'elle était différente du reste d'entre nous. Et pas seulement à cause de la musique. Sa robe rouge, confectionnée dans un beau tissu onéreux, avait l'air toute neuve. Et ses doigts étaient propres et ravissants, ses ongles brillants.

« Je ne voudrais pas paraître impolie, mais pourquoi êtes-vous ici ? » lui demanda Agata, sur un ton on ne peut plus impoli. Son côté direct me plaisait. Elle parlait de cette façon au travail, y compris à Pani Kaminska, et j'étais parfois admirative de sa capacité à exprimer le fond de sa pensée sans se faire pour autant renvoyer. Ce qui nous avait étonnées n'était pas tant la présence de Leokadia que la mousseline rouge sombre de sa robe, la coupe parfaitement adaptée à ses formes généreuses. Nous tentions toutes de survivre d'une manière que, à l'évidence, cette jeune femme ignorait. Si on avait de l'argent, pourquoi ne pas quitter la Pologne pour aller dans une vraie université ?

Leokadia écarquilla les yeux, mais elle ne répondit pas tout de suite. Ses iris d'un bleu éclatant, de la couleur des œufs de rouge-gorge du nid dans l'arbre devant ma fenêtre, lui donnaient à eux seuls un air plus doux, plus jeune et plus raffiné que nous.

« Toutes les femmes sont les bienvenues, rappelai-je à Agata en lui jetant un regard noir, bien que je ne sache pas si Leokadia méritait que je prenne sa défense. Du moment qu'elles peuvent contribuer à transmettre un savoir et garder notre secret.

— Je peux », s'empressa de dire Leokadia, m'adressant ce qui ressemblait à un sourire reconnaissant. Elle avait un visage en forme de cœur, et son sourire révélait des dents aussi minuscules que des perles, avec un très léger espace entre les incisives. « Et je vais le faire ! » ajouta-t-elle. Je la dévisageai, attendant qu'elle en dise davantage. « Je peux vous apprendre tout ce que vous voudrez sur la musique, ou donner des leçons de piano à qui le souhaitera. Et mon père est mathématicien. Il n'approuve pas que les femmes fassent des études supérieures et m'a interdit d'en faire, mais comme il enseigne en Russie, j'ai appris les mathématiques toute seule en lisant ses livres en cachette. » Voilà qui expliquait pourquoi elle n'avait pas cherché à aller étudier ailleurs qu'en Pologne. *Son père.* « Je ne sais rien sur la science et la littérature, poursuivit-elle. Et je le regrette. » Elle nous regarda fixement ; personne ne réagit pendant un moment.

« Elle joue merveilleusement du piano », finit par dire sa cousine Joanna avec une infime hésitation. Sans doute craignait-elle d'avoir commis une erreur en amenant Leokadia. Ses joues pâles s'empourprèrent, et je sentis tous les regards se tourner vers moi. J'étais celle qui avait lancé notre université volante, qu'elles considéraient encore comme la mienne.

Mais, à la vérité, ce n'était pas la mienne. C'était la nôtre. Cette université était destinée à toutes les femmes qui avaient envie d'apprendre et n'en avaient pas la possibilité. En Pologne, peu importait que l'on soit une femme riche ou pauvre, que l'on soit vêtue de haillons ou de soie, que l'on ait assez à manger ou pas. Aucune de nous n'avait le droit de s'inscrire à l'université. Pourquoi aurions-nous refusé à Leokadia le savoir dont nous-mêmes étions assoiffées ?

« J'aimerais beaucoup que vous me donniez des leçons de piano », dis-je finalement, bien que je n'aie jamais eu aucun désir d'en jouer ou d'apprendre quoi que ce soit dans le domaine musical. Pour moi, la musique était *babka*, et la science, *kiełbasa*. On pouvait vivre sans friandises, pas sans nourriture.

Leokadia m'adressa cette fois un grand sourire. « J'en serais ravie, Marya ! Et s'il vous plaît, appelez-moi Kadi.

— Bienvenue, Kadi ! » lui dis-je, et cinq autres voix murmurèrent la même chose.

Il n'y avait pas de chaises pour sept dans mon minuscule appartement, et à peine assez d'espace au sol, mais je poussai la petite table contre le poêle à charbon, dégageant juste la place nécessaire pour qu'on puisse toutes s'asseoir à même le plancher, entre la table et le lit.

L'air de juin était lourd et étouffant. Malgré la fenêtre entrouverte, et bien qu'il fasse nuit, il faisait beaucoup trop chaud pour autant de personnes serrées ainsi épaule contre épaule. Un filet de sueur me coulait dans la nuque. Je m'éventai avec la feuille qu'Emilia avait préparée en vue de nous enseigner le latin, qu'elle-même avait appris étant enfant avec son frère aîné.

Mais nous étions toutes assises là dans la pénombre frémissante de plus en plus intense, en train de répéter des mots latins à voix basse, de peur d'alerter le voisin ou les clients de la boulangerie. Et tandis que je transpirais, coincée entre ces femmes, je me sentais plus heureuse que je ne l'avais été de toute la semaine.

Au moment où Emilia nous apprenait la dernière phrase inscrite sur sa feuille – *omnium rerum principia parva sunt* (« en toutes choses les commencements sont modestes ») –, la porte s'ouvrit à la volée. Nous eûmes toutes les sept la même réaction, un sursaut collectif – des épaules se heurtèrent, des genoux s'entrechoquèrent. Puis je levai les yeux et poussai un soupir de soulagement. Ce n'était que Kaz qui rentrait à la maison, pas la police russe qui venait nous arrêter. « C'est mon mari, dis-je aux autres. Ne vous inquiétez pas. Tout va bien. »

Je savais qu'il serait de retour à huit heures, et j'avais pensé que nous aurions alors terminé, que toutes les femmes seraient déjà reparties chez elles. Cependant, Kadi nous avait tellement fascinées que nous avions commencé plus tard que prévu, et j'avais perdu la notion du temps. Kaz était au courant de ce que je faisais depuis le départ, mais de façon abstraite, théorique. Là, pour la première fois, il était face à face avec ma petite université.

Il s'empressa de refermer la porte et fit un pas de côté, dans le seul endroit possible en dehors du lit, lequel était au fond de la pièce, de sorte qu'il aurait dû nous enjamber toutes les sept pour y accéder. Au moment où son regard croisa le mien, je crus qu'il allait éclater de rire devant le ridicule de la situation – tout un groupe de femmes agglutinées dans son appartement, en train de transpirer et de marmonner du latin dans une quasi-obscurité. Mais il fronça les sourcils.

Je me levai en vitesse en donnant un coup de genou involontaire sur l'épaule d'Agata. « Merci, Emilia. Nous allons en rester là pour ce soir. »

Kadi se leva à son tour. « C'était formidable ! s'exclama-t-elle. Merci de m'avoir laissée me joindre à vous, Marya. La semaine prochaine, vous viendrez chez moi. On aura plus de place, et puis, il y a un piano. Je vous donnerai un cours. »

Tous les regards se tournèrent vers elle, y compris celui de mon mari. Mais je n'avais d'yeux que pour lui. Il faisait trop sombre pour que je puisse voir ce qu'exprimait son visage, ou ce qu'il pensait de sa robe en soie rouge, de ses beaux cheveux blonds et de sa proposition de nous enseigner le piano. Kadi représentait tout ce qu'il avait connu dans son ancienne vie : la richesse, les privilèges, une destinée. Pendant quelques secondes, je sentis bouillonner en moi quelque chose d'étrange, un léger doute.

Les femmes se murmurèrent au revoir avant de s'en aller une par une. Agata partit la dernière. Dès qu'elle eut refermé la porte, Kaz me rejoignit en deux enjambées et m'enlaça.

Il me caressa le visage, suivit doucement le contour de mes lèvres, jusqu'à ce que mes doutes et mon inquiétude laissent place à un demi-sourire. *Apaisée.* « Je t'aime tellement, Marya… Qu'est-ce que je deviendrais s'il t'arrivait quelque chose, *kochanie* ? »

Mon cher mari, tendre et dévoué. « Il ne m'arrivera rien, lui promis-je.

— Il y avait trop de femmes ici ce soir. Vous retrouver dans ces conditions est dangereux. Et si on vous surprenait, si on vous arrêtait ?

— On était seulement sept. C'est juste que l'appartement n'est pas assez grand. D'ailleurs, qui pourrait dire que nous n'étions pas en train de… de cuisiner ensemble ?

— Ce n'était pas ce que vous étiez en train de faire. » Le pli entre ses sourcils s'accentua. Il soupira, puis m'embrassa sur la tête. « Tu es tout pour moi, chuchota-t-il dans mes cheveux. Tout. »

Tout. Soudain, un poids m'oppressa la poitrine et, un bref instant, j'eus de la peine à respirer.

J'avais encore ma famille : mon père et Hela n'étaient qu'à un court trajet en train à Varsovie, où j'allais les voir tous les deux ou trois mois, et Bronya continuait à m'envoyer des lettres de Paris, quoique moins fréquemment depuis la naissance de ma nièce, Helena (qu'ils avaient surnommée Lou, m'avait-elle écrit). À ma connaissance, Kazimierz n'avait pas parlé à ses parents ou à ses frères et sœurs depuis deux ans que nous étions mariés. Et en plus, j'avais mes amies de l'université volante. Mais lui, qu'avait-il à Loksow ? Son travail, les jeunes garçons insupportables auxquels il enseignait et… l'incapacité de poursuivre ses études, de se nourrir l'esprit comme il en éprouvait le besoin.

Si seulement il pouvait reprendre son cursus, je ne serais plus tout pour lui, l'unique objet de son attention. Les maths l'occuperaient entièrement, je le savais, de sorte que je pourrais respirer avec plus de facilité et me concentrer sur mes propres études. Tout à coup, j'eus une idée : dès le lendemain, j'écrirais à mon père en lui demandant s'il accepterait de m'envoyer l'argent qu'il mettait de côté pour que j'aille à la Sorbonne, afin que Kaz l'utilise pour passer son diplôme. Désormais, Paris semblait très loin. Le seul moyen que j'aurais d'y aller serait que Kaz ait terminé sa thèse et soit suffisamment reconnu dans son domaine pour trouver un poste à Paris, ce qui nous permettrait de partir là-bas et d'être tous les deux épanouis.

Ce nouveau plan me plaisait, et je savais que mon père voudrait nous aider. Je poussai un soupir en passant mes doigts dans la barbe de Kazimierz. « Viens te coucher, mon amour. Tu t'inquiètes trop… Demain, tout ira bien, tu verras. »

Kaz m'embrassa et, aussitôt, tout le reste s'évanouit : l'inquiétude, les regrets, la sensation de suffoquer. Cette nuit au moins, il serait tout pour moi lui aussi.

Marie

Paris, 1894

L'esprit occupé par mes études à la Sorbonne, je me suis concentrée sur mes examens pour terminer première de ma classe, et ainsi faire honte à tous les autres étudiants, les hommes, tout en cherchant à avoir assez d'argent pour emménager dans une chambre plus proche de l'école et rester en vie, au chaud et nourrie. Aussi n'ai-je pas pensé à Kazimierz Zorawski depuis des années quand arrive la lettre de Hela de Varsovie, à laquelle elle a joint une coupure de journal :

Julius et Kazimiera Zorawski ont la fierté d'annoncer le mariage de leur fils aîné, Kazimierz Zorawski, avec Leokadia Jewniewicz, pianiste et concertiste estimée, fille de l'éminent mathématicien Hipolit Jewniewicz. Zorawski termine actuellement son doctorat de mathématiques à l'université Jagellonne…

Je ne tiens pas à en lire davantage, j'ai le visage déjà en feu en voyant les termes associés à sa fiancée : *fierté*, *estimée*, *éminent*. Toutes ces choses que ses parents n'auraient jamais dites à mon sujet, et que sans doute, même aujourd'hui, ils ne diraient toujours pas. Peu importe que j'aie été reçue première à ma licence de physique, ou qu'on m'ait attribué l'an dernier la prestigieuse bourse Alexandrovitch, accompagnée de la somme généreuse – et ô combien nécessaire ! – de six cents roubles. Mais mon univers est dorénavant plus vaste que celui des Zorawski. Je ne regrette pas d'avoir décidé de partir, même si faire mes preuves en tant que femme se révèle une lutte constante. Ici, j'ai néanmoins une occasion, ainsi que ma liberté à gagner, et ça représente tout. Je remets l'article dans l'enveloppe, puis la cache dans un manuel de chimie sur l'étagère du laboratoire.

Je me suis attardée trop longtemps au labo. Je vais être en retard à mon rendez-vous avec le professeur Kowalski et sa femme.

Alors que je traverse le Quartier latin pour me rendre à leur hôtel, j'essaie de me sortir de la tête la coupure de journal. J'ai d'autres choses auxquelles penser. Récemment, la Société pour l'encouragement de l'Industrie nationale m'a chargée d'effectuer une étude sur les propriétés magnétiques de différents types d'acier. Et les éventuels résultats, l'idée de les tester jour après jour, de mener une expérience à moi, ont été sans cesse exaltants. Mais étant donné qu'il n'y a pas assez de place dans le laboratoire de Gabriel Lippmann pour entreposer tout le matériel qui me sera indispensable, je ne sais pas très bien comment je vais terminer l'étude.

Hier soir, après avoir assisté à sa conférence, j'en ai parlé à Jozef Kowalski. Je les ai connus lui et sa nouvelle épouse en Pologne. Pendant leur séjour à Paris, où tous deux sont en lune de miel, il donne des conférences. « Venez donc demain prendre le thé, m'a proposé Kowalski après que je lui ai fait part de mes inquiétudes. J'ai une idée qui pourrait régler vos problèmes de laboratoire. »

En Pologne, Jozef Kowalski est un physicien éminent. Refuser l'invitation eût été trop impoli. Cependant, je ne vois pas en quoi il pourrait m'aider puisqu'il est basé en Pologne et que je dois rester à Paris, ne serait-ce que le temps de finir cette étude et mes examens. Je redoute l'idée de les voir lui et sa femme. C'est d'ailleurs pour cette raison que, anticipant une conversation guindée et les efforts qu'il me faudra faire, je me suis attardée au labo, où j'ai parcouru le courrier que je n'avais pas encore ouvert avant de partir. *Oh, Hela*… Pourquoi m'a-t-elle envoyé cette coupure de journal ?

Arrivée à l'hôtel, je monte l'escalier et frappe à la porte de la suite. Mme Kowalska m'accueille avec un sourire rayonnant. Elle a des cheveux blonds tirés en chignon et un joli visage angélique. Ses joues irradient d'un éclat rosé – peut-être est-ce normal pour une jeune mariée en voyage de noces. L'espace d'un instant, je me demande si c'est à cela que ressemble Leokadia en ce moment.

« Entrez, Marya ! » M'entendre appeler ainsi par quelqu'un d'autre que ma sœur me paraît étrange. Dans la bouche de Bronya, c'est une marque d'affection, un rappel de notre enfance, mais dans celle de cette femme que je connais à peine, ça ne va pas du tout.

« On m'appelle Marie, dis-je gentiment.

— Ah oui, c'est vrai… Marie ! » Elle secoue la tête. « Vous êtes devenue très française, j'imagine ! »

Bien qu'elle le dise sans doute comme un compliment, je le prends comme une insulte. Je veux lui répondre que la France est le pays où j'étudie, que je suis toujours polonaise, comme elle, et que, habituée ou pas à mon nom français d'adoption, jamais je n'abandonnerai notre patrie. Mais avant de pouvoir dire quoi que ce soit, je remarque un inconnu devant la fenêtre, les coudes appuyés sur la balustrade, qui observe la rue d'un air ravi. Il est plutôt grand et bien habillé – son costume, coupé dans un tissu plus neuf que n'importe lequel de mes vêtements, souligne sa minceur.

« Du sucre dans votre thé ? me demande Mme Kowalska.

— Non, merci. » Quand l'inconnu entend ma voix, il se retourne et me regarde. Ses yeux sont bleu vif, et il sourit aussitôt ; les coins de sa bouche remontent, ce qui lui donne un air plus jeune que ne le laissent penser les quelques poils gris dans sa barbe.

Il s'approche et me fait un baisemain – curieusement, sentir les poils rêches de sa barbe me gratter légèrement m'enchante. C'est la première fois que les lèvres d'un homme m'effleurent depuis Kazimierz, et devoir admettre que je ressens un petit frisson m'étonne. « Pierre Curie », dit-il.

Lui aussi est un scientifique. Nous ne nous sommes jamais rencontrés, mais son nom a déjà été mentionné au laboratoire. « Oui, j'ai entendu parler de vous, monsieur Curie.

— Pierre, si vous voulez bien.

— Pierre… Vous étudiez la cristallographie ? » Il hoche la tête, et ses yeux s'illuminent, de curiosité ou d'enthousiasme pour son travail. « Marie Sklodowska. Je travaille sur les champs magnétiques.

— Ah, très bien, vous vous êtes déjà présentés ! s'exclame le professeur Kowalski, qui arrive d'une autre pièce. Marie, c'est lui, la solution à votre problème.

— La solution ? » Je suis sincèrement intriguée. Je n'ai nul besoin de l'aide d'un autre scientifique, surtout un qui n'est pas spécialisé dans le domaine de mes recherches. Et je n'ai aucunement l'intention de céder *mon* étude à un homme. Vais-je devoir passer la soirée à m'expliquer, à justifier mes compétences ? Cette idée à elle seule me fatigue à l'avance, à tel point que je me demande si je peux m'en aller sans paraître impolie.

Mais Mme Kowalska vient de servir le thé et nous invite à prendre place autour de la table. Je n'ai d'autre choix que d'obtempérer en la remerciant de son hospitalité. Elle n'est pas une scientifique et, l'air de vaguement s'ennuyer déjà, elle étouffe un bâillement. Je m'assois en face de Pierre, accepte la tasse qu'elle me tend et bois une gorgée. Je sens le regard de Pierre sur moi. Je baisse les yeux sur mon thé.

« Oui, finit par confirmer Jozef Kowalski en souriant à sa jeune épouse, qui aussitôt rougit. Pierre, Marie mène une expérience et a besoin de plus de place pour son laboratoire. Marie, Pierre a de l'espace en plus. J'ai pensé que, si je vous présentais l'un à l'autre, vous pourriez trouver un arrangement. » Cherchent-ils vraiment à m'aider ? La plupart des hommes que j'ai rencontrés à Paris ne veulent rien d'autre que me rabaisser. Aucun homme n'aime céder quelque chose à une femme.

« Parlez-moi de votre étude », dit Pierre. Il me dévisage, me scrute tellement que c'en est agaçant. Est-ce une sorte de test ? Il est probablement comme les hommes de mon cours de physique. Auquel cas, je n'aurais aucune envie de partager un laboratoire avec une créature aussi insupportable.

« J'ai le financement, si c'est ce qui vous inquiète », rétorqué-je d'un ton un peu brusque. Il continue à me dévisager ; c'est vraiment déconcertant.

« Non, non, je me moque de l'argent ! s'exclame-t-il en riant. Votre travail me fascine... Quel genre d'acier allez-vous utiliser ? Et comment pensez-vous prendre en compte les différentes variables ? Je me demandais si vous m'autoriseriez à observer votre méthodologie pour que je puisse apprendre de vous. Votre réputation et votre génie vous précèdent, mademoiselle Sklodowska ! » Il parle vite, sans respirer, ses yeux toujours plongés dans les miens. Peut-être que son intérêt n'est pas feint et qu'il ne cherche pas à m'évaluer. Me voit-il déjà comme son égale ? Veut-il réellement apprendre de moi ?

« Appelez-moi Marie, dis-je d'une voix plus aimable.

— Marie... » Il répète mon nom, qui sur ses lèvres se transforme en un sourire. « S'il vous plaît, parlez-moi de votre étude. »

Je sens que je me détends un peu et lui explique quels types d'acier je prévois de tester, et comment je compte mesurer les propriétés magnétiques en utilisant à la fois des magnétomètres vectoriels et scalaires. Il acquiesce aussitôt ; ses yeux passent du bleu pâle au bleu-vert dans la lumière du jour déclinante. Dès que je me tais, il enchaîne en évoquant les travaux qu'il mène avec son frère, Jacques, sur la piézoélectricité. Nos phrases virevoltent au-dessus de la table, rapides et électriques, en me laissant essoufflée. Nous sommes comme deux courants qui filent dans l'eau côte à côte, chacun chargeant l'autre pour qu'il aille de plus en plus vite, avec plus d'enthousiasme et de vivacité.

Au moment où je lève les yeux, la pièce est dans la pénombre. Derrière la fenêtre, il fait nuit noire, seul brille un croissant de lune argenté. Les Kowalski se sont éclipsés sans que nous nous en soyons aperçus ou que nous ayons eu le temps de les remercier de leur accueil.

« Vous prévoyez de rester à Paris toute votre vie ? me demande soudain Pierre.

— Oh, mon Dieu, non ! Dès que mon étude sera terminée et que j'aurai fini de passer mes examens, je repartirai en Pologne pour être auprès de la famille et enseigner. » Mais à la seconde où je prononce cette phrase, que je me suis répétée tant de fois avec la plus grande sincérité depuis que je suis à Paris, elle me donne l'impression d'être un mensonge.

Marya

Loksow, 1894

Au piano, j'étais une élève épouvantable, mais Leokadia était la plus patiente des professeurs. Ou peut-être se fichait-elle que mes doigts ne trouvent pas les bonnes touches et que mes oreilles n'entendent pas les mélodies ni ne les comprennent. Elle m'encourageait d'un hochement de tête, même quand je jouais une gamme en *ré* majeur avec trop de lenteur et bourrée de fausses notes. De toutes les femmes de notre université, j'étais la pire au piano. Mais Leokadia regardait les équations chimiques que j'essayais de lui enseigner de la même façon que je regardais la partition de musique qu'elle me donnait en classe. Et je l'encourageais moi aussi. « Vous verrez, une fois qu'on a mémorisé tous les éléments, ce n'est pas difficile.

— Ah, c'est comme les gammes ! » disait-elle.

Cependant, je restais incapable de jouer correctement une gamme et, en dépit de tous ses efforts, Leokadia n'arrivait pas à mémoriser les éléments.

On continuait néanmoins, semaine après semaine, chacune tâchant d'enseigner aux autres ce qu'elle connaissait et aimait. Au début de la nouvelle année, nous étions dix, et nous avions commencé à nous répartir en plus petits groupes, étant donné qu'il était difficile de trouver un lieu où dix femmes pouvaient se réunir régulièrement sans se faire remarquer. Parfois, Leokadia et moi nous retrouvions un autre soir de la semaine, et bien que nous nous efforcions toujours d'apprendre de nouvelles choses à l'autre, alternant la musique et la science, nous prenions plaisir à être ensemble.

Il y avait dans notre amitié une évidence, un confort que j'avais de la peine à ressentir avec les autres femmes, y compris celles qui, comme moi, aimaient les sciences. Je ne comprenais pas très bien pourquoi. Nos intérêts, nos connaissances et nos vies n'auraient pu être plus éloignés. Je passais mes journées à travailler comme gouvernante des jumeaux Kaminski, et mes soirées avec mon mari, en essayant de rester relativement au chaud et nourrie, juste au fil de l'eau. Quant à Leokadia, elle passait ses journées à s'exercer au piano dans l'appartement bien chauffé de ses parents, et ses soirées à revêtir des robes magnifiques et coûteuses pour donner des concerts partout en ville, où elle était de plus en plus applaudie.

Ce qui m'attirait tant chez elle était sans doute que, au fond de moi, j'avais la conviction que, de nous toutes, elle serait celle qui trouverait le moyen de réaliser son rêve, de *devenir* quelqu'un. Et j'aimais déjà l'idée d'avoir touché ne fût-ce qu'un iota de sa grandeur.

Environ un an après notre rencontre, Kadi fut invitée à jouer à Cracovie, à l'occasion d'un concert spécial. En temps normal, elle ne donnait des concerts qu'à Loksow et à Varsovie. Elle jouait gratuitement, dans des demeures privées ou lors de petits rassemblements, où il était acceptable qu'une femme distraie l'assistance, à condition qu'elle soit élégamment habillée, belle, et qu'on ne la paie pas. Quand je lui demandais si ne pas gagner d'argent ne la dérangeait pas, elle me répondait que jouer sa musique devant les autres était sa récompense.

« Mais j'aimerais bien en gagner, disait-elle parfois d'une voix lointaine, comme l'était la mienne lorsque je parlais de la Sorbonne, qui était toujours là quelque part dans mon avenir. J'adorerais pouvoir aller me former auprès de Sibelius en Finlande ou de Debussy en France ! »

Je ne disposais pas de ses moyens, mais j'avais le soutien de ma famille. J'attendais toujours avec impatience la réponse de mon père, espérant qu'il m'enverrait l'argent qui permettrait à Kaz de terminer son doctorat – je lui avais écrit que, à mon avis, c'était le seul moyen que je puisse aller étudier un jour à Paris, ce que je savais être toujours son plus grand désir. Le père de Kadi n'accepterait jamais de la laisser accomplir ses rêves. Il voulait qu'elle reste en Pologne, qu'elle fasse un beau mariage et élève des enfants. Cependant, comme il enseignait à Saint-Pétersbourg, il ne savait pas grand-chose de ce qu'elle faisait. Sa mère la soutenait en silence, me disait-elle. De sorte que, lorsqu'elle reçut cette invitation à Cracovie, j'eus l'impression que ce serait pour Leokadia le tout premier pas en avant, le commencement de son échappée.

« Peut-être qu'après vous avoir entendue à Cracovie on vous *engagera* pour revenir jouer une autre fois, lui dis-je. Si vous gagnez de l'argent, vous pourrez économiser et aller où vous voudrez dans le monde, avec ou sans l'approbation de votre père. »

Kadi baissa les yeux sur ses bottines en cuir verni. « Si seulement c'était aussi simple, Marya… Que ferait ma mère sans moi ? Sans compter que mon père ne m'adresserait plus jamais la parole. »

Je voulais lui répondre qu'il ne tenait qu'à elle de faire ce choix, qu'on avait toujours le choix. Mais parfois, lorsque la nuit était longue, sombre et glaciale, que Kaz et moi n'avions presque rien à manger au dîner et que nous nous couchions en ressentant ce vide abyssal dans nos ventres, je me demandais si sa famille, ses parents, son manoir à Szczuki et leur cuisinier lui manquaient. Je m'interrogeais sur l'impression que cela faisait d'abandonner son passé, son histoire, tout ce qui vous appartenait, et si j'aurais pu en faire autant.

« J'ai une idée ! » Kadi leva les yeux, les joues rosies d'excitation. « Venez avec moi à Cracovie et regardez-moi jouer. » Elle savait que les Kaminski passaient un long mois de vacances au bord de la Baltique, et que j'avais devant moi quatre magnifiques semaines de congé.

« J'aimerais beaucoup pouvoir ! » dis-je en riant. Et c'était vrai. L'idée de fuir les rues de Loksow, grises, couvertes de suie et surveillées par les Russes, pour aller dans la partie autrichienne de la Pologne à Cracovie, où l'art et la musique étaient censés être florissants et lumineux, me paraissait merveilleuse. Mais Kaz ne voudrait jamais venir – ce monde vibrant lui rappellerait trop sa vie d'avant et tout ce qui lui manquait. En outre, même s'il l'avait voulu, on ne pouvait pas se permettre qu'il prenne un congé sans solde loin de ses élèves.

« Allez ! insista Kadi. Comme Maman a dit à Papa qu'on partait voir des amis, il nous a réservé une grande suite dans un hôtel. Vous n'auriez qu'à vous y installer avec nous. Ce serait tellement amusant ! »

J'hésitai un instant. À la vérité, Kaz n'accepterait pas que j'y aille sans lui. Il s'inquiéterait. Si j'abordais le sujet, on se disputerait, et comme je finirais par faire ce qu'il voulait, c'était plus simple de ne pas en parler du tout.

Mais… et si j'y allais sans le lui dire ? J'étais déjà partie seule plusieurs fois pour voir mon père et Hela à Varsovie, et nous avions évoqué la possibilité que j'y retourne au cours de ces prochaines semaines pendant l'absence des Kaminski. Pourrais-je passer une ou deux nuits à Cracovie sans que Kaz soit au courant ? L'idée de mentir à mon mari était étrange, mais ça semblait aussi bizarrement libérateur d'avoir quelque chose à attendre qui ne serait rien qu'à moi. J'avais vraiment envie de voir jouer Kadi à Cracovie. Et passer une nuit ou deux dans une suite d'hôtel, loin des tracas et de la faim glacée et désespérante de ma vie quotidienne, serait distrayant.

J'écrivis à Hela afin de savoir ce qu'elle en pensait, et si elle serait d'accord pour garder mon secret la prochaine fois qu'elle verrait Kazimierz.

Oui ! À une condition, me répondit-elle. *Je veux aller à Cracovie avec toi.*

C'était merveilleux d'être de nouveau avec ma sœur-jumelle – rien que nous deux ! Nous avions acheté des billets de quatrième classe pas chers du tout, et le trajet en train avait beau durer six heures, être assises par terre dans le wagon ne nous dérangeait pas, d'autant que nous étions serrées l'une contre l'autre. Je posai ma tête sur son épaule en respirant son odeur – la même que quand nous étions petites, citron et coquelicot.

« Tu vas adorer entendre Kadi ! Ce qu'elle joue au piano est vraiment beau.

— Marya ? » Hela prononça mon nom tout bas, comme une question.

« Oui, qu'est-ce qu'il y a ?

— Il faut que je te dise quelque chose, mais je tiens à ce que tu saches que… Je ne voudrais surtout pas que ça te contrarie…

— Qu'est-ce qui ne va pas ? m'inquiétai-je. C'est Papa ? Il est malade ? »

Elle secoua la tête, reprit sa respiration, puis lâcha sa confession d'un seul souffle : « Bronya m'a proposé de venir vivre à Paris pour que je l'aide avec la petite Lou et que je suive des cours à la Sorbonne.

— Oh… » Je n'avais jamais envisagé qu'elle puisse avoir envie d'aller à Paris. Nous avions quasiment le même âge, mais j'avais toujours été la bonne élève, en avance dans toutes nos études. Hela avait eu l'air satisfaite d'enseigner au lycée de filles à Varsovie. Je m'étais si peu attendue à ce qu'elle désire autre chose que je me sentais honteuse d'avoir sous-estimé ses ambitions.

Mais d'un seul coup, tout prenait sens. Je comprenais pourquoi mon père avait ignoré ma demande que l'argent de la Sorbonne serve à Kaz et m'avait parlé d'autres choses dans ses lettres. Il allait aider Hela à partir en France, utiliser cet argent pour payer son inscription à la Sorbonne.

« Pourquoi serais-je contrariée ? finis-je par dire en avalant péniblement ma salive. Je suis surprise, c'est vrai, mais… c'est une occasion formidable pour toi. »

Hela sourit et soupira. « Oui, ce sera très exaltant de vivre en France un petit moment. Ça m'ouvrira l'esprit. »

Je ne l'interrogeai pas sur ce qu'elle avait l'intention d'étudier. Le goût d'amertume sur ma langue était si fort que j'avais de la peine à parler, encore plus à respirer. Soudain, l'air du train me parut vicié et étouffant tandis que j'imaginais mes deux sœurs là-bas, si loin.

J'avais à nouveau la sensation de glisser, de perdre pied. Bronya et moi étions celles qui étaient censées aller à l'université ; Hela était celle qui était contente en Pologne. Bronya et moi avions épousé des Kazimierz ; Hela était toujours célibataire et désirait se marier. Que faisais-je dans ce train qui roulait vers Cracovie, empêtrée dans le mensonge que j'avais entretenu auprès de la seule personne qui était encore complètement à moi en Pologne ?

« Peut-être que Kaz et toi viendrez bientôt nous rejoindre, et que les trois sœurs seront à nouveau réunies ! reprit Hela de sa voix chantante.

— Peut-être. » Je le dis si bas que ma réponse se noya dans le fracas des roues sur les rails. Soudain, Paris me semblait encore plus hors d'atteinte que jamais.

Marie

Paris, 1895

« Épousez-moi », dit Pierre de but en blanc, un après-midi du début du mois de mars où nous sommes au laboratoire.

Nous étions au beau milieu d'une discussion sur l'acier allié, et je suis penchée sur la barre que je chauffe avec un tisonnier. Je porte ma blouse en lin toute sale et des lunettes de laboratoire trop grandes pour mon petit visage. Elles ont été conçues pour un homme, ce qui est très embêtant étant donné qu'elles glissent sur mon nez et que je dois sans cesse les remonter.

C'est la troisième fois que Pierre me fait cette demande ridicule depuis que je suis revenue à Paris, après avoir passé l'été à Varsovie. Mon père va bien et Hela a trouvé un bon poste d'enseignante dans une école de filles. Récemment, elle a même rencontré un homme, un photographe dénommé Stanislaw, pour lequel je la soupçonne d'avoir des sentiments – pendant tout mon séjour, elle n'a pas arrêté de me dire que son travail est magnifique. Quitter ma famille et retourner à Paris a été si difficile que j'ai envisagé de rester en Pologne pour de bon. Mais il y a encore beaucoup à faire au labo ; avant que je parte à Varsovie, Pierre et moi avons découvert par hasard une expérience fascinante sur les propriétés paramagnétiques et les variances de température. Pendant que j'étais en Pologne, il m'a écrit tous les jours pour me rappeler tout le travail qui m'attendait.

Au printemps dernier, quelques semaines après notre rencontre, j'avais déménagé mon matériel dans son laboratoire, et à partir de là, nous sommes vite devenus d'excellents partenaires de travail. Pierre, très content de m'assister dans mon étude, se chargeait de toutes les tâches que je lui confiais, mais il m'apportait aussi ses suggestions, intelligentes et sans prétention. J'ai fait de même concernant ses travaux sur les températures. Quand je travaille avec lui au labo, je ne suis pas une femme, il n'est pas un homme, nous sommes juste deux scientifiques qui respectent les idées de l'autre. Raison pour laquelle ses demandes en mariage m'ont surprise. Et les deux fois, ma réponse a été la même : « Je ne peux pas vous épouser. »

Premièrement, il est français, il doit vivre en France. Je suis polonaise, mon pays est la Pologne, où je retournerai un jour pour y travailler et être plus proche de ma famille. Mais il y a autre chose. Après Kazimierz, je me suis promis de ne plus jamais m'engager. Je veux vivre la vie d'une scientifique, pas celle d'une épouse. Peu importe que j'aie du respect pour Pierre ou que j'apprécie sa compagnie, il est impossible qu'on se marie, quel que soit l'angle sous lequel je le considère.

« Réfléchissez-y, Marie, insiste-t-il. Vous et moi, on serait tellement fabuleux ensemble ! »

Fabuleux. Ça lui ressemble bien de parler de nous en termes fantasques plutôt que logiques, scientifiques. Nous sommes des partenaires de labo, pas des amants.

« Vous êtes comme la magnétite, et je suis votre aimant. » Il continue à parler.

La magnétite est le plus magnétique de tous les matériaux que nous avons testés. L'aimant ne peut pas rester au loin, même à une distance quasi incompréhensible. Je dois me mordre la lèvre pour ne pas sourire.

« Pierre… » Je secoue la tête, sans quitter des yeux le tisonnier. Ces stupides lunettes glissent sur l'arête de mon nez. Je les repousse une énième fois. « Nous en avons déjà discuté.

— Et rien de ce que vous m'avez dit ne m'a fait changer d'avis. Je veux toujours me marier avec vous. »

Je lève la tête. Ses bras croisés reposent sur la veste de son costume bien coupé. Pierre est un homme entêté, beau, brillant. Pendant une seconde, je ne peux pas détourner les yeux.

« Vous pouvez être une scientifique *et* ma femme. Je vous soutiens entièrement vous et vos recherches, vous le savez. Je voudrais qu'on travaille ensemble, qu'on continue à être des partenaires au laboratoire, mais aussi partout ailleurs. »

J'apprécie de travailler avec lui comme jamais ça ne m'est arrivé avec personne. La science brûle plus fort, mon esprit se sent encore plus vivant. Cela ne veut pas dire pour autant qu'on doit se marier. « Nous sommes déjà partenaires au labo.

— Oui. Mais je veux qu'on le soit tout le temps. Pour toujours.

— Ne soyez pas ridicule ! Rien ne dure toujours.

— Désolé, je ne suis pas d'accord. Que faites-vous des atomes ? »

Il est difficile de savoir s'il plaisante ou s'il est blessé que j'aie refusé une fois de plus sa demande en mariage. Mais je m'aperçois alors que les coins de ses lèvres remontent légèrement. Pour lui, cette conversation est loin d'être terminée.

« Oh, Pierre… », dis-je en soupirant. Dès que je reporte mon attention sur la barre en acier et le tisonnier, je dois encore me retenir de sourire.

Le samedi matin, comme toutes les fins de semaine quand il fait beau, Pierre et moi partons en balade dans le bois de Vincennes sur de vieilles bicyclettes, la sienne et celle de son frère Jacques. Je pédale devant lui, des mèches échappées de mon chignon battent sur mes épaules et le vent me fouette le visage. J'aime savoir qu'il est là avec moi, mais que je roule plus vite.

« Ralentissez ! » me crie Pierre en riant.

Malgré la fraîcheur de l'air quasi printanier, je suis essoufflée et en nage. Loin du labo et de la science, mon esprit est comme une passoire, le temps et le savoir s'envolent, j'ai la tête merveilleusement vide pour l'après-midi. Je pédale de plus en plus vite, tel le feu qui s'engouffre dans le catalyseur. J'entre dans le parc où les branches des cerisiers sont encore dégarnies.

À l'approche du lac, je finis par ralentir. Je saute de ma bicyclette, la pose dans l'herbe et m'assois au bord de l'eau en passant ma manche fraîche sur mon front en sueur. Quand Pierre me rejoint, il sort un bouquet de pâquerettes blanches du panier de son vélo, puis me le tend comme s'il me remettait un prix pour être arrivée la première. À l'instant où je prends les fleurs, nos doigts se touchent. Un courant de chaleur remonte tout le long de mon bras.

Il s'assoit près de moi, si près que nos épaules se frôlent. « Ensemble, murmure-t-il à mon oreille. Au labo et ailleurs. »

En fin d'après-midi, je prends l'omnibus pour aller dîner chez Bronya à la Villette. J'ai été si débordée au labo que je ne l'ai pas beaucoup vue depuis mon retour de Pologne. En allant chez elle, ce n'est cependant pas à ma sœur et à ma petite nièce Lou que je pense. Pendant tout le trajet, je suis encore au bord du lac avec Pierre, je garde la sensation de sa voix qui chuchote à mon oreille. *Ensemble.* Il faut que j'oublie Pierre. Je me promets de ne pas parler de lui au dîner.

Mais la première chose que me dit Bronya quand j'arrive est : « Cet homme t'aime. Ne sois pas *głupi.* »

Je ne suis pas bête, néanmoins la remarque de ma sœur me déconcerte. « Qu'est-ce que tu veux dire ? » Comment Bronya est-elle au courant ? J'ai pris soin de ne jamais parler de Pierre autrement que comme d'un scientifique avec qui je partage un laboratoire.

« Un soir de la semaine dernière, M. Curie est passé nous voir. Mier l'a invité à dîner.

— Mier l'a invité ? » Mais de quoi se mêle mon beau-frère ? J'ai l'impression d'une étrange intrusion dans ma vie privée, comme si les hommes de mon labo avaient percé un secret qu'ils m'avaient volé. J'ai soudain le visage brûlant de colère.

« Cet été, pendant que tu étais partie, M. Curie nous a écrit plusieurs fois en nous disant combien il était désireux de t'épouser. Et il a continué à le faire après ton retour. On a pensé qu'il valait mieux le rencontrer, et Mier l'a invité. J'avais préparé ma soupe aux champignons. »

Non seulement la mention du *grzybowa* de Bronya me met l'eau à la bouche, mais je suis jalouse et ennuyée de ne pas avoir été conviée. Quel droit avaient-ils d'organiser ce dîner sans moi ? Voulaient-ils parler de moi dans mon dos ?

« Allons, Marya, ne sois pas fâchée ! » dit ma sœur en me prenant gentiment par l'épaule. Elle a beau être devenue mère, elle reste ma sœur-mère. « Nous avons beaucoup apprécié sa compagnie. Cette façon qu'il a de parler pendant des heures de tout le travail que vous accomplissez ensemble au laboratoire... En fait, il est exactement comme toi !

— On travaille bien ensemble au labo, c'est vrai. Mais ce n'est pas la même chose que d'aimer quelqu'un !

— Ah non ? » s'étonne Bronya en arquant les sourcils.

Je hausse les épaules, car ça n'a pas d'importance. Nous savons toutes les deux que, dès qu'on m'aura attribué un poste d'enseignante à l'université de Cracovie, je retournerai en Pologne. Pierre a du travail ici, en France. « Pierre est français. Je suis polonaise. La Pologne est ma patrie , Bronya. Tu le sais. »

Elle acquiesce, elle comprend. La Pologne est sa patrie à elle aussi. « Mais on ne peut pas choisir son pays au détriment de tout le reste. Ce n'est pas sain.

— *Choisir* ? Quel autre choix aurais-je ? »

On a toujours le choix. Il n'empêche que jamais je ne choisirai un homme, un mariage, plutôt que ma famille ou mon pays.

« Tu pourrais faire le choix d'être heureuse », répond Bronya. Elle prend dans ses bras la petite Lou qui jouait avec des cuillers par terre et l'embrasse sur la tête. Ma sœur avait prévu de repartir en Pologne après son diplôme, mais elle a rencontré Mier, qui ne peut pas y retourner sans risquer d'être arrêté à cause de son statut de dissident, et maintenant elle a une famille et une carrière ici, à Paris. Cependant, elle se plaint tout le temps que la Pologne lui manque, qu'elle se languit d'y retourner.

« Je serai très heureuse en Pologne », dis-je. Ce que je veux, c'est être plus près de Papa et de Hela, dans le pays qui me fait me sentir chez moi.

Bronya me regarde par-dessus la tête de Lou en fronçant les sourcils.

D'ailleurs, c'est quoi, ce choix d'*être heureuse* ? Qu'est-ce que le bonheur, sinon quelque chose d'impossible à quantifier ou à mesurer ? À la scientifique que je suis, cela semble être une façon effroyable de décider de sa vie, de son avenir.

« Épousez-moi. » Une semaine plus tard exactement, Pierre réitère sa demande. Un soir, alors que nous sortons du labo et qu'il va verrouiller la porte, il se retourne brusquement pour me dire ça, comme s'il avait oublié ce qu'il s'apprêtait à faire. Ou comme si l'idée de m'épouser le consumait, le rendait obsessionnel et distrait, en ayant le même effet que notre travail sur le magnétisme a eu sur lui depuis des mois.

Je touche doucement sa barbe du bout de mes doigts. Bien qu'il ait trente-cinq ans, son visage a encore un air juvénile, une légèreté que le mien, à vingt-sept ans, n'a plus. C'est sans doute dû au fait d'avoir grandi en

France, et non pas en Pologne sous la botte russe, d'avoir de quoi manger, de l'argent pour payer des études, et la liberté de les avoir suivies au moment où il était prêt. Le père de Pierre est médecin. Ses parents vivent dans une belle maison à Sceaux, en banlieue parisienne. Ils sont charmants, chaleureux et m'ont bien accueillie quand il m'a emmenée dîner chez eux. Avec son frère aîné, Jacques, ils ont grandi sans jamais manquer de rien. Pierre et moi sommes nés dans des mondes différents, nous appartenons à des mondes différents, et, si fort qu'il puisse le souhaiter, c'est un fait qui ne changera jamais.

Il referme sa main sur la mienne. Nous restons ainsi un instant, sans parler ni bouger, devant le laboratoire qui n'est toujours pas fermé à clef. Et finalement, Pierre dit : « Avant de me répondre quoi que ce soit, sachez que j'ai longuement réfléchi et que j'ai décidé que je partirai en Pologne avec vous.

— Quoi ? » Ce qu'il dit là n'a aucun sens ! J'éloigne ma main de son visage. Que ferait-il en Pologne ? Il ne parle pas le polonais et serait incapable de travailler dans un laboratoire là-bas.

« S'il faut en passer par là pour que vous soyez ma femme, j'abandonnerai tout ça, dit-il en montrant le labo. J'adore la science, mais je n'en ai pas besoin comme vous. Vous serez une scientifique en Pologne, et moi je serai… votre mari !

— Mais là-bas, que *ferez-vous* ?

— Je ne sais pas… J'enseignerai le français. Ce que je fais n'a aucune importance. Ça m'est égal. Vous ne le voyez donc pas ? Je veux seulement être avec vous, Marie Sklodowska… Je vous aime. »

Il renoncerait à sa carrière pour m'épouser ? Pour être avec moi ? Je n'en ferais pas autant pour lui. Cependant, il ne me le demande pas. Peut-être qu'il veut être avec moi à cause de ma dévotion pour la science, pas malgré elle.

Puis ses mots s'imprègnent en moi : *Je vous aime.*

Mes doigts meurent d'envie de le toucher de nouveau, mais je serre le poing en gardant ma main contre moi. Bronya a raison. *Cet homme m'aime.* Soudain, je pense aux sapins de Szczuki, je me revois courir entre les arbres, patiner sur la rivière gelée en tenant la main de Kaz qui murmure dans mes cheveux qu'il m'aime, et je songe à la rapidité avec laquelle il a renoncé à nous après que ses parents n'ont pas voulu de moi. Je pense à son mariage avec Leokadia. Sont-ils aussi heureux que nous l'étions alors ? L'aime-t-il autant qu'il disait m'aimer ? Est-ce que ça a de l'importance ?

« Marie ? » Pierre dit mon nom comme une question en me tirant de mes pensées.

Il prend mon poing crispé, déplie lentement mes doigts, embrasse le dessus de ma main et le creux de ma paume, puis la repose sur sa joue. Sa barbe gratte légèrement le bout de mes doigts. Je ferme les yeux et j'inspire. Pierre sent le laboratoire, un mélange de feu et de métal. « Marie ? » Il le redit, plus doucement. Et je comprends tout à coup que ce sera la dernière fois qu'il me fait sa demande.

« Oui. » Je le dis tout bas, d'une voix timide, comme si ce mot sur mes lèvres était à la fois une surprise et une interrogation. Puis je le répète plus fort. « Oui. »

Marya

Loksow, 1895

« Marya ? » Une nuit, début mars, alors que nous étions couchés, Kaz murmura mon nom pour voir si j'étais encore éveillée. J'étais rentrée tard, après un cours de physique qui s'était révélé captivant grâce à un manuel qu'Agata avait emprunté à son frère. Quand je m'étais glissée sous les couvertures quelques minutes plus tôt, je croyais que Kaz était endormi. Là, les muscles tendus, je m'appliquai à faire en sorte que ma respiration soit lente et régulière.

L'esprit encore en ébullition à l'issue de ces deux heures volées, j'étais loin d'avoir sommeil. Une partie de moi voulait répondre à Kaz, rouler sur le côté et l'embrasser, m'accrocher à lui et enfouir mon visage dans l'odeur de pin de son cou. Mais ces derniers temps, dès qu'on était au lit, il me parlait uniquement de faire un bébé. Prétendre dormir était plus simple que de discuter.

Il est vrai que nous étions mariés depuis bientôt quatre ans, et que j'avais déjà vingt-sept ans. Or j'aimais mon mari et étais heureuse comme ça, en étant simplement à deux. Presque toutes mes heures d'éveil, je les passais à m'occuper de Jan et Jedrek Kaminski sans en tirer aucun plaisir. Ce qui m'aidait au quotidien à supporter ces moments abrutissants était de savoir que le soir je me plongerais dans mes cours, de rêver que, un jour, j'apprendrais encore plus de choses dans une vraie université. Et que je pourrais ensuite travailler dans un laboratoire, pas dans une nurserie. Ajouter un autre enfant à ma journée, qui plus est un bébé, me paraissait inimaginable. Même si c'était le mien. *Surtout si c'était le mien.* Comment pourrais-je continuer à aller aux cours le soir si je devais m'occuper d'un bébé ? Au lit, j'avais donc évité Kazimierz le plus possible. Contrairement à lui, je ne me sentais pas prête à fonder une famille.

« Marya, je voudrais te demander quelque chose à propos de ton amie, la pianiste, murmura-t-il.

— Leokadia ? » J'ouvris les yeux, suffisamment surprise par sa question pour oublier que je faisais semblant de dormir. Kaz savait que nous étions devenues de proches amies, en revanche, il ignorait tout de mon voyage en catimini avec Hela pour aller écouter Kadi jouer magnifiquement du piano dans une vraie salle de concert à Cracovie. J'étais revenue en éprouvant de tels remords que je m'étais promis de ne plus jamais lui mentir. L'idée qu'il ait découvert la vérité m'affolait. Mon cœur battait si fort que j'étais certaine qu'il l'entendait.

« Son père, c'est Hipolit Jewniewicz ? demanda Kaz.

— Quoi ? » Ce n'était pas du tout ce à quoi je m'attendais.

« Son père, c'est bien Hipolit Jewniewicz ?

— Je ne sais pas… Oui, sans doute. » Je ne connaissais pas son prénom. Tout ce que je savais, c'était ce que Kadi m'avait raconté sur le fait que son père désapprouvait ses choix, ne la laissait pas vivre la vie qu'elle voulait vraiment. Il enseignait toujours à Saint-Pétersbourg, mais il reviendrait définitivement à Loksow cet été. Elle appréhendait son retour. Et je l'appréhendais pour elle.

« Le fameux Hipolit Jewniewicz ?

— Je n'en sais rien... » Mes battements de cœur se calmèrent. Je soupirai. « Mon chéri, pourquoi me demandes-tu cela ?

— Aujourd'hui, quelqu'un de l'école a raconté qu'il avait entendu sa fille jouer du piano samedi dernier à une fête et, quand il a mentionné son nom, j'ai additionné deux et deux. Hipolit est le plus brillant mathématicien de Pologne ! » s'exclama-t-il dans l'obscurité. Je trouvais merveilleux de l'entendre s'enthousiasmer à nouveau pour les mathématiques.

Un peu moins tendue, je roulai sur le flanc et lui caressai l'épaule. « Et tu voudrais que je persuade Kadi de t'arranger une rencontre avec lui, c'est ça ? »

Nous n'avions toujours pas les moyens de payer l'inscription de Kaz à l'université, mais il lui tardait de reprendre ses études, d'avoir un poste plus stimulant que d'enseigner les maths à de jeunes garçons – il disait que cette activité lui aplatissait terriblement l'esprit –, sans parler du fait que c'était mal payé.

« Oui, une rencontre ! dit Kaz en refermant sa main sur la mienne. Si je pouvais ne serait-ce que lui parler... Peut-être qu'il a besoin d'un assistant de recherche et qu'il acceptera de me donner des cours ? »

Le mercredi soir suivant, parler de son père à Kadi me fit une impression étrange. Nous étions dans un groupe plus important – sept d'entre nous s'étaient présentées dans le minuscule appartement d'Emilia pour discuter d'un romancier anglais. Sachant que son père était un sujet compliqué et délicat, l'aborder ne me disait rien. Mais j'avais promis à Kaz de le faire et, en plus, je pensais que je le lui devais. Cette requête désagréable serait ma pénitence pour avoir menti et être allée à Cracovie sans rien lui dire.

« Mon père ? » Kadi se mordilla la lèvre en fronçant les sourcils. Avec ses cheveux blonds détachés, elle était encore plus jolie, avait un air plus doux que quand elle les relevait en chignon.

Je lui racontai ce que Kaz m'avait demandé, et pour quelle raison il voulait rencontrer son père. « S'il te plaît, dis-je. S'il n'en sort rien, pas la peine de t'inquiéter. Mais Kaz serait tellement heureux si je pouvais lui arranger un entretien ! »

Kadi soupira. « Papa invite tout le temps des mathématiciens à dîner dans l'espoir de me caser en me trouvant un mari... » Elle secoua la tête, ses cheveux blonds balayèrent ses épaules. « Et si j'en invitais un à mon tour, histoire de caser mon père ? »

Cette idée bizarre me fit rire. Nous étions là, deux femmes polonaises qui tentaient désespérément de s'instruire en secret dans la pénombre du soir et qui manigançaient en vue de faire se rencontrer deux hommes, deux mathématiciens.

Je la remerciai et ajoutai : « Ma foi, je suis mariée à un mathématicien. Peut-être que tu en trouveras un toi aussi un jour, qui sait ? »

Ce fut à son tour d'éclater de rire. « Allons, ne dis pas de bêtises, Marya ! Je ne me marierai jamais. J'ai mon piano », répondit-elle avec assurance.

À Cracovie, je l'avais observée sur cette scène où, le reste du temps, se produisaient seulement des hommes. Lorsqu'elle jouait du piano, elle étincelait sous les lumières, sa musique jaillissait d'elle comme un orage soudain. Je savais qu'elle ne souhaitait pas se marier pour l'instant, qu'elle voulait d'abord devenir une pianiste plus accomplie, mais pas qu'elle pensait qu'elle ne se marierait jamais.

Je me demandai ce que ça faisait d'être si douée dans un domaine qu'on aimait tant qu'on y croyait plus qu'à quoi que ce soit d'autre. Ce devait être libérateur de savoir qu'on était la seule à posséder tout ce qu'il fallait pour survivre et construire son bonheur.

Deux mois plus tard, Kadi tint sa promesse et invita Kaz à prendre le thé avec son père un après-midi. Quand je revins ce soir-là de chez les Kaminski, mon mari était déjà rentré et m'attendait assis devant la table. En me voyant, il se leva d'un bond avec un grand sourire, puis me serra de toutes ses forces en me faisant tournoyer. Son geste me rappela l'époque où nous étions à Szczuki, jeunes, libres et amoureux, et où nous nous accrochions l'un à l'autre sur la glace. Visiblement, la rencontre s'était bien passée.

« Hipolit a accepté de me donner des cours ! » m'annonça-t-il avec excitation.

Il me reposa par terre, et je l'applaudis, ravie. « Oh, Kaz, c'est merveilleux ! »

Il me reprit dans ses bras et m'embrassa sur la tête en riant, de ce beau rire profond qui résonnait sur la rivière l'été à Szczuki.

« Et il dit que, si j'apprends vite les mathématiques appliquées, ce qui sera le cas, il me recommandera et m'aidera à trouver un poste universitaire. »

Kaz approcha mon visage du sien et m'embrassa sur les lèvres. C'était formidable de le sentir de nouveau aussi enthousiaste, de savoir qu'il allait avoir la possibilité d'apprendre et d'être ce qu'il voulait. Sa mère avait eu tort. Je ne lui avais pas gâché la vie en l'épousant. Et désormais, tous ces possibles s'ouvraient à nous ! Bientôt, on aurait davantage d'argent, on vivrait dans un plus bel endroit et on mangerait à notre faim. Et ensuite, Paris ! Il trouverait là-bas un poste, de sorte que je serais auprès de mes sœurs et étudierais moi aussi.

L'espérer à cet instant était si facile que, lorsque Kaz continua à me couvrir de baisers en déboutonnant ma robe, avide d'aller plus loin, je ne songeai pas à ce qui pourrait advenir. Je me laissai simplement aller en me rappelant à quel point je l'aimais.

Marie

Paris, 1895

Pendant plusieurs semaines, tout semble aller à la perfection. Pierre et moi passons de longues journées à travailler ensemble au labo. Dès que le printemps devient plus chaud, que l'air embaume du parfum des cerisiers en fleur, nous partons le dimanche sur nos vieilles bicyclettes au bord du lac, où nous profitons de la brise en discutant de la finalisation de sa thèse sur le paramagnétisme et les températures. J'insiste pour qu'il ait mis un point final à son travail doctoral avant que nous quittions Paris, afin que, quand il aura appris suffisamment le polonais, il puisse travailler comme scientifique en Pologne, ou au moins enseigner la science, pas seulement le français. Il dit qu'il est content que je sois là pour le pousser à terminer.

Je me sens dans un état à la fois étrange – hors de moi-même – et merveilleux (comment a dit Pierre ? *Fabuleux*). Parfois, je reste éveillée la nuit, inquiète que ce soit une idée folle de l'épouser et de m'attacher à un homme, si formidable soit-il. Mais le lendemain matin, quand je le vois au laboratoire, mon corps se sent étonnamment léger, mon cerveau plus alerte. Bouger m'est plus facile, tout comme respirer ou même penser. Pierre dit que je le stimule, mais il me stimule lui aussi. Il me pose des questions et exige des réponses qui m'aident à aller plus loin, à accomplir davantage de travail que je n'en ferais toute seule. Et à la fin de chaque journée, j'ai l'esprit comblé et épuisé.

C'est peut-être ça, le bonheur. Et peut-être que le bonheur *est* quantifiable.

Si c'est le cas, j'imagine que le bonheur a une légèreté quasi insupportable, qui lui donne le même poids atomique que l'hélium.

En juin, la lettre que j'attendais de Pologne finit par arriver. Il y a plusieurs mois que j'ai présenté ma candidature à un poste d'enseignante à l'université de Cracovie, et j'ai attendu avec impatience d'être acceptée avant d'envisager le reste de ma vie au-delà des études. Et je suis encore plus impatiente depuis que je sais que Pierre termine son doctorat pour partir avec moi.

Mais au moment où j'ouvre l'enveloppe, je lis la lettre une fois, deux fois, en ravalant ma déception et mes larmes. Je la tends à Pierre sans dire un mot. Après l'avoir lue, il se tourne vers moi, le regard flamboyant de colère.

« Comment ça, ils ne te proposent pas un poste permanent *parce que tu es une femme* ? » Il retourne la lettre comme s'il cherchait la réponse au dos de la feuille, mais il n'y a rien de plus.

« C'est la Pologne, dis-je en m'efforçant de rester calme, bien que j'entende trembler ma voix. Ce n'est pas la France. » D'ailleurs, c'est pour cette raison que je suis partie, que j'ai choisi de ne pas rester même après que Kazimierz m'a demandé de l'épouser. J'ai toujours su que, en tant que femme, il me serait impossible de faire les études que je voulais en Pologne. Mais j'avais eu la naïveté de croire que si j'étais la meilleure à Paris, si je passais tous mes examens en étant reçue la première et si je postulais ensuite dans la ville cosmopolite de Cracovie, en dehors de la partie russe de la Pologne, je… Eh bien, quoi ? Que la Pologne m'accueillerait à bras ouverts ? Que tous ces hommes insupportables se ficheraient de voir une place à l'université leur passer sous le nez et être attribuée à une femme aux *cheveux magnifiques* ? J'ai été tellement stupide que j'ai envie de rire. Peu importe que je sois douée et pointue dans mon domaine. La seule chose qui compte, et qui comptera toujours dans mon pays natal, est que je suis une femme.

« Marie… » Pierre pose la lettre sur la table et me prend doucement par les épaules. « Épouse-moi ici, en France. Nous irons fêter ça à Sceaux avec mes parents. On attendra que ton père et Hela puissent venir pour se marier. Et ensuite, on vivra à Paris et on travaillera ensemble dans notre labo. Tu es une scientifique brillante, tu ne vas pas retourner en Pologne si tu ne peux pas y travailler ! »

Ses paroles sont comme un feu qui brûle tout ce que je pensais être vrai il y a à peine une heure, réduisant tout en cendres et en fumée. *Je suis polonaise. La Pologne est ma patrie.* Je ravale mes larmes. Le mal du pays est une douleur palpable, une lourdeur dans ma poitrine qui m'empêche de respirer.

Cependant, Pierre a raison. Je le sais. Je ne retournerai pas en Pologne s'il m'est impossible d'y travailler.

La science est la chose la plus importante. La science est tout.

Mais non. La science n'est pas tout, plus maintenant. Il y a Pierre.

Kazimierz était un amour de jeunesse. Doux, beau et frais comme les coquelicots qui fleurissaient au printemps à Szczuki. J'ai aimé la façon qu'avait Kazimierz de me soutenir sur la glace. Mais Pierre, je n'ai pas besoin qu'il me soutienne. Je me tiens debout toute seule, et il se tient à mes côtés ou, souvent, il est content d'être derrière moi. Et ce que j'aime chez lui, c'est son esprit. Son bel esprit brillant. Avec lui, je pourrais vivre à l'intérieur d'une conversation scientifique qui se prolongerait à l'infini. La Pologne, ce n'est pas chez moi, je m'en rends compte vers la mi-juillet, alors que nous nous apprêtons à nous marier. *Chez moi*, c'est Pierre.

C'est ce que je dis à Bronya et à Hela dans les heures qui précèdent mon mariage, le 26 juillet, tandis qu'elles m'aident à repasser ma robe et à me coiffer. Hela me regarde d'un œil bizarre, comme si vivre à Paris m'avait rendue folle. Ma sœur et mon père ont fait le long voyage pour venir assister à mon mariage – et il a accepté ma décision de rester à Paris beaucoup mieux que je ne m'y attendais. Mais Hela est amoureuse de Stanislaw à Varsovie. Comment pourrait-elle comprendre ? « Un jour, peut-être que la Pologne sera mieux pour les femmes, dit-elle d'un air mélancolique. Et que Pierre et toi, vous nous reviendrez. »

Bronya lisse les plis de ma robe en souriant. « Qui aurait imaginé que la plus sensée de nous trois serait la plus éperdument amoureuse ? »

Mais elle se trompe. L'amour que j'ai pour Pierre n'est pas du tout éperdu. Il est la lumière, l'air et l'eau : j'en ai désormais besoin pour survivre autant que de mon travail.

Ma robe de mariée est un cadeau de la belle-mère de Bronya, un joli modèle que j'ai choisi à la fois parce qu'il est pratique et d'un beau bleu marine. J'ai l'intention de la porter souvent, et sa couleur foncée conviendra au labo.

Après m'avoir aidée à m'habiller, Bronya et Hela partent se préparer. Je reste seule dans ma chambre de la rue de Châteaudun, sans doute pour la dernière fois.

Je me regarde dans le miroir, un peu étonnée par l'image qu'il me renvoie. Dans cette nouvelle robe, j'ai l'air très différente, plus féminine. Sans doute est-ce à cause du beau tissu impeccable, que mes sœurs ont si savamment repassé, ou de la coupe sur mesure qui met en valeur les courbes de ma poitrine et ma taille en forme de sablier. Mais la personne qui me fait face n'est plus une jeune fille, ni une Polonaise. Je suis une femme instruite, une scientifique, qui va devenir une épouse. Et une épouse française, en plus. *Madame.*

On frappe à la porte. Je me détourne du miroir et entends la voix de Pierre m'appeler. « Marie ?

— Entre ! » dis-je, tout excitée de le voir.

Il s'avance avec un sourire radieux. « Tu es très belle, mon amour…

— Ma nouvelle robe te plaît ? » Je tournoie sur moi-même pour accentuer l'effet.

« Tu porterais ta blouse de laboratoire que tu n'en serais pas moins la plus belle mariée de tout Paris ! »

Je ris et m'immobilise devant lui. Il est vêtu d'un costume sombre, les pans de la veste tombent à la longueur parfaite pour ses longues jambes. « Dieu merci, tu as enlevé ta blouse ! dis-je en plaisantant. Aujourd'hui, tu n'es pas mal non plus… Mais je crois qu'on n'est pas censés se voir avant le mariage. Ça ne porte pas chance, à ce qu'on dit. »

Pierre éclate de rire. « La chance ? Et comment pourrait-on quantifier ça ? » Ni lui ni moi ne croyons à la chance. La chance est une absurdité et n'a rien de scientifique. J'ai simplement répété ce que m'a dit Hela avant de partir, une superstition. Je le répète plus pour amuser Pierre que parce que je crois à ces bêtises.

Il traverse la pièce en deux enjambées, me serre dans ses bras et m'embrasse tendrement sur la bouche. « Je ne pouvais pas attendre une minute de plus pour te dire ce que je nous ai trouvé !

— Quelque chose pour le labo ? » On aurait grand besoin de plus de matériel de mesure des températures, seulement nous n'avons pas la place.

« Non, mon amour, pour nous ! Mon cousin m'a envoyé de l'argent en cadeau de mariage, et je nous ai acheté deux bicyclettes toutes neuves… Elles viennent juste d'arriver !

— Des bicyclettes ? » Ça lui ressemble si peu et, pourtant, l'idée d'en avoir une toute neuve, plutôt que le vieux clou prêté par son frère, m'emballe tellement que je tape de joie dans mes mains.

« Oui. On les prendra quand on partira en voyage de noces. Et on parcourra la campagne française.

— Oh, Pierre, c'est une idée splendide ! » Nous avions prévu de quitter la ville, mais partir à la campagne avec Pierre plusieurs semaines d'affilée… Ma poitrine se gonfle, et je me hisse sur la pointe des pieds pour l'embrasser sur la joue. Les poils de sa barbe chatouillent délicieusement mes lèvres. « Il me tarde d'être Mme Curie ! dis-je dans un soupir.

— Viens ! » Il m'attrape par la main. « Si on les essayait tout de suite ? On va jusqu'à la station Luxembourg et on prend l'omnibus pour Sceaux ?

— Oh, je ne sais pas… On ne risque pas d'abîmer nos tenues de mariage ? » Un trajet à bicyclette aura raison de tout le travail de repassage qu'a effectué Bronya sur ma robe, et probablement des boucles que Hela a mis des heures à discipliner dans mon chignon.

« Les abîmer ? Je dirais plutôt les améliorer ! »

Je souris et prends sa main. Bien que je l'aie rabroué quelques mois auparavant quand il a parlé de vivre ensemble *pour toujours*, cette idée bouillonne en moi. Je me sens si comblée, si vivante et si légère que, au moment où je sors de la chambre avec cet homme qui bientôt sera mon mari, je suis presque étonnée que mes pieds touchent encore le sol.

Si le bonheur est de l'hélium, l'amour est de l'hydrogène, assez léger pour que nos bicyclettes s'envolent vers le ciel.

Marya

Loksow, 1896

Mon corps n'était pas fait pour porter un bébé.

À partir de l'instant où l'enfant a commencé à grandir en moi, j'ai été malade. Au début, je ne pouvais rien manger – l'odeur même de la nourriture m'était insupportable. Le simple fait de préparer un repas à Kaz me soulevait l'estomac, m'obligeant à aller m'allonger pendant qu'il dînait tout seul à table. Et notre appartement était si petit que les odeurs s'incrustaient dans ma peau. Impossible de leur échapper, pas plus qu'au goût métallique que j'avais en permanence dans la bouche. Je devais sans cesse lutter contre l'envie de vomir.

Au bout de quelques mois, lorsque mes robes commencèrent à me comprimer à la taille, j'essayai de me forcer à manger. Mes notions de biologie étaient suffisantes pour comprendre que le bébé avait besoin que je me nourrisse pour se développer. Mais j'avais beau me forcer, la moitié du temps, je vomissais ce que j'avalais. La nausée submergeait tous mes sens ; je n'entendais, ne voyais et ne parlais qu'à peine étant donné que chaque son, chaque vision, chaque mot déclenchait en moi un vertigineux haut-le-cœur.

Kazimierz avait commencé à assister Hipolit à peu près au même moment où je m'étais aperçue que j'étais enceinte. Et depuis, il était plus souvent absent. Ou peut-être que, lorsqu'il était là, je n'arrivais pas à le voir ou à supporter son odeur. Il n'était plus celui qui m'apaisait. Je n'étais plus que vertige et malaise.

Je voulais savoir comment se passaient ses études, être rassurée que tout allait bien, que les choses deviendraient plus faciles après la naissance du bébé et que, à un moment donné, nous pourrions déménager à Paris. Hela m'écrivait qu'elle terminait un cours de chimie et réussissait ses examens en obtenant les meilleures notes de sa promotion. Quant à Bronya, elle travaillait bien comme obstétricienne. Maintenant qu'elle avait deux enfants, sa fille Lou et son fils Jakub, elle employait une gouvernante pour s'occuper d'eux pendant qu'elle exerçait la médecine et que Hela suivait des cours à plein temps.

Paris m'apparaissait toujours comme une lumière blanche aveuglante au bout d'un long tunnel noir. Si seulement je parvenais à reprendre des forces et cessais de me sentir aussi mal, je pourrais de nouveau tenter d'avancer dans ce sens. Je finirais par y partir un jour.

Chaque matin, je continuais à aller chez les Kaminski, pour la bonne raison que je n'avais pas d'autre option. Nous avions besoin de mon salaire pour payer le loyer et la nourriture, et je ne pouvais pas attendre de Kaz qu'il travaille davantage alors qu'il enseignait toute la journée et étudiait ensuite avec Hipolit. À la fin de la soirée, il rentrait avec un tas de copies à corriger, plus une pile de livres et d'articles à lire.

En avril, Hela revint passer un mois de vacances à Varsovie. Elle et mon père me supplièrent de venir me reposer quelque temps avec eux. Mais je ne pouvais pas me permettre de ne pas travailler et, bien que j'aie très envie de retrouver mon père, ma sœur et Varsovie, je leur écrivis en leur racontant une semi-vérité : Kaz ne survivrait pas à Loksow sans moi.

À la vérité, j'étais souvent seule la nuit dans le lit, pendant qu'il travaillait sur la table à la chandelle. J'entendais les pages tourner sous ses doigts avides, le bruit amplifié par tous mes sens à cause de ce bébé qui grandissait en moi.

Certaines nuits, j'avais envie de me lever et de lui crier d'arrêter. De le supplier de venir se coucher, de me tenir dans ses bras et d'apaiser mon ventre en le caressant de ses mains chaudes, de prendre sur lui une part du poids de mon inconfort. Ou de faire quelque chose, n'importe quoi, pour que je me sente mieux. Mais je ne le faisais jamais. De toute façon, il n'y avait rien qu'il puisse vraiment faire, alors je réprimais mon envie de hurler. De lui en vouloir. D'exiger quelque chose de sa part. Qu'aurait-il pu me donner qui chasserait cet épouvantable malaise ?

Et puis, il y avait la chose la plus étrange de toutes : ce bébé, je ne l'avais pas désiré, et bien que je me sente mal constamment, entre les moments de malaise, je ressentais déjà cet amour naissant pour l'enfant qui grandissait en moi jour après jour : fragile et éphémère, comme une bulle.

Un soir, alors que j'étais à six mois de grossesse, Kaz rentra de bonne heure. Comme c'était la première fois depuis des semaines que je le voyais avant qu'il fasse nuit, sa présence inattendue m'étonna autant qu'elle m'ennuya. C'était un mercredi, et je me forçais à boire du bouillon avant d'aller suivre un cours chez Agata. J'avais passé la majeure partie de la journée allongée par terre dans la nurserie des Kaminski en laissant Jan et Jedrek me grimper dessus à leur gré. Mon corps était lourd, douloureux, mon esprit se languissait de la stimulation que m'apporteraient le cours du soir et le fait de retrouver mes amies, notamment Joanna, qui elle aussi attendait un bébé. Dès que Kaz arriva, je sus qu'il allait me demander de rester à la maison, et que j'allais devoir rassembler toute mon énergie pour discuter avec lui.

« Tu rentres tôt », dis-je en me forçant à sourire. Je m'extirpai du fauteuil et lui donnai un rapide baiser. Bizarrement, il sentait la vodka – l'odeur suffit à me soulever l'estomac. Je respirai à fond, puis expirai lentement, espérant que je n'allais pas vomir le peu de bouillon que j'avais réussi à avaler.

« Kadi m'a dit que, ces derniers mercredis soir, elle s'était inquiétée pour toi. Tu... tu n'es... pas assez en forme pour te traîner en ville... surtout pour aller à des cours illégaux ! » dit Kaz en bredouillant vaguement.

Je me demandai combien de vodkas il avait bues, et avec qui. Mais je ne lui posai pas la question, car trop de choses m'ennuyaient dans sa remarque pour me soucier de la façon dont il l'avait dite. Je fermai les yeux, respirai à fond en essayant de me calmer avant de répondre. Je savais qu'il voyait parfois Kadi étant donné qu'il passait beaucoup de temps chez son père, mais ce qui me dérangeait le plus était qu'ils *parlent de moi* tous les deux dans mon dos. Qu'ils pensent savoir ce qui était le mieux pour moi, qu'ils en aient même discuté. C'était exaspérant. Kadi était censée être mon amie. Avoir des secrets avec moi, pas avec Kaz.

Je revins à la table et avalai quelques cuillerées supplémentaires de bouillon, comme pour bien lui faire comprendre. Je me forçai à avaler en réprimant l'envie de vomir. Mon estomac se souleva. Faire ce que voulait Kaz aurait été facile. Rester ici avec lui. Cependant, une fois que le bébé serait né, il me serait plus difficile d'assister aux cours. Voire impossible. Il fallait que j'y aille tant que je le pouvais encore. « Je vais parfaitement bien, dis-je avec un air de défi.

— Kadi était sûre que tu dirais ça. » Je n'aimais pas la façon qu'il avait de prononcer son nom, comme si elle était à lui, pas à moi. Mais soudain, il poussa un soupir et vint m'embrasser sur la tête. « Laisse-moi au moins t'accompagner et te ramener, d'accord, *kochanie* ? Je m'inquiète pour toi, tu le sais. »

Je me radoucis en sentant ses lèvres tièdes, et en comprenant à son intonation qu'il tenait à prendre soin de moi, voulait juste ce qui était le mieux pour moi. Il ne cherchait pas à me retenir, il voulait seulement que j'aille bien, qu'il ne m'arrive rien. En outre, je ne l'avais pas vraiment vu depuis des semaines. Marcher avec mon mari par une douce soirée de printemps... Pendant quelques minutes, la nausée diminua.

« Oui, avec plaisir », répondis-je, me sentant tout à coup d'humeur plus aimable.

Agata habitait à trois rues de notre appartement, mais nous prîmes tout notre temps. Kaz me tenait par la main, et, très vite, j'eus l'impression d'être plus légère, d'avoir l'esprit plus libre. J'étais juste une fille qui se promenait dans les rues pavées de Loksow, follement amoureuse de ce beau mathématicien. Je faufilai mon bras sous le sien, et nous marchâmes ainsi coude à coude, hanche contre hanche. La douceur de l'air frais me faisait du bien. Tandis que Kaz me parlait des équations sur lesquelles il travaillait avec Hipolit, qui essayait de l'aider à obtenir un poste à l'université, un sentiment de calme m'envahit comme je n'en avais pas connu depuis longtemps.

« Quand le bébé naîtra, peut-être que j'aurai un emploi là-bas, et on aura alors plus d'argent, dit Kaz. Tu pourras arrêter de travailler chez les Kaminski. »

Ces derniers mois, courir derrière ces deux gamins mal élevés en étant en proie à cette sensation de malaise avait été une torture. J'espérais chaque jour que j'aurais une fille, qui ne ressemblerait en rien à ces jumeaux brailleurs. Les Kaminski m'avaient proposé d'amener mon bébé chez eux et de m'occuper des trois enfants. Mais si je restais chez moi uniquement avec le mien, je me disais que je pourrais lire, étudier et réfléchir toute la journée. Je me hissai sur la pointe des pieds et embrassai Kazimierz tendrement sur la bouche.

Tout à coup, une vive douleur me déchira les entrailles. Je lâchai aussitôt Kaz et me pliai en deux en me tenant le ventre.

« Marya ? » Aveuglée par la douleur, je ne le voyais plus, et sa voix paraissait lointaine, aussi discontinue et brouillée que si elle me parvenait à travers de l'eau. « Marya ? »

Mon ventre m'élançait, me tiraillait. Je l'agrippai à deux mains dans l'espoir que la douleur allait s'arrêter quand, soudain, j'entendis Kaz dire : « Tu saignes… »

Je clignai des yeux en m'efforçant de focaliser mon regard, mais tout était noir et tournait. La douleur était si atroce que je m'écroulai par terre, ou pas, toujours est-il que je sentis brusquement que Kaz me soulevait et me ramenait chez nous au pas de course.

Je lui dis : « Va plutôt chez Agata. » Elle connaissait bien le fonctionnement de l'organisme, qu'elle avait longuement étudié. Dans une autre vie, dans un autre pays, elle aurait fait des études de médecine, comme Bronya à Paris. *Oh, Bronya...* J'aurais tellement voulu que ma sœur soit là, qu'elle me réconforte en me serrant dans ses bras et me rassure avec son savoir médical.

Cependant, peut-être que je ne dis rien du tout. Ou que Kaz ne m'écoutait pas, essoufflé qu'il était de m'avoir portée jusqu'au premier étage au-dessus de la boulangerie, dans notre minuscule appartement. Pendant un instant, la douleur diminua. Je songeai : *Si seulement je pouvais dormir, tout irait bien quand je me réveillerais.*

Lorsque je rouvris les yeux, c'était le matin, en tout cas il faisait jour. Le soleil entrait par la fenêtre, transformant la table en un cercle jaune éclatant.

« Marya... » C'était la voix d'un homme, mais pas celle de Kaz. Bien que j'aie vaguement eu conscience que ce n'était pas mon mari, je ne voyais pas qui aurait pu m'appeler par mon prénom. Je clignai des yeux pour me concentrer sur son visage. L'homme était âgé, comme mon père, et presque chauve, avec une barbe grise clairsemée. Je ne le reconnus pas.

Puis une autre voix, de femme cette fois, dit : « Elle revient à elle. » La familiarité de son ton me surprit, plus glacial que la rivière en hiver à Szczuki. *Ma belle-mère,*

Pani Zorawska. Je ne lui avais pas parlé depuis le jour où je m'étais enfuie de la maison où je m'occupais des frères et sœurs de Kaz, des années auparavant. Si elle était ici, je devais être en train de mourir. Elle avait dû venir reprendre son fils aîné.

« Non, maintenant, il est à moi ! » voulus-je lui crier. Mais les mots refusèrent de sortir. Ma langue était épaisse, brûlante. Tout en moi n'était que feu. Et douleur. Un couteau me déchirait l'intérieur du ventre.

« Marya… » De nouveau l'inconnu, qui se présenta comme étant le médecin de famille des Zorawski. Kaz s'était-il affolé au point d'avoir appelé ses parents à l'aide ?

« Kaz… » Je finis par retrouver ma voix. « Kazimierz ?

— Je suis là », répondit-il. Ce fut seulement à cet instant que je le vis, assis près du lit. Il me caressa les cheveux.

« Qu'est-ce qui se passe ? Dis-le-moi.

— *Kochanie*, le médecin pense qu'il y a un problème, que le bébé ne va pas bien… » Il s'étrangla sur ces derniers mots, comme s'il cherchait de l'air.

Le bébé ne va pas bien.

« Si seulement vous étiez venue me voir plus tôt ! » dit le médecin d'un ton accusateur. Venue le voir ? Kaz et moi n'avions pas les moyens de consulter un médecin libéral. Les femmes avaient mis des bébés au monde depuis la nuit des temps avec l'aide de sages-femmes et d'amies. Et je détestais cet homme, ce médecin qui me reprochait ce qui m'arrivait et qui, pire, faisait croire à Kaz que c'était ma faute.

« Ce n'est pas ma faute », bredouillai-je. Aussitôt, ces mots me parurent aussi humbles et défensifs qu'inutiles.

Kazimierz échangea un regard avec quelqu'un, sans doute sa mère, que je ne voyais pas mais que j'entendais soupirer dans la pièce.

« La seule chose que vous pouvez faire maintenant est de rester au lit jusqu'à l'arrivée de l'enfant, reprit le médecin. Et prier Notre-Seigneur pour qu'Il vous pardonne… Qu'Il vous laisse avoir ce bébé ! »

Je ne croyais pas en Dieu. Je n'y croyais plus depuis l'âge de dix ans, quand ma mère était morte de la tuberculose et, juste avant elle, ma sœur aînée, Zofia, du typhus. J'avais alors décidé de mettre toute ma foi dans la science, pas dans la religion. La science, la médecine aurait pu les sauver. Dieu ne l'avait pas fait. Bronya avait ressenti la même chose. C'était pour cette raison qu'elle était partie à Paris dans l'intention de devenir médecin.

Mais là, tous les jours, il n'y avait que moi, mon lit et ce bébé dans mon ventre. Chaque fois que je sentais un coup de pied, ou l'angle d'un petit coude, je fermais les yeux et remerciais en silence ce Dieu en qui le médecin, mon mari et probablement toute la Pologne pensaient que je devais croire.

Durant une semaine entière, je restai allongée là, engourdie, la tête vide, mon corps semblable à un épouvantable vaisseau inutile. Dès que le bébé bougeait, j'essayais de toutes mes forces d'y croire encore.

Néanmoins, les coups de pied finirent par cesser. Mon ventre devint tout dur et tout tendu.

Ce soir-là, Kaz rappela le médecin. J'accouchai. Trop tôt. Tout allait mal.

Le bébé sortit sans crier, la peau bleue et glacée.

Marie

Paris, 1897

Mon corps n'est pas fait pour porter un bébé.

Je suis malade, fatiguée, j'ai des nausées pendant des mois, et soudain, au lieu d'être mon paradis, le laboratoire devient mon purgatoire. Les odeurs de feu et de métal que j'aimais tellement me donnent mal au cœur, m'obligeant à me précipiter dehors pour aller vomir.

L'idée de fonder une famille est venue de Pierre. « Imagine comme notre enfant sera beau et intelligent ! » Et quand du bout de son doigt il a tracé un trait sur mon épaule nue, l'espace d'un instant, j'ai vu cet enfant luminescent imaginaire qui serait le nôtre. Cela a suffi à me faire croire que je voulais ce qu'il voulait. De plus, Bronya a maintenant deux enfants et continue à exercer la médecine. Sa grossesse s'est bien passée. Quelques années plus tôt, c'était elle qui m'avait aidée à emménager dans ma première chambre à Paris ; enceinte de huit mois, elle avait poussé la carriole remplie de mes affaires dans la rue Flatters. Je suis furieuse d'être dans cet état, de constater que mon corps me trahit en étant incapable d'effectuer correctement ce qui est sa fonction biologique de base.

« Mon amour, tu as besoin d'une pause. » Pierre a beau insister, il est hors de question que j'abandonne mes recherches. C'est alors que mon père écrit qu'il revient en France passer des vacances. Pierre dit qu'il sera déçu si je ne pars pas quelques semaines avec lui. Au fond de moi, je suis persuadée qu'ils ont conspiré tous les deux : *Cette pauvre folle de Marie, qui refuse de s'accorder du temps pour elle !* Mais comme je suis épuisée, et que j'ai vraiment besoin d'une pause, je pars à Port-Blanc sans trop rechigner.

Mon père et moi séjournons presque tout le mois de juillet à l'hôtel des Roches grises. Le soleil et la mer sont splendides et revigorants. Maintenant que je respire le bon air et que je prends mes repas dans la salle à manger de l'hôtel, la nausée diminue plus qu'elle ne l'a fait depuis des mois.

« Tes joues ont repris des couleurs », me dit Papa en souriant. Il paraît plus vieux que lorsque je l'imagine ; sa voix est rocailleuse, ses mains tremblent un peu quand il coupe sa viande. Je me sens coupable de ne pas vivre en Pologne auprès de lui et, en même temps, je suis heureuse de passer ce moment en sa compagnie, qu'être si mal en point m'oblige à être ici. Sans doute est-ce le soleil, ou d'être avec mon père, ou que, loin du laboratoire et de la ville, mon corps comprend comment remplir ses fonctions biologiques. Quoi qu'il en soit, je me sens réellement mieux.

Pierre reste à Paris. Sa mère, Sophie-Claire, est atteinte d'un cancer du sein incurable. Nous sommes convenus avant mon départ qu'il ne pouvait pas la laisser.

Mais c'est la première fois depuis que nous sommes mariés que je suis séparée de lui plus de quelques heures, et je suis stupéfaite de voir à quel point il me manque. Nous nous écrivons tous les jours, cependant ce n'est pas la même chose que d'être ensemble. Au bout de trois semaines, il me fait la surprise de débarquer un beau matin à l'hôtel. Incapable de contenir ma joie, je caresse son beau visage et passe mes doigts dans sa barbe.

« L'air de la mer te va bien, mon amour… Tes yeux ont retrouvé leur lumière. »

Il a raison. Je me sens tellement heureuse, comme je l'étais avant, que je lui propose une balade à bicyclette. Pierre craint que ce ne soit trop d'efforts pour moi, mais je balaie ses objections. Ici, je me sens tellement mieux ! Nous empruntons deux vélos à l'hôtel et partons tout l'après-midi. J'oublie tout : les malaises et le bébé qui va bientôt arriver. Il n'y a plus que le vent dans mes cheveux, mon mari qui pédale derrière moi. Bien que je sois enceinte et plus lourde, je roule si vite qu'il n'arrive toujours pas à me rattraper, à moins qu'il ne me laisse prendre de l'avance pour me faire plaisir. Son rire résonne dans mon sillage, et il me crie que notre bébé pourrait naître sur un vélo.

Ce soir-là, au moment où nous rentrons à l'hôtel, je descends de la bicyclette et me sens soudain vacillante, faible et tremblante. La nausée me reprend, pire qu'avant. Je me penche et vomis.

« Marie ? » La voix de Pierre est affolée. Je me redresse et m'essuie la bouche du dos de la main. Il tend le doigt vers ma chaussure. Je vois qu'elle est tachée de rouge. « Tu saignes ? »

Au plus chaud du mois d'août, je me retrouve alitée dans notre appartement rue de la Glacière, lourde et agitée. Pierre et moi sommes rentrés en urgence à Paris. Ces quelques gouttes de sang sur ma chaussure ont suffi à me glacer de terreur. Pierre a fait venir son père, le docteur Curie, qui, après m'avoir examinée, m'a ordonné de garder le lit jusqu'à la fin de ma grossesse en restant aussi immobile que possible. Il nous ausculte le bébé et moi deux fois par jour, guette le moindre signe de surmenage ou de détresse. Mais jusqu'à présent, il n'y en a eu aucun. Et au bout de deux semaines clouée là, je me dis que soit je vais bientôt avoir ce bébé, soit je vais mourir d'ennui et de désespoir.

Ce matin, Pierre m'apporte un petit déjeuner, du thé et un toast, avant de partir au labo.

« Non, je ne peux pas », dis-je en repoussant le plateau. Il le pose avec précaution sur la table de nuit.

« Il faut que tu manges, mon amour… » Il se penche et effleure mon front de ses lèvres. « C'est de la science élémentaire. Le bébé a besoin que tu lui donnes des nutriments.

— Je n'ai pas faim. » Comme s'il voulait protester, le bébé me flanque un coup de pied. Je sens monter la nausée.

Pierre pose sa main sur mon ventre, puis sur mon front. Il me caresse la tempe. « Si je pouvais changer de place avec toi, je le ferais, tu sais. »

Il me l'a répété tellement de fois ces dernières semaines que je le crois. Sauf que, naturellement, la biologie, la science rend la chose impossible. Jamais aucune donnée scientifique n'a suscité en moi autant de colère.

« Je mangerai le toast dans un moment. Vas-y, pars au labo… Ça ira. »

Pierre hésite une seconde avant de se lever. Au moment où il sort de la chambre, je retiens mes larmes en l'imaginant faire le court trajet sans moi jusqu'au laboratoire.

Malgré mon état, je suis heureuse qu'il poursuive nos travaux. Je n'imagine pas à quel point je me sentirais encore plus mal si je n'avais pas Pierre, si toute avancée devait cesser pendant que je suis contrainte de rester allongée chez moi. Néanmoins, je trouve injuste l'iniquité imposée à une femme quand un couple décide de faire un enfant. Ce n'est pas la faute de Pierre, bien sûr.

Le bébé bouge à nouveau. Je me force à grignoter un coin de toast et à l'avaler, puis bois une gorgée de thé.

Je caresse mon ventre, dans l'espoir de calmer à la fois la nausée et les coups de pied du bébé. « Tu vas bientôt sortir », dis-je à ce petit être qui est en moi et dont l'intellect n'est pas encore pleinement développé. J'ai beau savoir tout cela de façon rationnelle, passer des jours d'affilée sans avoir rien d'autre que des livres et des articles pour me stimuler l'esprit me rend folle. « Tu vas bientôt sortir, et ton papa t'apprendra tout ce qu'il sait sur la science. »

Une fois l'enfant sorti de mon ventre, ce sera au tour de Pierre de le ou la porter. J'ai bien l'intention de retourner au labo dès que j'aurai accouché.

Finalement, le 12 septembre, je me réveille au milieu de la nuit. Les contractions ont commencé, et j'ai perdu les eaux. Je réveille Pierre en lui demandant d'appeler son père. Le moment est venu. *Enfin !*

« Ça va, mon amour ? » L'inquiétude de sa voix transperce l'obscurité.

« Oui. Les contractions ne sont pas trop fortes », dis-je, ce qui est un mensonge. Elles sont pires que tout ce que j'ai connu, se propagent dans chacune de mes terminaisons nerveuses. Mais en même temps, elles sont un soulagement. Je les accueille volontiers. Ces longs mois de malaise, ces interminables journées au lit seront bientôt terminés.

Bronya m'a recommandé de penser à inspirer et à souffler lentement pendant les contractions. Mais cela ne m'aide en rien. Chaque fois que la douleur me déchire, je fais des équations dans ma tête, je me concentre pour calculer l'énergie cinétique que je pourrais dépenser en envisageant une variété de nombres entiers. Je me focalise sur les chiffres, sur la probabilité mathématique. Et dès que la douleur s'atténue, j'oublie l'équation et je me dis : *Le bébé sera bientôt là, ma vie et mon corps seront de nouveau à moi.* Le lendemain, ou le jour suivant, je me lèverai et je retournerai au labo, la vie et la science reprendront. Je m'accroche à cette idée tandis que je pousse et pousse encore.

« Poussez une dernière fois ! » dit finalement le docteur Curie. Je regarde par la fenêtre. Il fait à nouveau nuit. Entre le brouillard de la douleur et les équations de mes contractions, j'ai perdu une journée entière.

Pierre me presse la main. Je fais ce que me demande le docteur Curie, je rassemble toutes mes forces en poussant encore une fois. La pression sur mon abdomen s'allège, et, d'un seul coup, le bébé sort. J'attends que m'inonde le soulagement espéré si fort pendant des mois. Mais j'ai la poitrine serrée, les jambes engourdies, et j'ai du mal à respirer.

« C'est une fille ! » s'écrie le docteur Curie. Il l'emmène aussitôt et l'enveloppe dans une serviette en lui frottant la peau jusqu'à ce qu'elle lâche un petit cri, suivi d'un long hurlement. Pierre a soudain les épaules qui tremblent et des larmes sur le visage. « Elle est si petite… Je ne pensais pas qu'elle serait aussi petite ! »

Le docteur Curie me tend le bébé dans la serviette. Je l'examine avec attention : d'une taille parfaite pour une nouveau-née, elle a dix doigts et dix orteils, les yeux de Pierre et mon nez, le visage symétrique et la peau la plus douce que j'aie jamais caressée. Ce bébé que Pierre et moi avons fait, que mon corps a abrité et nourri, et qui m'a torturé durant des mois et des mois, est plus parfait que tout ce que nous avons accompli ensemble au laboratoire.

Le lendemain matin, je finis par me lever, mais je ne vais pas au labo. Pendant tout ce temps passé au lit, jamais je n'ai imaginé que le bébé aurait autant besoin de moi une fois qu'il serait né. Irène hurle pour réclamer le sein et tète de façon interminable, ce qui laisse mon corps plus fatigué, douloureux et nauséeux qu'avant. Les semaines s'écoulent dans une sorte de brouillard. J'ai l'esprit trop engourdi et épuisé pour penser en équations. Ou à ce que je rate au labo.

Irène commence à perdre du poids. Je ne fais que m'inquiéter. Cela m'obnubile tellement que je ne me rends pas compte que Pierre a été absent toute la journée, pas plus que je ne m'interroge sur le travail qu'il a effectué sans moi. Il passe nous donner un baiser.

Je lui dis : « On ne devrait pas appeler ton père pour qu'il vienne l'examiner ? Elle est peut-être malade. »

L'amour et l'inquiétude que j'ai pour ma fille ne ressemblent à rien de ce que je pourrais expliquer par un raisonnement logique. Elle est comme une orchidée, délicate et fragile. Belle et cassable. Si quelque chose arrivait à Irène, c'en serait fini de moi.

Pierre fait venir son père trois soirs d'affilée. Irène n'arrête pas de pleurer, et elle est beaucoup trop maigre.

« Vous devriez essayer de lui donner un biberon, finit par suggérer le docteur Curie, avec le détachement d'un médecin, et non l'affection d'un grand-père qui se penche pour embrasser sa petite joue creuse après l'avoir examinée. Elle va bien, Marie, mais je pense qu'elle ne prend pas assez de lait à la tétée. »

Dès que je passe au biberon, Irène reprend du poids et se remplume en quelques jours. Apparemment, mon corps n'est pas plus fait pour la maternité que pour la grossesse. Une fois que je l'accepte comme une simple donnée, mon inquiétude s'allège, flotte au-dessus de moi tel le lithium sur l'eau. Mon esprit s'ouvre de nouveau.

« Quel dommage ! se désole Bronya lorsqu'elle vient voir sa nièce et s'assurer qu'on va bien. Allaiter est tellement plus commode. »

Mais mes seins sont également une longe, et une fois qu'Irène n'a plus besoin que d'un biberon, que peuvent lui donner aussi bien son grand-père et son père que sa mère, je commence à ressentir très fort l'amour profond et constant que j'ai pour la science.

Chaque matin, quand je me réveille à l'aube, c'est le laboratoire qui m'appelle – ses cris sont plus forts, plus insistants que ceux d'Irène.

Marya

Sopot, Pologne, 1897

Au début du mois de février, la mer Baltique était glaciale et étincelante : un joyau bleu azur. Je la contemplai depuis la fenêtre de la chambre d'amis de la résidence secondaire des Zorawski, fascinée par son immensité, sa profondeur, sa couleur et sa beauté trompeuse. La semaine précédente, juste avant que nous arrivions avec Kaz, un homme s'était noyé, emporté par les courants. Ou sans doute était-il mort de froid – l'eau était beaucoup trop glaciale pour se baigner à cette période de l'année. Pani Zorawska nous avait tout raconté avec force détails horribles et excitation dès notre arrivée, mais, épuisée par le long voyage en train, je ne l'avais pas vraiment écoutée. Ses paroles avaient bourdonné au-dessus de ma tête, comme c'était souvent le cas depuis trois mois.

La rapidité avec laquelle mon corps était redevenu normal était remarquable. Sept mois s'étaient écoulés, et ma petite fille, ma Zosia, ainsi que je la nommais quand je pensais à elle, était morte depuis plus longtemps qu'elle n'avait vécu en moi. Mon ventre était creux, vide. Personne n'aurait pu deviner que j'avais porté un bébé et que je l'avais perdu. Personne ne se doutait du manque que je ressentais, ni que mon corps n'était qu'une coquille et que je n'étais que le fragment d'une vraie femme. Ni que je ne supportais plus d'être touchée par mon mari.

Après que j'avais perdu le bébé, Pani Zorawska avait à nouveau disparu de notre vie pendant plusieurs mois, et Kazimierz et moi avions retrouvé au moins l'apparence de ce que nous avions été auparavant. Il avait repris ses études avec Hipolit et était encore moins souvent présent, si c'était possible, à la maison. J'avais repris mon travail chez les Kaminski et mes cours du mercredi soir, sans être toutefois encore capable d'en donner, ce qui inquiétait Agata et Leokadia. Je leur disais que j'avais besoin de temps, besoin de guérir. Cependant, les mois avaient passé ; tout semblait comme avant. Pourtant, au fond de moi je ressentais ce vide permanent, j'avais l'impression que les voix de mes amies et de mon mari bourdonnaient autour de moi comme des mouches. Suivre les conversations était trop compliqué, il y avait trop de mots à comprendre.

Et puis Pani Zorawska nous avait écrit : la famille Zorawski passerait une semaine au bord de la Baltique en février, au moment où les frères et les sœurs de Kaz seraient en congé de l'école et de l'université – voulait-on venir les rejoindre ?

« C'est exactement ce dont on a besoin », avait dit Kaz. Le regard soudain illuminé, il avait pressé la lettre de sa mère contre sa poitrine, puis m'avait embrassé la tête. « L'air de la mer, *kochanie* ! Être enfin réunis avec ma famille ! »

Bien que je lui aie souri, dans mon for intérieur je m'étais inquiétée de la raison pour laquelle elle nous avait invités, alors que nous n'avions pas un sou. Mais Kaz n'avait pas vu sa famille depuis longtemps. Je ne pouvais pas lui refuser ça. Aussi avais-je ravalé mes doutes en disant : « Oui, c'est exactement ce dont on a besoin. »

Et nous étions là, à Sopot. Située sur la mer Baltique, dans le nord de la Pologne, cette ville balnéaire était le lieu de villégiature privilégié des riches et de l'aristocratie russe. Je n'étais jamais allée dans un endroit aussi opulent. La maison sur la plage des Zorawski, deux fois plus grande que leur manoir à Szczuki, n'avait rien de comparable avec notre petite vie à Loksow. Pourtant, même ici, surtout ici, je me sentais toujours aussi froide et aussi vide. Kaz, lui, était de nouveau pleinement vivant : ses joues s'enflammaient d'enthousiasme lorsqu'il parlait de son travail à ses frères et sœurs pendant le dîner.

Je distinguais quelques mots – *Hipolit, géométrie analytique*… Me forçant à sourire, je bus une gorgée de l'eau glacée que Pani Zorawska avait posée devant moi. Les voix de Kaz et de ses frères et sœurs s'élevaient, puis retombaient. Je coupai ma viande en minuscules morceaux que je poussai dans mon assiette du bout de ma fourchette et regardai autour de moi.

Depuis que j'avais été leur gouvernante, tous les enfants avaient grandi. Même la petite Maryshna, le bébé que j'avais bercé le soir pour l'endormir, était presque de ma taille. À dix ou onze ans, elle avait pratiquement terminé sa croissance. C'était ce que les enfants étaient censés faire : grandir. Sauf la mienne, née trop tôt, née toute bleue.

« Marya ? » Pani Zorawska était en train de m'interpeller. Si elle m'avait demandé quelque chose, je ne l'avais pas entendue. Elle posa sa main sur mon épaule. « Si nous allions dans la véranda, vous et moi ? »

Je jetai un coup d'œil à Kaz. Les joues roses, le regard rayonnant, il riait à ce que son frère Stanislaw lui racontait. À l'instant où je me levai, il me prêta brièvement attention. Il me pressa la main, j'en fis autant, puis je suivis sa mère dans la véranda attenante à la salle à manger, une pièce entourée de baies vitrées qui donnaient sur la mer agitée.

« C'est magnifique, n'est-ce pas ? On pourrait presque s'y laisser prendre ! » Le doigt pointé vers l'eau bleue étincelante, Pani Zorawska me regarda en haussant les sourcils. J'acquiesçai, mal à l'aise de me retrouver en tête à tête avec elle pour la première fois depuis de longues années. Elle poussa un soupir, puis me fit signe de m'asseoir dans un rocking-chair et prit place à côté de moi. Nous nous balançâmes un petit moment en contemplant l'immensité de la mer sans rien dire.

Autrefois, à l'époque où je m'occupais de ses plus jeunes enfants à Szczuki et où elle me traitait avec gentillesse, j'avais admiré cette femme. Et quand Kaz et moi nous étions fiancés en secret, j'avais imaginé qu'elle me considérerait comme sa fille, qu'elle serait pour moi une autre mère. Mais c'était avant que je sache qu'elle ne me pensait pas digne de son fils. Et des années plus tard, j'étais là, sans aucun diplôme universitaire, ayant échoué avec mon mari, moi-même et mon bébé. Me dire qu'elle n'avait peut-être pas eu totalement tort m'ennuyait.

« Ces dernières années n'ont pas été tendres avec vous, Marya. » Elle le dit sur un ton détaché, sans compassion ni dérision.

« Je ne sais pas… Je ne dirais pas ça », rétorquai-je, éprouvant le besoin de me défendre, de défendre mes choix. Je me sentais triste et vide depuis des mois, mais, derrière tout ça, il y avait eu de la joie. Même si je ne me souvenais plus très bien de sa douceur, la joie avait été là. Pani Zorawska ne savait rien de mon université volante à Loksow, de la façon dont l'amour pouvait faire oublier la faim, ou du désir que Kaz et moi ressentions pendant ces innombrables nuits où nous nous accrochions l'un à l'autre.

« Ah non ? » Elle fit claquer sa langue, comme si elle en doutait. « Mon fils et vous vivez comme des mendiants, aucun de vous n'a l'éducation qu'il devrait avoir. »

Je voulais lui dire qu'elle aurait pu accepter que son fils m'aimait et que je l'aimais moi aussi. Qu'elle aurait pu l'aider à s'inscrire à la Jagellonne. Aujourd'hui, il aurait terminé ses études, et nous aurions pu partir à Paris. Kaz aurait pu enseigner à la Sorbonne, moi aller à l'université. Mais je me mordis la langue sans rien dire de tout cela. « Pourquoi nous avez-vous invités ? » Ces cinq dernières années, ils avaient fait de nombreux voyages en famille sans nous. Elle avait fait venir un médecin au moment où j'en avais eu besoin, et parce que Kaz avait imploré son aide, mais, ensuite, elle avait de nouveau disparu, ne nous avait même pas envoyé une lettre pour exprimer un quelconque chagrin. Alors, maintenant, que voulait-elle vraiment de nous ?

« Est-ce une si mauvaise chose que j'aie envie de voir mon fils aîné ? De voir mes enfants réunis dans la même maison, après tout ce temps ?

— Bien sûr que non. » J'éprouvai une pointe de compassion à son égard. Sa famille avait manqué à Kaz, tout comme il lui avait manqué. J'écrivais chaque semaine à mes sœurs et à mon père, et bien que je ne les voie pas aussi souvent que je l'aurais souhaité, nous restions très proches.

Pani Zorawska se tourna vers la mer. Aucune de nous ne parla pendant quelques instants. Puis elle s'éclaircit la gorge et dit ce pour quoi elle m'avait amenée ici, ce qu'elle voulait me dire depuis le début : « Kazimierz est encore jeune. Il n'est pas trop tard pour qu'il soit heureux. »

J'étais d'accord, j'acquiesçai. Kaz terminerait bientôt ses études. Dès qu'il aurait trouvé un meilleur emploi, nous emménagerions dans un plus bel appartement. Et même si mon corps continuait à me trahir, ce ne serait pas le cas de mon esprit, je continuerais à apprendre par tous les moyens possibles et autant que je le pourrais.

« Mon mari connaît un prêtre qui accepterait d'annuler votre mariage compte tenu de… de ce qui s'est passé l'été dernier. »

Brusquement, le lointain bourdonnement cessa ; ses paroles me parvinrent claires et nettes. Une douleur me vrilla le ventre, une douleur fantôme, la douleur de mon utérus vide, de ma belle Zosia toute bleue. Annuler notre mariage ?

« En échange, nous sommes prêts à vous donner de l'argent pour partir à Paris et aller à l'université comme vous en avez toujours rêvé. Mais vous n'êtes pas obligée d'étudier, vous pourrez garder cette somme ou en faire ce que vous voulez. Ce serait un nouveau départ pour vous aussi, et vous seriez près de vos sœurs… » Elle continuait à parler.

Je la dévisageai, incapable d'articuler un mot. J'aimais Kaz. Je l'aimerais toujours. Mais une autre femme, une femme approuvée par sa mère, serait-elle capable de lui apporter tout ce que moi je ne pouvais lui donner ? Il ferait les études qu'il voulait tout en ayant l'amour de sa famille, l'argent de sa famille, et peut-être, ou surtout, un enfant à lui.

Paris… Poursuivre mes études là-bas avait été mon rêve pendant très longtemps. Pourtant, je mis ma main sur mon ventre en me demandant si c'était toujours ce que je désirais le plus.

« *Matka !* » La voix de Kaz me fit sursauter. Je me retournai et l'aperçus sur le seuil, le visage rouge écarlate – mais de détresse cette fois, pas de joie. J'ignorais ce qu'il avait entendu de notre conversation. Tout, sans doute.

Je voulus aller vers lui, mais Pani Zorawska fut plus rapide et lui caressa la joue de sa main fripée. « Je veux seulement ce qu'il y a de mieux pour toi, *kochanie*… C'est tout ce que j'ai toujours voulu… »

Kaz la repoussa et me rejoignit en deux grandes enjambées. « Marya, je crois qu'il est temps qu'on rentre à la maison.

— Mais… tu viens juste d'arriver ! » s'indigna sa mère.

Dans le train qui nous ramenait à Loksow, Kaz appuya son front contre la vitre en regardant la mer Baltique trompeuse s'éloigner. Il avait un air dur, résolu, sans que je puisse dire s'il était triste ou en colère. Je cherchai sa main et, quand il prit la mienne et la pressa doucement, je laissai aller ma tête contre le siège en fermant les yeux. Là, entre le bercement du train et la chaleur de mon mari, je me sentais très fatiguée.

« Qu'allais-tu lui répondre, *kochanie* ? demanda-t-il tout bas.

— Mmm… ? murmurai-je, à deux doigts de m'endormir.

— Qu'aurais-tu répondu à Matka, quand elle t'a proposé de l'argent si tu me quittais ? »

Je me redressai et rouvris les yeux. Soudain, à cause du roulement du train, je me sentis nauséeuse, plus du tout détendue. « Que je refusais, bien sûr, dis-je très vite en caressant sa pommette. Je t'aime. Tu le sais. »

Kaz m'attira contre lui, puis m'embrassa sur le front. Je posai ma tête sur son épaule et fermai les yeux.

Je l'aimais, oui, cependant, tout au fond de moi, j'avais peur que Pani Zorawska n'ait raison. Qu'elle n'ait toujours eu raison. Et à la vérité, je ne savais pas très bien ce que j'aurais répondu si Kaz n'était pas arrivé à ce moment-là dans la véranda.

Marie

Paris, 1898

Je suis tellement concentrée sur la pechblende que je n'ai pas entendu Pierre entrer dans le labo, et quand tout à coup il m'appelle, je sursaute et manque de me cogner la tête contre les cageots qui nous ont servi à construire notre chambre d'ionisation quelques semaines plus tôt.

Ces derniers temps, j'ai décidé de me plonger dans les recherches d'Henri Becquerel sur les composés de l'uranium. Pierre et moi nous sommes procuré un gros échantillon de minerai, de la pechblende de Bohême, et avons fabriqué une petite chambre d'ionisation de fortune en vue de procéder à des tests. À l'instant, les relevés singuliers que j'obtiens m'intriguent tellement que je l'entends à peine.

« Marie ! répète-t-il, un peu plus fort.

— Ces résultats ne peuvent pas être justes… » Je n'ai pas le temps de plaisanter, ni de lui demander où il était et ce qu'il me veut. La pechblende que je remets dans la chambre d'ionisation est très lourde et dégage une odeur épouvantable. Je transpire et je respire péniblement, mais je dois refaire un test. D'après la mesure obtenue, la radioactivité est nettement plus importante que dans l'uranium pur. Or, si c'est exact, cela veut dire que j'ai découvert quelque chose de nouveau. De différent. Et qu'aucun scientifique avant moi n'a trouvé. À cette idée, mes mains se mettent à trembler.

Pierre les prend dans les siennes. « Respire à fond, mon amour, dit-il d'une voix douce en fronçant les sourcils. Il faut que je te dise quelque chose. »

Affolée, je lui accorde ma pleine attention. « C'est Irène ? Elle est malade ?

— Non, non, ce n'est pas Irène. Je viens de recevoir le... Je n'ai pas eu le poste de professeur à la Sorbonne. »

Pierre avait posé sa candidature à un poste vacant au département des sciences, et il bénéficiait de la plus haute recommandation du très estimé M. Friedel, un brillant chimiste qui avait été leur mentor à lui et à son frère Jacques à l'époque où ils menaient leurs premières expériences. C'était d'ailleurs sur sa recommandation que Jacques avait été nommé professeur de minéralogie à Montpellier. Nous étions persuadés que Pierre obtiendrait cette place à la Sorbonne, laquelle s'accompagnerait d'un meilleur salaire et d'un plus grand laboratoire, ce qui me permettrait de me concentrer sur mon doctorat.

« Comment ça, tu ne l'as pas eu ? » La question m'échappe tellement je suis outrée. Je suis en sueur à cause de l'effort qu'a nécessité mon expérience, mon souffle est rauque dans ma poitrine. « Aucun autre candidat n'est pourtant plus qualifié que toi !

— Ils ont choisi Jean Perrin », rétorque calmement Pierre. Avant de m'annoncer la nouvelle, il a pris le temps de la digérer, l'a déjà acceptée.

Je secoue la tête. Naturellement… Jean Perrin a beau être plus jeune, il a un diplôme plus prestigieux d'une des grandes écoles.

« Oh, mon chéri… » Je lui caresse la joue. Mes doigts sont tout sales à cause de la pechblende, mais ce n'est pas le genre de chose que remarque Pierre. Il faudra que je lui rappelle plus tard de se laver le visage. « Tout va s'arranger. Tu verras. »

Il soupire – il ne me croit pas vraiment. Depuis le décès de sa mère, deux semaines après la naissance de notre fille, il se débat doucement dans son chagrin. J'ai chargé son père de veiller sur Irène, ce qui l'a énormément aidé. S'occuper de sa petite-fille lui apporte de la joie tout en me libérant de mon inquiétude. Je peux à nouveau me concentrer pleinement sur mes travaux. Mais Pierre, lui, a du mal, il me demande même de l'accompagner à des séances de spiritisme.

Des mois plus tard, je vois encore parfois ce vide dans ses yeux lorsqu'il regarde au loin ou perd le fil de sa pensée au milieu d'une phrase. Pierre a toujours été distrait, mais, ces temps-ci, c'est plus que de la distraction. J'avais vraiment cru qu'il obtiendrait ce poste, que ça le sortirait de ses idées noires en le raccrochant à la science et au monde.

« Eh bien, on s'en fiche ! dis-je finalement. De toute façon, je vais avoir besoin que tu m'aides avec ma pechblende. »

Il rit vaguement en secouant la tête. « Pour quoi aurais-tu besoin de mon aide ? Ici, tu maîtrises tout, mon amour ! »

Je lui parle de mes relevés étonnants de ce matin concernant les degrés de radiation, et j'ajoute que, si j'arrive à les dupliquer, si ce n'était pas une erreur, il y a bien plus dans la recherche de Becquerel et la pechblende qu'aucun de nous n'en a jamais rêvé, moi la première. Il se pourrait que j'aie découvert un élément entièrement nouveau dans notre minuscule labo fait de bric et de broc et cette chambre d'ionisation fabriquée avec des cageots. Je tiens peut-être quelque chose de nouveau et de très exaltant.

Pierre m'interrompt. « Tu es sur le point de découvrir quelque chose de génial, je le sens ! s'exclame-t-il avec enthousiasme. Tu auras peut-être besoin de moi comme assistant, pour t'aider à transmettre tes découvertes à l'Académie.

— Oui, mon chéri. J'aurai besoin de toi pour tout ça. Mais d'abord, on doit reproduire mes résultats avec la pechblende. Vérifier que je n'ai pas fait une erreur.

— Toi, faire une erreur ? » Il éclate de rire. Ses yeux expriment enfin autre chose que de la tristesse, débordent de cette exaltation que je ressens moi aussi et qui ébranle tout mon être. Et soudain, je me hisse sur la pointe des pieds et l'embrasse tendrement.

Tout arrive très vite. En quelques jours, compte tenu des niveaux de radioactivité qu'indiquent mes essais, j'ai la certitude qu'il y a *deux* nouveaux éléments dans la pechblende. Je nomme le premier *polonium*, en hommage à ma Pologne natale, et le second *radium*, en raison de sa plus forte radioactivité. Nous nous empressons de rédiger un article, car, dès que nous comprenons ce que nous avons découvert, nous craignons que quelqu'un d'autre ne le fasse le premier. Nous confions le papier à Gabriel Lippmann, qui le présentera à l'Académie des sciences en notre nom, puisque celle-ci ne nous acceptera pas encore Pierre et moi parmi ses membres. Et quand l'Académie répond, le comité fait part de son intérêt mais estime que nous n'apportons pas de preuves suffisantes. En fait, pour le démontrer vraiment, nous devons *isoler* ces deux éléments de la pechblende.

« C'est impossible, proteste Pierre. Ça prendrait des années et… une tonne de pechblende !

— C'est difficile, oui, mais pas impossible. » Je lui dis qu'on le fera nous-mêmes. On éliminera chimiquement la pierre petit à petit, morceau par morceau – un travail éreintant et dégoûtant. Néanmoins, nous le ferons et nous isolerons les nouveaux éléments, ne serait-ce que pour leur prouver qu'ils ont tort et que nous en sommes capables. Ne serait-ce que pour gagner notre place au sein de l'Académie.

« Tu as l'air fatiguée », me dit Bronya, un mois plus tard. Ce dimanche, elle est venue avec Lou m'apprendre à faire de la confiture. J'ai passé toute la semaine au labo à mettre des produits chimiques dans la pechblende. Les bouts de mes doigts sont à vif, mes ongles affreux et couverts de croûtes. « Tu es malade ? » s'inquiète ma sœur en me touchant le front. Peu importe que je sois devenue mère, et une scientifique accomplie, elle restera toujours ma sœur-mère. « Tu es de nouveau enceinte ? »

Je secoue la tête. À la vérité, je n'ai jamais ressenti un tel épuisement, encore plus que quand j'étais au plus mal pendant que j'attendais Irène. Le travail que nous effectuons au labo est aussi épuisant qu'ingrat. Et bien que ce soit dimanche, mon jour de repos, je n'arrive pas à me débarrasser de la fatigue, de la souffrance qu'engendre mon travail. Pierre, tout aussi épuisé, a décidé de passer la journée au lit. Mes doigts me font mal, mes yeux me brûlent. Mais il y a des semaines que j'ai invité Bronya à passer me voir, et elle a amené la petite Lou. Je ne peux pas les décevoir.

« Où est Irène ? demande Bronya en regardant dans la cuisine.

— Le docteur Curie l'a emmenée au parc. »

Bronya paraît contrariée, mais Irène est trop jeune pour comprendre comment faire de la confiture, et je suis trop fatiguée pour l'empêcher d'en mettre partout. Quand le docteur Curie a proposé de l'emmener au parc, j'ai accepté avec gratitude.

Bronya est experte en confitures, qu'elle a appris à faire avec notre mère avant sa mort. C'est sa récompense pour être plus âgée que moi : elle a passé plus de temps avec Maman. Et j'envie son aisance. Je voudrais être une meilleure épouse, et plus maternelle, comme l'est ma sœur, seulement ça ne m'est pas aussi naturel. Bronya parvient à être tout en même temps : mère, épouse, sœur, médecin, et sans jamais avoir l'air fatiguée. J'imagine que, si j'arrive à faire de la confiture, je maîtriserai le reste également.

« Bon, il faut quatre kilos de groseilles à maquereau, dit-elle en écrivant la recette de sa belle écriture régulière dans mon cahier de cuisine. Et une quantité équivalente de sucre cristallisé. »

C'est ça, c'est comme une équation. Faire de la confiture, ou être une bonne épouse, ne doit pas être si compliqué si on considère cela comme une science. Ma cuisine est mon laboratoire, les groseilles à maquereau sont mes minéraux. Je les écrase à pleines mains. Le jus tiède coule sur mes doigts douloureux.

Lou écrase les fruits avec moi, et son rire de petite fille, tout comme le fait de malaxer les groseilles, a quelque chose de relaxant. Je ferme les yeux en laissant le processus m'apaiser. Quand Irène sera un peu plus grande, peut-être ferons-nous des confitures ensemble. Je comprends mieux pourquoi Bronya y prend un tel plaisir. Pendant un instant, je ne me rends pas vraiment compte qu'elle continue à me parler. « … et on va retourner en Pologne, est-elle en train de dire.

— Quoi ? » Je rouvre les yeux et retire mes mains de la bassine de groseilles. Mes doigts sont tachés de rouge, comme si je saignais.

« À Zakopane, précise-t-elle. Mier et moi faisons construire un sanatorium où nous allons vivre et travailler. Et l'année prochaine, quand les travaux seront terminés, nous retournerons enfin en Pologne. » Son visage s'est adouci, son sourire est plus large que je n'ai le souvenir de l'avoir vu ces derniers temps. Zakopane est une petite ville rurale au pied des Tatras, en Pologne autrichienne, en dehors de l'Empire russe, de sorte que Mier sera à l'abri de toute poursuite judiciaire. Mais ma sœur sera de retour en Pologne, à seulement quelques heures de train de Varsovie.

« Oh, Bronya… C'est merveilleux ! »

Toutefois, sans que je sache très bien quoi, quelque chose s'enroule dans ma poitrine. De la jalousie mêlée à un peu de tristesse, à moins que ce ne soit de la fierté que ma sœur-mère ait réalisé son rêve de devenir médecin et rentre dans notre pays afin d'aider les gens. Peut-être qu'un jour, une fois que nous aurons terminé nos recherches, Pierre, Irène et moi irons la rejoindre.

Marya

Pologne, 1901

Mon père avait soixante-huit ans, et ses lettres étaient de plus en plus courtes, le temps entre chacune de plus en plus long. Leur fréquence passa d'une semaine à deux, puis à trois. Au bout d'un mois entier sans nouvelles, je m'inquiétai et prévins Kaz que je prendrais le train pour Varsovie dès le lendemain. « Tu veux venir avec moi ? lui proposai-je, sachant pertinemment qu'il ne pourrait pas.

— J'aimerais bien, *kochanie*... » Je hochai la tête. Je comprenais. Il avait son travail avec Hipolit, qu'il assistait dans ses recherches sur l'élasticité, et qui lui aussi vieillissait. Kaz me disait avoir l'impression d'être une partie vitale de ses recherches – il enregistrait ses notes quand Hipolit oubliait de le faire, vérifiait que les données étaient en ordre, ce dont le vieil homme ne se donnait pas toujours la peine. Au lieu d'être simplement son mentor, Hipolit le payait désormais pour son travail d'assistant. Kaz gagnait deux fois plus d'argent qu'auparavant, ce qui représentait pour lui un soulagement et une joie – il était rémunéré pour étudier les mathématiques !

Les jumeaux Kaminski étant en pension à Cracovie depuis l'automne précédent, on n'avait plus besoin de mes services à plein temps. J'avais appris à respirer, et je commençai à me concentrer sur l'enseignement et sur mon université. Ces derniers mois, libérée de mon emploi de gouvernante, je m'étais rendu compte que si je rendais mon université volante bien réelle, et la développais un peu plus, les femmes qui avaient été présentes depuis le début pourraient enseigner à d'autres femmes plus jeunes. Nous pourrions percevoir un petit droit d'inscription de façon à payer celles d'entre nous qui enseigneraient. Et si je parvenais à me verser un salaire, je n'aurais pas à chercher un nouveau poste de gouvernante. En outre, je favoriserais l'éducation des femmes à Loksow, ce qui serait une chose merveilleuse. Une chose qui me remplissait d'une immense fierté.

« Mais je n'aime pas savoir que tu voyages seule... Je voudrais... » Je savais très bien ce que voulait Kaz : que j'attende jusqu'au dimanche afin qu'il puisse m'accompagner. Mais je savais aussi qu'il ne me le demanderait pas, étant donné que je me faisais du souci pour mon père et qu'on était seulement lundi. Il reprit la parole, puis se ravisa.

« Kaz, je suis une femme adulte. J'ai déjà fait ce voyage de nombreuses fois. Ça ira.

— Oui, mais c'était... avant. »

Trois semaines plus tôt, pendant un cours du mercredi soir, deux policiers militaires étaient venus frapper à la porte en prétendant avoir eu vent d'une activité illégale. Par chance, nous étions peu nombreuses ce soir-là – deux femmes s'étaient cachées sous le lit, une dans le placard, et Leokadia et moi avions enfilé un tablier en vitesse avant d'aller ouvrir. Leokadia avait réfléchi à toute allure et usé de son charme opulent pour raconter aux policiers une histoire de confiture que nous étions en train d'essayer de mettre en pots – et bien qu'une catastrophe se soit produite avec les fruits, nous tenions à plaire à nos maris. Heureusement, ils n'avaient pas exigé de *voir* nos confitures imaginaires. Son explication et son charme les avaient suffisamment convaincus pour qu'ils s'en aillent. Je n'avais pas fait part de cet incident à Kaz. Par conséquent, s'il était au courant, c'était que Leokadia lui en avait parlé. Était-ce le cas ?

Alors qu'il me regardait d'un œil inquiet, je me demandais s'il imaginait la police russe m'obliger à descendre du train. « Je t'assure, Kaz, ça ira.

— Et si tu emmenais Leokadia ? Tu n'aurais pas à voyager toute seule.

— Je suis sûre qu'elle a mieux à faire.

— Non, elle vient de me dire qu'elle aimerait sortir plus souvent de la maison, vivre une aventure. » Leokadia continuait à jouer du piano partout dans l'Empire russe de Pologne, mais elle n'avait pas été réinvitée à Cracovie, et elle m'avait confié son désir de partir quelque part où elle se sentirait plus libre, où elle serait payée pour jouer et aurait le droit d'étudier dans un vrai conservatoire. Pourquoi étais-je embêtée qu'elle ait dit la même chose à Kaz ?

Soudain, prise d'une étrange sensation au creux de ma nuque, je passai ma main dessus pour la chasser. « Aller voir mon père à Varsovie avec moi n'est pas vraiment une aventure, finis-je par dire.

— S'il te plaît ! me supplia Kaz. Demande-lui si elle prendra le train avec toi. Je viendrai vous rejoindre toutes les deux ce week-end. »

Je cédai. À dire vrai, ce que j'allais trouver chez mon père me tracassait, et partir avec une amie, sans devoir affronter la situation toute seule, ne me semblait pas être une mauvaise idée.

Pendant le trajet, Leokadia et moi ne parlâmes pas beaucoup. Nous étions parties de bonne heure et étions fatiguées, cependant, quelque chose d'autre me tourmentait. Kaz pensait savoir ce qu'elle voulait, et j'étais en colère contre elle. Mais de quel droit ? Leokadia et son père n'avaient fait qu'aider Kaz, et par conséquent moi, ce dont j'aurais dû être reconnaissante. Je pressai fermement les lèvres sans rien dire.

Leokadia interpréta mon silence comme de l'inquiétude pour mon père. Quand le train arriva à Varsovie, elle me tapota le bras et dit : « Marya, je suis sûre que tout va bien. Peut-être qu'il a juste été occupé. »

Je hochai la tête, cependant il n'était jamais occupé au point de ne pas écrire à sa fille, et, dans sa dernière lettre, Bronya avait mentionné qu'elle n'avait pas de nouvelles non plus et commençait à s'inquiéter. En outre, mon père adorait me tenir au courant de toutes les bonnes choses qui arrivaient à mes sœurs, vantant leurs qualités comme jamais elles n'auraient voulu qu'il le fasse. Hela réussissait bien ses examens, était la première de sa classe en sciences appliquées, et elle sortait avec un scientifique français, Jacques – *très gentil* et *très beau*. Bronya et son Kazimierz étaient impatients de retourner en Pologne, mais ils tenaient avant cela à ce que Hela termine ses études, personne n'ayant envie de la laisser toute seule à Paris. Il me tardait qu'ils reviennent en Pologne, qu'ils soient plus près de moi, et, en même temps, j'aurais préféré qu'ils restent. La perspective de leur retour me donnait l'impression qu'une porte se refermait, que ce serait la fin de mon rêve d'aller à Paris.

Leokadia et moi parcourûmes la brève distance entre la gare et l'appartement de mon père. Je frappai à la porte, doucement, puis plus fort. « Papa, c'est moi, Marya ! criai-je. Je suis venue te voir ! » Pas de réponse. Mon cœur battait à toute vitesse ; je mis ma main dessus pour tenter de l'apaiser.

« Il est encore tôt, me fit remarquer Leokadia. Peut-être qu'il dort encore. » Mon père se levait tous les jours avec le soleil et se couchait de bonne heure, juste après la nuit tombée. Faire la grasse matinée ne lui ressemblait pas du tout.

Je sortis ma clef et ouvris la porte. L'appartement était plongé dans la pénombre, les rideaux tirés. Je passai mon doigt sur la crédence de la cuisine et ensuite sur la table, que recouvrait une fine couche de poussière. Et s'il avait été ici tout seul et était mort dans son lit, sans que personne l'ait su pendant des semaines ? « Papa ! » criai-je de nouveau, la voix cassée.

Leokadia me prit la main et la serra dans la sienne. À cet instant, je l'adorai d'être venue avec moi, et j'adorai Kaz d'avoir fait cette suggestion.

Nous allâmes ensemble vers la chambre, où je frappai à la porte. « Papa… C'est moi, Marya… » Il ne répondit pas. Je n'osai pas ouvrir, puis j'entendis un pas traînant et soupirai de soulagement. Des larmes coulaient sur mes joues. Je m'empressai de les essuyer. Je ne voulais pas que mon père me voie pleurer.

Il ouvrit la porte. « Marya ? Mais… que fais-tu ici ? » Il avait l'air plus vieux que la dernière fois que je l'avais vu, six mois plus tôt, et se tenait voûté dans sa robe de chambre.

« Étant donné que je n'ai reçu aucune lettre de toi depuis quatre semaines, je me suis inquiétée… Tu es malade ? » Mon père continua à me dévisager, moi à l'interroger. « Est-ce que tu as mangé ? Tu penses à boire de l'eau ? »

Il pencha la tête, comme s'il réfléchissait à mes questions ou hésitait sur ce qu'il fallait répondre. « Je n'ai pas eu très faim », finit-il par dire en se touchant le ventre. Puis il vacilla et se rattrapa au montant de la porte.

« Pourquoi tu ne l'aides pas à se recoucher ? murmura Leokadia. Je vais lui trouver quelque chose à manger. »

Je pris mon père par le bras, et il s'appuya sur moi. Ce fut seulement à cet instant que je me rendis compte comme il était devenu fragile. « Papa, pourquoi tu ne m'as pas écrit que tu ne te sentais pas bien ? le réprimandai-je. Je serais venue plus tôt !

— Tu as un mari, ta vie à Loksow… Et tes sœurs sont très occupées à Paris. Je ne voulais embêter personne. »

Je repensai à ce matin, dix ans auparavant, où mon père était venu ouvrir les rideaux dans ma chambre et m'avait sortie de ma morosité. Il m'avait donné de l'espoir, de l'argent, la possibilité d'aller étudier à Paris, et il m'avait aimée tout autant quand, renonçant à tout cela, j'avais fait le choix de vivre avec Kaz.

Je le remis dans son lit et lui touchai le front. Il était brûlant. J'avais peur qu'il n'ait de la fièvre. « Je vais appeler le médecin. »

Il ferma les yeux, puis les rouvrit aussitôt. « Ma douce Marya, le médecin vient juste de partir, dit-il en esquissant un sourire. Il ne peut rien faire, à part m'opérer, mais je ne veux pas.

— Papa, ne dis pas ça…

— Assieds-toi. »

Je tirai une chaise près du lit, les yeux remplis de larmes. Je me mordis la lèvre pour les retenir et pris sa main en caressant ses doigts fripés. Il referma les yeux, son souffle se fit régulier, et je crus qu'il s'était rendormi quand soudain il dit : « Marya, ma plus jeune et plus chère fille, j'ai toujours pensé que tu…

— Que je quoi, Papa ? »

Mais cette fois, il dormait à poings fermés. Un léger ronflement soulevait sa poitrine. Ma question demeura sans réponse.

Je retrouvai Leokadia en train de tricoter dans le salon. Ses doigts virevoltaient autour des longues aiguilles avec autant d'adresse et de rapidité que lorsqu'elle jouait du piano. En me voyant entrer, elle leva la tête, mais ses doigts continuèrent à s'agiter – ils étaient toujours en mouvement. « Comment va-t-il ? s'enquit-elle.

— Pas bien. » D'après ce que j'avais appris en biologie, son foie ne fonctionnait pas correctement – il avait le teint gris, le blanc des yeux teinté de jaune. Je me demandai depuis combien de temps mon père savait qu'il avait besoin d'être opéré, et s'il n'était pas déjà trop tard. Je soupirai et pris une feuille de papier sur son bureau pour envoyer un télégramme à Bronya et à Hela. Il fallait qu'elles viennent au plus vite. Papa allait mal. Heureusement que j'étais venue aujourd'hui.

« Tu as de la chance, tu sais », dit Leokadia. Ses aiguilles cliquetaient à un rythme rapide et régulier. « Tu as deux hommes qui t'adorent et qui te respectent. »

Je lui avais parlé du désir qu'avait eu mon père de nous instruire lorsque mes sœurs et moi étions plus jeunes. En guise d'histoires du soir, il nous lisait des livres polonais interdits, voulait que l'on quitte la Pologne pour faire de vraies études supérieures, et il était convaincu que les femmes intelligentes que nous étions avaient autant de capacités, sinon plus, de développer leur esprit que n'importe quel homme. Mais quelque chose dans la remarque de Leokadia me mettait mal à l'aise, tout comme sa façon de parler de Kaz, et cette impression était la même que le jour où j'avais compris qu'elle avait pu lui raconter notre confrontation avec la police, et qu'ils entretenaient une relation dont je ne faisais pas partie.

Néanmoins, je lui étais reconnaissante de son amitié, et du fait qu'elle m'ait accompagnée, aussi dis-je simplement : « Je ne suis pas prête à le perdre... Est-ce trop exiger de ma part ? Je voudrais passer plus de temps avec lui. »

Kadi posa ses aiguilles et me prit les mains. « C'est bien qu'il t'ait, Marya... et que nous soyons là. » Nous restâmes ainsi quelques instants, puis je rédigeai le télégramme en disant à Bronya et à Hela de venir dès que possible, avant qu'il ne soit trop tard.

Ce soir-là, comme je n'arrivais pas à dormir, je me relevai au milieu de la nuit et allai m'asseoir au chevet de mon père. Je pris sa main froide et sèche, caressai sa peau fripée en fredonnant une berceuse que j'avais oubliée depuis longtemps et qui m'était revenue tout à coup :

Śpij Laleczko. Maman nous l'avait chantée quand nous étions petites, et toutes malades, avant que Zofia ne soit emportée par le typhus.

Je lui tins la main jusqu'au matin, jusqu'au moment où il ouvrit les yeux et me sourit. « Papa, hier, tu as commencé à dire que tu avais toujours pensé que je... Que voulais-tu dire ?

— Marya, ma plus jeune et ma plus brillante fille... » Il parlait doucement, sa voix tremblant sous l'effort que lui demandait d'articuler les mots. « J'ai toujours pensé que tu serais celle qui changerait le monde.

— Et je t'ai déçu...

— Déçu, non, pas du tout... Regarde comme tu continues à t'instruire, comme tu enseignes à d'autres jeunes femmes en Pologne... L'éducation change tout.

— C'est ce que tu m'as transmis. » Avant que les Russes n'envahissent la Pologne, mon père avait été enseignant, et il nous avait toujours répété que l'éducation était primordiale. Je lui pressai doucement les mains.

« J'aurais voulu t'apprendre tellement plus, dit-il dans un souffle.

— Tu m'as tout appris, Papa. »

Deux jours après, mon père rendit son dernier soupir, alors que j'étais à son chevet en lui tenant la main. Je n'étais pas prête à le laisser partir, mais lui, il était prêt, et je n'eus pas le choix.

Bronya et Hela arrivèrent par le train de Paris trois jours trop tard.

Marie

Paris et Varsovie, 1902

« Viens, mon amour », murmure Pierre en me secouant doucement l'épaule dans l'obscurité de la chambre d'Irène. Le soir, elle aime bien que je reste avec elle le temps qu'elle s'endorme – sans doute est-elle anxieuse parce qu'elle me voit à peine dans la journée. Et ce soir, j'ai dû m'endormir moi aussi.

Je regarde par la fenêtre qui donne sur le jardin. Il fait nuit noire, on ne distingue même pas un croissant de lune. « Quelle heure est-il ?

— Environ neuf heures. » Seulement ? J'étire mon corps endolori. Je me suis endormie sur le rocking-chair dans une position étrange. Ces derniers temps, ma fatigue est telle, le travail que nous avons entrepris est si difficile, si pénible, que je rêve souvent que je suis épuisée. Pierre l'est tout autant – parfois, il me réveille en pleine nuit, à moitié endormi, et hurle tellement il a mal dans les jambes. Mais ce soir, sa voix est douce, joyeuse. Différente.

« Viens ! Mets ton manteau et allons au labo. J'ai une surprise pour toi ! »

En me levant, je suis prise d'un vertige. Pierre me rattrape par l'épaule. Nous avons travaillé très dur et très longtemps sur la pechblende, dont nous avons fini par extraire un morceau de radium suffisant pour le présenter à l'Académie. Ils nous ont demandé d'isoler l'élément de façon à prouver ce que l'on vaut, en pensant probablement que l'on n'y parviendrait pas. Et au bout du compte, nous avons réussi. Mais ces longues années se sont révélées éreintantes et exténuantes, aussi éprouvantes physiquement que moralement.

Pourtant, en dépit de la charge de travail et de tous les maux qui nous ont accablés, Pierre trouve toujours le moyen de voir ce qu'il y a de meilleur, et il me le fait voir à moi aussi. Bien qu'il soit tard, je crois à sa surprise et attrape mon manteau.

Nous sortons de la maison à pas de loup pour ne pas réveiller Irène, ou le docteur Curie, qui dort au fond du couloir. Pierre fonce sur le boulevard Kellermann, oubliant ses douleurs aux jambes. Je le suis en me sentant soudain étourdie, à moins que je ne sois juste fatiguée, ou folle de joie.

Nous marchons bras dessus bras dessous. L'air de la nuit est frais, et l'obscurité paraît menaçante, mais je m'accroche à mon mari, heureuse de me sentir libérée de la science, de nos obligations domestiques, et même des petits cris d'Irène qui m'appelle chaque soir quand elle essaie de s'endormir.

Lorsque nous arrivons au laboratoire, Pierre ouvre la porte avec sa clef et me dit : « N'allume pas, mon amour.

— Mais il fait complètement noir… On ne va rien voir. » Dès que nous entrons, je m'approche de la lampe.

Pierre me retient par le bras. « Non, Marie... regarde ! »

Il me montre la table de travail, où, après mon départ il y a de cela des heures, il a aligné tous les échantillons de radium que nous avons extraits sous des globes de verre. Exposés là dans la totale obscurité, ils brillent et animent notre petit labo d'une lumière irréelle. Je plaque ma main sur ma bouche en retenant mon souffle.

Combien de fois lui ai-je répété que j'avais l'impression de travailler comme une damnée pour rien de tangible, et que, si seulement le radium avait été beau, d'une couleur saisissante, je me serais sentie plus encouragée.

Et il est là, devant mes yeux : notre radium. Irradiant d'un tel éclat qu'il semble être vivant. Ou venir d'un autre monde. Comme si Pierre avait attrapé des étoiles au firmament et les avait mises sous verre. « Oh, Pierre... regarde ce que tu as fait ! »

Il s'assoit au bord de la table. Son visage s'illumine de vert et d'or. Dès que je le rejoins, il me prend dans ses bras. « Regarde ce que nous avons fait, mon amour... Tout ce travail, toutes ces années...

— Je n'ai jamais rien vu d'aussi beau ! » Et c'est la vérité.

La lumière de notre radium brûle avec plus d'intensité que la difficulté de notre travail ou les années de douleurs imprimées dans nos corps. Le radium représente tout. Il vaut les postes mieux payés que nous avons refusés à Genève pour ne pas interrompre nos recherches à Paris. Il vaut tout ce temps passé loin de ma famille et de mon pays, les longues heures loin de notre fille.

Mais quelques semaines plus tard, quand un télégramme urgent de Hela arrive de Varsovie, l'éclat du radium s'amenuise. Mon père a été malade – on l'a opéré de calculs biliaires. Dans sa dernière lettre, Hela m'assurait que tout allait bien, qu'il se remettait de l'intervention et était en voie de guérison. Et brusquement, ce télégramme urgent : d'un seul coup, il est mourant. Je dois venir à Varsovie dès que possible.

Je suis engluée dans mon affolement, mon incrédulité. *Ce n'est pas vrai. Ce n'est pas possible...* Pas alors que je suis aussi loin !

Je jette quelques robes dans une valise. Pierre voudrait venir avec moi, mais quelqu'un doit rester ici pour s'occuper du laboratoire, de la maison et d'Irène. « Non, dis-je d'un ton résolu. J'irai toute seule en Pologne.

— Laisse-moi au moins t'accompagner jusqu'à la gare. » J'accepte.

Quelques heures plus tard, je lui dis au revoir et lui donne un rapide baiser avant de monter dans le train. « Envoie-moi un télégramme... quelles que soient les nouvelles ! » me crie Pierre, le regard inquiet. En le voyant là sur le quai, la mine sombre, je pose ma main sur la vitre pour lui faire un signe, mais aussi parce que je voudrais m'accrocher à cet instant où ma vie est encore entière.

La dernière fois que je suis retournée en Pologne remonte à trois ans – la fatigue engendrée par le travail ne faisait alors que commencer. En 1899, Bronya, Mier, Lou et Jakub s'étaient installés à Zakopane, où ils avaient ouvert leur sanatorium, et toute la famille s'était retrouvée quelques mois plus tard pour les vacances. Hela,

Stanislaw, leur fille Hanna (qui a le même âge qu'Irène) et mon père étaient arrivés ensemble de Varsovie. Pierre, Irène et moi étions venus de France et, pendant ces quelques semaines sublimes, nous avions tous été réunis. C'était la première fois que Pierre allait en Pologne, ce qui lui avait beaucoup plu. « Je comprends pourquoi tu aimes tant ton pays », m'avait-il dit un après-midi où nous faisions une randonnée sur un chemin de montagne sous le soleil des Tatras. J'avais alors ressenti une lueur de joie, d'espoir. Un jour, toute ma famille serait de nouveau en Pologne. Pierre aimerait cela autant que nous.

À notre retour à Paris, le travail m'avait encore happée. Tout le reste me paraissait si loin que, maintenant que je suis dans ce train, j'ai du mal à croire qu'il y a plusieurs années, et non pas des semaines ou des mois, que je n'ai pas vu mon père et mes sœurs. Je passe les longues heures du trajet entre Paris et Berlin à prier un Dieu auquel je ne crois pas pour que mon père tienne le coup, qu'il se remette comme par miracle. À présent que Pierre et moi avons extrait notre radium, peut-être aurons-nous davantage de temps et pourrons-nous aller plus souvent en Pologne.

Mais lorsque je change de train en Allemagne, un télégramme urgent de Hela m'attend à la gare. Il est trop tard. *J'arrive trop tard.* Papa est mort au milieu de la nuit.

Le train vient de quitter Berlin et roule vers Varsovie. Durant des heures et des heures interminables, épuisantes. La culpabilité me dévore la poitrine comme un lion rugissant et me blesse, mais je suis trop assommée pour pleurer. Je me sens glacée et engourdie à cause du chagrin, ou du choc. La semaine dernière, mon père allait bien. Comment est-il possible que son état se soit dégradé aussi vite ?

Quand enfin le train arrive à Varsovie, je n'ai pas mangé ni dormi depuis des jours, mais je n'ai pas faim et ne suis pas fatiguée. Je ressens seulement de la colère. Pourquoi Hela ne m'a-t-elle pas écrit plus tôt ? Pourquoi a-t-elle attendu le dernier moment ? Je descends du train en répétant la tirade que je lui réserve et cours pratiquement jusque chez mon père.

« Comment tu as pu faire ça ? » C'est la première chose que je dis à Hela lorsqu'elle ouvre la porte en larmoyant et veut me prendre dans ses bras.

Bronya se tient derrière elle. Le voyage depuis Zakopane étant nettement plus court que depuis la France, elle est arrivée la première. Son visage est d'un blanc de neige, ses yeux injectés de sang sont remplis de larmes. « Marya, tu es toute maigre », dit-elle en voulant elle aussi me serrer dans ses bras. Je m'écarte d'elles deux. « Tu vas bien ? » me demande Bronya. Toujours ma sœur-mère. Son inquiétude me met plus encore en rage, sans doute injustement. Mais ce n'est pas juste ; elles, elles ont pu lui dire au revoir.

« Je veux le voir, dis-je sans répondre à ses questions sur ma santé.

— Il est parti », murmure Hela.

Bien que je sois une scientifique, que je comprenne ce qui se passe quand vient la mort, je ne lâche pas. « J'exige de le voir ! » Hela est en pleurs. Peut-être que c'est à cause de moi, et que je devrais ressentir la peine de ma sœur-jumelle comme la mienne. Mais je ne ressens que de la rage.

Bronya soupire et me prend par le bras. « Le cercueil a déjà été préparé. Mais je vais t'y emmener. »

Papa n'est pas dans une boîte en bois. Bronya m'attend à l'extérieur de la morgue pour me laisser la possibilité, dit-elle, de lui faire mes adieux.

Dans sa dernière lettre, mon père me racontait combien il était fier et heureux de savoir que sa fille, sa petite *Maryishna Sklodowska*, née à Varsovie, en Pologne, avait découvert un élément entièrement nouveau, ouvert l'univers de la science comme aucun homme ne l'avait encore fait. Et ensuite, selon son habitude, il me parlait du temps qu'il faisait. Mon père s'intéressait autant à l'extraordinaire qu'à l'ordinaire. La journée était fraîche, écrivait-il, mais encore agréable. À moins qu'il n'ait dit qu'il faisait chaud ? Je ne me souviens plus très bien, ne sais même plus où j'ai laissé sa lettre. Quelque part au laboratoire ? Ou l'ai-je lue dans la chambre d'Irène après l'avoir bordée dans son lit ?

C'est stupide, d'autant que ce qu'il a écrit à propos du temps est désormais sans importance, pourtant je veux me souvenir de la dernière trace de lui, et en être incapable m'exaspère. *Mais c'est sans importance.* L'important, c'est qu'il n'est plus là. Que la lumière de notre radium m'a tellement captivée que je n'ai pas pris le temps de lui répondre. Et maintenant, il est trop tard.

Je fixe la grande boîte en bois. J'ai tant de choses à lui dire, d'excuses à lui faire… Je n'arrive pas à croire que c'est vraiment lui qui est là dans *cette boîte.*

« Ouvrez ça », ordonné-je à l'employé de la morgue.

Il me dévisage de ses grands yeux marron en secouant la tête. Il ne sait pas qui je suis, ce que j'ai fait, ni que j'ai passé les quatre dernières années loin de ma famille à découper de la roche morceau par morceau pour extraire un tout petit bout de radium, et que je vais le découper lui aussi à mains nues s'il n'obtempère pas à ma demande.

« Ouvrez ! crié-je. J'ai besoin de le voir ! » L'employé secoue de nouveau la tête. J'essaie de soulever moi-même le couvercle, mais il est plus lourd qu'il n'en a l'air. Il m'est impossible de le faire toute seule. « Je ne partirai pas tant que vous ne m'aurez pas aidée à ouvrir cette boîte et que je ne l'aurai pas vu ! » Ma poitrine se gonfle sous l'effort, mes paroles évoquent à moitié un hurlement, à moitié un cri d'animal sauvage. J'ai dû lui faire peur car il finit par ouvrir le cercueil.

Et il est là. *Papa.* Je ne pense pas avoir vraiment cru qu'il était mort avant de le voir étendu là, gris et indifférent. Un peu de sang a coulé de son nez. Je sens monter la nausée. Toutefois, comme je n'ai rien mangé depuis des jours, je n'ai rien à vomir.

« Papa… Je suis désolée, sincèrement désolée… J'ai abandonné la Pologne… Je t'ai abandonné… »

Je continue à m'excuser jusqu'au moment où Bronya entre dans la salle et me tire en arrière. « Il n'est plus là, dit-elle, prosaïque. Il n'y a plus rien que tu puisses dire ou faire. Il est parti. »

Marya

Pologne, 1902-1903

Après la mort de mon père, je passai deux mois chez lui à Varsovie à mettre de l'ordre dans ses affaires. Kaz vint assister à l'enterrement, puis repartit aussitôt à Loksow avec Leokadia, qui devait donner un concert. Hela retourna précipitamment à Paris quelques jours après les obsèques – elle se préparait à travailler sur sa thèse de doctorat et devait de toute urgence trouver un espace dans un labo, ce qui était apparemment très compliqué. Et pendant qu'elle était à Varsovie, elle avait reçu des lettres *quotidiennes* de Jacques qui chaque fois la faisaient rougir.

Mais je voulais en savoir plus sur ce labo qu'elle convoitait et sur les expériences qu'elle espérait y mener, je voulais la serrer dans mes bras, absorber tout ce qu'elle avait appris et vécu en France sans moi. Quand je l'interrogeais, elle haussait les épaules en disant que ce n'était pas du tout intéressant. « La minéralogie », avait-elle précisé. Ce qui, en effet, ne semblait pas très intéressant. Néanmoins, imaginer ma sœur-jumelle dans son laboratoire en France, en train d'examiner des roches avec Jacques, me faisait brûler d'envie, ou de jalousie.

Après son départ, Bronya me dit que notre sœur était *folle amoureuse.* Bien nourrie, les joues roses, elle n'avait jamais eu l'air aussi en forme et aussi vivante. En revanche, Bronya paraissait très fatiguée, et je pensais que ce ne serait pas une bonne idée qu'elle regagne Paris trop vite. « Ce serait bien que tu m'aides à trier les affaires de Papa », lui dis-je. Et, comme toujours, ma sœur-mère ne put résister à l'idée que j'aie besoin d'elle.

« La Pologne me manque, m'avoua-t-elle en passant un doigt sur la crédence de la cuisine, que j'avais époussetée et cirée dans l'espoir de la vendre. Paris est… trop. Et ce n'est pas chez moi, Marya. Je suis prête à revenir ici pour de bon. »

Je hochai la tête, mais je pensai à l'école où ma nièce allait à Paris, une vraie école où elle recevait une vraie éducation, pas comme dans un lycée de filles en Pologne. « Et les études de Lou ? » lui demandai-je. Pour mon neveu Jakub, ça irait, car il grandirait pour devenir un homme, et qu'il soit en Pologne ou à Paris ne comptait pas autant. Un homme pouvait être un homme n'importe où.

« Naturellement, on s'installerait en Pologne autrichienne, reprit Bronya. Et on prendrait un tuteur pour les enfants. » Je savais qu'ils rêvaient d'ouvrir un sanatorium dans les environs paisibles des montagnes. Mais jusque-là, ce projet m'avait semblé aussi flou et lointain que mon rêve d'aller un jour à Paris. L'entendre en parler de façon aussi précise me fit comprendre à quel point elle le voulait, et tout de suite.

« Hela se débrouillera sans vous, la rassurai-je. Et égoïstement, si vous revenez, je serai ravie de t'avoir plus près de moi. » Jakub avait cinq ans, je ne l'avais vu que deux fois, et Lou, à peine plus. Être près de ma nièce et de mon neveu serait merveilleux pour Kaz et moi, qui espérions toujours avoir des enfants à nous.

Bronya esquissa un sourire, puis me pressa la main et ferma les yeux. « Si tu savais comme je suis fatiguée… Deux enfants, vivre en ville et travailler comme médecin à plein temps…

— Oui, mais tu as tout ça, dis-je sans vouloir laisser deviner mon amertume, bien qu'elle transparaisse dans ma voix.

— Mmm… Oui, sans doute. »

Je revins à Loksow un jeudi soir. Tout semblait avoir changé depuis mon départ. Le ciel sombre me paraissait plus noir, la rue qui menait de la gare à chez nous plus longue. Même l'appartement me donnait l'impression d'être plus petit après avoir passé des mois à Varsovie dans celui, plus spacieux, de mon père. Mais Bronya et moi avions vendu toutes ses affaires, puis partagé l'argent en trois parts égales, dont une qu'elle rapporterait à Hela. Et en sentant les roubles peser dans ma valise, je me demandai si nous allions enfin avoir de quoi déménager dans un endroit plus grand à Loksow.

Arrivée chez moi, je me lavai la figure, détachai mes cheveux et les peignai. Il me tardait de retrouver mon mari, que je n'avais pas vu depuis sept semaines entières. Nous nous étions envoyé des lettres – je savais qu'il était occupé par les recherches de Hipolit et effectuait presque tout le travail lui-même, ce qui, lui avais-je fait remarquer, en faisait *ses* recherches. Kaz m'avait écrit en mettant en avant le génie de Hipolit, mais je lui avais dit qu'il devait s'attribuer le mérite qui lui revenait, ce à quoi il m'avait répondu qu'il m'adorait.

Quand enfin il arriva, je ressentis en moi une lumière, me rappelai ce que c'était de patiner avec lui sur le lac de Szczuki tant d'années auparavant. Si jeune, si vivante et si libre. Soudain, je me sentis de nouveau ainsi.

Dès que Kaz m'aperçut, il me fit un grand sourire. Il éprouvait la même chose. Il s'empressa de passer ses doigts dans mes longs cheveux défaits et pressa ses lèvres tendrement sur mon front. « *Kochanie*, pourquoi ne m'as-tu pas prévenu par télégramme ? Je serais venu te chercher à la gare…

— Je ne voulais pas t'embêter. Je sais que tu es très pris par ton travail.

— Jamais trop pour toi, murmura-t-il dans ma chevelure. Oh, tu m'as tellement manqué… »

Nous restâmes ainsi un moment, enlacés l'un à l'autre dans la pénombre de l'appartement. Je m'accrochai à lui en respirant son odeur de pin familière. Je n'avais pas pleuré depuis la mort de mon père. J'avais avancé, échafaudé des projets, aidé mes sœurs, remis de l'ordre dans le chaos qui succède à la mort. Mais maintenant que Kaz me tenait dans ses bras, *apaisée*, je pus enfin me laisser aller. Et les larmes que j'ignorais avoir besoin de verser jaillirent avec fureur.

Kaz me redressa la tête, essuya mes larmes, puis se pencha et m'embrassa sur les joues.

Pendant des années après la mort de ma petite Zosia, je m'étais écartée dès qu'il m'approchait, redoutant d'être près de lui de cette manière, et de ce qu'il adviendrait si je tombais de nouveau enceinte, si un autre bébé grandissait en moi. Je n'avais jamais oublié les propos du médecin – c'était *ma faute*, mon corps avait failli.

Mais à présent, je ressentais le besoin d'être avec Kaz. Quand il défit les boutons de ma chemise de nuit, je l'embrassai, trouvant dans son corps une sorte de consolation désespérée que je n'avais pas eu conscience de désirer.

Nos roubles nous servirent à emménager dans un deux-pièces situé dans la rue Złota, à quelques pâtés de maisons de chez Hipolit et des recherches de Kaz. Là, dans cette rue qui avait le nom de l'or, les immeubles étaient un peu plus beaux, le ciel étrangement moins gris, et des pots de fleurs remplis de coquelicots étaient alignés sur le perron de notre nouvel immeuble.

Kaz arrêta d'enseigner et commença à assister Hipolit à plein temps. Il se chargeait lui-même de toutes les recherches sur l'élasticité ; Hipolit, cloué au lit la majeure partie du temps, se contentait de le guider. Il le payait bien, et Kaz lui avait promis de publier leurs découvertes, même si ce n'était pas de son vivant. Je l'encourageai à lui dire que, quelles que soient ces découvertes, elles devraient porter leur nom à tous les deux. Car si l'idée de départ avait été celle du vieux mathématicien, c'était désormais Kaz qui accomplissait la totalité du travail.

Je rangeai ce qui restait de roubles dans le tiroir du bas de la commode en me promettant de les utiliser pour développer mon université, d'une manière ou d'une autre. C'était ce qu'aurait souhaité mon père, ce dont il aurait été fier. Et je ne le décevrais pas. Je continuerais à enseigner et à permettre à d'autres femmes d'étudier. Je continuerais moi-même à étudier.

La nouvelle année arriva et, au printemps, Bronya m'écrivit que c'était officiel : elle reviendrait en Pologne à la fin de l'été. La construction du sanatorium à Zakopane avait commencé et serait achevée en août. Bientôt, nous ne serions plus séparées que par six heures de train.

Très peu de temps après, je reçus une lettre de Hela – elle s'était fiancée à Jacques ! Et elle voulait se marier à Paris avant le départ de Bronya, mais uniquement si Kaz et moi pouvions venir. *Était-ce possible ?*

« On y va ? » Je posai la question à Kaz le soir même en lui montrant la lettre.

Nous vivions dans un nouvel appartement et, au cours de ces derniers mois, nous nous étions retrouvés, avions redécouvert le plaisir d'être ensemble, d'explorer nos corps la nuit venue. Je ne m'étais pas sentie aussi bien depuis les premiers jours de notre mariage, des années plus tôt.

« Il faut qu'on aille au mariage de ta sœur », dit Kaz en fronçant un peu les sourcils. Je voyais quasiment défiler ses pensées derrière le pli qui barrait son front. Aller à Paris et en revenir prendrait des jours, sans parler du temps passé sur place. Mais que ferait Hipolit sans lui pendant tout ce temps ? Ses recherches en pâtiraient-elles ?

« Je pourrais y aller toute seule. Ça ne me dérange pas. » À la vérité, ça me dérangerait un peu. Je comprenais cependant que son travail était important pour lui.

« Laisse-moi voir si je peux m'arranger, rétorqua Kaz en se frottant le menton. Tu veux bien attendre quelques jours avant de répondre à Hela ? »

J'acquiesçai et me penchai au-dessus de la table pour l'embrasser. Il me rendit mon baiser, plus fort. Je posai la lettre de Hela sans plus penser à mes sœurs. Ici à Loksow, dans la rue Złota, il n'y avait plus que Kaz et moi. Et c'était parfait comme ça.

« Marya ! » Leokadia m'interpella un mercredi après-midi. Elle venait de donner un cours de piano à trois jeunes filles intéressées par la musique, que j'avais recrutées au lycée de filles après être devenue amie avec la directrice, une femme de mon âge qui souhaitait offrir davantage à ses élèves. J'avais assisté à ce cours en simple observatrice, car c'était la première fois que j'amenais des filles âgées de seulement quatorze ans dans notre université. Leur talent était étonnant – après plusieurs années de leçons de piano, je parvenais tout juste à jouer une simple mélodie –, et Leokadia était une professeure extraordinaire, aussi gentille que patiente. Elle leur donna à toutes les trois des morceaux plus exigeants à travailler, en ajoutant qu'elle voulait les revoir la semaine suivante. Lorsque les jeunes filles s'en allèrent, le regard rayonnant, Leokadia me demanda de rester un instant.

« Tu m'as manqué ! » me dit-elle avec un grand sourire avant de me prendre dans ses bras. À dire vrai, depuis mon retour de Varsovie, j'avais gardé mes distances avec elle. Le déménagement nous avait occupés, après quoi j'avais consacré tout mon temps à réfléchir à comment faire pour créer mon école et être de nouveau heureuse avec Kaz. Et je devais maintenant écrire à Bronya au sujet de son retour, ainsi qu'à Hela concernant son mariage. Mais si j'étais tout à fait honnête avec moi-même, il y avait autre chose, qui me rongeait et que j'avais repoussé en m'efforçant de l'ignorer. Il s'agissait de cette phrase que Leokadia m'avait dite à Varsovie alors que ses doigts maniaient si habilement les aiguilles à tricoter : j'avais de la *chance* d'avoir *deux* hommes qui m'adoraient et me respectaient.

« Toi aussi, tu m'as manqué », dis-je en la serrant à mon tour. Alors que je la tenais dans mes bras, je remarquai qu'elle avait perdu du poids et l'observai avec plus d'attention. Les traits de son visage, plus anguleux, lui donnaient un air légèrement plus sévère, ses joues étaient plus pâles, mais il faisait encore froid et sans doute était-ce dû au manque de soleil durant les mois d'hiver. « Tu peux rester dîner ? me demanda-t-elle.

— Je ne devrais pas... Il faut que je rentre préparer quelque chose pour Kaz...

— Non, non, dit-elle en agitant la main avec un mouvement vif du poignet, ses doigts voletant dans l'air comme s'ils parcouraient des touches de piano imaginaires. Kaz est dans le bureau de mon père. Je vais aller le chercher. Vous devriez rester. Quelle chance ce serait de vous avoir tous les deux à moi une soirée entière ! » *Chance*, encore ce mot.

Et finalement, ne trouvant aucune raison de refuser, j'acceptai.

La mère de Leokadia était partie chez sa sœur à Varsovie, et Hipolit se sentait trop mal en point pour venir dîner à table. Elle lui apporta un plateau, préparé par la gouvernante qui vivait chez eux, de sorte que nous ne fûmes que trois autour de la longue table destinée à accueillir vingt convives ou plus. Nous étions tous les trois à un bout, Leokadia présidait, Kaz et moi face à face, regardant avec un certain malaise nos bols remplis d'une magnifique soupe de betterave.

Leokadia parla du concert qu'elle avait donné la semaine précédente, où un homme lui avait dit qu'elle jouait mieux que toutes les femmes qu'il avait eu l'occasion d'entendre. « Il a réussi à la fois à me flatter et à me rabaisser. Tu comprends ce que je veux dire, Marya ? »

J'acquiesçai dans ma soupe, puis levai les yeux en même temps que Kaz. À la seconde où nos regards se croisèrent, quelque chose passa sur son visage : de la culpabilité, du remords ou de la tristesse. Et d'un seul coup, je sus. *Je savais.*

« Est-ce que tu l'aimes ? » lui demandai-je alors que nous rentrions chez nous, sans nous tenir par la main. Nous étions plus distants que nous ne l'avions été des mois plus tôt, avant la mort de mon père.

Kaz me prit doucement par les épaules. « Je t'aime, *kochanie*… Seulement toi. Toujours toi. »

Quand il voulut m'embrasser, je reculai et mis les mains sur mes hanches. « Mais tu m'as trompée avec elle… Vous m'avez trahie tous les deux ! » Je le dévisageai, m'attendant à ce qu'il nie. Mais il ne dit rien. Furieuse, je me remis en marche en le laissant planté là.

Il me rattrapa en courant. « Marya, attends… Arrête… S'il te plaît, laisse-moi t'expliquer ! »

Kaz ne m'appelait presque jamais Marya, préférant le mot tendre de *kochanie*. Entendre mon nom dans sa bouche me surprit tellement que je me retournai face à lui.

« Tu m'as repoussé pendant tant d'années… Je… j'avais besoin de quelqu'un. Je me sentais très seul…

C'était… Mon corps avait besoin de… Mais ça ne signifiait rien. »

J'eus soudain du mal à respirer, comme si j'avais reçu un coup dans la poitrine. Leokadia était mon amie, et Kaz mon mari. Une partie de moi voulait savoir ce qui s'était passé entre eux, combien de temps avait duré leur liaison, et l'autre avait envie de vomir. Mon écœurement submergea tous mes sens et, d'un seul coup, la soupe à la betterave jaillit violemment, là au milieu de la rue.

« Oh, *kochanie*… » Kaz me frotta le dos. « Respire », dit-il gentiment.

J'inspirai et expirai, le temps que se dissipe la nausée, puis je m'écartai de lui. « J'irai au mariage de Hela toute seule. Je prendrai mes dispositions de façon à partir demain matin. Je vais partir tout de suite et resterai un moment là-bas pour l'aider à tout préparer.

— Mais tu viens déjà de passer de longues semaines à Varsovie ! » protesta-t-il.

Je le foudroyai d'un regard noir. Quel droit avait-il de me reprocher mon absence ? Il m'avait trompée. Je ne supportais plus de le voir.

« Je parlerai à Hipolit, je prendrai un congé… Je viendrai avec toi à Paris et je resterai tant que tu auras besoin de moi.

— Je n'ai pas besoin de toi ! » Le ton tranchant sur lequel je le dis le blessa. Je vis la peine dans ses yeux. Mais je voulais lui faire mal, voulais qu'il souffre. Et surtout, je voulais aller toute seule à Paris, enfin.

Marie

Paris, 1903

C'est étrange d'être de retour à Paris en sachant que, en Pologne, mon père pourrit sous la terre, que Hela, Stanislaw et la petite Hanna vivent sans lui dans leur petit appartement à Varsovie, et que Bronya, Mier, Lou et Jakub sont isolés dans les splendides montagnes de Zakopane. Lorsque arrive la nouvelle année, je ne parviens pas à me débarrasser de ce sentiment de noirceur. Ma santé s'affaiblit, je perds du poids, et me forcer à manger est difficile étant donné que je n'ai aucun appétit. L'image que je garde de mon père, gris et flétri dans une boîte, l'emporte sur tout le reste. La noirceur m'entoure, même mon sommeil en est perturbé – la nuit, je me réveille souvent dans une pièce où je ne me suis pas endormie.

Somnambulisme. Pierre pose le diagnostic quand je lui raconte ces épisodes. Il est allé chez le médecin pour ses affections nocturnes – les douleurs dans ses jambes si fortes qu'il pousse parfois des cris. On lui a diagnostiqué une sorte de rhumatisme. Je me demande si c'est d'entendre son malaise qui me pousse à quitter le lit et à errer dans la maison pendant mon sommeil. Quand vient le matin, j'ai mal aux jambes moi aussi – peut-être parce que je marche trop toute la nuit. Tous les jours, mes os sont fatigués, mon corps est douloureux.

La mort de mon père est une ombre. Elle me suit et plane sur moi, même quand je commence à donner un cours à l'École normale supérieure de jeunes filles à Sèvres ou quand je reviens au labo reprendre nos expériences sur le radium avec Pierre. Même lorsque j'apprends, au début de la nouvelle année, que nous allons avoir un autre bébé.

Le jour où je lui annonce la nouvelle, Pierre, incapable de contenir sa joie, m'attrape les joues en les couvrant de baisers. « Une vie se termine, une vie commence… » Il m'embrasse. « Quand ma mère est morte, nous avons eu Irène. Et maintenant, ça ! »

Au bout de quelques semaines, sa joie devient ma joie ; l'ombre se lève peu à peu. Mon ventre s'arrondit, et je dors toute la nuit dans mon lit. Au laboratoire, le radium irradie, semblable à la façon dont je me sens : éclatante, heureuse et vivante une fois de plus.

Ce n'est pas comme la première fois avec Irène. Je vis ma grossesse sans avoir de vrais problèmes. Je suis très occupée et très fatiguée, mais pas plus que je ne l'étais avant de partir en Pologne.

Pierre, convaincu que ce sera un garçon, propose qu'on l'appelle Wladyslaw, comme mon père. Je lui réponds que *Val* serait peut-être plus adéquat, plus français, tout en rendant hommage à Papa.

Et nommer cet enfant est ma première erreur. Dans mon esprit, il devient une personne vivante avant même d'exister réellement.

À Paris, en cet été 1903, l'air est humide, le soleil trop chaud pour les promenades, sans parler d'aller se balader à bicyclette comme j'aime toujours autant le faire à cette saison. Nous passons nos soirées dans le jardin du boulevard Kellermann. Nos voisins sont des scientifiques et des parents comme nous, et avoir de la compagnie si proche est agréable. Jean et Henriette Perrin vivent d'un côté de la maison, Jeanne et Paul Langevin de l'autre. Irène aime jouer avec leurs enfants. Ils courent d'un jardin à l'autre, font des parties de cache-cache après la nuit tombée, pendant que les adultes passent la soirée dehors à parler travail.

Jean Perrin, qui a obtenu le poste que Pierre convoitait à la Sorbonne, est un homme brillant et charmant – je lui pardonne d'avoir pris la place de Pierre (de toute façon, ce n'est pas sa faute). Sa femme, Henriette, n'est pas une scientifique, mais elle écrit des histoires qui enchantent les enfants. Tout au long de l'été, elle me prépare des mixtures à base d'eau et de fruits censées soulager les gonflements dus à mon état. Paul Langevin, qui a été l'étudiant de Pierre, travaille désormais dans un labo à la Sorbonne. Avec sa femme, Jeanne, ils se disputent fréquemment – ils sont ce genre de couple qui adore se plaindre l'un de l'autre. Et Paul vient dans notre jardin tout seul. Mais Jeanne est gentille avec moi et passe me voir, m'apporte du pain qu'elle a fait elle-même pour être certaine, comme elle dit, que « vous et le bébé êtes bien nourris ».

Mais c'est drôle de constater que, cet été, alors que mon père n'est plus là et que mes sœurs sont si loin, mes voisins et amis m'entourent en prenant soin de moi. Je commence à avoir l'impression de ne pas être dépourvue d'une famille proche. Pierre a sans doute raison. La vie est une succession de cycles. Le chagrin s'estompe et la légèreté revient.

En juillet, le Tour de France se termine à Paris. Tous les journaux en parlent. Pierre dit depuis des semaines qu'on devrait prendre une journée de congé au labo et emmener Irène voir passer les cyclistes.

Mais quand le jour arrive, ses rhumatismes le font tellement souffrir qu'il est incapable de se lever. Comme j'ai prévu de passer une rare journée en dehors du labo, je décide d'emmener Irène regarder la course. Alors que nous marchons main dans la main, l'air humide m'étouffe. J'ai du mal à respirer et, subitement, j'ai mal au ventre.

Comme souvent, Irène babille, me parle des maths et des sciences que lui enseigne le docteur Curie. L'entendre énoncer des théorèmes de géométrie de sa petite voix pleine d'aplomb et d'assurance est surprenant. Ma fille est brillante. C'est ce que pensent toutes les mères de leur enfant, mais dans le cas d'Irène, c'est un fait scientifique, objectif.

La chaleur est insupportable. Je lui lâche la main un instant pour m'essuyer le front. La douleur s'intensifie. Je me tiens le ventre, quasiment pliée en deux à cause de la douleur, qui devient soudain épouvantable.

« Maman… Maman ? » J'entends sa petite voix.

D'un seul coup, bien que nous ne soyons pas très loin de la maison, je ne suis pas sûre d'avoir la force de rentrer sans aide. Je voudrais m'asseoir sur le trottoir, mais je sais que c'est impossible. Irène n'a que six ans et, elle a beau être intelligente, je ne peux pas m'effondrer en la laissant là livrée à elle-même.

Je ferme les yeux et m'applique à respirer. Inspiration, expiration… Je suis la femme qui a passé quatre ans à extraire du radium de la pechblende. Je ne vais quand même pas laisser une petite douleur et un peu de chaleur m'immobiliser en pleine rue !

« Maman ? » La voix d'Irène est plus douce, ou peut-être que j'ai de la peine à l'entendre à travers la souffrance.

« Ma chérie, Maman ne se sent pas bien… On va essayer de retourner à la maison. On va jouer à un jeu, et c'est toi qui diriges. Si Maman tombe, va vite dire à Papa ou à Grand-Père de venir me chercher. Et si tu ne les trouves pas, va chez les Perrin.

— Un jeu ! » Irène glousse de plaisir, me rappelant qu'elle est encore une petite fille qui adore s'amuser. Elle part en courant, et je veux la retenir, mais ne suis pas assez rapide. Elle a déjà filé.

La douleur est si atroce que je suis obligée de m'asseoir par terre. Et ensuite, la seule chose dont je me souvienne est que Jean Perrin et le docteur Curie sont là et disent mon nom. Mon beau-père a vieilli, est devenu plus frêle, mais il me soulève et me tire vers la maison en me soutenant avec Jean. Il se lamente : « Oh, Marie, non… non… »

Je pense aussitôt : *Val est mort.* Bien que ce soit scientifiquement impossible, j'ai l'impression que mon sternum éclate et que mon cœur me transperce la poitrine.

Avant, j'aurais jugé absurde de pleurer une personne qui n'a jamais vraiment existé, que je n'ai même pas connue. Mais des semaines après avoir perdu Val, je n'arrive pas à sortir de mon lit, la noirceur m'entoure, m'agrippe si fort que je peux à peine respirer, encore moins penser au travail.

« Nous sommes marqués par la mort, dis-je à Pierre. Elle va nous détruire. Quoi que l'on fasse… Quoi qu'il advienne au labo. » Sans doute ai-je été marquée toute ma vie par la mort, à commencer par celle de ma mère, puis de ma sœur Zofia. Et ensuite Sophie-Claire et mon père, partis trop tôt.

Toujours positif et plein d'espoir, Pierre refuse de succomber à mes idées noires. « Non, non… Je t'ai toi, et tu m'as moi, mon amour… Nous avons notre belle Irène, mon père et nos amis à côté… Tes sœurs et leurs familles en Pologne, Jacques et la sienne à Montpellier… C'était juste un accident de la science. Ce sont des choses qui arrivent. »

Cependant, je ne crois pas aux *accidents de la science.* C'est à l'opposé de tout ce que je sais : la science est déterminée, objective, pas du tout accidentelle. Pierre ne m'est d'aucune aide. J'écris à Bronya en lui demandant son avis, je veux avoir le réconfort de ma sœur-mère, et aussi son expertise en obstétrique.

J'ai peur que ton travail au labo ait des effets nocifs sur ta santé, me répond-elle. *Regarde toutes les douleurs dont souffre Pierre, et maintenant, ça. Tu devrais peut-être quitter le labo avant de réessayer…*

Elle poursuit sa lettre en me racontant ce qui se passe dans sa famille. Lou et Jakub ont été malades, pris d'une toux épouvantable, et même le bon air de la montagne ne les soulage pas. Mais je me contente de survoler la suite et fulmine de colère.

Je suis en rage qu'elle accuse mon travail et fasse comme si c'était ma faute parce que je veux en même temps me consacrer à la science et être mère. Elle-même a eu deux enfants sains, et elle est médecin, or être exposée aux maladies me semble plus dangereux que travailler dans un laboratoire. Je déchire sa lettre en mille morceaux que je jette par terre dans la chambre. Plus tard, Pierre, persuadé que je dors, viendra les ramasser un à un sur la pointe des pieds.

Et de toute façon, Bronya ne connaît pas mon radium. Il n'est pas nocif ; il ne peut pas être nocif. Il est la plus belle chose que j'aie jamais vue, la plus éclatante qu'il me reste. Bronya ne sait rien.

À peine deux semaines plus tard, au milieu de l'après-midi, Pierre entre précipitamment dans notre chambre en brandissant un télégramme, le visage aussi blanc que de la dolomite, les mains tremblantes. Je suis toujours alitée. Il a raconté à tout le monde que je souffrais d'une grippe d'été. Mais je suis là, pas du tout malade, accablée de chagrin, et passe l'après-midi à regarder les fleurs du jardin derrière la fenêtre. Comment osent-elles encore pousser ? Comment ces roses, ces rouges et ces jaunes osent-ils être aussi flamboyants ?

« Qu'y a-t-il ? » L'expression de Pierre me surprend. Il est celui qui parvient toujours à sourire, qui chaque matin se réveille en m'embrassant, en me promettant qu'aujourd'hui sera mieux qu'hier. Que demain sera meilleur encore. Et j'ai beau détourner la tête, ses mots s'imprègnent dans ma peau, m'allègent peu à peu, jour après jour. « C'est affreux… terrible ! dit-il. Ce n'est pas possible… »

Il me fait si peur que je sors du lit, les jambes flageolantes. Dès que je reprends pied, je lui arrache le télégramme des mains. Il vient de Zakopane, de Bronya. Je lis et, comme Pierre, je ne peux pas croire ce qui est écrit. Notre neveu, Jakub, est tombé malade et est mort subitement. Mort. *Oh, Bronya, non…* Ma colère envers elle disparaît d'un coup. Comment une telle chose a-t-elle pu arriver ? Jakub avait seulement sept ans, à peu près le même âge qu'Irène.

Irène.

Je n'ai pas vu notre fille depuis des jours, voire des semaines. Je me suis laissé complètement distraire par mon chagrin pour ce bébé que je n'ai pas connu. Aussitôt, je me précipite hors de la chambre en appelant ma fille bien réelle et bien vivante. « Irène ! Irène ! » Je crie, je pleure, je ne peux pas m'en empêcher. Je veux la serrer contre moi, l'envelopper dans mon corps, la protéger et la garder pour toujours à l'abri, apaisée et en bonne santé.

Nous sommes marqués par la mort.

« Maman ? » Sa petite voix effrayée me parvient de la salle à manger.

Je me rue dans la pièce où je la vois assise devant la table, en train de travailler ses leçons avec le docteur Curie. Quelqu'un lui a fait deux couettes et, comme ce n'est pas moi, elles sont un peu de travers, si bien qu'elle a l'air échevelée.

« Oh, ma chérie ! » J'ouvre tout grands les bras, et elle court vers moi. Je caresse ses cheveux en désordre, embrasse le sommet de sa tête, respire son odeur de petite fille, un mélange de pétales de rose et de terre du jardin, où son grand-père a dû la laisser jouer ce matin avec les Perrin pendant que je dormais encore. « Je ne te laisserai jamais ! dis-je dans ses cheveux. Je ne te laisserai jamais. »

Marya

Paris, 1903

Le matin de mon arrivée à Paris, le soleil brillait si fort à travers la verrière de la gare du Nord que, pendant un instant, je fus aveuglée par la lumière qui parait les quais, les gens et même les sons français d'un jaune d'or étincelant.

Puis je clignai des yeux, et devant moi se tenait ma sœur-jumelle, Hela, en train de rire et de me serrer dans ses bras. Nous sortîmes de la gare dans l'effervescence vibrante de la ville, une belle ville, d'une architecture très différente de ce que j'avais vu en Pologne. Même l'air semblait différent. Je respirai à fond : autour de moi flottait un parfum de fleurs. « Marya… enfin, tu es là ! » s'exclama Hela.

Oui, j'étais là, après avoir menti, et pioché dans les roubles de mon père mis de côté pour mon école. J'avais écrit à mes sœurs que Kaz était si occupé par ses recherches qu'il m'envoyait à Paris toute seule, sachant que passer du temps avec elles serait bon pour moi, pour nous trois. Et que je me réjouissais à l'idée d'aider Hela à organiser son mariage et de rattraper un peu le temps perdu avec ma nièce Lou et mon neveu Jakub. Cette partie-là, au moins, était vraie. Mais pendant les longues heures pénibles passées dans le train, la douleur de la trahison de Kaz n'avait fait que s'accentuer dans ma poitrine, et au moment où je respirai le parfum des fleurs à Paris, elle formait déjà comme un immense gouffre béant qui me redonna la nausée. J'agrippai mon ventre à deux mains.

« Tu as faim ? me demanda Hela. Si tu veux, avant qu'on prenne l'omnibus pour aller chez Bronya, je peux t'emmener dans ma pâtisserie préférée. » Elle avait emménagé dans un appartement plus proche de la Sorbonne, mais, comme ce n'était qu'une petite pièce, Bronya avait proposé que je m'installe dans l'ancienne chambre de notre sœur chez elle à la Villette durant mon séjour. Et puisque Hela habitait plus près de la gare et n'avait pas les contraintes des enfants, elle était venue me chercher.

Je secouai la tête. J'aurais dû avoir faim, mais ce n'était pas le cas. J'avais fui la Pologne des jours plus tôt, étais partie pendant que Kaz travaillait, sans même lui dire au revoir, et, à part un morceau de pain rassis, je n'avais quasiment rien avalé pendant le voyage. Kaz m'avait laissé une lettre en évidence sur la table, et bien que je l'aie mise dans mon sac et aie été tentée de la lire dans le train, je ne l'avais pas encore ouverte. Je n'étais pas prête à savoir ce qu'il avait éprouvé la nécessité de m'écrire. Ce qui s'était passé entre nous, ce qui se passerait dorénavant, résidait là dans mon ventre, comme un énorme coup de poing qui me donnait la nausée.

« Très bien, dit Hela en haussant les épaules. De toute façon, tu connais Bronya ! ajouta-t-elle en riant. Elle a dû te préparer un festin. »

Hela marchait vite. Je la suivis. Ma sœur-jumelle avait une légèreté que je ne lui avais jamais vue. Ses joues rayonnaient d'un bel éclat rosé, sa démarche était si leste qu'elle donnait l'impression de rebondir. Je dus pratiquement courir pour ne pas la perdre.

Après une heure et deux trajets étourdissants en omnibus, nous étions à la Villette, devant chez Bronya. L'immeuble en brique rouge de trois étages, situé dans une rue pavée pittoresque, me rappelait un livre que j'aurais pu trouver autrefois dans la nurserie des Kaminski. Mais non, c'était la vraie vie de ma sœur à Paris. La vie dont elle m'avait dit qu'elle était *trop*, et qu'elle la *fuirait* bientôt pour aller à Zakopane. Je restai là un moment à contempler l'immeuble en réprimant mon envie de rire, ou de crier. Il était difficile d'imaginer que l'on veuille quitter tout cela. D'imaginer qu'une femme qui avait une vie professionnelle magnifique, deux enfants superbes et un mari très sympathique puisse désirer autre chose. Le bonheur était comme une bulle qui flottait près de nous, quelque chose que personne ne pouvait tenir entre ses mains. Pas même Bronya.

« Marya, tu vas finir par avaler les mouches ! »

Aussitôt je fermai la bouche et suivis Hela dans l'immeuble. À sa façon de monter l'escalier, d'ouvrir la porte sans frapper, on voyait qu'elle était à l'aise. Moi, en revanche, je montai avec précaution, à une certaine distance derrière elle, et regardai alentour.

Hela avait vu juste. L'appartement sentait très fort mon plat polonais préféré : la *zupa grzybowa* de Bronya. Et je supposai que, ici, les champignons étaient frais et abordables, et que sa soupe serait goûteuse et bien épaisse. Au moment où j'inspirai, mon estomac se souleva de nouveau. J'étais à la fois affamée et encore submergée par la nausée.

« Bronya ! J'ai trouvé notre petite sœur qui descendait d'un train en provenance de Pologne, alors je l'ai amenée chez toi, et on va la garder pour toujours ! » Hela me sourit en me prenant la main. J'avais beau savoir qu'elle blaguait, je songeai : *Pourrais-je rester ici pour toujours ?* Que ferait Kazimierz sans moi en Pologne ? Et que ferais-je ici toute seule ? Pourrais-je utiliser les roubles qui me restaient de mon père pour payer les frais d'inscription à la Sorbonne ? Ils ne couvriraient qu'un semestre, au mieux une année. Néanmoins, ce serait un début.

Bronya descendit à toute vitesse, pas aussi soignée qu'à l'accoutumée, des mèches s'échappant de son chignon d'habitude impeccable. « Chut, parle moins fort… Les enfants viennent juste de s'endormir…

— De s'endormir ? En plein milieu de l'après-midi ? s'étonna Hela.

— Marya… *moja mała siostrzyczka* ! s'exclama Bronya dès qu'elle m'aperçut, m'appelant avec affection *ma petite sœur*. Tu as fait bon voyage ? C'est très long… Tu dois être épuisée ! » Sans me laisser le temps de répondre, elle se tourna vers Hela. « Les enfants sont tous les deux tombés malades d'un seul coup, une grippe d'été, et ils ont toussé toute la nuit. Le docteur Curie est venu leur administrer des médicaments pour faciliter leur respiration, et ils ont fini par s'endormir.

— Le docteur Curie est le père de Jacques, me précisa Hela, rayonnante. Il est très bien avec les enfants. »

Bronya se renfrogna, comme si elle lui en voulait de sa remarque qui laissait entendre qu'elle-même ne l'était pas. Mais quand elle soupira en la prenant par les épaules, je me demandai si je n'avais pas mal interprété son expression. Bronya, l'air épuisé, avait dû passer la nuit debout à veiller sur ses enfants. « J'ai discuté avec le docteur Curie. Marya restera chez eux jusqu'à ce que les enfants aillent mieux, dit-elle, s'adressant plus à Hela qu'à moi. Ils ont toute la place qu'il faut. »

Je m'apprêtais à objecter – je n'avais pas fait tout ce trajet jusqu'à Paris pour me retrouver dans la famille de Jacques, chez des inconnus. Et en outre, j'avais besoin de mes sœurs. Plus que l'une ou l'autre ne l'imaginait. Mais avant que j'aie pu placer un mot, Hela était déjà en train de dire par-dessus ma tête : « Ah oui, c'est une excellente idée ! D'autant que, à cette saison, la propriété de Sceaux est magnifique ! Marya va adorer les fleurs !

— Ça ne me dérange pas que les enfants soient malades », protestai-je. J'étais souvent allée chez les Kaminski m'occuper des jumeaux alors qu'ils avaient un rhume ou autre chose. J'en avais moi-même attrapé plusieurs et n'en étais pas moins retournée travailler le lendemain. « Je peux très bien…

— Non, c'est ridicule ! m'interrompit Bronya avant que j'aie pu ajouter que je serais ravie de la seconder auprès des enfants pendant la nuit. Je ne voudrais pas prendre le risque que tu tombes malade à cause de mes enfants ! Tu es ici pour aider Hela à organiser son mariage, pas pour rester clouée au lit à tousser durant des semaines ! Viens manger un peu de soupe, après quoi Hela t'emmènera t'installer. » L'idée d'être conduite ailleurs, de prendre encore une voiture hippomobile, un train ou n'importe quoi d'autre me souleva l'estomac, mais Bronya coupa court à toute discussion. De toute manière, j'étais trop fatiguée pour argumenter, ou faire quoi que ce soit hormis accepter sa soupe délicieuse avant de laisser Hela m'emmener.

Les Curie habitaient une grande maison à Sceaux, dans les faubourgs de Paris, mais, comme il faisait déjà nuit à notre arrivée, je n'avais rien vu du jardin. Le lendemain, je me réveillai à l'aube, m'étirai dans le confort inconnu de la chambre d'amis des Curie – jamais je n'avais dormi dans un lit aussi moelleux ! Puis j'allai devant la fenêtre et compris ce que Hela avait voulu dire en parlant des fleurs : aussi loin que portait le regard, on ne voyait que de l'or, du rouge et du rose. C'était d'une beauté si surprenante que j'en demeurai bouche bée.

La veille au soir, je n'avais pas vu les Curie, qui étaient déjà couchés, et c'était la gouvernante qui m'avait conduite à ma chambre. Mais Hela m'avait raconté en partie leur histoire pendant les longs trajets en omnibus depuis chez Bronya.

La mère de Jacques était morte d'un cancer quelques années auparavant et, avant qu'elle ne tombe malade, il avait travaillé comme professeur à Montpellier, où il avait prévu de s'installer. Mais lorsque l'état de sa mère avait empiré, ni son père ni son frère cadet,

Pierre – tous deux très émotifs, avait précisé Hela –, n'avaient été en mesure de s'occuper de la maison. Et comme Jacques voulait passer du temps avec sa mère dans ses derniers jours, il avait quitté son poste à Montpellier et pris un cours pour enseigner à la Sorbonne pendant qu'il serait à Paris. Hela, qui était une de ses étudiantes, disait être tombée amoureuse de lui immédiatement, et le coup de foudre avait été réciproque, mais ils avaient attendu la fin du semestre avant d'agir selon leurs sentiments. *Bien entendu, il a oublié Montpellier !* avait-elle conclu en rougissant. Et cinq ans plus tard, Jacques était installé définitivement à Paris, et Hela allait devenir sa femme.

Jacques ne vivait plus à Sceaux. Il possédait sa propre maison à Paris, boulevard Kellermann, plus près de la Sorbonne, où Hela emménagerait après leur mariage. Son père et son frère habitaient tout seuls la grande villa de Sceaux, où il y avait tout le personnel nécessaire, m'avait assuré Hela.

Je repensais à ce qu'elle m'avait raconté tout en contemplant les fleurs magnifiques. Qui les avait plantées ? Qui en prenait soin ? Employaient-ils un jardinier parmi leurs nombreux domestiques ? L'idée que mon Hela épouse un *Français* ayant assez d'argent pour *employer un jardinier* me fit éclater de rire. Soudain, on frappa à la porte, comme si quelqu'un s'était tenu là dans le couloir.

« Madame Zorawska ? » appela une voix d'homme. Il me fallut une seconde avant de comprendre que c'était à moi qu'il s'adressait. Être appelée *Madame* me déstabilisa, surtout suivi de mon nom prononcé avec un accent français.

« *Oui ?* répondis-je timidement dans mon mauvais français rouillé.

— Si vous avez faim, le petit déjeuner est servi dans la salle à manger ! » Il s'exprimait avec une lenteur suffisante pour que je puisse suivre. Du moins, c'était ce que je pensais. Cela faisait des années que j'avais étudié le français, et entendre cette langue me rappelait des souvenirs à Szczuki, ainsi que des sentiments que je n'avais pas éprouvés depuis l'été où j'avais cru que ce serait à Paris que je ferais ma vie.

Je déglutis péniblement et dis que j'arrivais tout de suite. Puis je sortis une robe propre de ma valise, m'habillai en vitesse et enroulai mes cheveux en chignon. Au moment où j'ouvris la porte, j'eus la surprise de voir qu'il m'attendait sur le palier, en haut du long escalier en colimaçon. Je n'avais pas encore rencontré Jacques, mais Hela m'avait montré une photo de lui, et cet homme était certainement le frère dont elle m'avait parlé. Il ressemblait beaucoup à Jacques, en un peu plus jeune, avec un air plus détendu et plus souriant. Très grand, il avait des cheveux aile de corbeau et une barbe sombre. Ses yeux d'un bleu profond me fixèrent si tranquillement que je détournai le regard.

« Madame Zorawska… » Il s'inclina et me fit un baisemain, de cette manière si française qui m'était étrangère. Je dus me retenir de rire, mais surtout parce que, en sa présence, je me sentais… nerveuse, comme hors de moi. « Je suis Pierre Curie. »

Sa main s'attarda sur la mienne. Je la dégageai et croisai les bras. « Nous sommes pratiquement apparentés, finis-je par dire. Je vous en prie, appelez-moi Marya.

— Marya… » Il le répéta avec douceur, en traînant un peu trop sur le *y*, de sorte que mon prénom sonnait plus français. *Maria.*

Brusquement, mon estomac se mit à gargouiller, et je me rendis compte que je mourais de faim. « Vous avez dit que le petit déjeuner était servi ?

— Oui, pardonnez-moi… Vous avez fait un très long voyage. Vous devez être affamée… Suivez-moi ! »

Il dévala les marches de l'escalier deux à deux comme un enfant. Je le suivis en me tenant à la rambarde, de crainte de trébucher. Toute la maison n'était que marbre, verre et lumière. Hela n'allait pas seulement épouser un Français qui employait un jardinier, mais quelqu'un qui venait d'une famille fortunée.

Dans la salle à manger, les viennoiseries disposées sur la longue table auraient suffi à nourrir l'armée russe, et la gouvernante était là, qui me tendit un café. Jamais la distance entre ma sœur-jumelle et moi ne me parut aussi grande qu'à ce moment-là.

« J'ai beaucoup entendu parler de vous », dit Pierre en s'asseyant au bout de la table. J'acquiesçai et pris place, sans lui avouer que j'en savais très peu sur lui. Seulement ce que Hela m'avait raconté la veille, à savoir qu'il avait été trop émotif pour faire face à la mort de sa mère. Jacques était-il le plus équilibré des deux ? « Hela m'a dit que vous fondiez une université pour instruire les femmes en Pologne, enchaîna-t-il. C'est une merveilleuse entreprise ! »

Était-ce ce que lui avait dit Hela ? Cela paraissait extrêmement exagéré, comme si j'instruisais à moi seule les femmes de tout mon pays, et non une minuscule partie de la minuscule ville de Loksow. Mais je bus une gorgée de café fumant sans rectifier. « C'est très français de trouver ça merveilleux, rétorquai-je. Mon mari la déteste. » Le simple fait de mentionner Kaz me rappela la lettre restée dans ma valise, que je n'avais toujours pas lue. Ma poitrine se serra.

« Il la déteste ? s'esclaffa Pierre. Je suis sûr que non. Qu'y aurait-il de mieux que d'instruire des gens ? L'éducation, c'est la liberté. »

On aurait cru entendre mon père. Aussitôt, je trouvai cet homme plus sympathique. En tant que Français né et éduqué en France, il ne comprendrait sans doute pas que les Russes ne voulaient pas que les femmes se sentent libres, ou pourquoi Kaz s'inquiétait à l'idée que je prenne des risques. Et maintenant que j'étais à Paris, je n'avais pas envie de le lui expliquer. Je m'empressai de changer de sujet. « Et vous, Pierre, que faites-vous ? Vous êtes un scientifique vous aussi ? »

Il acquiesça en terminant un croissant à belles dents. « Je fais des recherches sur le paramagnétisme. »

Je souris, comme si je savais très bien de quoi il parlait. Et je le savais un peu grâce à mes lectures sur les champs magnétiques, mais s'il m'avait interrogée sur les différences entre le paramagnétisme et le ferromagnétisme, j'aurais été incapable de répondre.

« Vous aimez faire de la bicyclette ? me demanda-t-il tout à coup.

— Pardon ? » Je n'en avais pas fait depuis de longues années, pas depuis Szczuki, où je faisais des balades avec les enfants l'été autour du lac. En y repensant, je ressentis le gouffre en forme de Kaz dans mon ventre. N'ayant soudain plus d'appétit, je reposai mon croissant.

« Le matin, j'aime bien aller faire un tour après le petit déjeuner, reprit Pierre. Si vous voulez venir avec moi, la vieille bicyclette de Jacques est restée ici.

— Oh, je ne devrais probablement pas... » J'avais promis à Hela que je me débrouillerais, que je prendrais l'omnibus et la rejoindrais chez la couturière pour discuter de sa robe de mariée. Mais à présent, l'idée de voir ma sœur-jumelle tout éperdue d'amour, avec ses yeux de biche et ses joues roses, me paraissait épuisante. Ce que je voulais, c'était retourner dans ce lit moelleux là-haut dans la chambre et dormir un long moment pour avoir les idées plus claires.

« Juste un petit tour », insista Pierre. J'hésitai encore un instant. Prenant mon silence pour un oui, il se fendit d'un grand sourire. « Je devrai ensuite aller au laboratoire. Mais je vous accompagnerai chez votre sœur, promis. Venez faire un tour avec moi. Découvrir Sceaux à bicyclette est vraiment ce qu'il y a de mieux. »

C'était très étrange de voir que mes jambes se rappelaient comment pédaler, de retrouver la légèreté du vent dans mes cheveux et la sensation du soleil sur mon visage. Je ne voulais pas rouler vite, mais, dès que je me mis à pédaler, je fus incapable de m'arrêter et dépassai Pierre ; sans trop savoir où nous allions, je suivis le chemin au milieu des fleurs – dans un tourbillon flou de jaune, d'or et de rose.

« Ralentissez ! » me cria Pierre en riant.

J'étais en nage et hors d'haleine. Loin de la Pologne, et de Kaz, mon esprit était comme un tamis à travers lequel s'échappaient le temps et le savoir. Ma tête était merveilleusement vide. Je pédalais tel le feu au contact d'un produit inflammable.

« Marya… attendez-moi ! » s'écria Pierre.

Mais je continuai à rouler, de plus en plus vite. Totalement et finalement libre.

Marie

Paris, 1903

« Marie ! » Pierre entre précipitamment dans le labo, sa voix tremble. Il serre dans ses mains un télégramme et se tient dans cette étrange position, les jambes un peu arquées, qu'il a quand elles lui font mal. La peur me saisit à la vue du télégramme. Non, pas encore…

Il y a trois mois que Val et Jakub sont morts de façon brutale. Bien que je me sois remise au travail, que j'enseigne à mes étudiantes à Sèvres et que je vienne au labo, je dois me forcer à me lever le matin. Me forcer à m'habiller et, parfois seulement, à manger pour tenir toute la journée. L'été est fini depuis longtemps, c'est l'automne et ce sera bientôt l'hiver, mais je remarque à peine le changement de saison. Je suis hébétée, et vide. Quoi que je fasse, quoi que j'accomplisse, Jakub et Val sont morts et le resteront. Mon père n'est plus là.

Bronya et moi nous écrivons une fois par semaine, consumée chacune par nos chagrins personnels, mais nous parlons surtout de notre travail au quotidien, car évoquer le reste, admettre notre tristesse sur le papier, serait trop insupportable.

Pierre se fend d'un sourire en brandissant le télégramme. Donc, ce n'est pas une mauvaise nouvelle. Il a l'air… heureux ? « Marie, tu ne vas pas le croire !

— Que se passe-t-il ? » Je soupire de soulagement en voyant que son visage exprime non pas de la tristesse, mais de *l'étonnement*.

« La plus merveilleuse nouvelle du monde vient de nous arriver de Suède ! Ils nous attribuent la moitié du prix Nobel de physique, avec Henri Becquerel, pour nos travaux sur le radium. À toi et à moi. À nous deux, mon amour… Le prix Nobel ! » Il s'étrangle de joie et me regarde en attendant ma réaction.

Ses mots résonnent à mes oreilles. *Le prix Nobel.* « Je ne peux pas le croire », dis-je. Et je n'y parviens vraiment pas.

L'an dernier, des rumeurs ont circulé sur le nom de Pierre – il a reçu une lettre d'un mathématicien suédois qui avait appris que le comité envisageait de lui attribuer le Nobel, mais uniquement à lui, pas à moi. Pierre a fait savoir au comité que j'avais autant d'importance que lui dans cette découverte. Et même plus, en réalité. Cependant, j'ai pensé que les choses en resteraient là, que le comité ne nous récompenserait ni l'un ni l'autre. Aucune femme n'avait jamais reçu de prix, fût-ce à moitié. Le fait qu'on ait obtenu ensemble le prix scientifique le plus prestigieux devrait susciter en moi mieux que de l'incrédulité. Je devrais être folle de joie. *Le prix Nobel.* Pierre et moi ?

« Et avec vient une somme d'argent… soixante-dix mille francs ! » enchaîne Pierre. Sa voix tremble d'émotion tandis qu'il me lit le télégramme. Puis il le relit encore une fois, comme s'il n'y croyait toujours pas.

Ses mots coulent sur moi. « *Soixante-dix mille francs !* » répète-t-il.

C'est beaucoup d'argent. Cette somme nous permettra de procéder à quelques améliorations au laboratoire, d'avoir enfin quelque chose de mieux que le petit hangar où nous travaillons depuis des années. Rien que cela devrait me faire trembler du même enthousiasme qu'exprime la voix de Pierre, et j'aimerais que ce soit le cas. Cependant je n'y arrive pas. Je suis juste très fatiguée, j'ai mal aux jambes et je me sens vide.

« Ils veulent qu'on vienne en Suède, mon amour… » Je lève la tête. Ses yeux bleus brillent dans la lumière matinale.

« En Suède ? C'est beaucoup trop loin ! »

Pierre s'apprête à objecter, puis se ravise et se tait un instant. « Le prix Nobel, mon amour ! » finit-il par dire, plus doucement.

Mais je reste bloquée sur la Suède.

J'imagine dans ma tête : le voyage nous prendrait au moins quarante-huit heures, voire plus si on s'arrêtait en route. Et Irène ? On devrait la laisser ici avec le docteur Curie, or je ne supporte pas l'idée de ne pas la voir aussi longtemps. Ni de prendre le risque de voyager avec elle en pensant à toutes les maladies auxquelles elle pourrait être exposée dans les trains. Qui plus est, ces derniers temps, j'arrive à peine à sortir de mon lit et à me traîner jusqu'au labo. Comment irais-je tout là-bas en Suède ?

« On ne peut pas aller en Suède. » Je le répète. Pierre replie le télégramme qu'il met dans la poche de sa veste et vient m'enlacer. Il s'accroche à moi, m'embrasse sur la tête. « Je ne peux pas, lui dis-je. S'il le faut, vas-y sans moi.

— Ce prix nous est décerné à tous les deux. Je n'irai pas sans toi. » Il me caresse la joue et me regarde dans les yeux. « Je vais leur écrire que tu as été malade cet été et que tu n'es pas encore remise. Le voyage serait trop éprouvant pour l'instant. Peut-être qu'on ira en Suède l'année prochaine faire notre discours de réception.

— Peut-être. » Mais je ne crois pas vraiment que nous irons un jour là-bas, je le dis plus pour l'apaiser qu'autre chose. Si seulement je pouvais utiliser ces soixante-dix mille francs pour acheter du temps, nous ramener tous en arrière, à avant l'été, et faire en sorte que nos enfants à Bronya et à moi soient toujours en vie…

« L'année prochaine, mon amour… En 1904, tout ira mieux. Je le sens », murmure Pierre en plaquant sa main sur son cœur.

Quelle idée ridicule ! Son cœur pompe du sang et bat pour maintenir son corps en vie. Il ne renferme pas un sentiment, une prémonition stupide.

Et pourtant, Pierre est ma lueur d'espoir. Je veux absolument croire qu'il a un cœur magique, pas un cœur scientifique.

Marya

Paris, 1903

L'été à Paris était étouffant. La chaleur s'élevait dans les rues, visible dans les nuages de vapeur que les omnibus hippomobiles laissaient dans leur sillage. Très vite, au bout de quelques semaines, mon français s'améliora, et, avec l'aide de Pierre, j'appris où prendre l'omnibus pour aller à Sceaux et en revenir, me sentant suffisamment à l'aise pour me déplacer toute seule dans la ville.

Pierre menait ses recherches sur le paramagnétisme dans un coin du laboratoire de Hela et Jacques. Eux-mêmes travaillaient sur les compositions minéralogiques et disposaient d'innombrables tables sur lesquelles s'alignaient des roches. Les joues de ma sœur rosirent lorsqu'elle me montra les échantillons. Pendant qu'elle me parlait, mon regard se porta vers le fond du labo, où Pierre avait installé des plaques de métal si près les unes des autres qu'il avait tout juste la place de travailler. Mais comme il était très mince, il se faufilait entre les plaques en commentant ses relevés.

« Marya, tu m'écoutes ? » Hela suivit mon regard et fronça les sourcils, puis elle se pencha et dit plus bas : « Jacques est désolé pour lui.

— Pourquoi ?

— Pierre n'a pas la formation requise, murmura-t-elle. Il n'a jamais été aussi doué que Jacques à l'école et, même après avoir suivi des études scientifiques, il a fait très peu de choses en matière de découvertes. Aucune université ne l'engagera comme enseignant. Si on ne lui fait pas de la place dans notre labo, qui lui en fera ?

— Mais il est très gentil », dis-je en plissant les yeux. Peut-être était-ce à cause de la nourriture délicieuse qu'il ne cessait de me servir à Sceaux, ou des moments paisibles que m'avaient apportés nos balades matinales à bicyclette, ou de la façon qu'il avait eue de se réjouir à l'idée de mon université pour les femmes en Pologne. Quoi qu'il en soit, j'avais envie de le défendre.

« Oui, très gentil. » Hela me sourit et haussa les épaules. « Il n'empêche qu'il a de la chance d'avoir Jacques. Pierre a la tête dans les nuages. S'il était tout seul, qui sait où il en serait ! »

À la fin du mois de juin, les enfants de Bronya allaient beaucoup mieux, et il était temps que je vienne m'installer chez elle. J'étais un peu triste de quitter la grande maison des Curie, tout comme de ne plus faire mes balades matinales avec Pierre. À tel point que, lorsqu'il me proposa d'emporter la bicyclette de son frère à la Villette et de la garder jusqu'à la fin de mon séjour, j'acceptai volontiers.

« Qu'est-ce que c'est que ça ? » s'exclama Bronya en me voyant descendre de l'omnibus avec le vieux vélo de

Jacques. Je ne répondis pas – elle savait très bien ce que c'était – et continuai à avancer. Cette bicyclette était synonyme de lumière et de liberté, sans compter qu'elle me permettait chaque matin de m'éclaircir les idées, de réfléchir. Ce ne serait pas la même chose que de rouler à Sceaux au milieu des fleurs avec Pierre, mais j'espérais me balader dans les rues pavées de la Villette.

Lou et Jakub furent en revanche ravis de voir cette bicyclette et me supplièrent de leur apprendre à en faire. « C'est hors de question ! rétorqua Bronya. Vous n'êtes pas encore remis de cette bronchite. »

À dire vrai, ils me semblaient en pleine forme et, à part une petite toux de temps en temps, je ne voyais chez eux aucun signe de maladie. « Je vous apprendrai pendant qu'elle sera au travail », chuchotai-je à l'oreille de Jakub. Ses petits yeux verts s'illuminèrent, et il me donna une poignée de main.

« Marya ! » s'exclama sèchement Bronya. Je m'écartai en vitesse de mon neveu. Lou, les yeux tout grands écarquillés, craignait que sa mère n'ait entendu et que son frère et moi ayons des problèmes, mais ma sœur enchaîna : « Tu as grossi, pendant que tu étais à Sceaux. Qu'est-ce que les Curie t'ont fait manger ? »

Elle passa sa main sur mon ventre, lequel avait en effet un peu grossi. « Laisse-moi t'examiner, dit-elle en se mettant à me palper.

— Ne sois pas ridicule ! dis-je en m'éloignant. Je suis en parfaite santé. » À Sceaux, on m'avait servi plus de nourriture que je n'en avais jamais vu, et je l'avais mangée avec plaisir. Curieusement, tous les soucis qui m'avaient accablée pendant si longtemps en Pologne s'étaient envolés, et j'avais retrouvé l'appétit. À Paris, mon corps s'épanouissait, se sentait libre.

Une nouvelle lettre de Kaz était arrivée chez Bronya la semaine précédente, comme chaque semaine depuis que j'étais là. Je n'en avais pas encore ouvert une seule – elles étaient empilées au fond de ma valise. Bronya me l'apporta pendant que je déballais mes affaires dans la petite chambre. Je n'avais pas grand-chose, seulement quelques vieilles robes et des sous-vêtements que je rangeai dans la commode en quelques minutes. Alors que je refermais le dernier tiroir, Bronya entra et me tendit la lettre de Kaz. Je la mis dans la valise avec les autres sans l'ouvrir. Elle fronça les sourcils.

« Qu'est-ce qui se passe ? me demanda-t-elle, une main sur la hanche.

— Il ne se *passe* rien », mentis-je. La vérité bouillonnait dans ma gorge, cependant il m'était impossible de dire à ma sœur-mère que Kaz m'avait trahie. Que Leokadia m'avait trahie. Que Sceaux, un vieux vélo et Pierre Curie m'avaient permis de me sentir à nouveau vivante, et que je n'avais aucune envie de lire les lettres de Kaz ou d'affronter ma vraie vie, d'éteindre cette lueur de bonheur que j'avais ressentie à Paris. « Je l'ouvrirai plus tard, quand je serai seule.

— Je voudrais vraiment que tu me laisses t'examiner… Si tu t'allonges, je peux le faire tout de suite. » Elle approcha sa main de mon ventre. Je la repoussai d'un geste brusque.

« Je vais bien, je te le promets. »

Bronya fronça un peu plus les sourcils, mais elle renonça en poussant un soupir, puis descendit préparer le dîner à la cuisine.

En juillet, quelques jours avant le mariage de Hela, une course cycliste qui parcourait toute la France se terminait à Paris. Pierre me demanda si je voulais aller regarder passer les coureurs à Ville-d'Avray. Je proposai d'emmener les enfants afin que Bronya puisse aider Hela avec les préparatifs de dernière minute.

La journée était chaude, l'air humide, et ma robe me serrait, contraignant mes moindres mouvements. Bronya avait raison – je mangeais trop depuis que j'étais en France et j'avais pris du poids. J'espérais que la robe que Hela avait tenu à ce que la couturière me fasse pour son mariage m'irait encore la semaine suivante.

À onze ans, Lou se comportait déjà comme une femme – on aurait dit une Bronya en miniature. Au moment où l'on descendit de l'omnibus, pour se retrouver dans la rue bondée de spectateurs, elle ordonna à son frère de bien lui tenir la main et de ne pas s'éloigner. Jakub, en adorable gentilhomme de sept ans, obéit à sa grande sœur qu'il ne lâcha pas d'un pouce. Je le pris par l'autre main, puis Pierre ouvrit la voie et nous fendîmes la foule pour aller attendre les coureurs.

Lorsqu'il nous fut impossible d'avancer plus loin, il s'accroupit devant les enfants. « Saviez-vous que, il y a dix-neuf jours, quatre-vingts coureurs ont pris le départ de cette course ? Et à la fin, il n'en reste plus que vingt-quatre. En dix-neuf jours, ces hommes ont parcouru deux mille cinq cents kilomètres à vélo ! »

Lou arrondit tout grands les yeux « Ça fait plus de cent trente kilomètres par jour ! » s'extasia-t-elle. Je souris, ravie de constater qu'elle était aussi rapide en calcul mental. « Est-ce que je peux emmener Jakub devant pour mieux voir les vélos, *ciotka* ? me demanda-t-elle.

— Oui. Mais continue à le surveiller de près. On vous attendra ici. »

Lou et Jakub se faufilèrent parmi les adultes en s'approchant de la route. Je les suivis du regard. Les voir se contorsionner dans des espaces minuscules pour passer devant tout le monde me fit rire.

« J'ai toujours pensé que j'aurais des enfants », dit soudain Pierre, l'air mélancolique. Il avait cette façon de dire tout ce qui lui passait par la tête, que ce soit approprié ou pas. C'était une des raisons pour lesquelles j'aimais passer du temps avec lui. Sa parfaite sincérité.

Et j'avais l'impression de pouvoir être complètement honnête moi aussi, qu'il ne me jugerait pas ni ne me ferait de reproche, mais m'écouterait simplement. « Je ne savais pas à quel point je voulais des enfants avant d'avoir perdu un bébé l'année dernière.

— Oh… » Pierre baissa les yeux. « Je suis vraiment désolé, Marya… Je n'aurais pas dû parler de ça. Je ne savais pas.

— Ça va. Comment auriez-vous pu le savoir ? » Je haussai les épaules, mais des larmes que j'ignorais avoir encore pour ma petite Zosia me montèrent aux yeux. Je les réprimai pour les empêcher de couler. Je ne voulais pas me donner en spectacle en pleine rue au milieu de la foule.

Pierre m'observa un instant, puis se démancha le cou afin de jeter un coup d'œil vers les enfants. « J'ai toujours imaginé que, à mon âge, je serais marié, dit-il. Jacques était celui qui affirmait qu'il serait content de rester un éternel célibataire, pas moi. Et regardez, même lui va se marier ! » Il laissa échapper un petit rire sec.

« Et pourquoi n'êtes-vous pas marié ? » Un homme comme lui, beau, intelligent et nanti, aurait pu épouser qui il voulait, quand bien même il avait la tête dans les nuages, comme disait Hela.

« J'ai aimé une femme autrefois et, lorsqu'elle est morte, ça m'a presque anéanti. Sans doute que je n'ai jamais voulu revivre une telle épreuve… Pendant longtemps, je n'aurais même pas envisagé de tomber amoureux.

— Il n'est pas trop tard. »

Pierre redressa la tête et me sourit. « Pour vous non plus. » Il voulait sûrement dire qu'il n'était pas trop tard pour que j'aie un enfant, cependant, j'eus l'impression étrange qu'il sous-entendait autre chose. Quelque chose que je ne voudrais pas qu'il dise.

« Mon mari m'a trompée. » C'était la première fois que je formulais la vérité à haute voix. « J'ai sacrifié mon rêve de venir étudier à Paris pour vivre avec lui, et il m'a trahie. Avec ma meilleure amie. Ils m'ont trahie tous les deux… » Je réprimai les larmes qui ne demandaient qu'à jaillir. « C'est pour cette raison que je suis restée à Paris aussi longtemps toute seule. Il fallait que je comprenne ce que j'étais censée ressentir, et faire.

— Et vous l'avez compris ? »

Incapable de retenir plus longtemps mes larmes, je les laissai couler sans les essuyer. Dans une sorte de brouillard, je vis les coureurs approcher, les vélos siffler devant nous dans un tourbillon de vert, de jaune et de bleu. « Je ne sais pas », finis-je par répondre. Quelques jours plus tard, Hela serait mariée, après quoi tout le monde s'attendrait à ce que je reparte en Pologne retrouver Kaz et mon ancienne vie. J'avais cru que ce moment, cette distance mise entre nous, apaiserait le coup de sa trahison. Mais il n'en était rien. « Je ne sais vraiment pas. »

Pierre me prit la main, entrelaça nos doigts et les pressa doucement. J'en fis autant, sentant monter en moi une sensation de chaleur d'être si près de lui. « Votre mari est un imbécile », conclut-il.

Nous arrivâmes chez Bronya à la tombée de la nuit. Dans l'omnibus, Jakub s'était endormi sur mon épaule, et Pierre le porta jusqu'à la maison. Mon bras était encore tout engourdi du poids de mon neveu, et Lou s'y accrocha alors que nous montions l'escalier. Je regardai Pierre tenir Jakub dans ses bras avec délicatesse. Sa tendresse à l'égard de mon neveu me fit sourire.

Lou me lâcha et courut ouvrir la porte à Pierre. En le voyant porter Jakub dans l'escalier, je ressentis une douleur au ventre. Cet homme devrait être le père de quelqu'un. Le mari de quelqu'un.

« Marya ! » La voix de Bronya me surprit. Je me retournai.

Puis une autre voix s'éleva derrière elle. « *Kochanie*, c'est toi ? » Lorsque je vis Kaz sortir de la salle à manger, mon visage s'empourpra, comme si on venait de me surprendre en train de faire une chose que je n'aurais pas dû faire. Je plaquai les mains sur mes joues.

« Kaz… qu'est-ce que tu fais ici ?

— Je lui ai demandé de venir », répondit Bronya. Je ne comprenais pas. Pourquoi avait-elle fait ça ? Ma sœur-mère m'avait-elle trahie elle aussi ? Mais comment était-ce possible, alors que je ne lui avais rien dit de ce qui s'était passé entre nous ? « Marya, tu refuses d'accepter ton état.

— Mon état ? »

Kaz me serra contre lui, puis m'embrassa sur la tête, et, bien que je ne l'aie pas voulu, je sentis mon corps se relâcher. Malgré moi, il m'avait manqué. « Je ne raterai pas le mariage de ta sœur », murmura-t-il au creux de mon oreille en caressant mes cheveux emmêlés.

J'entendis Pierre descendre les marches deux à deux avec Lou. Le rire de ma nièce me fit sursauter. Dès que Pierre aperçut Kaz, il se tourna vers moi en fronçant les sourcils.

« Kazimierz, je te présente Pierre Curie, dit Bronya. Le frère cadet de Jacques. »

Kaz s'avança, et ils se serrèrent la main. Pierre fronçait toujours les sourcils. Ne comprenant pas pourquoi, Kaz secoua la tête d'un air troublé. Je me mordis la langue.

« Pierre, il est tard, et vous avez encore un long trajet à faire, reprit Bronya. Vous feriez mieux d'y aller.

— Oui, bien sûr. » Pierre ne me quitta pas des yeux lorsqu'il souleva son chapeau avant de franchir la porte. Les joues en feu, je détournai le regard.

Kaz posa la main à plat sur mon ventre. « *Kochanie*... un bébé ? »

Un bébé ? Je ris en lançant un regard à Bronya, qui me fixa d'un air sérieux.

« Marya, tu t'es promenée partout dans la Villette sur cette bicyclette ridicule... Mais puisque tu as la tête dans les nuages, il faut bien que quelqu'un t'oblige à voir la réalité en face ! »

La tête dans les nuages. C'était ce que Hela avait dit à propos de Pierre. Un bref instant, je repensai à la conversation que nous avions eue l'après-midi, à la sensation de sa main tenant la mienne, et au fait que tout m'avait paru un peu plus facile quand nous n'étions que tous les deux.

« La réalité ? » répétai-je en dévisageant Bronya tandis que, quelque part en moi, une nouvelle terreur brûlante montait dans mes veines, qui aussitôt me donna la nausée.

Bronya mit son stéthoscope dans mes oreilles, puis déboutonna un bouton de ma robe et appliqua le métal froid sur mon ventre. Elle me supplia d'écouter les bruits qu'elle était certaine de percevoir. Et je les entendis – des battements de cœur réguliers. Cependant, même là, je lui dis que ça ne prouvait rien. Que faisait-elle de ce médecin qui m'avait affirmé que mon corps était incapable de porter un bébé et de le mettre au monde vivant ?

Kaz prit le stéthoscope, écouta à son tour, puis s'exclama : « Un bébé ! » Sur son visage apparut une joie que je ne lui avais pas vue depuis l'époque où nous étions très jeunes, et très amoureux. Je la ressentis avec force dans ma poitrine, comme une douleur, un désir.

Il se mit à genoux et m'embrassa sur le ventre. Je voulais continuer à lui en vouloir, lui rappeler que j'avais tout ce qu'il me fallait ici, à Paris, toute seule. Je voulais rester la tête dans les nuages et les pieds sur les pédales de cette bicyclette, dans les rues pavées de la Villette.

Mais un cœur battait en moi et, d'un seul coup, ce fut plus important que tout ce qu'il me fallait ou ce que je voulais.

Le lendemain du mariage de Hela, Kaz et moi fîmes le long voyage de retour en Pologne, ensemble.

Marie

France, 1904

Le cœur magique de Pierre a raison. 1904 change notre vie.

Pour commencer, dès le début de l'année, il y a l'argent. Les soixante-dix mille francs arrivés de Suède, et encore plus d'Angleterre, pour la médaille Davy. Nous installons chez nous une salle de bains moderne, et j'envoie vingt mille couronnes autrichiennes à Bronya et à Mier pour les aider à financer leur sanatorium à Zakopane, ainsi que des cadeaux à Hela à Varsovie, et à Jacques à Montpellier.

Bronya m'écrit pour me remercier. Il est sans doute étrange qu'aucune de nous ne parle de ce nuage qui plane au-dessus de nous, de cette noirceur qui continue à nous envelopper, ni du fait que l'argent, *même l'argent*, dont nous avions besoin depuis si longtemps, n'aide pas à lutter contre cela. Jakub et Val sont toujours morts. J'ai presque du mal à me rappeler cette époque à Szczuki et à Varsovie où je croyais que, si j'avais de l'argent, le bonheur et tout ce que je désirais suivraient.

Et avec cet argent récemment reçu arrive plus d'argent : Pierre est enfin admis à l'Académie et engagé comme professeur à la Sorbonne. Nous avons donc l'argent du prix, mais aussi son salaire. Et pour la première fois, nous avons les moyens d'embaucher un assistant de recherche au laboratoire.

Mais le plus étrange est cette nouvelle notoriété, notre soudaine célébrité. Les journalistes massés devant chez nous boulevard Kellermann nous prennent en photo lorsque nous partons le matin au labo. Jeanne Langevin passe par le jardin et vient se plaindre dans ma cuisine que leur vacarme réveille son bébé et dérange tout le quartier. Paul arrive derrière elle et la fait taire en disant : « Ce n'est pas leur faute si la presse ne les laisse pas en paix. »

« Croyez-moi, je ne veux pas d'eux ici ! dis-je à Jeanne d'un air agacé en levant les bras au ciel. Seulement, je ne peux pas les en empêcher. »

Nous partons au travail, où une autre bande de journalistes postée devant le laboratoire nous crie de leur accorder un entretien et de répondre à leurs questions. Je commence à recevoir des lettres d'admirateurs et des centaines de demandes d'autographe. Je jette le tout à la poubelle. Si je répondais, je perdrais ma journée à signer mon nom au lieu de poursuivre mes recherches.

« Ils sont amoureux de toi ! s'amuse Pierre. La première femme à avoir remporté un prix Nobel ! »

Cependant, ce n'est pas moi qui les intéresse, c'est *nous*. Ils veulent écrire une belle histoire romantique. Et lorsque nous refusons d'accorder des entretiens, ils n'en écrivent pas moins leurs histoires. Je suis un génie, une grande lumière pour mon mari, ou bien je suis un obstacle au génie et au succès de mon mari, tout dépend dans quel journal paraît l'article et qui l'écrit. Personne ne s'intéresse au fait qu'extraire le radium était mon idée. Ni que je sois née pauvre et polonaise. Un des quotidiens m'appelle « Le plus grand trésor vivant de la France ». Un autre me fait dire que tout ce que je fais, je le fais pour plaire à mon mari extraordinaire.

« On devrait accepter quelques interviews, dit Pierre. S'ils comprenaient à quel point notre travail est dur et fastidieux, peut-être qu'ils nous ficheraient la paix.

— Ce ne serait qu'une perte de temps. Laisse-les écrire ce qu'ils veulent. Qu'est-ce que ça peut me faire ? »

Pierre doit préparer ses cours à la Sorbonne, moi ceux que je continue à donner à l'École normale supérieure de jeunes filles à Sèvres. Et nous avons encore des tas de choses à faire au labo. Nous cherchons à déterminer le poids atomique du radium, or, au milieu de toute cette agitation, nous avons égaré par mégarde certains matériaux – nous sommes terriblement en retard. Le comité du Nobel nous a laissé un délai de six mois pour venir faire notre discours de réception en Suède, mais, étant donné que Pierre a souffert d'une très violente crise de rhumatismes, aucun de nous n'imagine entreprendre le voyage d'ici là.

Quand le semestre de printemps se termine, Pierre et moi sommes tous deux endoloris et épuisés, et qui se soucie qu'on ait de l'argent maintenant ? Le bonheur semble bien hors de portée.

Cependant, Pierre a une idée. Il a loué une petite maison isolée à Saint-Rémy où nous irons passer le début de l'été. « Là-bas, la presse ne nous trouvera jamais, me dit-il avec un sourire satisfait. On pourra enfin se reposer. »

En juin, à Saint-Rémy, je marche pieds nus, ou je mets des sandales quand nous traversons les pâturages à bicyclette pour aller au lac de Peiroou. Là, bien que l'eau soit glacée, Pierre tient à aller nager. Je me contente de tremper le bout de mes orteils.

Loin de la ville, Irène passe ses journées avec son grand-père, si bien que Pierre et moi les passons ensemble, libérés de toute responsabilité. Ses douleurs aux jambes s'apaisent, et, sans la pression constante des journalistes, je devrais respirer un peu mieux. Mais, pour je ne sais quelle raison, ce n'est pas le cas. Pendant ce séjour, nous nous sommes promis de ne pas penser au travail. Nous voulons profiter de l'air de la campagne, d'Irène, de l'un et de l'autre. C'est seulement au bout d'une semaine que je comprends d'où viennent ma fatigue, mes douleurs et mes nausées. *Je suis de nouveau enceinte.* Pour l'amour du ciel, comment ai-je pu ne pas m'en rendre compte à Paris ? Je fais le calcul… Je dois en être déjà à plusieurs mois de grossesse.

Mais au lieu de me réjouir, j'ai l'impression de sombrer, comme si je plongeais dans les eaux froides du lac et avais de la peine à respirer.

Le soir venu, alors que nous sommes au lit dans le noir, j'annonce la nouvelle à Pierre.

Il se faufile sous le drap et m'embrasse le ventre. Je sens la chaleur de ses lèvres à travers ma chemise de nuit.

« Je suis terrifiée… » Je le lui avoue. Je repense à la dernière fois, où le bébé est arrivé avant terme, à seulement cinq mois. Et ce n'était pas un garçon, comme il l'avait cru, mais une fille, parfaitement formée, sauf qu'elle était née avant d'avoir pu respirer.

« Non, mon amour, chuchote Pierre, son souffle plaquant le tissu de ma chemise de nuit contre ma peau. Cette fois, tout se passera très bien, je le sens. »

Le lendemain matin, je me réveille avant l'aube. Pierre, profondément endormi, ronfle doucement à mes côtés, ses douleurs et l'esprit suffisamment calmés pour qu'il puisse se reposer.

J'enfile une vieille robe que j'ai apportée pour faire du vélo, puis je pars me balader vers le lac. Le soleil se lève, le ciel se teinte de rose et de mauve. Ici, le monde me paraît beau, comme un monde qui plus jamais ne nous fera de mal. Je respire à fond en laissant la douceur de l'air de la campagne me traverser.

« Excusez-moi ! » m'interpelle soudain un jeune homme. Ne le reconnaissant pas, je continue à marcher. « Madame, excusez-moi… » Il a un fort accent américain. Je m'arrête, ne serait-ce que pour lui dire de me laisser tranquille. J'ai besoin de calme, besoin de temps pour que ma tête absorbe ce que mon corps comprend déjà. Après encore six mois d'inquiétude, d'attente et de souffrance, et si la Terre tourne comme elle le devrait, s'il n'y a pas d'autres *accidents de la science*, j'aurai un autre bébé. *Un autre bébé.* « J'ai entendu dire que les Curie passaient des vacances par ici, dit le jeune homme. Vous ne les auriez pas vus ? Il paraît qu'ils font du vélo dans le coin. J'aimerais bien les interviewer. »

Je me passe la main dans les cheveux. Ce matin, je n'ai pas pris le temps de faire mon chignon. Je suis pieds nus, ma vieille robe est déchirée et en loques. Il n'a aucune idée de qui je suis, ce qui, d'une certaine façon, me donne la force de me rappeler qui je suis. « Non, je ne les ai pas vus… Vous devez vous tromper. »

Je repars vers la maison. Un sourire s'étale sur mon visage. Saint-Rémy est un autre monde, étrangement magique. Quand je retrouve Pierre en train de préparer le petit déjeuner, je lui dis que si on pouvait rester ici pour toujours, tout irait bien.

Ses yeux s'illuminent, et il me prend dans ses bras. Pendant un instant, j'arrive à respirer.

Mais on ne peut pas rester à Saint-Rémy. Le laboratoire nous attend, sans parler des cours que nous avons à faire. À notre retour à Paris à l'automne, je me sens si lourde à cause du bébé, de la fatigue et de l'inquiétude que je prends un bref congé à l'École normale de Sèvres. Néanmoins, je travaille tous les jours au labo. Les mois s'écoulent avec lenteur : quatre, cinq, six, puis sept. Chacun est une expérience. Je retiens mon souffle pour voir si je vais aller au bout, si les résultats seront bons.

Un soir de la mi-novembre, Bronya sonne à la porte sans s'être annoncée. Elle est plus pâle et plus maigre que dans mon souvenir. Zakopane ne lui a pas été aussi bénéfique que je l'avais espéré. *Mais ça n'a rien à voir avec Zakopane.* La vie. Et la mort.

« *Moja mała siostrzyczka !* » s'exclame-t-elle en me prenant dans ses bras. Qu'elle s'exprime en polonais me choque. Il y a trop longtemps que je n'ai pas entendu ni parlé ma langue. « Je ne voulais pas que tu aies ce bébé sans moi ! » Le médecin et la sœur-mère qu'elle est pose sa main sur mon ventre. Mais peut-être que Bronya a besoin d'une sœur-mère elle aussi. Je me demande si elle est venue vérifier que de bonnes choses peuvent nous arriver, que les enfants peuvent vivre, même après qu'on les a vus mourir. À moins qu'elle ne soit là parce qu'elle redoute que je ne fasse une nouvelle fausse couche et qu'elle sait que, toute seule, je n'y survivrais pas une seconde fois.

Je m'accroche à ma sœur, très heureuse qu'elle soit venue, quelle qu'en soit la raison. « Tout est épouvantable... » Je lui confie ce qu'il m'est impossible de dire à Pierre. Après l'été, ses douleurs aux jambes sont revenues, encore pires qu'avant, et il est occupé avec ses étudiants. Comme il s'inquiète de savoir jusqu'à quand on pourra repousser le voyage en Suède, il écrit à l'Académie en la priant de nous accorder plus de temps. Pour lui, le bébé viendra lorsqu'il sera prêt et, cette fois, tout se passera bien. Je n'ai pas envie de faire peser sur lui ma propre angoisse. Mais avec Bronya, c'est une autre histoire. « Tout me paraît noir, lui dis-je.

— Je savais que tu avais besoin de moi », répond-elle, l'air de s'adresser moins à moi qu'à elle-même.

Au début du mois de décembre, le temps se refroidit. Mon corps est tout alourdi, et le bébé si gros qu'il m'appuie sur la poitrine et m'empêche de respirer. De toute façon, je retiens mon souffle en continuant à attendre et attendre, sans oser croire que ce bébé est réel. Je refuse de lui donner un nom, de l'aimer ou de m'imaginer le tenir dans mes bras. Même quand les contractions commencent et durent toute la nuit, je ne m'autorise toujours pas à y croire.

Ce n'est qu'au moment où ma fille sort en hurlant et que Bronya la dépose sur ma poitrine que je comprends qu'elle est bien réelle, qu'elle est vivante. Mais la douleur qui me submerge m'engourdit tellement que je n'y crois pas complètement. Toute dodue, avec une touffe de cheveux noirs, elle ne ressemble pas du tout à Irène, née blonde et toute menue. Est-elle vraiment à moi ?

« Elle va bien ? » C'est ce que je dis à Pierre lorsqu'il vient la voir – c'est plus une question qu'un constat.

Elle continue à hurler. Pierre la prend et l'embrasse sur les cheveux. « Elle est parfaite, dit-il tout bas. Si on lui donnait un prénom en hommage à ton père ?

— Non, non… Il lui faut un beau nom français tout neuf. » J'en ai assez de la noirceur. Assez de la mort qui plane, nous marque et nous prive de notre bonheur.

« J'aime bien Ève, dit Pierre au bout d'un moment.

— Ève. » Je le répète. Comme un commencement.

Marya

Loksow, 1904

Ma Klara était un bébé magnifique. Blonde, les yeux bleus, toute rose, elle vint au monde en hurlant. Et ensuite, elle ne pleura presque plus jamais ; elle dormait bien et était heureuse d'observer tranquillement ce qui se passait autour d'elle, même lorsque je commençai à l'emmener à mes cours à l'université, au mois de janvier. Je la portais enroulée dans un tissu sur ma poitrine, son cœur battait contre le mien. J'étais sûre qu'elle était déjà en train d'écouter, d'apprendre, de sentir battre mon cœur pendant mes cours de chimie.

Au mois d'août précédent, j'étais revenue dans l'appartement de la rue Złota où j'avais repris ma vie comme si je n'étais jamais partie plusieurs mois en France. La suite de ma grossesse avait été longue et pleine d'inquiétude, mais dès que Klara était née, parfaite, en novembre 1903, j'avais ressenti une légèreté comme je n'en avais encore jamais connu. Mon amour pour ma fille était un genre d'amour différent de tout ce que j'avais vécu ou imaginé.

Kaz et moi n'avions pas reparlé de ce qui s'était passé entre lui et Leokadia, mais, avant de quitter Paris, je m'étais obligée à lire toutes ses lettres. Des lettres remplies d'excuses, et de promesses. Il jurait qu'il avait fait une erreur, une seule fois. Une erreur qu'il mettait sur le compte de la tristesse qu'il avait éprouvée à la mort de notre petite Zosia. Et au cours des mois suivants, il avait eu l'impression que je m'étais perdue, de sorte qu'il avait cru m'avoir perdue lui aussi. Lire ce passage avait été difficile, parce que c'était la vérité, et qu'elle me blessait. *Je m'étais perdue.* Oui, j'avais failli me noyer, et au lieu de me tirer, de m'aider, Kaz s'était tourné vers ma plus proche amie.

Il me promit qu'il ne parlerait plus à Leokadia. Mais au moment de notre retour en Pologne, elle était déjà partie.

Ce fut Agata, et non Kaz, qui m'informa qu'elle avait fait sa valise un jour de l'été précédent pour aller étudier à Berlin auprès d'un pianiste renommé. Agata elle-même semblait ne pas comprendre pourquoi elle était partie de façon aussi soudaine, alors que son père était gravement malade, et si opposé à son départ qu'il refusait de lui donner la moindre somme d'argent.

Je secouai la tête, comme si je ne comprenais pas moi non plus. Si je faisais comme si ce qui s'était passé entre elle et Kaz n'était jamais arrivé, peut-être finirais-je par l'oublier. Le temps passant, peut-être que ça deviendrait assez nébuleux pour que je pardonne à Kaz, et que je l'aime comme avant. « Sans doute qu'il ne lui était plus possible de nier son talent », dis-je à Agata, me persuadant de ce mensonge au point de presque y croire.

Agata reconnut que c'était l'explication la plus sensée. L'ironie de l'histoire étant que, sans Leokadia, ma vie me paraissait beaucoup plus terne, plus solitaire. Je ne *voulais* pas qu'elle me manque, mais elle avait été ma meilleure amie à Loksow pendant de longues années.

Parfois, je pensais à la vie que j'avais brièvement connue en France. Je me revoyais aller au labo de Hela et Jacques, pédaler au milieu des fleurs à Sceaux avec Pierre, et je ressentais une pointe de jalousie à l'égard de Leokadia, qui apprenait et vivait librement à Berlin. En tant qu'amie, je l'enviais et, en même temps, je me sentais coupable du rôle que j'avais joué en l'incitant à partir. Toutefois, en tant qu'épouse de Kaz, j'étais soulagée de savoir qu'elle n'était plus là et que, lorsqu'il irait travailler chez Hipolit, il ne serait pas tenté jour après jour.

Klara eut six mois à la fin du mois d'avril. Deux jours plus tard, Kaz rentra au milieu de la journée et s'assit devant la table où j'étais en train de faire déjeuner notre fille. Il posa sa joue sur le bois de la table et se mit à pleurer.

« Que se passe-t-il ? » Affolée, je me levai d'un bond. Je ne l'avais jamais vu pleurer, même lorsque ma petite Zosia était morte. Mais il est vrai que, à ce moment-là, derrière le brouillard de mes larmes, je ne voyais pas grand-chose.

« Hipolit est mort, murmura Kaz.

— Oh… » Mon pouls s'accéléra. Je mis la main sur mon cœur pour le calmer. L'argent grâce auquel nous vivions venait du salaire que Hipolit lui versait. Et bien que le mathématicien ait été malade, j'avais imaginé qu'il vivrait encore longtemps.

« C'est… Mes parents… Hipolit me traitait comme… » Accablé de chagrin, Kaz secoua la tête, incapable d'aller au bout de sa pensée. Néanmoins, je comprenais. Hipolit était son mentor. Il lui avait appris des quantités de choses, avait pris soin de lui et encouragé son talent alors que ses propres parents l'avaient abandonné.

Brusquement, je me sentis coupable que ma première réaction n'ait pas été de la tristesse mais une nouvelle inquiétude, familière, concernant l'argent. « Oh, Kaz… », dis-je tout bas. J'avais beau toujours lui en vouloir, je tenais à lui.

Klara, qui avait attrapé la cuiller dans ma main, choisit cet instant précis pour la taper de toutes ses forces sur la table tout en babillant.

Quand d'un geste brusque Kaz lui arracha la cuiller, elle se tourna vers lui, les yeux remplis de larmes. En une seconde, le bébé le plus heureux de Pologne était devenu le bébé le plus triste de Pologne. « Non, *moje dziecko*, ne pleure pas, lui dit-il. Papa ne voulait pas te faire de peine. »

Il s'empressa de la consoler en la serrant contre lui jusqu'à ce qu'elle cesse de pleurer. Son cœur à elle se calma au rythme du cœur de Kaz, et il l'embrassa sur la tête en lissant ses boucles blondes de ses longs doigts.

« Ça va aller », dis-je à Klara – ou à Kaz, ou à moi-même. Être mère avait eu cet effet sur moi : j'étais devenue une menteuse – et une excellente menteuse ! Je me forçai à sourire. « Tout ira bien. »

Pani Jewniewicz reporta les funérailles d'une semaine, le temps que Leokadia revienne de Berlin. La journée était pluvieuse et froide pour un début de printemps, et c'était la première fois que je me séparais de Klara. Agata proposa de venir la garder chez nous pour que nous puissions aller à l'enterrement. Et bien qu'une partie de moi n'ait aucune envie de voir Leokadia, je n'avais pas oublié qu'elle m'avait accompagnée à Varsovie au moment où mon père était mourant. Je savais que je me devais d'être là.

« Marya… » Dès qu'elle me vit, elle me sourit et faillit m'embrasser, avant de se raviser en laissant retomber ses bras.

Je voulais la détester, être en colère, mais la revoir me rappela précisément pour quelles raisons je l'aimais. Mon amie m'avait manqué, et elle était là, devant moi. Sa robe noire n'atténuait en rien l'éclat de ses joues roses, de ses yeux d'un bleu perçant, de ses boucles blondes relevées en chignon. « Je suis désolée pour ton père », dis-je en lui tapotant l'épaule avec maladresse.

Elle retint ma main dans la sienne. « Marya, est-ce qu'on pourra se parler plus tard ? J'ai tant de choses à te dire… »

Je n'avais aucune envie de lui parler ou d'entendre ce qu'elle avait à me dire. Mais comment aurais-je pu refuser alors qu'elle enterrait son père ?

« Ce n'est arrivé qu'une seule fois », me dit-elle plus tard dans l'après-midi, reprenant mot pour mot ce que m'avait écrit Kaz. Comme si c'était moins blessant.

En sortant du cimetière gris et lugubre, nous étions tous allés à l'appartement des Jewniewicz. Kaz était parti regarder les papiers que Hipolit avait laissés dans son bureau. Leokadia en profita pour me coincer en me demandant si je voulais bien venir sur le balcon. La pluie avait cessé, mais le ciel était toujours couleur d'acier, l'air froid et humide. « Une seule fois », répéta-t-elle.

Je pinçai les lèvres sans savoir quoi répondre. Que fallait-il dire à une femme que vous aviez aimée comme une sœur et qui vous avait trahie ? Elle me manquait. Je l'aimais toujours. Et en même temps, je la détestais.

« Je sais que ça ne m'excuse en rien », reprit-elle. Elle alla au bout du balcon et se pencha sur la balustrade, puis contempla les cheminées des usines de Loksow que l'on apercevait au loin. « Je tenais néanmoins à ce que tu le saches. J'ai commis une terrible erreur, j'ai horriblement manqué de jugement. Mais ce n'est plus jamais arrivé. Jamais je n'aurais voulu que ça se reproduise. »

J'avais envie de lui demander *quand* ça s'était passé exactement, d'imaginer où j'étais à ce moment-là, et de savoir si me montrer plus attentive aurait changé quelque chose. Que serait-il arrivé si je ne m'étais pas perdue dans mon chagrin ? Si je m'étais rapprochée de Kaz au lieu de le repousser tandis qu'on souffrait tous les deux ? Et en même temps, je savais que c'était sans importance. Rien ne pourrait changer ou défaire ce qui s'était passé. On avait toujours le choix, et ils en avaient fait un tous les deux. Les choix avaient des conséquences.

« Est-ce que tu l'aimes ? » J'avais posé la même question à Kaz, qui m'avait juré n'avoir jamais aimé personne d'autre que moi. Je n'étais toujours pas sûre de le croire.

« C'est ton mari », répondit Leokadia. Une non-réponse.

« Mais s'il ne l'était pas ?

— Je ne sais pas ce que tu veux que je te dise, Marya. Tu m'as manqué, ajouta-t-elle plus bas. J'aimerais pouvoir… tout effacer.

— C'est impossible », rétorquai-je, prosaïque. Elle ne pouvait pas plus effacer sa nuit avec Kaz que je ne pouvais effacer le fait que, tant d'années auparavant, j'avais renoncé à prendre ce train pour Paris et choisi d'épouser Kaz.

Leokadia hocha la tête. « Oui, je sais. Mais si je pouvais, je le ferais. »

Et moi, l'aurais-je fait ?

Maintenant que j'avais Klara, il m'était impossible d'imaginer un autre chemin, un autre choix, qui ne m'aurait pas menée à elle. Et à présent que Kadi vivait son rêve à Berlin, je me demandais s'il lui arrivait de regretter les choix qui l'avaient conduite là. « Tu es heureuse, à Berlin ? »

Elle se tourna vers moi d'un air surpris, les lèvres entrouvertes. Prenant appui contre la rambarde en fer, elle s'était préparée et armée de courage. « Berlin est… très agréable », répondit-elle avec précaution, sans me quitter des yeux. Je l'invitai d'un signe à continuer. « J'ai beaucoup appris et j'ai de nombreuses occasions de jouer. Cette partie-là a été merveilleuse. J'aurais dû partir il y a longtemps… » Le poids du non-dit lui serrant la gorge, elle déglutit péniblement et baissa les yeux sur ses bottines. Son père était mort en étant fâché contre elle et, si elle était partie des années plus tôt, il aurait eu le temps de s'en remettre. Ou elle de l'accepter tel qu'il était. « Mais l'université volante me manque, dit-elle. Toutes ces femmes merveilleuses… »

J'acquiesçai. « Depuis ton départ, nous n'avons plus personne pour nous donner des leçons de musique. Personne n'a assez de talent.

— Je suis sûre que mon ancienne professeure de piano le ferait volontiers. Je lui en parlerai.

— Ce serait bien. Merci. »

Nous nous dévisageâmes – tant de choses restaient à dire –, mais aucune de nous ne prononça un mot pendant un instant. « Si je t'écris de Berlin, tu me répondras ? finit par me demander Leokadia. Étant donné que je m'exerce tous les jours, je ne connais encore quasiment personne. Je mène une vie très solitaire.

— Klara m'occupe beaucoup.

— *Klara...* » Elle sourit. Bien qu'elle ait dû apprendre que j'avais eu un bébé – sa mère l'en avait sûrement informée –, elle ne savait pas comment s'appelait ma fille. « C'est un beau nom.

— Kaz voulait qu'on l'appelle Kazimiera, comme sa mère, mais j'ai refusé de façon catégorique. Je ne pensais pas non plus qu'elle devait s'appeler Marya. Je tenais à ce qu'elle ait un nom à elle, qu'elle soit elle-même. Et Klara semble être une combinaison de nous deux et de ça aussi.

— C'est parfait. » Leokadia sourit, puis ajouta : « Je t'écrirai. Tu me répondras si tu as le temps ? »

Je réfléchis à sa question. « Oui, sans doute. Si j'ai le temps. »

Ce soir-là, une fois Klara endormie, Kaz veilla dans le lit, et se tourna et se retourna dans tous les sens en m'arrachant les draps. Je posai ma main sur son bras pour l'empêcher de bouger. Il m'attrapa les doigts en s'accrochant à moi et cessa de s'agiter. Pendant quelques secondes, nous restâmes ainsi en nous tenant la main.

« Je ne sais pas ce que je vais faire, dit-il. Hipolit n'est plus là, et il n'a pas laissé d'argent pour que je poursuive ses recherches. »

Soudain, j'eus l'impression de suffoquer dans le noir, puis je pensai à Klara endormie dans la pièce voisine et me forçai à *inspirer* et à *expirer*. Je songeai à Hela et Jacques dans leur laboratoire, à Pierre dont Hela avait dit qu'il avait mené de nombreuses recherches en n'ayant obtenu que très peu de résultats, et que c'était ce qui l'avait empêché d'avoir un poste. Kaz, lui, avait déjà accompli beaucoup de travail et obtenu de nombreux résultats. Et il n'avait pas la tête dans les nuages ; il était pragmatique. « Tu as tous les travaux sur l'élasticité, lui rappelai-je. Tu vas les publier et, ensuite, tu trouveras un poste dans un laboratoire ou à l'université. Tout ira bien. Tout ira très bien. »

Marie

Suède et Angleterre, 1905

En juin 1905, nous finissons par aller donner notre discours de réception à Stockholm. Nous nous sentons tous les deux en forme, et enfin heureux. L'été, la ville est très belle, très calme – aucun journaliste ne se rend compte que nous sommes là ! Et bien que j'aie toujours cette tendance, je ne peux pas penser du mal du monde.

Partout alentour, on ne voit que de l'eau très bleue et des toits rouges pittoresques. Ce voyage, nous l'avons redouté longtemps, mais maintenant que nous sommes là, nous avons l'impression d'être en vacances. Avant que Pierre prononce son discours, nous nous promenons main dans la main au bord de la rivière dans le magnifique Djurgården en pleine floraison.

Ce discours, on l'a écrit ensemble, en soulignant le fait que notre découverte, le radium, pourrait se révéler d'une grande utilité à l'humanité, toutefois, comme le veut la coutume, un seul de nous prendra la parole. Ni Pierre ni moi n'aimons parler en public, mais nous avons décidé qu'un homme serait mieux reçu devant le comité. Et comme il est nerveux, il répète son discours pour la énième fois tandis que nous marchons. Il en a appris par cœur les sept pages pendant les longues journées qu'a duré le voyage. Moi également.

« Pierre, arrête de t'inquiéter pour ce discours ! Profite plutôt de l'eau et des fleurs avec moi… Ah, au fait, une lettre d'Irène nous attendait à l'hôtel », dis-je en la sortant de la poche de ma robe.

À la mention du nom de sa fille, il cesse de réciter et sourit. « Elle nous a écrit juste après notre départ… Quelle bonne petite fille ! »

J'acquiesce. Irène est vraiment une bonne petite fille, particulièrement réfléchie et gentille, et extrêmement brillante pour une enfant d'à peine huit ans. Nous avons confié Ève et Irène au docteur Curie, mais, j'ai beau savoir qu'il prendra bien soin d'elles et que l'on sera bientôt de retour, les laisser a été un déchirement. Je déplie la lettre et ressens une bouffée de fierté en voyant son écriture impeccable. « Elle tient à nous faire savoir qu'Ève fait n'importe quoi et lui pique ses affaires ! » J'éclate de rire. À seulement six mois, Ève a déjà une forte personnalité, une immense curiosité, de l'humour, ainsi qu'une tendance à susciter la jalousie de sa grande sœur. « Elle nous demande de lui répondre immédiatement pour qu'elle sache dans combien de minutes *exactement* on partira en Bretagne ! »

Pierre sourit. Lorsque nous rentrerons de Suède, Hela et Hanna prendront le train de Varsovie à Paris et viendront passer des vacances en Bretagne avec moi et les enfants. Le mari de Hela, Stan, doit rester travailler en Pologne. Pierre restera à Paris au début mais nous rejoindra à la fin du mois de juillet.

Ce sera la première fois que Hela verra l'océan, et la première fois qu'Irène passera plusieurs semaines d'affilée avec sa cousine de sept ans, Hanna. Je comprends qu'Irène soit impatiente. Je le suis moi aussi, il me tarde de retrouver ma sœur-jumelle. En Pologne, la vie a été difficile pour eux, aussi suis-je heureuse à l'idée qu'elle puisse se reposer et se détendre au bord de la mer. J'enverrai de l'argent à Hela dès que je le pourrai. Je lui ai déjà envoyé de quoi prendre les billets de train, et je leur ai même acheté des tenues de plage pour qu'elle n'ait à se soucier de rien.

C'est étrange et merveilleux comme cet été, après celui de l'an dernier si sombre, est rempli de légèreté. Ève grandit, Irène devient une jeune fille. Nous sommes une famille de quatre, cinq avec le docteur Curie, et notre été sera fait d'un peu de travail, de plus de voyages, de mer et de moments passés tous ensemble.

« Regarde, mon amour… Là-bas, sur le lac, dit Pierre en me pressant la main. Des cygnes. »

Ils nagent vers nous, toute une famille splendide, leurs longs cous plongeant dans l'eau. Le mâle et la femelle se lancent de joyeux petits coups de bec. Soudain, Pierre éclate de rire et me plante un joyeux baiser sur les lèvres.

Quelques semaines plus tard, le discours du Nobel est enfin derrière nous. Après tous ces mois d'inquiétude, c'est comme si on était soulagés d'un poids. Le voyage en Bretagne est facile, et les jours que l'on passe là sont lents et pour la plupart dépourvus de travail. Nous allons à la plage, où les grandes jouent. Leur rire est comme un baume.

Hela a peur de l'océan, les vagues la terrifient. « Je ne peux pas entrer dans l'eau ! proteste-t-elle en restant avec Ève sur le rivage alors que je cours dans les vagues avec les deux grandes. Je ne peux même pas la regarder ! » Elle hurle en se couvrant les yeux.

Elle paraît beaucoup plus vieille que dans mon souvenir ; plus pâle, elle a de nouvelles rides autour des yeux, ses cheveux blonds sont à moitié gris. Je me demande si elle s'est fait la même réflexion à mon sujet, si j'ai changé sans m'en être aperçue, mais qu'elle l'a vu.

Je laisse Hanna et Irène sauter entre les vagues. Je retourne près de Hela et lui propose d'entrer dans l'eau en lui tenant la main. Elle refuse.

Puis elle trempe l'extrémité d'un orteil, histoire de vérifier la température, et pousse un hurlement. Aussitôt, les filles arrivent, affolées. « Qu'est-ce qu'il y a ? » J'attrape ma sœur par le bras, craignant qu'elle ne se soit blessée ou ne soit prise d'un malaise.

Elle se baisse pour retirer quelque chose entre ses orteils. Là, dans sa main, j'aperçois un petit coquillage – un bernard-l'ermite. J'éclate de rire.

« Arrête ! » me rabroue-t-elle. Elle le pose sur sa paume. Le crustacé avance lentement vers le bout de ses doigts. Étourdies et inquiètes, les filles restent médusées devant cette créature minuscule sortie de sa coquille. Puis Hela est prise à son tour d'un fou rire.

« Venez ! dis-je aux enfants. Pierre sera bientôt là. Comme il sait tout sur les bernard-l'ermite, on va mettre celui-ci dans une cuvette, et il l'examinera avec nous quand il arrivera. »

Le lendemain matin, Pierre débarque avec un sac rempli de matériel lourd. Je vois à sa façon de marcher un peu voûté et de boitiller que ses rhumatismes se sont réveillés. « Cette humidité ! » se plaint-il en regardant la mer. Mais n'est-ce pas autre chose ? Il y a des années et des années que ses os le font souffrir sans qu'aucun médecin soit parvenu à en expliquer la cause. Il a finalement été élu à l'Académie des sciences, il a un bon poste d'enseignant à la Sorbonne et, à force de négocier, on nous a attribué un laboratoire plus spacieux. Sur le plan professionnel, il a tout ce qu'on peut désirer, excepté la santé, et qu'il souffre autant me semble terriblement injuste.

« Tu as apporté trop de choses, lui reproché-je en voyant son énorme sac. Je croyais qu'on allait seulement travailler un peu sur des articles.

— Oui, mon amour, mais cet équipement va servir pour le plaisir, pas pour le travail. J'ai loué une carriole qui va tous nous emmener au Mont-Saint-Michel voir l'éclipse prévue cette semaine. Et j'ai apporté des longues-vues spéciales pour mieux l'observer.

— Naturellement ! » Je ris et secoue la tête devant sa folie tout en étant ravie. Je n'ai jamais assisté à une éclipse, et l'idée d'en voir une m'enthousiasme. J'ai beau l'avoir réprimandé, je suis contente qu'il ait pensé à apporter du matériel.

Quelques jours plus tard, tout le monde s'entasse dans la carriole : Hela et les grandes filles, Pierre, le docteur Curie et moi, avec Ève sur les genoux. Le trajet n'est pas très long, et le conducteur est adorable. Nous arrivons en fin de matinée, juste à temps pour partir explorer les ruines, le château et la prison de Louis XI. Quand le ciel commence à s'assombrir, nous montons sur la terrasse du château. Là, Pierre explique la science aux grandes, qui sont enchantées et le bombardent de questions. Elles ont passé la soirée de la veille avec lui à étudier le bernard-l'ermite. Aujourd'hui, il leur parle du soleil, de la lune et du ciel.

Le ciel s'obscurcit, des oiseaux virevoltent autour de nous, l'air affolés et perdus. Hela se place derrière moi et m'entoure de ses bras. « Tu te souviens quand Papa nous parlait des couchers de soleil ? murmure-t-elle dans mes cheveux.

— Oui, bien sûr. » C'est l'un de mes premiers souvenirs de l'apprentissage du monde, de cet amour que je voue à la science, cette impression d'émerveillement profond et constant que je ressens chaque matin au laboratoire.

« Pierre est si bon avec les enfants qu'il me rappelle Papa avec nous. »

Dans l'obscurité, on a du mal à voir que Pierre tient à peine debout. Et l'enthousiasme de sa voix est tel qu'il est difficile de se rappeler qu'il a été agité toute la nuit dernière, qu'il a gémi dans un demi-sommeil en proie à des douleurs épouvantables.

« Je m'inquiète pour lui, dis-je à Hela. Les médecins ne savent pas quelle est la cause de toutes ses souffrances. J'ai peur qu'il ne récupère jamais, qu'il n'y ait quelque chose qui n'aille pas et qu'ils ne comprennent pas. Il n'a que quarante-six ans, ce que personne n'imaginerait à sa façon de marcher et de crier de douleur toute la nuit. »

En Suède, il y a deux mois, il paraissait aller mieux, mais l'air humide de la mer semble avoir aggravé son état. Je voudrais l'aider, le réparer, cependant, je ne sais pas comment.

« Tu es une bonne épouse. Et une scientifique extraordinaire ! Si Papa te voyait, il serait très fier de toi ! » Hela m'embrasse. Sa joue est mouillée de larmes. J'ai beau ne pas très bien savoir pourquoi elle pleure, je me mets à pleurer moi aussi. « *Moja mała siostrzyczka*, tu trouveras un moyen… Tu le répareras, tu prendras soin de lui, tu l'aideras », me rassure-t-elle. Je voudrais plus que tout faire passer sa douleur, seulement je ne sais pas comment faire.

« C'est ton tour, mon amour ! m'appelle Pierre de sa voix joyeuse. Viens regarder le soleil ! »

Je le rejoins dans la pénombre, puis j'écoute ses instructions avant de m'approcher du télescope. J'observe le ciel à travers la lentille.

Le soleil s'est retiré dans une obscurité quasi impossible qui transforme sa lumière ardente en un halo noir imprécis.

Marya

Pologne, 1905

Au début de l'année 1905, la taille de mon université clandestine s'était largement multipliée. Huit des femmes venues étudier au départ, plus de dix ans auparavant, intervenaient désormais en tant que professeurs. Chacune de nous enseignait dans le domaine de sa spécialité, ce qui allait des sciences aux maths et à la littérature, en passant par la musique – Leokadia avait tenu sa promesse et m'avait mise en relation avec son ancienne professeure. Près de soixante femmes étaient maintenant inscrites à nos cours, qui payaient chacune deux roubles par mois (ou ce qu'elles pouvaient). Cet argent servait à verser un salaire aux enseignantes, ainsi qu'à louer un appartement d'une pièce où avaient lieu les cours plusieurs soirs de la semaine. Une révolution venait d'éclater, les Polonais voulaient se libérer du joug de la domination russe. La police russe était occupée par les manifestations et les pillages, ce qui, d'une certaine façon, assurait une nouvelle sécurité à notre école naissante. Elle n'avait pas le temps de s'intéresser à nous.

Kaz n'en continuait pas moins de s'inquiéter à l'idée que j'enfreignais la loi, et encore plus depuis que nous avions Klara. Mais le nombre de femmes inscrites me rassurait, tout comme le fait que nous avions fonctionné de cette manière pendant des années sans rencontrer de réels problèmes. Tant qu'on ne faisait aucune publicité et qu'on restait *discrètes*, j'étais convaincue que la police nous laisserait tranquilles. Qu'est-ce que ça pouvait lui faire que l'on s'instruise ? En Pologne russe, il n'y avait pas d'emplois pour nous, en tout cas rien que l'on pouvait faire grâce à notre instruction.

Kaz était retourné enseigner les maths dans l'horrible école de garçons, où il était payé la moitié du salaire que lui avait versé Hipolit. Toutes ses soirées et tous ses jours de congé, il les consacrait à rédiger un article exposant leurs recherches sur l'électricité, dans l'intention de le publier et de trouver ensuite un meilleur poste dans son domaine. Occupés tous les deux, nous nous tournions autour, nous parlant et nous touchant à peine.

Mais il adorait Klara, profondément, c'était une évidence. La première chose qu'il faisait en rentrant avant de se pencher sur ses recherches était de la prendre dans ses bras alors qu'elle jouait par terre en babillant pendant que je préparais le dîner. « *Kiciuna*, tu m'as manqué, tu sais ! » Il l'embrassait sur le ventre et la chatouillait jusqu'à ce qu'elle éclate de rire.

Puis il se tournait vers moi avec un petit sourire et me demandait si j'avais assez d'argent pour acheter à manger, ou si j'avais besoin de quelque chose pour la maison. Il pouvait toujours donner des cours particuliers à un ou deux garçons après l'école de manière à gagner un peu plus. Kaz était rassurant. Même quand il se débattait dans son travail.

Parfois, je le regardais avec Klara depuis le seuil de la cuisine. Et, l'espace d'un instant, je me rappelais pourquoi je l'aimais. Pourquoi je l'avais épousé.

Toutes mes journées ou presque, je les passais chez moi avec ma fille. Elle faisait régulièrement de longues siestes, dont je profitais pour lire les derniers articles publiés en chimie et en physique que Hela, sachant que je les attendais avec impatience, m'envoyait dans de gros colis une fois par mois. Je continuais à apprendre en autodidacte, afin de faire part de ces connaissances à mes jeunes élèves le mercredi soir. J'aimais Klara et ces moments avec elle, cependant, bien que j'aie le temps de lire, rester constamment à la maison avait quelque chose d'abrutissant. Parfois, je rêvais de conversations intelligentes entre adultes, de m'instruire dans un environnement avec d'autres, et non plus toute seule.

Plusieurs fois par mois, Agata et moi allions au lycée de filles recruter de nouvelles élèves, et j'attendais ces jours-là avec impatience. Premièrement, j'appréciais les longues marches et les discussions avec Agata, dont le petit Piotr avait deux ans, soit six mois de plus que Klara. Deuxièmement, il y avait la joie que je ressentais à parler de notre école, à me rappeler encore et encore ce qu'elle était devenue. Ce que *nous* en avions fait. Maintenant que nous disposions d'un endroit fixe, nous n'étions plus une *université volante*, aussi lui donna-t-on un nouveau nom, d'une telle audace qu'on ne pouvait le prononcer qu'en secret : l'Université des femmes de Loksow.

Chaque fois que j'expliquais aux filles du lycée ce que nous faisions, ce qu'elles pourraient apprendre, j'éprouvais un petit frisson en prononçant ce nouveau nom. *L'Université des femmes*. Ici, à Loksow. J'avais lancé cela. Avec Agata.

Au printemps, Loksow était entré en résistance. Au début, ce ne fut qu'une rumeur assourdie qui s'élevait dans la ville lorsque j'allais donner les cours du mercredi soir, un murmure parmi les jeunes femmes à qui j'enseignais. Puis des foules de protestataires bloquèrent les rues, rendant les déplacements difficiles. Les élèves de Kaz se mirent en grève, revendiquant le droit d'étudier non plus en russe mais en polonais, ainsi qu'une meilleure paie pour les ouvriers, de sorte qu'il passait la journée avec Klara et moi à la maison. Il restait dans son coin, travaillait sans cesse sur ses recherches, mais nos maigres économies diminuaient à vue d'œil, au point que je m'inquiétais que nous n'ayons bientôt plus de quoi manger. Mon salaire ne suffisait pas à nous faire vivre, ou à louer notre deux-pièces rue Złota.

À Paris, Hela et Jacques avaient fait une découverte sur les propriétés magnétiques de leurs minéraux qui leur avait valu un prix de l'Académie des sciences, assorti d'une somme de francs généreuse. Elle m'écrivit pour m'annoncer la bonne nouvelle et nous envoya une partie de l'argent qu'ils avaient gagné, précisant que ce cadeau était sa *très petite et lointaine contribution à la révolution en Pologne*.

Kaz n'apprécia pas que ma sœur nous aide *par charité*. « Que veux-tu qu'on fasse ? lui rétorquai-je. Qu'on meure de faim ? »

Je détestai le regard qu'il me lança, à la fois stupéfait et déçu. « Dès que j'aurai publié cet article... », marmonna-t-il avant de replonger dans ses papiers.

Mais on vivait ainsi depuis tant d'années que je ne savais plus si je croyais encore qu'il y aurait autre chose pour nous, au-delà de ce que nous étions et de ce que nous avions. Et j'avais beau espérer que la Pologne recouvre enfin la liberté, que mon université ait le droit de fonctionner au grand jour et que nos vies deviennent plus faciles, depuis que j'avais donné naissance à Klara, le reste n'avait plus autant d'importance. Je ne rêvais plus de Paris ni de la Sorbonne.

En revanche, je rêvais d'avoir de quoi manger, un bel endroit où vivre, et de voir Klara grandir heureuse et en bonne santé.

« Venez avec nous, Pani Marya ! » me supplia une de mes élèves, Aleksandra, une petite jeune fille aux yeux rayonnants, lorsque j'arrivai un mercredi de mai. Sur le chemin, j'avais croisé des étudiants de son âge, des garçons et des filles qui manifestaient en criant des slogans dans la rue. Et au moment où j'entrai dans la classe, mes élèves, pas du tout prêtes à suivre mon cours, étaient en train de parler d'aller protester elles aussi.

« Qu'est-ce qui se passe, ici ? » m'écriai-je. J'avais préparé un cours sur les nouvelles recherches que j'avais lues sur les rayons X – un article d'Henri Becquerel, un pionnier dans ce domaine, que Hela m'avait écrit avoir rencontré récemment. Il était venu dans leur laboratoire voir leur nouvelle découverte qui leur avait rapporté un prix sur les rayons de Becquerel et leurs minéraux. Imaginez ça !

« Ce soir, nous allons nous joindre à la révolution ! répondit Aleksandra, ses yeux bleus brillant dans la faible lumière.

— Non ! dis-je en levant la main. Rangez vos pancartes. Vous m'avez payée pour vous instruire. Et savez-vous où se fait la véritable révolution ? » Elles interrompirent toutes ce qu'elles étaient en train de faire, leurs jeunes regards avides rivés sur moi. « Ici ! dis-je en me tapotant la tête. Si vous vous instruisez, si vous apprenez, c'est comme ça que vous les battrez… Et que vous gagnerez ! »

C'était une chose que mon père nous avait souvent répétée quand nous étions enfants. Repensant à ses dernières paroles sur son lit de mort, j'esquissai un sourire. « Bien, puis-je commencer mon cours ? Il sera toujours temps d'aller manifester après. »

Fidèle à sa promesse, Leokadia m'écrivait régulièrement de Berlin pour me tenir au courant de ce qui se passait dans sa vie. Et, comme je le lui avais promis, je lui répondais parfois, lorsque j'avais quelque chose à dire, ou que j'avais de la peine quand elle avouait se sentir très seule. Elle apprenait des tas de choses, était payée pour jouer à Berlin et commençait à avoir de nouvelles propositions partout en Europe. Mais à Berlin, elle n'avait ni amis ni famille.

Chaque semaine, Hela m'écrivait de Paris, et Bronya de Zakopane. Mais les lettres que j'attendais le plus, que je chérissais et conservais dans le tiroir de ma commode, étaient celles que m'envoyait Pierre de temps en temps.

Alors que la révolution s'emparait des rues de Loksow, Pierre me parlait des fleurs qui tapissaient les jardins autour de sa maison à Sceaux.

Parfois, quand je pars à bicyclette faire ma balade matinale, je ne peux m'empêcher de penser à vous, m'écrivait-il. *J'espère que vous allez bien, belle et intelligente Marya. Quand pensez-vous pouvoir revenir à Paris ?*

Marie

France, 1906

Le week-end de Pâques, nous partons à Saint-Rémy en oubliant tout ce qui a trait au travail, au laboratoire ou à l'enseignement. Nous passons nos journées immergés dans le soleil, le lac et le bonheur.

Tout le monde est en forme et de bonne humeur. Pierre se sent suffisamment bien pour refaire de la bicyclette. Le matin, nous partons à vélo vers les Alpilles, qui se rapprochent de plus en plus, paraissant si près qu'on pourrait presque toucher ces collines brunes étonnantes. Nous revenons à la maison en nage, le visage un peu brûlé par le soleil, et impatients de dévorer les œufs tout frais que le docteur Curie et les filles ont préparés.

L'après-midi, allongés dans l'herbe au soleil devant la maison, Pierre et moi nous tenons la main en observant les filles. Irène danse en tournoyant sur elle-même et cueille des fleurs. Ève, qui a réussi à enlever sa robe, court en petite culotte et essaie de suivre sa sœur.

Je roule sur le flanc et regarde Pierre, qui se tourne vers moi pour me regarder. Sa barbe est plus grise que lorsque nous nous sommes rencontrés, mais ses yeux sont toujours aussi bleus, toujours aussi remplis de lumière. Le soleil illumine son visage en lui donnant un éclat jaune radieux qui me rappelle le tube au radium phosphorescent qu'il a fabriqué pour mettre sur ma table de nuit. « Mon amour, murmure-t-il en caressant mon front. J'aime notre vie ensemble. Comment ai-je pu avoir autant de chance ?

— La chance n'existe pas. » Je lui souris. Toutefois, même l'esprit scientifique qui est le mien comprend ce qu'il veut dire. La façon étrange dont le hasard nous a réunis, la façon dont nous sont venues ces enfants qui gambadent devant nous, parfaites, débordantes de santé et indemnes. La façon dont nous sont arrivés la lumière phosphorescente et l'amour, le succès professionnel, et même l'argent.

« Tout ce que nous avons, c'est nous qui l'avons fait ensemble, lui dis-je.

— Oui, ensemble. »

À Paris, la semaine suivante, le temps change radicalement. Le mercredi de notre retour, le vent se lève, le ciel devient gris, et ce jeudi s'annonce froid et pluvieux. Ce matin-là, alors que je vaque avec apathie à mes occupations en ne me sentant pas dans mon assiette, j'essaie d'habiller les filles et de les préparer pour la journée quand Pierre me crie du rez-de-chaussée qu'il part au labo.

« Mais je vais d'abord à ce déjeuner ! » ajoute-t-il. Je me souviens vaguement qu'il m'en a parlé. Une nouvelle association de professeurs de sciences l'a invité à faire partie de ses membres et se réunit aujourd'hui autour d'un déjeuner. Il n'y a pas si longtemps, Pierre était exclu de ce genre de choses, or je me rappelle qu'ils ont tenu à ce qu'il soit présent ce jour-là. Je souris. Moi qui suis une femme, ils ne m'ont toujours pas intégrée au sein de leur groupe, cependant ça m'est égal. Je préfère de loin le laboratoire aux mondanités.

« Je te verrai après au labo ! » lui crié-je. Ce matin, j'ai des courses à faire – après notre séjour à la campagne, je dois faire le plein de provisions – et, dans l'après-midi, je retournerai au laboratoire. Je ferme les yeux en regrettant de ne pas être avec Pierre plutôt que de devoir consacrer les prochaines heures à des tâches domestiques.

Ève, qui me tend son pull, me tire de mes pensées. Je soupire. Elle ne l'aime pas et l'a déjà enlevé deux fois. « Si tu ne le mets pas, tu auras froid », lui dis-je en m'efforçant de garder mon sérieux. Une fois de plus, je passe ses bras dans les manches minuscules.

Irène pousse un soupir théâtral. « Maman, pourquoi faut-il qu'elle rende tout compliqué ?

— En effet, pourquoi ? » dis-je alors qu'Ève retire à nouveau son pull. La journée est grise, froide et humide. Je me sens léthargique. « Pourquoi. »

Après son déjeuner, Pierre n'est pas venu au labo. Je pars de bonne heure et rentre à pied sous la pluie sans me presser. Les rues sont inondées. Je marche à pas lents, m'inquiétant pour Pierre. S'il n'est pas venu, c'est que ses rhumatismes ont dû le reprendre. Il avait l'air si en forme le week-end dernier que j'en ai oublié de me soucier de sa santé. Mais l'humidité de cette journée l'a probablement affecté. Elle a toujours cet effet. Je me languis d'autres journées au soleil de Saint-Rémy. Aujourd'hui, même le laboratoire n'a pas réussi à m'égayer. Au moment où je franchis la porte de la maison, je suis trempée, glacée, et d'humeur aussi morose que le temps.

Je dépose mon parapluie dans l'entrée et retire mes bottines mouillées. « Pierre ? » Comme il ne répond pas, je l'appelle une seconde fois.

« Marie… » Le docteur Curie sort de la salle à manger. Il est grand et, malgré son âge, sa peau ridée, sa barbe et ses cheveux devenus tout blancs, je le vois toujours tel qu'il devait être étant jeune. D'habitude, il marche avec grâce, la voix remplie de lumière. Mais à la façon qu'il a de se tenir voûté et de prononcer mon nom… Son visage est pâle, sans expression. Quelque chose ne va pas.

« Qu'y a-t-il ? C'est encore sa jambe ? Vous avez appelé le médecin ? » J'accroche mon manteau et me dirige vers l'escalier pour monter voir Pierre dans notre chambre.

« Marie… » Le docteur Curie le redit, plus fort, en me retenant par le bras. Il ne m'a jamais attrapée comme ça, sinon pour m'embrasser. Mon cœur s'affole. En me retournant, je m'aperçois qu'il pleure. « Les gendarmes sont dans la salle à manger… Ils veulent vous parler. »

La gendarmerie ? Chez moi ? « Les enfants… » Je suis prise d'une telle panique que je ne peux pas terminer ma phrase.

« Les filles vont bien. Elles sont chez les Perrin. » Quand je rentre le soir, Irène est souvent chez nos voisins, où elle joue avec sa petite amie – ce n'est en rien inhabituel. Mais lorsque j'entends la voix du docteur Curie se briser, que je vois ses yeux se brouiller de larmes…

Je me précipite dans la salle à manger. Là, deux gendarmes sont assis autour de la table, en compagnie du professeur Appell et de Jean Perrin. Ils me dévisagent tous d'un air grave.

« Qu'est-ce qui se passe ? » demandé-je. *L'état de Pierre se serait-il dégradé ? Est-il à l'hôpital ?*

« Il y a eu un terrible accident, finit par répondre Jean Perrin d'une voix tremblante. Marie... Pierre a été renversé par une charrette.

— Renversé ? Par une charrette ? » Je répète ces mots qui me paraissent vides de sens.

« Il était toujours en train de rêvasser... ne faisait jamais attention, marmonne le docteur Curie, comme s'il se parlait à lui-même sans avoir conscience que nous sommes là.

— Je suis désolé, Marie, dit alors le professeur Appell. Il n'a pas survécu. »

Pierre était là ce matin. La semaine dernière, il roulait à bicyclette avec moi à Saint-Rémy et me disait combien nous avions de la *chance*. Combien il aimait notre vie. « Ce n'est pas possible... Il y a sûrement une erreur...

— Marie... » Jean Perrin se lève et me prend par les épaules, comme s'il voulait me soutenir pour empêcher que je ne m'écroule. Je le repousse. Je n'ai pas besoin qu'il me porte. Je me porte toute seule, me suis toujours portée toute seule. « C'est vrai, dit-il tout bas. Pierre est mort.

— Pierre est mort. » Ces mots que je répète me font mal aux oreilles. « Mort ? Vraiment mort ? »

Personne ne dit rien pendant un moment. Je leur ai fait peur avec ma logique, ou mon absence de larmes, ou la façon qu'a le choc de me traverser, de me faire parler plus fort avec colère et autorité.

« Oui, confirme Jean Perrin. Mort.

— Où est-il ? Je veux le voir.

— Madame, je ne suis pas sûr que ce soit une bonne idée, dit un des gendarmes en se levant. Votre mari ne ressemble pas à celui que vous avez connu…

— Je dois le voir ! »

Tous les hommes se regardent. « Il a eu le crâne écrasé », précise l'autre gendarme d'une voix douce, comme pour atténuer l'horreur de son propos.

Son beau cerveau brillant *écrasé*. Écrabouillé par une charrette. Dans la rue.

« Amenez-le-moi ! » dis-je plus fort. Les voix de ces hommes bourdonnent autour de moi. Ce sont des abeilles dans mon jardin, qui m'ennuient.

Quelques heures plus tard, ils ramènent le corps de Pierre en ambulance, le transportent sur une civière et le déposent dans le salon. Bien qu'il fasse sombre, ni le docteur Curie ni moi n'avons allumé les lampes. Un gendarme me tend les affaires de Pierre – sa montre de gousset, laquelle n'est ni écrasée ni cassée et fonctionne encore. Il me paraît impossible qu'elle continue à donner l'heure. Que le temps continue à s'écouler.

Je la serre dans ma main, sens son tic-tac contre ma paume, puis je m'approche. Sa tête est entourée de bandages, mais son visage est exactement le même que quand il dort. *Mon Pierre.* Je prends sa main. Elle est encore tiède. Son contact est toujours le même. Pourraient-ils s'être trompés ? Je tâte son pouls sur son cou, mais il n'y a rien. Rien du tout.

Je m'assois près de lui en tenant sa main dans la mienne, sa montre dans l'autre. Je suis incapable de parler et je n'ai pas de larmes.

Derrière moi, le docteur Curie se tient debout en silence, attendant que je m'effondre. Et quand vient le matin, Jacques, le frère de Pierre, arrive de Montpellier.

« Marie », dit-il en me touchant l'épaule. Il tente de me faire me lever, de m'éloigner de Pierre, mais je refuse de bouger. « Mon père me dit que tu es restée là toute la nuit… Il faut qu'on l'emmène… qu'on le prépare pour l'enterrement. »

Peut-être est-ce à cause de ce mot, *enterrement*, que je n'ai pas envisagé jusqu'à cet instant, ou à cause de la voix de Jacques, un écho de celle de Pierre. Mais tout à coup, mes larmes jaillissent, mon corps est secoué de sanglots irrépressibles que, même si je le voulais, je ne pourrais arrêter.

Marya

Paris, 1906

Nous arrivâmes à Paris juste avant le dimanche de Pâques. Le long trajet en train avec une enfant de deux ans et demi, si charmante fût-elle que Klara, se révéla une torture infernale que je ne souhaitais plus jamais m'infliger. Mais étant donné que nous avions prévu de retourner en Pologne un mois plus tard, j'y serais obligée. En sortant de la gare du Nord dans un Paris d'une douceur éclatante, je respirai profondément en m'efforçant de ne pas y penser.

Ce voyage à Paris s'était décidé à la dernière minute, après huit longs mois de lettres inquiètes que Hela nous avait adressées à Bronya et à moi. À la vérité, c'était Bronya qu'elle voulait auprès d'elle et avait suppliée de venir au moment où elle accoucherait. Mais Bronya était trop occupée avec Jakub et Lou, le sanatorium était débordé, et comme elle ne pourrait pas quitter Zakopane avant un mois, elle m'avait demandé d'aller à Paris à sa place. J'avais montré sa lettre à Kaz à titre de preuve. *Hela ne survivrait pas sans moi. Bronya elle-même le disait.*

Ce que je ne lui avais pas montré, en revanche, c'était ma correspondance avec Pierre. Je ne faisais rien de mal – Pierre m'écrivait plus souvent pour me tenir au courant de l'état de santé de Hela, sur laquelle il promettait de garder un œil. Mais ces lettres étaient d'ordre privé. Quelque chose qui existait en dehors de notre famille, ou de mes amies à Loksow que Kaz connaissait. Avant Pierre, Leokadia avait été ma plus proche amie, et j'avais vu ce qui était arrivé lorsque j'avais fait entrer Kaz dans sa vie. Non, Pierre était à part. Rien qu'à moi.

Je lui avais écrit la semaine précédente pour le prévenir de notre arrivée. Et il m'avait répondu qu'il avait ressorti la bicyclette de Jacques, dont il avait réparé un rayon cassé, graissé la chaîne et regonflé les pneus. *Et peut-être que, si elle est assez grande et si elle en a envie, vous me laisserez apprendre à faire du vélo à votre Klara*, avait-il écrit.

Une semaine avant mon départ, je reçus une lettre de Leokadia. Après les fêtes de Pâques, elle passerait huit jours à Paris, où elle donnerait des concerts à Montmartre. Et elle avait joint deux billets si jamais Hela et moi avions envie de venir. Elle disait qu'elle aimerait beaucoup me revoir, et j'avais beau avoir replié la lettre et les billets en pensant que jamais je n'irais l'écouter, je les avais emportés, au cas où je changerais d'avis.

Le jour du concert, un jeudi, le temps était exécrable et pluvieux. Étendue sur le canapé du salon, Hela se plaignait de sa lourdeur, de ses chevilles gonflées, et d'avoir l'esprit aussi plat et malléable que si on l'avait étiré pour en faire de la pâte – « Je n'arrive même pas à me concentrer sur les derniers articles ! » se lamentait-elle.

Après avoir coupé une tranche de pain pour Klara et fait chauffer de l'eau dans la cuisine, je pressai le jus d'un citron entier dans une tasse d'eau bouillante et l'apportai à Hela. « Tiens, ça va diminuer le gonflement. Je te le promets. »

Elle se renfrogna, l'air de me demander qui j'étais pour affirmer une telle chose. Pas sa sœur-mère, ni sa sœur médecin. Ni même quelqu'un ayant obtenu un doctorat en sciences à la Sorbonne. Elle finit tout de même par prendre la tasse sur laquelle elle souffla avant de boire une gorgée. « Je suis désolée d'être aussi pénible, s'excusa-t-elle. Mais je me sens tellement malheureuse… Marya, dis-moi que tout sera plus facile une fois que le bébé sera là. »

Je ris vaguement et mentis en lui assurant que tout serait plus facile. Car tout *serait* facile, en même temps que difficile. Néanmoins, Hela employait déjà une cuisinière et aurait probablement les moyens d'avoir une nourrice ou quelqu'un qui s'occuperait du bébé. Sans doute que rien ne serait aussi difficile que l'avaient été ces dernières semaines de grossesse épuisantes. Mais pour l'instant, la pauvre était en piteux état. Et je ne savais pas trop comment l'aider.

J'allai chercher les billets de Leokadia dans ma valise. « Ça te plairait de sortir un peu cet après-midi et d'aller écouter de la musique ?

— Oh, pour l'amour du ciel, non ! D'abord, il fait un temps abominable, répondit-elle en montrant la vitre ruisselante de pluie. Et en plus, regarde-moi… » Elle mit ses deux mains sur son ventre, juste au moment où Klara terminait sa tartine et arrivait de la cuisine, pour m'enlacer les jambes.

Je la soulevai dans mes bras, bien qu'elle soit presque trop lourde pour cela, et l'embrassai sur la tête. Elle ne sentait plus comme un bébé mais comme une enfant, une enfant qui adorait explorer et creuser la terre dès que je le lui permettais. Le jardin de sa tante et l'humidité de la journée correspondaient à l'idée qu'elle se faisait de la perfection. « Oh, mon Dieu, Klara, tu es toute sale ! » m'exclamai-je en voyant des traces brunes sur son petit front. Elle gloussa. De toute évidence, c'était exactement ce qu'elle voulait.

La porte d'entrée s'ouvrit et se referma en claquant, puis une voix d'homme cria bonsoir. « Jacques rentre de bonne heure, fis-je remarquer à Hela, qui se mit à rire en secouant la tête.

— Ce n'est pas Jacques, c'est Pierre ! » Sa voix ressemblait étrangement à celle de son frère, mais Hela, qui les connaissait bien tous les deux, avait vu juste. Quelques secondes plus tard, Pierre entra dans le salon. Je reposai Klara par terre et le regardai. Il embrassa ma sœur sur la joue et lui demanda comment elle se sentait, puis recula et se tourna vers moi en souriant.

« Bonjour, Pierre... Ravie de vous revoir. » *Ravie* n'était pas vraiment le bon mot. Je ressentais autre chose, une impression de chaleur, du désir et du trouble.

« Moi aussi, Marya, rétorqua-t-il. Et qui est cette demoiselle ? » Sans me quitter des yeux, il s'agenouilla devant Klara. « Serait-ce la *princessa* Klara Zorawska dont j'ai tant entendu parler ? »

Ma fille passait la majeure partie de son temps en compagnie de femmes. Je ne l'avais jamais vue être proche d'un homme, excepté son père, et sans doute commençait-elle à se sentir en confiance avec son oncle

Jacques. Mais dès qu'elle vit Pierre, elle se mit à rire et lui laissa serrer sa petite main, l'air immédiatement à l'aise.

« Pourquoi tu n'emmènerais pas Pierre à ton concert ? suggéra Hela en se forçant à se redresser un peu. Il adore ce genre de sorties culturelles. N'est-ce pas, Pierre ?

— Un concert ? dit-il en levant les sourcils.

— De son amie de Pologne, la pianiste… Comment s'appelle-t-elle, déjà ?

— Leokadia. Mais vous n'êtes pas obligé, Pierre… Et puis regarde, Hela, Klara est toute sale…

— Je peux la laver, dit ma sœur. Je n'ai pas bougé de la journée. Ça me fera du bien de me lever, de m'entraîner à être mère.

— Mais… il pleut, objectai-je.

— Vous ne sortez pas quand il pleut, en Pologne ? » s'enquit Pierre. J'avais du mal à savoir s'il plaisantait ou s'il était sérieux.

« Bien sûr que si, elle sort ! » s'esclaffa Hela. Elle nous chassa d'un geste, puis tapota le canapé. « Klara, tu veux venir t'asseoir à côté de moi et que je te raconte une histoire sur les pierres de mon laboratoire ? » En petite fille douce, calme et charmante, Klara alla s'installer près de sa tante. Je me mordis la lèvre, sachant que Hela pourrait lui parler longuement de ses cailloux avant qu'elle se mette à gigoter, mais ma sœur avait raison. Peut-être qu'elle avait besoin de s'entraîner à être mère. Peut-être que je lui rendais service.

Alors que nous remontions le boulevard Kellermann pour aller prendre un omnibus jusqu'à Montmartre, Pierre nous abritait sous son grand parapluie. Je lui parlai un peu de Leokadia, du fait que je l'aimais et la détestais, que j'admirais son talent et me félicitais qu'il l'ait emmenée loin de moi. Avec Pierre, je ressentais une liberté qui m'amenait à partager mes pensées en toute sincérité comme je ne pouvais pas le faire avec Agata ou mes sœurs. Il y avait quelque chose de rassurant dans sa façon de m'écouter, sans porter de jugement sur mon couple ou sur l'amitié que je maintenais avec Kadi.

« Mais c'est une bonne pianiste ? dit-il enfin en guise de tout commentaire.

— Oui. Elle est vraiment merveilleuse.

— Ah, très bien ! Cet après-midi, nous méritons une récompense. Je n'aime pas marcher pour rien sous la pluie. » Je vis en lui jetant un coup d'œil qu'il souriait. Il se moquait de moi. Quand il sentit mon regard, il se tourna vers moi. Nous continuâmes à nous regarder tout en avançant sous la pluie torrentielle. Sans rien dire.

Je finis par détourner les yeux. Et brusquement, je vis qu'il s'apprêtait à traverser la rue au mauvais moment, à quelques centimètres d'un attelage qui arrivait à toute allure.

« Pierre ! » hurlai-je en agrippant sa veste pour le tirer en arrière. Il faillit trébucher et lâcha le parapluie, qui aussitôt fut piétiné par le cheval avant de finir aplati sous les roues de la charrette.

Nous demeurâmes un instant immobiles. Mon cœur battait à tout rompre, mes mains tremblaient. La pluie trempait mon chignon et mon visage, mais je ne sentais rien.

Pierre reprit le premier la parole : « Marya, vous venez de me sauver la vie ! »

Je secouai la tête. Non. Il aurait sûrement levé la tête au dernier moment, se serait arrêté pour laisser passer ce cheval, même si je n'avais pas été là.

Après avoir ramassé son parapluie, il essaya de l'ouvrir, mais les baleines étaient cassées ou tordues, la toile déchirée, de sorte qu'il ne protégeait plus de rien. Tandis que nous regardions fixement le parapluie, je me demandai si Pierre pensait comme moi qu'il aurait pu se retrouver dans le même état : cassé, tordu, déchiré. Que la vie était fragile et fugace, et que, à chaque seconde, nous n'étions tous qu'à un pas de la mort.

Or tous les deux nous étions là, sous la pluie diluvienne, bel et bien en vie.

Marie

Paris, 1906

Je marche avec Pierre sous la pluie et m'accroche à lui. *J'aime notre vie ensemble*, dit-il en me souriant. *Comment ai-je pu avoir autant de chance ?*

La chance n'existe pas. C'est ce que je lui réponds alors qu'il s'avance dans la rue, un pas devant moi. Ses yeux d'un bleu éclatant et remplis de lumière sont toujours rivés sur moi. Et soudain, je vois le cheval foncer sur lui. *Pierre, non !* Je crie et tente de le retenir. Mais je n'y parviens pas à temps.

Pourquoi suis-je incapable de le retenir ?

Je me réveille en sursaut. Désorientée, je le cherche, mais son côté du lit est vide et, d'un seul coup, je me souviens : Pierre est *mort*, *mort*, *mort*. Piétiné, écrasé. Son beau cerveau brisé. Je suis hantée par ce rêve récurrent et cruel dans lequel je tente de le sauver. Cependant, il n'est plus là. Je ne peux ni le sauver, ni l'aider, ni le réparer, comme Hela l'a cru autrefois.

Le 21 avril, deux jours seulement après l'accident, nous enterrons Pierre à Sceaux aux côtés de sa mère.

La presse s'est immédiatement manifestée, et il y a eu d'innombrables télégrammes, mais je voudrais juste qu'on me laisse seule. Je veux du calme. Nous faisons tout à la hâte, nous organisons la cérémonie dans l'intimité, en espérant que les journalistes s'en iront, et, les jours suivants, tout va si vite que j'ai du mal à réaliser que c'est vrai. *Pierre n'est plus là.* Comment est-ce possible ?

Quand j'annonce la nouvelle à Irène, elle court pleurer dans sa chambre. Mais quelques heures plus tard, elle vient me voir, l'air complètement indifférent, et me demande si elle peut quand même aller jouer dans le jardin des Perrin avec son amie. Elle est encore si jeune qu'elle ne comprend pas l'impact que ce deuil aura sur elle le restant de sa vie. Et à cause de ça, je lui pardonne de se montrer aussi insensible.

« Oui, va jouer. Et reviens pour le dîner. »

Ève n'a aucune idée de ce qu'elle a perdu. À quinze mois, elle trottine partout dans la maison, se déshabille quand ça lui chante et vole les jouets de sa sœur. *Elle ne se souviendra pas de lui. Elle ne le connaîtra pas.* Pendant des jours et des jours, cette pensée m'obnubile et m'anéantit. La disparition de Pierre est une immense perte pour la communauté scientifique, une immense perte professionnelle et personnelle pour moi. Mais ce qui me ravage plus que tout, c'est ce qu'Ève a perdu. *Elle ne connaîtra jamais son père.*

Jacques et Bronya prolongent leur séjour à Paris de plusieurs semaines. Le soir, Bronya s'occupe des filles en prenant le relais du docteur Curie, comme je le ferais en temps normal. Jacques me dit qu'il met de l'ordre dans les affaires de Pierre à l'université et qu'il rentrera chez lui une fois qu'il sera sûr que nous allons bien.

« Nous n'irons plus jamais bien », lui dis-je d'une voix atone. Il fronce les sourcils, son visage paraît ainsi plus anguleux, plus similaire à celui de Pierre.

« Ça ira mieux avec le temps, rétorque-t-il en me tapotant l'épaule. Avec le temps. »

Mais qu'en sait-il ? Et qu'en sait Bronya ? Bientôt, Jacques retournera auprès de sa femme à Montpellier, Bronya retrouvera Mier et Lou à Zakopane. Ils ne devront pas travailler, vivre, respirer et élever leurs enfants tout seuls.

Je passe des journées au lit sans trouver l'énergie de me lever, encore moins de m'occuper des enfants ou de la maison. Bronya et Jacques s'en chargent à ma place. Tous les après-midi, Jeanne Langevin et Henriette Perrin apportent des plats. Bronya les remercie de ma part et partage ces délicieux repas avec mes filles et Jacques. Leurs bruits me parviennent du rez-de-chaussée. Des bruits normaux, heureux, et des rires. Je plaque un oreiller sur ma tête pour ne plus les entendre.

« *Siostra*, viens dîner avec nous ! dit Bronya dans l'obscurité de ma chambre.

— Je n'ai pas faim. »

Lorsque je reste au lit et ferme les yeux, Pierre est toujours là, si proche que je peux presque le toucher. Je rêve qu'il est ici, rêve de diverses façons de le retenir, de le sauver. Mais chaque matin à mon réveil, je me souviens. Il n'est plus là.

Son corps est sous la terre à Sceaux, mais, à ma manière, je l'ai gardé avec moi. La chemise qu'il portait ce dernier jour, cette chemise déchirée pleine de sang et de boue, je l'ai pliée dans un papier brun que j'ai attaché sur mon ventre avec une ficelle et que je porte sous mes vêtements, en conservant les dernières traces de lui contre ma peau. Je l'avais sur moi pendant l'enterrement, et je l'ai toujours lorsque nous allons voir la pierre tombale terminée avec Jacques, Bronya et le docteur Curie.

Son nom est gravé sur la tombe. *Pierre Curie.*

Ce n'est pas possible. *Ce n'est pas possible.* Sa chemise est toujours sur moi. Elle porte son sang, sa vie. Ils ont fait une erreur, ont gravé le mauvais nom.

« Ça ne va pas… Ça ne peut pas être lui.

— Je suis désolée, mais si », murmure Bronya dans mon voile de veuve. Mais je ne veux pas l'écouter. Je veux retourner dans ma chambre, où je peux être seule avec mes rêves et la dernière chose qui me reste de Pierre.

Comment est-ce possible ? Son nom est gravé sur une pierre tombale, à côté de celui de Sophie-Claire, qui nous a quittés il y a presque dix ans. Comment est-ce possible ? *Mon Pierre.*

Ma sœur-mère me soutient. « Il faut que tu restes forte pour les enfants », dit-elle doucement. Je pense à mes filles, à mon Irène et à ma petite Ève. Puis je parle à Bronya de la chemise que je porte sur moi.

De retour à la maison, elle m'aide à la détacher. Après avoir allumé un feu dans la cheminée de ma chambre, elle me parle avec gentillesse et fermeté. « Il est temps de le laisser partir. »

« J'ai discuté avec l'université », m'annonce Jacques une semaine plus tard, au début du mois de mai. Le temps a passé. Je ne l'ai pas vu filer. Je serre la montre de Pierre dont je sens le tic-tac incessant sous mes doigts. « Ils vont t'offrir une généreuse pension de veuve pour le poste de Pierre.

— Une pension de veuve ? dis-je en riant. Je suis beaucoup trop jeune pour ça ! »

Jacques hoche la tête.

« Est-ce qu'ils pensent que je ne vais plus travailler ? » Avoir trente-huit ans et être *une veuve*, imaginer que je vais devoir vivre le reste de ma vie sans pouvoir travailler… Pierre et moi avons laissé des tas de choses en plan au labo, des études inachevées sur notre radium. Qui les finira, si ce n'est moi ? « Je ne veux pas d'une pension. Je pourvoirai à mes besoins. Mais il me faut le labo. Ils ne peuvent pas me prendre le labo. » Perdre Pierre *et* mon travail ? C'est trop. Vraiment trop.

Jacques me tapote l'épaule. Il comprend. Il est l'homme le plus gentil que j'aie jamais connu, mis à part Pierre, mon père et le sien. Il essaiera de m'aider pour tout ce que je lui demande. « Que veux-tu que je leur dise, Marie ? Qu'est-ce qui te rendra heureuse ? »

Heureuse est un drôle de mot. À l'instant où Jacques le prononce, il doit s'apercevoir que ce n'est pas le bon, car il met sa main devant sa bouche. Dorénavant, il n'y aura plus rien d'*heureux*. Il y aura un travail important à faire, il y aura la science. Et à partir de maintenant, je m'en chargerai toute seule.

« Je veux son poste, dis-je à Jacques. Je veux qu'ils me donnent sa chaire d'enseignant. Et son laboratoire. Je n'ai pas besoin de la pension, juste du salaire qu'il percevait pour faire vivre ma famille. Et je le gagnerai en faisant le travail qu'il faisait. »

Jacques réfléchit. « Tu sais qu'ils n'ont encore jamais engagé une femme comme enseignante. »

Évidemment, je le sais. « Oui, mais aucune femme avant moi n'avait remporté un prix Nobel. »

Au milieu du mois, tout est arrangé. Jacques a convaincu l'université. Je reprendrai le poste de Pierre à la Sorbonne, ainsi que son espace de laboratoire. Et je toucherai un salaire annuel de dix mille francs.

Jacques part retrouver sa famille à Montpellier. Bronya retourne en Pologne auprès de la sienne. Il ne reste plus que moi, le docteur Curie et les filles. La maison du boulevard Kellermann, où nous avons vécu avec Pierre de si longues années, me paraît trop grande, trop vide, trop silencieuse.

« Dois-je partir moi aussi ? » Le docteur Curie me le demande un soir où nous sommes dans le salon, après qu'il a couché les filles.

« Partir ? » Sa question me surprend. Je n'y ai pas réfléchi.

« Jacques m'a dit qu'il y avait de la place pour moi à Montpellier. »

Naturellement. Le docteur Curie n'était ici qu'à cause de son fils, mais maintenant qu'il n'est plus là… D'ailleurs, qui suis-je pour lui, sinon une femme polonaise avec laquelle il n'a aucun lien de sang ? À Montpellier, il a un autre fils, qui est marié avec une Française, et deux autres petits-enfants. « Vous voulez partir à Montpellier ? »

Il fronce les sourcils et prend sa tête entre ses mains. Puis il se frotte les yeux. Il est fatigué, et triste. Jamais il ne m'est apparu aussi clairement qu'à cet instant que c'est un vieil homme. « Je ferai ce que vous voulez que je fasse, Marie », finit-il par répondre.

Je n'imagine pas continuer sans lui. Qui s'occupera des enfants pendant que je travaille ? Je pourrais certes engager quelqu'un, cependant ce ne serait pas la même chose que leur grand-père. « Je voudrais que vous restiez avec nous. Les filles ont besoin de vous. Moi aussi. »

Il redresse la tête et me sourit.

« Mais je veux qu'on déménage, ajouté-je. Je ne peux pas vivre dans cette maison sans lui. »

Marya

Paris, 1906

Le bébé de Hela naquit dans la nuit du 3 mai, deux semaines après mon arrivée à Paris. Une petite fille toute rose et hurlante mise au monde par le beau-père de ma sœur, le docteur Curie, qui était âgé mais exerçait encore la médecine. Au moment où il lui tendit son bébé, il eut lui-même les larmes aux yeux. Étant donné que Hela avait déjà quarante ans, et que son fils Pierre était toujours célibataire, sans doute avait-il cru qu'il n'aurait jamais de petits-enfants.

J'épongeai le front de Hela avec un linge humide tout en regardant ma nouvelle nièce. Elle avait un duvet de cheveux blonds, des joues roses et des yeux bleus magnifiques, comme ceux de Jacques et de Pierre. « Elle est belle », dis-je en repensant à la naissance de Klara, à ces sentiments d'affection, d'amour et de gratitude qui avaient percé la brume de ma souffrance la première fois que je l'avais tenue dans mes bras. Connaîtrais-je encore quelque chose d'aussi merveilleux au cours de ma vie ?

L'accouchement, long et difficile, avait duré près de vingt heures. J'étais épuisée de simplement être restée aux côtés de ma sœur à veiller de si longues heures. Ce que je ressentais à l'instant était d'ailleurs peut-être plus de l'épuisement que de la nostalgie. En outre, je n'avais pas vu Klara depuis pratiquement deux jours. Elle était au rez-de-chaussée avec son oncle Jacques et Pierre, qui tous deux attendaient l'arrivée du bébé avec impatience. Ils étaient venus tour à tour toquer à la porte pour savoir où ça en était. « Pas encore ! avais-je fini par dire à Jacques aux alentours de minuit. Je descendrai vous chercher dès que l'enfant sera là, promis ! »

Oh, mon Dieu... Jacques ! Repensant soudain à lui, je me levai d'un bond.

« Où vas-tu ? » Hela m'attrapa le bras, l'air désespéré, tandis que le bébé poussait un nouveau cri qui me rappela le mouton des Nowak. Nous allions parfois jusqu'à leur ferme dans les faubourgs de Loksow, où on pouvait acheter du lait et des œufs à meilleur prix qu'en ville. Et Pani Nowak, toujours gentille avec Klara, l'autorisait à caresser son mouton. « Marya, ne me laisse pas toute seule ! murmura Hela en me retenant par la manche.

— J'ai promis à Jacques de le prévenir dès que le bébé serait né. Il attend depuis des heures d'avoir des nouvelles. Laisse-moi aller le chercher pour qu'il fasse la connaissance de sa fille. »

Elle hésita une seconde avant de me lâcher, puis hocha la tête. « Mais... tu reviendras ?

— Oui, bien sûr !

— Je ne sais pas quoi faire avec elle... » Sa voix se brisa, lasse et inquiète. « Je ne sais pas trop comment je suis censée prendre soin d'elle. »

Hela habitait une belle maison, dans une ville magnifique et libre. Elle avait de l'argent, un mari français adorable, et un travail épanouissant dans un laboratoire scientifique grâce auquel elle avait même gagné des prix. Mais lorsqu'il s'agissait d'avoir un bébé, nous étions toutes pareilles. Ses yeux s'embuèrent de larmes – des larmes d'épuisement, de souffrance ou de peur.

« Hela, ma chérie, aucune de nous ne sait quoi faire. Mais tu trouveras ! lui promis-je en l'embrassant sur le front. Et je t'aiderai. »

Après avoir envoyé Jacques voir sa fille à l'étage, je ressentis une telle fatigue que je m'étendis sur le canapé du salon et fermai les yeux, rien qu'un instant.

« Maman ! » La petite voix de Klara retentit dans mon oreille. Je me réveillai en sursaut, sans savoir si j'étais restée là quelques minutes ou des heures.

« Bonjour, *mój mały kurczak* », dis-je, bien que je ne sois pas tout à fait certaine que ce soit déjà le matin. Elle gloussa, comme chaque fois que je l'appelais *ma petite poulette*, le surnom qui lui était resté depuis sa naissance. Je la pris sur mes genoux, puis enfouis mon visage dans ses cheveux en la couvrant de baisers. Elle sentait le miel et la terre. Son oncle et Pierre avaient dû la laisser jouer dans le jardin et l'amadouer à coups de bonbons.

« Ah, tu es là, ma petite ! » La voix de Pierre flotta dans la pièce, suivie de ses pas. Son costume était fripé, ses cheveux en bataille. Je me rappelai que lui aussi était éveillé depuis des heures. Mais il était là, en train de saluer gentiment ma fille.

« Merci de vous être occupé d'elle, lui dis-je.

— Tout le plaisir a été pour moi. Nous nous sommes bien amusés, hein, Klara ? » Elle hocha la tête en se blottissant contre moi d'un air timide. « Et nous venons de faire la connaissance du bébé. Elle est minuscule… Beaucoup trop ! » Klara se redressa pour acquiescer. Ma fille voyait ses cousins à Zakopane au moins une ou deux fois par an, mais c'était sa première cousine plus jeune qu'elle, et la première fois qu'elle voyait un nouveau-né. Je me sentis un peu triste de m'être endormie.

« Ses doigts de pied sont trop petits, Maman ! »

J'éclatai de rire. « Non, ma chérie, ils sont d'une taille parfaitement normale pour un bébé ! Elle va vite grandir, et avant même que tu ne t'en sois rendu compte, elle sera de la même taille que toi. » Je l'embrassai sur le front.

« Hela vous a-t-elle dit qu'ils avaient choisi un prénom ? » me demanda Pierre. Je fis signe que non. Deux jours avant l'accouchement, Jacques et Hela n'avaient pas réussi à se mettre d'accord. « Ah, alors je laisse votre sœur vous le dire ! Viens, Klara, allons voir le nid de moineaux dans le jardin. Il y a des œufs dans le nid, m'informa-t-il. On espère qu'ils auront éclos avant que vous ne repartiez en Pologne. » Il tendit sa main à Klara, qui se leva et la prit avec joie.

Je les regardai partir tous les deux, puis bâillai et m'étirai avant de remonter dans la chambre. Jacques, assis près du lit, tenait le bébé endormi dans ses bras. Hela s'était redressée et avait l'air de se sentir mieux. Peut-être qu'elle aussi s'était reposée un peu ; en tout cas, elle avait coiffé ses cheveux en un chignon impeccable et avait meilleure mine.

Elle me sourit, semblant plus à l'aise qu'au moment où je l'avais laissée. « Ah, te voilà !

— Désolée, j'étais fatiguée. Je me suis allongée en bas un moment et je me suis endormie.

— Ne t'excuse pas. Ça a été une longue journée, et une longue nuit, mais tu es restée tout ce temps avec moi. Merci.

— C'est normal. Tu es ma sœur. » Elle me sourit. « Pierre m'a dit que vous aviez choisi un prénom ?

— Oui ! s'exclama Hela en tapant dans ses mains, tout doucement pour ne pas réveiller le bébé. Marie Sophie Curie. On l'a appelée comme toi, Marya, en ajoutant le prénom de la maman de Jacques.

— Comme moi ? » J'étais étonnée. Pourquoi avaient-ils décidé cela ? Bronya l'aurait davantage mérité, d'autant que Bronislawa était le nom de notre mère. Et la fille de Bronya, que nous appelions tous Lou, avait été prénommée Helena, comme Hela. « Tu ne devrais pas…

— Marya, ma chère et douce Marya, si forte et si belle ! dit-elle en me prenant la main. Regarde-toi… Tu es là, dans notre pays natal, qui élèves ta fille magnifique tout en instruisant tant de jeunes femmes ! »

Je ravalai mes larmes en me demandant si ce qu'elle disait était vrai, si c'était réellement ainsi que me voyaient mes sœurs. Ce n'était pas comme ça que je me voyais ou voyais ma vie, comparée à elles qui avaient toutes deux passé un doctorat. Hela apportait une véritable contribution à la science, Bronya guérissait des gens malades à Zakopane. Quant à moi, j'étais toujours aussi pauvre, je n'avais aucun diplôme supérieur et je vivais dans un petit appartement à Loksow. « Je ne pense pas que…

— Tu es une révolutionnaire, ma sœur ! Et c'est exactement ce que nous voulons que soit Marie Sophie quand elle sera grande. »

Au bout de quelques semaines, Klara s'habitua à la taille des orteils de la petite Marie. Ou peut-être que celle-ci grandissait trop vite, que sa vie de nouveau-né passait à toute vitesse, comme j'en avais fait l'expérience avec Klara. Bien que ces jours ne remontent pas à très longtemps, je n'en gardais qu'un vague souvenir.

Hela avait des difficultés à allaiter. Voyant que la petite Marie perdait du poids, le docteur Curie lui suggéra de prendre une nourrice – une idée qui lui arracha des sanglots, puis la soulagea dès qu'ils en eurent trouvé une et que sa fille se rempluma. Au début du mois de juin, Hela retourna travailler au laboratoire avec Jacques, tandis que je passai la journée chez eux avec Klara.

« Juste le temps qu'on trouve une gouvernante convenable », insista Hela.

Mais j'adorais tellement ses odeurs de bébé, ses mains de bébé et ses câlins de bébé que je n'étais pas pressée qu'elle engage quelqu'un. De plus, le docteur Curie venait plusieurs fois par semaine garder sa petite-fille, et il insistait pour que je sorte et profite de l'été en France, des jardins et des monuments avec Klara.

Lorsque Kaz me demanda par courrier dans combien de temps je pensais revenir – j'avais déjà changé deux fois mon billet de train –, je lui répondis que Hela avait encore besoin de moi. Je me consolais en me disant que ce n'était qu'en partie un mensonge. Kaz m'écrivait que nous lui manquions terriblement, et je lui répondais que lui aussi nous manquait. Klara parlait souvent de son père. Mais j'étais occupée à Paris, où j'étais entourée de ma famille, de beauté et de culture. Et hormis quand ses lettres arrivaient, ou quand Klara parlait de lui, je n'avais pas l'impression que Kaz me manquait vraiment.

Le samedi, je faisais des balades à vélo avec Pierre. Il apporta la vieille bicyclette de Jacques qu'il avait réparée chez ma sœur boulevard Kellermann, afin que je découvre Paris avec un vrai Parisien.

« Mon Dieu ! s'exclama Hela en voyant le vieux cadre tout rouillé. Je peux te donner quelques francs pour louer un fiacre.

— Votre sœur aime bien les balades à bicyclette, lui dit Pierre, qui me dévisagea en arquant les sourcils.

— Oui, c'est vrai, confirmai-je. En Pologne, je n'en ai pas. D'ailleurs, les rues de Loksow sont trop étroites pour rouler au milieu de toutes les carrioles... Je risquerais de me tuer ! »

Ne comprenant pas du tout mon attrait pour le vélo, Hela haussa les épaules. Elle préférait se déplacer en fiacre, au prétexte que marcher requérait trop son attention pour qu'elle arrive à destination saine et sauve. Elle préférait réfléchir à des problèmes pendant qu'on la conduisait d'un endroit à un autre. Mais moi, j'adorais appuyer sur les pédales à en avoir mal aux jambes et sentir le vent dans mes cheveux.

Un samedi de la fin juin, Pierre proposa de m'emmener au bois de Vincennes, un immense espace vert situé à la limite de Paris. Dès qu'il m'indiqua la direction, je partis devant, des mèches s'échappant de mon chignon tandis que la brise me cinglait le visage.

« Ralentissez ! » me cria Pierre en riant.

Bien qu'essoufflée et en sueur, je continuai à pédaler à toute allure, puis entrai dans le bois au milieu des cerisiers en fleur. Arrivée près du lac, je ralentis.

Je mis pied à terre, posai la bicyclette et m'assis au bord de l'eau en passant ma manche fraîche sur mon front en sueur. Pierre était plus loin derrière. Lorsqu'il me rejoignit, il sortit un bouquet de pâquerettes du panier de son vélo et me le tendit comme s'il me remettait un prix pour être arrivée la première. Au moment où je pris les fleurs, nos doigts se frôlèrent. Un courant de chaleur remonta jusqu'en haut de mon bras.

« Parlez-moi encore de vos expériences », dis-je en m'allongeant dans l'herbe, les yeux mi-clos, les fleurs sur ma poitrine.

Le samedi précédent, Pierre m'avait déjà régalée en me décrivant le petit coin qu'il occupait dans le laboratoire de Jacques et Hela. Cette dernière année, les rayons de Becquerel l'avaient obsédé, et il avait établi qu'il existait un élément à découvrir dans la pechblende que Hela et Jacques étudiaient. Il avait même obtenu des résultats surprenants après avoir placé le minerai dans une chambre d'ionisation, qu'il avait fabriquée lui-même avec des cageots d'épicerie. Cependant, Jacques pensait que ses relevés ne pouvaient qu'être faux, et que son frère était un peu fou. Or Pierre ne disposait pas du financement nécessaire pour poursuivre tout seul ses expériences.

« Vous auriez dû voir les relevés, Marya, dit-il d'une voix lointaine. Le niveau de radioactivité était plus élevé que je ne l'ai jamais constaté. » Je hochai la tête. « Vous feriez quoi, si vous étiez à ma place ? »

J'aimais sentir qu'il me jugeait capable de réfléchir à tout ce qu'il me faisait partager, qu'il voulait avoir mon avis et pensait que nous étions en quelque sorte à égalité, bien que j'aie étudié la physique et la chimie en autodidacte, et ne lise les dernières recherches publiées que lorsque Hela m'envoyait des articles. « Avez-vous un moyen d'isoler ce nouvel élément ? Personne ne peut nier ce qu'on est en mesure de voir et de toucher.

— Pas même Jacques, marmonna-t-il. En fait, je n'en sais rien… Ce serait une entreprise laborieuse. Je ne dispose que d'un petit espace au laboratoire, et puis, je ne suis plus tout jeune… »

J'éclatai de rire. « Aucun de nous ne l'est plus ! Mais vous devez essayer, Pierre… Si vous pensez que ça peut être une nouvelle découverte, un nouvel élément, vous devez à tout prix essayer. Pour faire avancer la science. »

Il caressa sa barbe, puis se redressa sur les coudes en contemplant le lac. Aucun de nous ne parla pendant quelques minutes, et soudain, Pierre dit : « Vous pourriez rester à Paris pour toujours ? »

Je ris et respirai pleinement les fleurs.

Je pourrais rester à Paris pour toujours.

C'était ce que j'imaginais le soir dans mon lit, juste avant de m'endormir.

Que ferais-je ici ? À trente-huit ans, j'étais trop vieille et trop occupée par mon rôle de mère pour passer un diplôme à la Sorbonne. Je pourrais éventuellement aider Pierre au laboratoire, ou assister Hela et Jacques. Pendant le dîner, lorsqu'ils parlaient de leur travail, je ne comprenais que la moitié de ce qu'ils racontaient, même quand je hochais la tête en donnant l'impression du contraire. J'étais trop inexpérimentée et trop incompétente pour leur être vraiment utile.

En revanche, je pouvais apprendre. J'aimais toujours autant apprendre.

Mais dans cette vie imaginaire, que deviendrait Kaz ? Travailler à publier les recherches de Hipolit lui serait aussi facile ici qu'en Pologne. Cependant, comme il ne parlait pas le français, il n'obtiendrait pas de poste d'enseignant. Or s'il n'avait pas d'emploi, nous n'aurions pas d'argent pour vivre.

Toutefois, dans cette vie imaginaire, nous n'avions pas besoin d'argent. Ma vie rêvée était une vie faite de fleurs, de soleil et de balades à bicyclette. Une vie où il y avait toute la gentillesse des Curie, et aucune raison de s'inquiéter de la nourriture et de l'argent, ou de la révolution qui grondait dans les rues près de mon appartement polonais.

Début juillet, je reçus une lettre d'Agata.

La révolution se poursuivait en Pologne, mais, la semaine précédente, les choses avaient changé. La grève avait pris fin à l'école, et les femmes avaient désormais le droit de faire des études supérieures. Au bout de tout ce temps, de toutes ces années… Je n'arrivais pas à le croire ! Ces nouvelles m'enthousiasmèrent. Je ressentais au fond de moi une sorte de légèreté.

Rentre vite, m'écrivait Agata. *Nous pouvons construire au grand jour notre université pour les femmes. Il y a tant à faire, Marya !*

Et mon rêve parisien s'évanouit aussi vite qu'il était apparu. Hela avait donné mon prénom à sa fille, celui d'une révolutionnaire qu'elle admirait parce qu'elle instruisait les femmes en Pologne. Si je restais à Paris, si je passais ma vie à la rêver dans la chambre d'amis de ma sœur, il me serait impossible d'être cette femme.

J'embrassai Hela, Jacques et la petite Marie en leur faisant mes adieux. Pierre et le docteur Curie étaient retournés à Sceaux, où le fils veillait sur son père cloué au lit par la grippe. J'envisageai de passer les voir en allant à la gare, seulement ce n'était pas du tout sur le chemin. C'était en fait très loin et, en plus, je ne voulais pas que Klara attrape un rhume avant le voyage. « Tu salueras Pierre et le docteur Curie de notre part », dis-je finalement à Hela. Elle me promit qu'elle le ferait.

Je pris un fiacre avec ma fille jusqu'à la gare du Nord, puis je montai dans le train et regardai Paris disparaître dans le matin d'été.

Marie

Paris et Varsovie, 1906

Les filles, le docteur Curie et moi emménageons à Sceaux dans une maison sans charme, rue du Chemin-de-Fer. Elle n'est pas aussi belle ou moderne que celle du boulevard Kellermann, mais c'est plus calme qu'en ville. Et il y a un jardin à l'arrière où les enfants peuvent jouer, et Irène planter des graines. Nous sommes loin de nos voisins. Ne plus avoir les Perrin et les Langevin à côté va sûrement me manquer, néanmoins je suis contente d'être toute seule.

Je dis au docteur Curie que j'aime l'idée d'élever mes filles là où Pierre a grandi, mais la véritable raison est que la nouvelle maison est tout près du cimetière de Sceaux où il repose. Quand les cours reprendront à l'automne, trente minutes de train m'amèneront à l'université, et non plus une brève marche comme depuis le boulevard Kellermann, cependant cela me paraît moins important que la distance qui me sépare de Pierre.

Les premiers jours qui suivent notre emménagement, je sors avant que les enfants se réveillent et vais sur la tombe de Pierre. Je lui raconte qu'Ève est toute petite, que je songe à toutes ces années qu'elle mettra à grandir, et que je ne sais pas si je serai capable de continuer à vivre aussi longtemps sans lui. Je lui dis que des gens m'ont écrit pour me féliciter de mon nouveau poste à la Sorbonne. Et que l'idée même qu'on puisse se réjouir que j'aie repris son poste me met dans une colère folle.

Certains matins, je traîne trop et ne reviens à la maison qu'après le petit déjeuner. « Ce n'est pas lui… Il n'est pas là-bas », me réprimande le docteur Curie avec gentillesse.

La scientifique que je suis sait qu'il a raison. Mais Pierre, qui a toujours cru aux séances de spiritisme, avait engagé une médium par l'intermédiaire de laquelle il espérait parler avec sa mère après sa mort. Et bien que je n'aie jamais aimé ce genre de pratiques ni y aie cru comme lui, je comprends maintenant son besoin de surnaturel, de *quelque chose*. Il m'est impossible de rester loin de sa tombe. Alors je continue à y aller chaque matin, juste pour lui parler. Et parfois, j'y retourne encore le soir.

Pierre et moi avions prévu de passer la majeure partie de l'été à Saint-Rémy – les cours ne reprendront pas avant le mois de novembre. Mais l'idée de retourner là-bas m'est insupportable. La dernière fois que nous y sommes allés, à Pâques, nous avions fait des balades à bicyclette, nous nous étions allongés dans l'herbe, main dans la main sous la caresse du soleil, en nous félicitant de notre *chance*. À présent, cela m'apparaît comme une blague cruelle. Le jour où le docteur Curie propose d'emmener les filles à Saint-Rémy, je décide d'aller passer du temps avec Hela à Varsovie.

« Partir vous reposer en Pologne vous fera du bien », me dit-il. Mais ce qu'il sous-entend, c'est que nous savons tous les deux que je suis incapable de m'occuper des enfants en ce moment, que ce n'est pas bien qu'elles me voient dans cet état, fatiguée, apathique, mal en point et accablée de chagrin. Ce n'est pas que je ne les aime pas, ou que je ne pourvois pas à leurs besoins, seulement je ne trouve pas la force de faire mon deuil tout en étant leur mère.

« Je leur enverrai des lettres, dis-je.

— Je sais. » Et il manifeste sa compréhension en me serrant dans ses bras d'un geste paternel.

La maison où vit Hela à Varsovie est plus petite que dans mon souvenir. Sa surface ne fait qu'un tiers de notre nouvelle maison quelconque à Sceaux. Mais elle m'accueille en m'embrassant avec chaleur et s'excuse de ne pas avoir pu venir à l'enterrement de Pierre.

« S'il te plaît, ne prononce pas son nom ! » la supplié-je. Je ferme les yeux pour réprimer mes larmes. Je ne supporte pas d'entendre son nom, ou de le dire moi-même.

« Pardon, je suis désolée, dit Hela en me serrant plus fort.

— Ce n'est pas ta faute… » Accrochée à ma sœur-jumelle, je me réjouis qu'elle sente toujours le citron et le coquelicot. Tout mon monde a évolué, et ensuite implosé, mais ici, à Varsovie, Hela est restée exactement la même.

Elle me donne la chambre de sa fille Hanna, qui dort dans celle de ses parents. Je défais ma valise, contente d'être au calme, d'avoir un espace à moi toute seule.

Contente que mes enfants soient à un demi-continent de là en train de profiter de l'été à Saint-Rémy avec leur grand-père, et de ne pas leur imposer mon chagrin.

Hela et Stanislaw n'ont pas beaucoup d'argent, ni de véritable reconnaissance dans leur travail. Elle dirige une petite école de filles à Varsovie et son mari est photographe. Ils mènent une vie simple comparée à la mienne à Paris. Mais le soir, à la table du dîner, Stan lui prend la main ou capte son regard dans un sourire, et les voir s'aimer si paisiblement me déchire presque d'envie, de jalousie.

Le matin, je me mets à faire de très longues balades dans l'espoir de me vider la tête, d'assouvir ma tristesse à coups d'air frais et d'exercice. Je marche dans Varsovie, retourne sur les lieux de mon enfance : le lycée de filles où nous étions inscrites toutes les trois, l'ancien appartement de Papa, ainsi que ceux dans lesquels j'ai suivi les cours de l'Université volante avec Bronya, qui ont déclenché en moi cette soif de plus, d'aller étudier dans une vraie université. Je marche le long de la Vistule, comme on le faisait avec mes sœurs étant petites. Et chaque jour à l'heure du déjeuner, je me retrouve dans le petit café où Bronya et moi venions préparer nos cours.

Je commande un *czarna kawa*. Ce café, qui a la couleur de la nuit et plus ou moins la consistance de la boue, me réveille beaucoup plus l'esprit qu'un café parisien. J'apporte mon carnet et me remets à penser au travail, note des idées sur ce que je dirai à mon premier cours en novembre, ou sur ce que j'étudierai quand je retournerai au labo. Le café noir, l'air lourd de l'été et les fantômes de ma jeunesse me rappellent le long chemin parcouru. Et tout ce qu'il me reste encore à accomplir avant de mourir. *Même sans Pierre.* Il ne voudrait pas que je m'arrête, jamais.

Un après-midi, alors que je me concentre très fort sur mes notes et mon café, une voix d'homme surgie de nulle part m'interpelle : « Marya Sklodowska ? »

Je ne comprends pas tout de suite que c'est à moi qu'il s'adresse. Même après m'être mariée, j'ai gardé mon nom de jeune fille attaché à celui de mon mari, et il arrive qu'on m'appelle madame Sklodowska-Curie plutôt que madame Curie. Mais personne, pas même mes sœurs, ne m'a appelée Marya depuis de longues années. L'entendre me choque, provoque en moi un moment d'effroi et de nostalgie, je me revois pauvre et désespérée, triste, et persuadée que ma vie ne prendrait jamais le chemin qu'elle a pris. Et je pense à ce que je dirais à cette jeune fille si je pouvais lui parler dans ce café, lui assurer qu'elle aurait un jour tout ce qu'elle avait imaginé et désiré, et même plus. Et que, ensuite, tout cela lui serait retiré, finirait ensanglanté, piétiné et écrasé. Comme ça, d'un seul coup.

« Marya Sklodowska… C'est toi ? » Je lève les yeux et aperçois un homme qui me paraît vaguement familier. Grand, les yeux marron, il a le visage rond, une barbe plus courte et plus grise que celle de Pierre.

« Je ne suis pas Marya », lui dis-je. Marya était une pauvre fille polonaise désespérée que j'ai laissée derrière moi à tout jamais.

« Oh… » Il baisse les yeux d'un air déçu. *Ce regard.* Je connais ce regard. Il avait le même lorsqu'il est venu vers moi à Szczuki, quand il a refusé de m'épouser et m'a ensuite suppliée de lui pardonner. Quand il m'a dit ce que sa mère pensait de moi, que j'étais pauvre et que je ne serais *jamais rien*.

« Kazimierz Zorawski ? » Son nom jaillit de mes lèvres avec incrédulité. Il relève les yeux et me sourit. « Je ne t'avais pas reconnu… Il y a très longtemps que personne ne m'a appelée Marya. Je suis Marie depuis de longues années.

— Ah oui, *Marie Curie*, la scientifique connue dans le monde entier, qui a remporté le prix Nobel de physique en 1903 ! » Il parle vite, sur le ton de la confidence, comme s'il pensait tout savoir de moi et avait suivi de près ma carrière.

Je souris en repensant que sa mère croyait qu'il était trop bien pour moi, et que, à l'époque, j'en ai été blessée. J'essaie de me rappeler la dernière fois où j'ai pensé à lui. Pas depuis des années, pas depuis que Hela m'a envoyé la coupure de journal qui annonçait son mariage avec cette pianiste, dont le nom à l'instant m'échappe. « Comment vas-tu, Kazimierz ? » Je lui pose la question afin qu'il comprenne que je n'ai pas fait comme lui. Je ne me suis pas intéressée à ce qu'il devenait.

« Je vais bien. Récemment, j'ai été nommé doyen de l'université Jagellonne de Cracovie. Nous sommes venus passer l'été à Varsovie pour voir ma mère, qui a été malade.

— Je suis désolée de l'apprendre », murmuré-je. Après toutes ces années, je n'arrive pas à en vouloir à Pani Zorawska, qui a sans doute agi de cette façon par instinct protecteur primaire. En outre, elle s'est complètement trompée à mon sujet, et rien que cette idée est plutôt satisfaisante.

« Leokadia et moi avons trois enfants », enchaîne Kazimierz.

Leokadia, oui, c'était son nom. Je me souviens de l'article de journal que j'ai glissé entre les pages d'un manuel, il y a très longtemps. « Et ta femme est… pianiste ? »

Il rit. « Elle a joué du piano autrefois, oui… Mais elle est maintenant trop occupée par les enfants. Elle n'a plus le temps. »

J'éprouve une soudaine tristesse pour cette femme, *Leokadia*, l'épouse de Kazimierz que je n'ai jamais rencontrée. Il m'est difficile d'envisager une vie dans laquelle avoir des enfants obligerait une femme à renoncer à sa passion. « Elle ne peut pas faire les deux ? Être mère et pianiste ?

— Elle adore être mère, s'occuper des enfants, répond-il en haussant les épaules. Et puis, je gagne bien ma vie. »

Je hoche la tête en songeant à ce dernier matin à la gare où j'ai vu Kazimierz. Que se serait-il passé si je n'avais pas pris ce train, si j'étais restée en Pologne et l'avais épousé ? La vie de Leokadia serait-elle la mienne ? J'adore mes enfants, mais je n'imagine pas une vie sans mon travail. Je ne peux pas imaginer qui je serais devenue sans cela.

« Tu as des enfants, dit Kazimierz, plus comme un fait que comme une question.

— Deux filles. Irène aura bientôt neuf ans, et Ève en a presque deux. Cet automne, je commencerai à enseigner comme professeure à la Sorbonne. Et bien sûr, j'ai mon travail au laboratoire. »

Kazimierz acquiesce. Il sait déjà tout cela. Mais il est vrai que, ces dernières années, la presse a raconté ma vie en détail. Savoir ce que je deviens ne doit pas être très compliqué. « J'ai été navré d'apprendre l'accident de Pierre », dit-il tout bas. À la mention du nom de Pierre, je détourne les yeux.

« S'il te plaît, ne prononce pas son nom… » Il fait si chaud dans le café que je transpire à grosses gouttes. Je me lève précipitamment et manque de renverser ma tasse. Kazimierz la rattrape juste à temps, puis me saisit par les coudes.

« Je suis sincèrement désolé », murmure-t-il. Il me tient comme ça un moment, le regard rempli de compassion, ou de regret. Je me souviens que Kazimierz est un homme bien, un homme gentil. Je suis contente que la vie ait bien tourné pour lui, qu'il ait l'amour et une famille. Mais rien de tout cela n'est à moi.

Je me dégage doucement. « Il faut que j'y aille… Ma sœur va s'inquiéter. »

Il hoche la tête en continuant à me dévisager. « J'ai été heureux de te revoir, Marya.

— Moi aussi. » L'air est étouffant ; être si proche de lui m'étouffe. J'attrape mon carnet et sors du café en vitesse, sans me retourner.

Mais je sais qu'il me regarde. Je sens ses yeux dans mon dos.

Pendant le long trajet à pied qui me ramène chez Hela, je songe à Kazimierz et à ses trois enfants, à sa femme qui a abandonné son travail pour les élever. À sa mère, alitée et mourante quelque part à Varsovie. À son poste prestigieux de doyen à l'université Jagellonne de

Cracovie. *Rien de tout cela n'est à moi*, cependant ça aurait pu.

Et si je n'avais pas pris ce train et étais restée en Pologne ? Si je l'avais épousé, étais devenue la mère de ses enfants et avais renoncé à faire des études, je n'aurais pas le travail que j'ai aujourd'hui.

Mais Pierre et moi ne nous serions pas rencontrés ce soir-là il y a si longtemps chez les Kowalski. Nous n'aurions jamais partagé un laboratoire, ne serions jamais tombés amoureux, ne nous serions jamais mariés. Nous n'aurions pas remporté un prix Nobel. Et Pierre n'aurait jamais marché sous la pluie en revenant de ce déjeuner à l'Académie des sciences le 19 avril.

Que serait-il arrivé si, au lieu de monter dans ce train, j'avais choisi Kazimierz ?

Aujourd'hui, Pierre serait quelque part à Paris, bel et bien en vie.

Marya

Pologne, 1907

J'oubliai vite mes envies rebelles de rester à Paris, comme Pierre me l'avait suggéré le jour où nous avions passé cet après-midi en toute indolence au bois de Vincennes. Car au début de l'année 1907, deux choses capitales arrivèrent en Pologne.

La première était que notre école à Agata et à moi se développa tellement qu'il nous fallut soudain non plus une salle de cours mais trois. Et comme on avait assez d'argent grâce aux inscriptions, et un nombre suffisant d'étudiantes régulières, on loua le bâtiment qui avait abrité autrefois un lycée de filles, à Aleja Wróbli. L'endroit nous plaisait autant en raison de sa superficie que du côté symbolique de l'adresse. Désormais, notre université clandestine avait pignon sur rue dans l'avenue des Moineaux.

Accroché au-dessus de l'entrée, un grand panneau conçu par nos étudiantes en art proclamait *Université des femmes de Loksow*. On ne se cachait plus, on ne volait plus. En plus des tâches administratives que j'accomplissais avec Agata dans la journée, je donnais trois cours, trois soirs par semaine : initiation à la chimie et à la physique, et, à partir de ce trimestre, un nouveau cours de physique avancée, étant donné que certaines femmes qui nous suivaient depuis longtemps voulaient acquérir des connaissances plus pointues.

La seconde chose qui se produisit était que Kaz avait enfin terminé de rédiger son article sur ses recherches avec Hipolit. En mars, l'Académie des mathématiques polonaise accepta de le publier : « Les principes de l'élasticité ». Ce fut un moment important et enthousiasmant dans le domaine des mathématiques. Hipolit n'étant plus de ce monde, toutes les félicitations et les compliments retombèrent sur Kazimierz, qui reçut des lettres d'encouragement venant d'aussi loin que d'Amérique ! Et en mai, on lui proposa un poste de professeur invité à l'université de Vienne, où il commencerait à l'automne. Le salaire était considérable, cinq fois supérieur à ce qu'il aurait gagné en une année en enseignant ici dans une école de garçons. Et puisque ce serait seulement pour une durée d'un an, nous décidâmes qu'il valait mieux que Klara et moi restions à Loksow.

« Du moins pour l'instant », dit Kaz, la voix pleine d'espoir, comme s'il pensait que son poste serait reconduit, et que je serais ravie d'aller le rejoindre. Mais qu'y aurait-il eu pour moi en Autriche ? La Pologne était ma patrie, l'avait toujours été. Maintenant que mon école était reconnue et marchait bien, je n'avais aucune envie de la quitter.

« Si tout se passe bien, peut-être qu'on te proposera un poste ici.

— Peut-être, *kochanie*, rétorqua Kaz en m'embrassant sur la tête. Le monde entier pourrait alors enfin s'ouvrir à nous… Comme on en a toujours rêvé. »

Je songeai au panneau installé récemment à Aleja Wróbli. Ce que je désirais n'était pas *le monde*. C'était la Pologne, mon propre pays. Quelque chose qui était à moi et en plein essor.

Nous décidâmes d'aller tout le mois de juillet à Zakopane auprès de Bronya, Kazimierz, Lou et Jakub, afin de passer du temps en famille tous ensemble avant le départ de Kaz en Autriche. Agata et moi fermâmes l'école pendant l'été, comme les universités des hommes, et l'idée de ce voyage m'emballait. Les mains tremblantes, je préparai les bagages pour nous trois. Ces vacances seraient les premières que l'on passerait ensemble, les premières que Kaz et moi prendrions depuis ce séjour catastrophique dans sa famille un peu plus de dix ans auparavant.

On disait que Pani Zorawska était revenue à Varsovie et était tombée malade. Kaz recevait des lettres de son frère Stan, mais il n'était pas allé voir sa mère depuis qu'elle m'avait proposé de me payer si je le quittais. Encore aujourd'hui, il m'arrivait d'y repenser. Si j'avais accepté son offre, ma vie aurait pu être totalement différente. Cependant, en cet été 1907, je ne désirais plus en avoir une autre. Les années avaient fini par apaiser le choc de la trahison de Kaz et, depuis que j'avais Klara, il m'était impossible d'imaginer une vie sans elle qui m'aurait plu.

Dans le train qui nous emmenait à Zakopane, Kaz paraissait plus détendu, les traits de son visage plus doux. Ces dernières années, il s'était laissé pousser la barbe, laquelle était devenue à moitié grise pendant qu'il travaillait à compiler ses recherches. Il avait des rides autour des yeux que je ne me rappelais pas avoir vues là à cette même époque l'année précédente, lorsque j'étais revenue de Paris. Je touchai mon visage en me demandant si l'âge se voyait autant sur moi. Auquel cas, Kaz l'avait-il remarqué ? Mais prendre de l'âge lui allait bien. Assise là à ses côtés, je me souvins que j'avais toujours eu du désir pour lui.

Au bout d'un petit moment, il m'enlaça par l'épaule. Je me détendis à mon tour et fis une chose que je n'avais pas faite depuis longtemps : je mis ma tête sur son épaule et fermai les yeux, savourai la chaleur de son corps contre le mien en me laissant bercer par le mouvement du train et les battements de son cœur au point de m'assoupir.

« Cet été, Klara, entendis-je dire Kaz, il paraît que ta cousine Lou va t'apprendre à faire de l'escalade et que Jakub va t'apprendre à nager. » Bronya me l'avait écrit dans une lettre que je lui avais montrée. Notre nièce Lou avait presque quinze ans et s'était prise de passion pour l'escalade, au grand regret de Bronya qui aurait préféré qu'elle s'intéresse davantage à la science. Quant à Jakub, il avait onze ans et prévoyait de passer son été comme *un poisson dans le lac.*

J'entendis le gloussement ravissant de Klara. « Maman, est-ce que je suis trop petite pour faire de l'escalade ? »

Voyant qu'elle me regardait avec de grands yeux sérieux, je lui souris. « Non, *mój mały kurczak*, tu n'es pas trop petite. Tu peux faire tout ce que tu veux, tu sais. Tout ce que tu décideras de faire. J'en suis sûre. »

Zakopane, entourée de tous côtés par les montagnes vert et brun des Tatras, était magnifique et luxuriante.

Bronya et Kazimierz vivaient dans une immense maison au milieu d'une prairie ondoyante derrière le sanatorium. Ils pouvaient aller faire des randonnées ou nager et, bien que ça ressemble à un rare coin de paradis, Bronya disait qu'ils espéraient que Varsovie serait bientôt libérée pour qu'ils puissent y retourner sans que Kazimierz risque d'être arrêté, à cause des activités propolonaises auxquelles il avait pris part dans sa jeunesse.

Je ne comprenais pas pourquoi quiconque aurait préféré l'agitation et la saleté de la ville à la lumière et la paix de Zakopane. « Tu dois avoir l'impression d'être toute l'année en vacances ! dis-je à Bronya en regardant par la fenêtre, d'où l'on avait une vue imprenable sur les Tatras.

— Ou au purgatoire », murmura-t-elle.

Surprise, je me tournai vers ma sœur. Rien dans ses lettres n'avait laissé deviner qu'elle connaissait autre chose que le bonheur. Mais, maintenant que j'y repensais, elle me racontait essentiellement des petites choses du quotidien, ce que les enfants faisaient, mangeaient et apprenaient, et à quelle vitesse ils grandissaient.

« C'est juste que, à Paris, il se passait tellement de choses… Les concerts et les conférences, les professeurs et les médecins qui venaient chez nous le soir en semaine… Et il y avait tant de possibilités d'apprendre… » Elle leva les bras au ciel. « Nous avons une tutrice merveilleuse pour les enfants, mais Helena la trouve désagréable, et la seule chose qui l'intéresse, c'est d'escalader toute la journée. À la vérité, il n'y a pas grand-chose d'autre ici qui puisse la tenter. »

Nous appelions sa fille Lou depuis sa naissance, et entendre Bronya l'appeler Helena semblait souligner sa frustration. Soudain, j'eus une idée. « Si elle revenait avec moi passer le trimestre d'automne à Loksow ? Elle pourrait suivre des cours à mon université. Les enseignantes sont formidables, et nous avons tout, des sciences, des maths, du piano et de l'art. Elle trouverait sûrement une activité académique ou artistique. » Bronya plissa les yeux d'un air songeur. « Et puisque Kaz sera à Vienne, ce serait bien qu'elle m'aide avec Klara. »

Bronya hocha la tête. « C'est gentil à toi de le proposer… » Elle se pencha et m'embrassa sur le front en écartant une mèche de mes yeux. « Je sais bien qu'elle a quinze ans, mais je ne suis pas certaine d'être capable de laisser partir mon bébé…

— Papa t'a laissée partir…

— J'étais beaucoup plus âgée !

— Réfléchis-y », dis-je en lui touchant doucement l'épaule. Et, l'espace d'un instant, je me demandai laquelle de nous deux était la sœur-mère de l'autre.

Klara dormait dans la chambre de Lou. Kaz et moi en avions une à nous – la maison était suffisamment grande pour nous héberger tous, y compris Hela, Jacques et Marie lorsqu'ils arriveraient un peu plus tard.

« J'ai dit à Bronya que Lou devrait partir avec nous. Elle pourrait vivre avec moi pendant que tu seras à Vienne et s'inscrire dans mon école, murmurai-je à Kaz ce soir-là dans le lit.

— Ce serait bien, pour elle comme pour toi », approuva-t-il.

Comme d'habitude, nous étions couchés chacun à une extrémité du lit, sans nous toucher. Mais au moment où il me répondit, Kaz me prit la main. J'hésitai un instant avant d'entrelacer mes doigts aux siens.

« Ici, tout paraît différent », dit-il.

Il avait raison. Le passé était derrière nous, enfin, et l'avenir s'ouvrait à nous, vaste et rempli d'espoir. Kaz avait commis une erreur, mais je savais qu'il était bon et gentil. Il était mon mari et le père dévoué de Klara. Je lui pressai tendrement la main.

Il se rapprocha, et, à la seconde où il m'enlaça dans ses bras, je me délectai de sa chaleur. « Que feras-tu tout seul à Vienne sans nous ? murmurai-je.

— Klara et toi allez me manquer. Je vous écrirai tous les jours. Je vais me sentir désespérément seul. » On aurait dit un vœu, une promesse. Il me caressa la joue, puis il m'embrassa. Pour la première fois depuis très longtemps, je lui rendis son baiser avec ardeur.

Et soudain, je compris que j'avais de la chance d'être là avec lui cet été. D'être allongée contre son corps chaud et doré, son cœur battant contre le mien.

Marie

Paris, 1906-1907

Sur la montre de Pierre, le temps avance et, d'une certaine manière, j'avance moi aussi.

Je reviens à la vie, je respire, je mange, et il m'arrive encore de pleurer à des moments étranges, au milieu de la matinée quand personne n'est là pour me voir, ou lorsque je m'interroge sur tout ce que j'aurais pu faire autrement au cours de mon existence. Si ça avait été le cas, Pierre serait-il encore là ? Si j'étais restée en Pologne avec Kazimierz... Ou si j'avais refusé les demandes en mariage répétées de Pierre... Ou si nous étions restés à Saint-Rémy quelques jours de plus en avril dernier... La trajectoire de nos vies aurait pu être totalement différente.

Mais sur sa montre, le temps ne fait qu'avancer, il ne revient pas en arrière. Il n'y a pas de choix à refaire, rien que je puisse reprendre ou changer, si fort que je le veuille.

En novembre, je commence à enseigner à la Sorbonne, ce qui devrait être un moment heureux. Je suis *la première femme* à avoir obtenu un tel poste, que je mérite d'ailleurs de plein droit – n'ai-je pas reçu un prix Nobel de physique ? Mais je ne pense qu'à une seule chose : c'est Pierre qui devrait être ici en train de parler, ce sont ses étudiants qui sont assis là devant moi. Et pendant toute la durée du cours, j'ai du mal à respirer.

Pourtant je continue, encore et toujours. Je fais trente minutes de train tous les matins, trente autres le soir. La plupart du temps, je pars avant le réveil des filles, et, quand je rentre, elles sont déjà couchées. Le docteur Curie veille sur elles, mais j'engage une gouvernante polonaise pour s'occuper d'elles et leur faire travailler le polonais. Nourries, blanchies et bien traitées, elles ne manquent de rien. En fait, elles sont heureuses et en bonne santé. Tant qu'elles ne veulent pas une mère qui soit omniprésente ou les étouffe de son affection.

Le chagrin est pesant, impérieux ; il me tire vers le bas. Il remplit mes poches de cailloux en m'entraînant au fond d'une mer noire glaciale, me maintient sous l'eau de sorte que j'ai l'impression de suffoquer. Les jours passent, les saisons vont et viennent. Le temps avance, mais je me sens de plus en plus lourde.

Un soir d'hiver, je rentre beaucoup trop tard. Il fait froid dans la maison et le feu ne flambe pas correctement dans la cheminée – personne ne le prépare comme moi avec ce qu'il faut exactement de papier et de charbon. C'est pourtant de la science élémentaire – la quantité requise de chaque élément, de petit bois et de combustible. Pourquoi personne ne comprend-il le feu à part moi ? J'ajoute du papier journal, tisonne le charbon pour raviver les flammes. De la fumée s'élève et, d'un seul coup, des larmes me piquent les yeux.

Brusquement, je me retrouve par terre. La maison est plongée dans l'obscurité, il n'y a que les flammes dans l'âtre, et je suis allongée là, incapable de me relever ou de faire quoi que ce soit sinon pleurer.

« Maman ? » La petite voix d'Ève m'appelle. « Est-ce que ça va ? » Elle a dû sortir de sa chambre en entendant du bruit et m'a trouvée ici. Je voudrais plus que tout me lever et la ramener dans son lit, la bercer jusqu'à ce qu'elle se rendorme, lui dire que tout va bien, qu'elle est une petite fille adorable et ne devrait s'inquiéter de rien. J'ai fait de tels efforts que personne ne devrait me voir comme ça.

Mais je ne peux pas bouger. Je parviens seulement à rester là par terre à sangloter. Ève vient s'asseoir près de moi et me caresse les cheveux, comme si c'était elle la mère et moi la fille.

« Ça va, Maman… Tu pleures parce que tu es fatiguée. Je vais t'aider à aller te coucher. »

« Il faut que tu te ressaisisses ! » me lance Bronya d'un ton sec. Au début de la nouvelle année, sans que je lui aie demandé, elle est venue nous voir. Elle est simplement arrivée un soir tard devant la porte. Le docteur Curie a dû lui écrire que je l'inquiétais, cependant, jamais il ne l'admettra. Et Bronya dit juste qu'elle a trop tardé à venir, ce qui est vrai.

« Mais je me suis ressaisie ! » lui dis-je sur le même ton.

Elle fronce les sourcils. Nous savons toutes les deux que je mens. « Ça fait presque *un an* ! » Elle insiste sur le *un an*, comme si j'étais encore sa petite sœur-enfant sachant à peine compter.

Je sais. Je sais. Je sais.

Ça fait trois cent deux jours, sept mille deux cent cinquante heures. Tous les matins, je calcule dans ma tête, j'établis un graphique de données comme si ma vie se réduisait désormais à une expérience. Combien de temps puis-je vivre sans lui ? Combien d'heures puis-je me forcer à respirer ? Combien de jours puis-je continuer à me réveiller seule, oubliant qu'il n'est plus là juste avant d'ouvrir les yeux et me le rappelant dès que je les ouvre ? Et je n'apprécie pas qu'on me parle comme si j'étais une gamine de deux ans. « Tu ne sais pas, dis-je d'une voix tremblante. Tu ne sais pas…

— Ah non ? » La voix de Bronya se fait plus douce. Elle s'assoit dans le fauteuil et prend sa tête entre ses mains.

Je plaque ma main devant ma bouche en pensant à son adorable petit Jakub de sept ans qui lui a été arraché brutalement.

« Je suis désolée, dis-je en la prenant dans mes bras. Je ne voulais pas… »

Elle me repousse doucement. « Après la mort de Jakub, Mier a failli devenir fou. Il a commencé à faire de l'escalade, avec Lou. Tous les matins, ils partaient tous les deux. Lou me dit que c'est comme ça qu'elle respire, en grimpant dans la montagne. Chacun a besoin de quelque chose. Tu as besoin de quelque chose.

— Et toi, tu as fait quoi ? » Je n'imagine pas Bronya faire de l'escalade. L'exercice physique a toujours été une des activités qu'elle aimait le moins. Elle n'a jamais compris pourquoi j'adorais partir à bicyclette avec Pierre. Et peut-être que si je pouvais le faire maintenant, je pédalerais sans m'arrêter jusqu'à en avoir mal aux jambes et être trop épuisée pour respirer. Je ressentirais alors autre chose que le poids de mon chagrin. Mais je n'ai jamais fait de bicyclette qu'avec Pierre, et l'idée d'en faire toute seule est trop intolérable.

« J'ai travaillé, répond finalement Bronya. J'ai travaillé, étudié, je me suis plongée dans les dernières recherches, et je suis devenue un meilleur médecin pour mes patients.

— Eh bien, c'est ce que je fais…

— Non. Tu prends le train pour aller enseigner. Qu'as-tu fait au laboratoire ?

— Comment sais-tu ce que je fais dans mon labo ? » rétorqué-je vivement.

Néanmoins, elle a raison. J'ai lu et relu les carnets de Pierre en laissant courir mes doigts sur sa belle écriture, mais je n'ai rien accompli de nouveau, rien d'important. Je ne me vois pas découvrir quelque chose toute seule, sans lui à mes côtés, cette pensée m'est insupportable.

« La vie est dure et tragique, reprend Bronya, pragmatique – et je la déteste pour sa façon de donner raison à la science. Mais tu es brillante, sans compter que tu disposes de plus de ressources à Paris que nous n'avons jamais rêvé en avoir étant petites. Tu ne peux pas gâcher tout ça ! » Elle me prend par les épaules. « Tu ne peux pas. »

« Chacun a besoin de quelque chose », a dit Bronya.

J'y repense au moment où je m'assois près d'Irène pour l'aider à faire ses devoirs. Et quand je prête attention à ce qu'elle a appris ici à Sceaux, j'ai l'impression d'avoir dormi pendant trois cent deux jours en laissant l'esprit de ma fille s'étioler. Elle n'a rien appris ! Ça ne va pas du tout. Me rendre compte que je me suis noyée dans le chagrin à en oublier son éducation m'horrifie.

Qu'ai-je fait en nous emmenant vivre à Sceaux, où tout est si tranquille ? Dans l'ancienne maison du boulevard Kellermann, nous étions entourés de voisins qui étaient des amis, des universitaires et des professeurs. Il y avait en permanence des conversations animées et des débats avec les Perrin et les Langevin dans le jardin, où les enfants jouaient, écoutaient et apprenaient. Ici, Irène n'a rien.

« Tu n'iras plus dans cette école, lui dis-je. Je vais lancer la mienne. »

Elle écarquille tout grands les yeux. Soit je lui fais peur, soit elle est emballée. Ou les deux.

Le lendemain matin, en arrivant à l'université, je parle de mon envie à Jean Perrin et à Paul Langevin. « Si nous regroupons nos enfants, nous pourrons créer une coopérative d'enseignement où on fera cours chacun notre tour. Ils s'instruiront avec de vrais savants. »

Paul Langevin réfléchit à ma proposition en tirant sur sa moustache. Avant de devenir un brillant universitaire, il a été l'étudiant de Pierre, dont il était aussi l'ami. Je veux avoir son approbation, comme si, d'une façon étrange, elle équivalait à celle de Pierre. Quand il hoche la tête avec vigueur, je pousse un soupir. Soit cette idée lui plaît autant qu'à moi, soit il apprécie le fait que, enfin, j'ai eu une nouvelle idée. Peu importe laquelle.

« Les enfants apprendront tellement plus de choses avec nous ! On leur donnera la meilleure éducation qui soit », dis-je. J'ai participé à l'Université volante en

Pologne, étudié en autodidacte à Szczuki, puis appris auprès des meilleurs professeurs à Paris avant d'en devenir un moi-même.

« Chacun a besoin de quelque chose », a dit Bronya.

Et je me souviens que j'ai besoin à présent de ce dont j'ai toujours eu besoin : étudier.

Néanmoins, organiser cette école coopérative pour les enfants ne me suffit pas. J'ai *besoin* de la science. Je commence à faire des projets au labo, qui est désormais *mon* labo. Même avant de rencontrer Pierre, c'était là où je me sentais le mieux, le plus chez moi. Et je sais que, même après lui, ça peut de nouveau être ma place.

Une généreuse donation du philanthrope Andrew Carnegie arrive d'Amérique. Elle me permet d'engager plusieurs assistants, parmi lesquels mon neveu Maurice, le fils de Jacques. Ce dernier m'écrit une très gentille lettre pour me remercier de ma générosité, mais il ne comprend pas – Maurice, comme Jacques et comme Pierre, a un esprit brillant, c'est pour cette raison que je l'ai embauché. Il travaille dur, il est très intelligent, et il y a beaucoup à faire. Nous essayons de purifier du chlorure de radium en isolant le métal du radium. Et nous tentons à nouveau de déterminer le poids atomique du radium.

Mais quand mes assistants s'en vont à la fin de la journée, je reste souvent trop tard toute seule au labo. Je mets au point une nouvelle méthode pour mesurer le radium, lui donner un poids. Ce travail m'enthousiasme énormément, car, si j'arrive à la perfectionner, on pourra largement utiliser le radium en dehors de mon laboratoire, pour le plus grand bénéfice d'autres scientifiques, voire de médecins. Et cela, plus que tout, c'est ce que Pierre aurait voulu.

Le plus étrange est que, lorsque je reviens au labo, où Pierre et moi sommes tombés amoureux et avons passé de si nombreuses heures de nos vies, c'est là que mon esprit peut commencer à fonctionner, que tout en moi recommence enfin à s'alléger. Tard le soir, alors que je suis seule, le radium brille autour de moi, éclatant, magnifique et phosphorescent.

Marya

Loksow, 1908

La mère de Leokadia décéda au début du mois de février – je l'appris par sa cousine, Zuzanna, qui suivait mon cours d'introduction à la chimie. Leokadia et moi correspondions de temps à autre, mais je n'avais pas su que sa mère était malade, et ce que m'annonça Zuzanna me plongea dans une tristesse inattendue.

Ces dernières années, Leokadia s'était bien débrouillée ; sa carrière de concertiste se développait à mesure qu'elle voyageait en Europe pour donner des concerts devant des foules qui payaient leurs places. D'après sa dernière lettre, elle était depuis plusieurs mois à Berlin, où elle enregistrait un disque. Mais en dépit de tout cela, j'imaginais que la mort de sa mère serait une épreuve pénible, et j'avais de la peine pour elle en repensant à la gentillesse qu'elle m'avait témoignée au moment où mon père était mort.

J'avais beau savoir qu'elle viendrait à Loksow pour l'enterrement, tomber sur elle à la sortie de mon cours de physique me fit un choc.

Il y avait près de deux ans que je ne l'avais pas revue – depuis ce concert à Montmartre où j'étais allée avec Pierre, et à l'issue duquel nous avions simplement échangé quelques mots et une brève accolade. En la revoyant, je fus frappée de constater qu'elle n'avait pas du tout vieilli. D'une certaine manière, le temps n'avait fait que la rendre plus belle, plus radieuse.

« Marya ! » Avant même que j'aie pu m'étonner de sa présence devant mon école, elle me serra dans ses bras. Klara m'agrippa la main en se collant contre ma jambe. Leokadia l'aperçut. « Mais… qui est cette demoiselle ? » Elle s'accroupit et lui tendit sa main. Ma fille hésita un instant avant de la prendre.

« Klara, c'est l'amie de Maman qui joue de la belle musique. Je t'ai parlé d'elle, tu te souviens ? »

Ma fille secoua la tête d'un air confus, et je me retrouvai prise au piège de mon mensonge. Je ne lui avais jamais parlé de Leokadia. Non pas parce que je n'étais pas fière et heureuse de ce que Leokadia avait fait de son talent et de ce qu'elle était devenue, mais parce que parler d'elle serait revenu à admettre d'autres choses que jamais je n'aurais voulu évoquer devant ma fille. Kaz, Klara et moi formions une famille, une bulle à l'équilibre délicat. Au moindre faux mouvement, tout éclaterait.

« Oui, dis-je, m'enfonçant dans mon mensonge. Elle enseignait le piano ici avec moi, avant ta naissance. Je te l'ai dit, ma chérie, tu as dû oublier. »

Ma douce Klara hocha la tête.

Elle était incapable d'imaginer que je puisse lui mentir. Cherchant plus ou moins à me racheter, j'enchaînai : « Pendant son séjour, je suis sûre qu'elle voudra bien te montrer comment elle joue du piano et t'apprendre une chanson… Enfin, si tu as le temps, ajoutai-je en me tournant vers Leokadia.

— Mais oui ! s'exclama-t-elle en tapant dans ses mains. Je reste à Loksow jusqu'à la fin de la semaine. J'aimerais beaucoup vous voir toutes les deux. Demain matin te conviendrait ? »

Klara connaissait les femmes avec lesquelles j'enseignais, les étudiantes qui suivaient mes cours, ses tantes et ses cousines, notamment Lou, qui vivait avec nous depuis plusieurs mois. Mais aucune d'elles ne jouait de la musique ni n'était aussi rayonnante que Leokadia. Et bien qu'elle ait seulement cinq ans, Klara l'avait compris.

« C'est aujourd'hui qu'on va apprendre le piano avec ta très belle amie, Maman ? » La veille, nous avions rapporté des œufs frais de la ferme des Novak que je préparais pour le petit déjeuner.

Lou, assise en face de Klara, leva les yeux de son manuel. Elle s'était prise d'intérêt pour la biologie – ça m'amusait que ce soit ici, loin de ses deux parents médecins, qu'elle se soit découvert une fascination scientifique pour le corps humain. « Apprendre le piano ? répéta Lou, une étincelle dans les yeux.

— Oui. Mon amie est pianiste de concert et, cette semaine, elle est de passage à Loksow. Tu voudrais venir avec nous ? » Lou acquiesça d'un air ravi. À seize ans, elle avait tout d'une femme – on aurait dit le portrait craché de Bronya à son âge. Mais, contrairement à la jeune Bronya, elle ne semblait pas avoir l'instinct maternel. Le plus souvent, elle se comportait comme une petite fille. Je lui confiais Klara de temps en temps, mais quand je revenais, je la trouvais par terre, en train de jouer à un jeu que Klara avait choisi, avec un air de jubilation dans le regard. Parfois, je me retenais de rire en pensant que cette scène aurait effaré Bronya. Dans mes lettres, je lui racontais seulement que Lou se débrouillait bien à ses cours de biologie.

Toutefois, malgré l'absence de montagnes autour de Loksow, Lou continuait à faire chaque jour de très longues marches, sans quoi elle disait ne pas tenir en place. Et comme je l'envoyais souvent à la ferme des Novak, presque tous les matins nous avions des œufs frais au petit déjeuner.

Revoir le vieil appartement de Leokadia après tout ce temps, là où Kaz avait travaillé, me parut étrange. Il était exactement comme dans mon souvenir, immense et rempli de meubles et de tapis onéreux, sauf que tout était recouvert d'une fine couche de poussière. Pani Jewniewicz était morte depuis une semaine, mais on aurait dit que personne n'avait fait le ménage depuis une éternité. Son mari était parti des années avant elle et sa fille vivait à l'autre bout de l'Europe. J'étais triste de savoir qu'elle était morte toute seule, dans cet appartement négligé, et je me promis que, quoi qu'il m'arrive dans la vie, je ne voulais pas finir comme elle. Je passai un bras sur l'épaule de Klara, l'autre sur celle de Lou, et les serrai contre moi.

« Entrez ! » dit Leokadia en nous emmenant au fond de l'appartement, où le piano à queue était à la même place qu'à l'époque où je l'avais regardée donner des leçons et en avais pris quelques-unes. Le bois brillait, et j'imaginais qu'elle avait dû passer la matinée à l'épousseter, bien qu'aucune de ses boucles blondes n'ait été de travers et qu'il n'y ait pas eu un seul pli sur sa robe en velours bleu magnifique.

Je lui présentai Lou. Leokadia lui approcha aussitôt une chaise, puis tapota le siège du piano, sur lequel s'empressa de sauter ma fille, et s'installa à côté d'elle pour leur montrer les notes à toutes les deux en faisant courir ses doigts délicatement sur les touches. Assise sur le canapé, je les observai et me revis ici des années plus tôt, tellement plus jeune. J'étais alors profondément et aveuglément amoureuse de mon mari, et Klara n'était encore qu'un rêve, un souhait que je ne croyais pas voir un jour devenir une réalité.

Brusquement, je ressentis une étrange sensation au creux du ventre, liée au souvenir de la soupe à la betterave et de la déception qui s'était ensuivie. Et à ce désir d'une jeune fille qui ne voulait rien de plus qu'aller un jour à Paris. Étudier à la Sorbonne.

« Marya... » La voix de Leokadia m'arracha à mes pensées. Je secouai la tête en m'efforçant de chasser le passé.

Je levai les yeux, et elle se tenait devant moi. Assises au piano, Lou et Klara jouaient déjà une mélodie plaisante, qui ressemblait à la vieille berceuse polonaise que ma mère nous chantait pour nous endormir.

« Klara a l'oreille absolue, dit Leokadia.

— L'oreille absolue ? Qu'est-ce que ça veut dire ?

— Ça veut dire que ta fille est une musicienne. » J'éclatai de rire. Personne dans notre famille n'avait d'attirance pour la musique ou l'art. Nous étions des scientifiques, des mathématiciens, des médecins. « Je suis sérieuse. Tu devrais commencer à lui faire donner des cours réguliers.

— Mais… elle n'a pas encore cinq ans !
— Marya, ta fille a un don. »

Quelque chose dans sa manière de me dire ce que je *devrais* faire me prit à rebrousse-poil, comme si elle comprenait une facette de ma fille qui serait restée inconnue de moi pendant presque cinq ans. Lou nous dit au revoir et partit faire sa marche quotidienne avant d'aller en cours. Puis Klara et moi retournâmes rue Złota. Je l'interrogeai sur ce qu'elle avait pensé du piano.

« C'est la meilleure chose que j'aie jamais touchée, Maman ! Tu crois qu'on pourra retourner souvent chez Pani Kadi ? » Sa petite voix douce exprimait une sorte de désespoir, une envie que je n'avais jamais perçue chez elle. Klara était une enfant facile, contente de venir avec moi en classe et d'écouter ou de jouer tranquillement dans un coin. Contente de rester avec sa cousine chaque fois que je le lui demandais. Contente de manger son dîner et de filer au lit, puis de se réveiller le matin et de s'habiller. Elle ne m'avait jamais rien *réclamé*.

« Leokadia ne reste ici que peu de temps, lui rappelai-je. Elle retourne à Berlin dans quelques jours.

— Ah… » Klara baissa les yeux, son visage s'affaissa avec une moue de dépit.

« Mais Pani Jankowska enseigne le piano dans mon école. Je pourrais lui demander de te donner des leçons particulières. »

Les yeux tout grands écarquillés, Klara s'arrêta de marcher et hocha la tête. À l'automne, elle serait suffisamment grande pour aller à l'école de filles, mais elle n'avait encore jamais pris aucun cours, sinon ceux de lecture et de maths que je lui donnais de façon informelle. Qu'elle commence par le piano, une chose dont je ne savais rien et qui m'intéressait assez peu, me paraissait étrange. Mais elle me décocha un immense sourire et m'attrapa la main d'un air joyeux pour m'entraîner vers la maison.

Je l'aimais de tout mon être ; je voulais lui donner tout ce que je n'avais pas pu avoir étant enfant. Tout ce qu'elle voudrait.

Kaz revint quelques jours après Pâques, avec un sac rempli de chocolats autrichiens pour Klara, et pour moi le dernier numéro de *Physikalische Zeitschrift*, une des revues de physique les plus renommées en Europe, publiée en langue allemande chaque trimestre. C'était sans doute la plus belle chose qu'il m'ait jamais donnée, et à l'instant où il me la tendit, je lui pardonnai tous les sentiments négatifs que la visite chez Leokadia avait réveillés en moi. Je me hissai sur la pointe des pieds et l'embrassai tendrement sur la bouche. Ses lèvres avaient un goût différent de celui dont je me souvenais, un goût de café amer et de ce tabac allemand qu'il s'était mis à adorer en Autriche.

« *Kochanie*, ces derniers mois ont été trop durs, dit-il en me prenant par les épaules. Klara et toi m'avez trop manqué…

— Toi aussi, tu nous as manqué. » Et c'était vrai. Après que nous nous étions retrouvés l'été dernier, qu'il soit parti cette année avait fait naître en moi un sentiment de vide. Les dîners me paraissaient trop silencieux, notre lit, où je dormais seule, trop vide. Avoir quelqu'un à qui raconter ce que faisait Klara au quotidien me manquait, et en parler dans une lettre n'était pas pareil. Et puis je voyais Klara compter constamment le nombre de jours qui s'écouleraient avant qu'elle revoie son père. Mais nous n'y pouvions rien. Kaz devait rester à Vienne pour sa carrière, et son excellent salaire nous soulageait de l'inquiétude de ne pas avoir assez d'argent pour acheter de la nourriture, des vêtements ou du charbon.

« Mais j'ai une bonne nouvelle, reprit-il. On m'a proposé un poste à Cracovie cet automne. »

Certes, Cracovie était plus près que Vienne, mais ce n'était pas Loksow, ni même Varsovie, d'où il aurait pu rentrer le week-end. Je poussai un soupir. « Donc, tu seras encore loin…

— Non, *kochanie*, parce que tu vas venir avec moi ! » Sa voix était pleine d'assurance. Dans son esprit, c'était déjà décidé. Pendant de longues années, nous avions rêvé ensemble de Cracovie, d'avoir plus de liberté et de nouvelles chances en vivant hors de l'Empire russe. Mais à présent, Loksow était chez moi. Ma vie était ici. Mon travail était ici. Mon école était ici.

« Je ne peux pas quitter mon université…

— Tu pourras enseigner à Cracovie, rétorqua Kaz. Ou suivre des cours. Faire ce que tu voudras.

— Je veux rester ici ! dis-je, réalisant que je m'exprimais sur le ton buté d'une enfant.

— Pense à Klara… Elle recevra une meilleure éducation à Cracovie qu'à Loksow. Il y aura tellement plus d'opportunités pour elle. »

Je faillis lui répondre, puis me ravisai. Kaz n'avait pas tort. Cracovie était une ville cosmopolite vivante, culturelle et moderne, et qui n'était pas soumise à la botte russe. C'était là que nous aurions dû vivre dès le début si ses parents ne l'avaient pas renié et s'il avait pu continuer ses études.

À Loksow, nous avions un appartement de deux pièces très agréable, mais lorsqu'on ouvrait les fenêtres et que le vent soufflait dans une certaine direction, on aurait dit que les cheminées rouge et blanc des usines installées dans les faubourgs étaient là dans notre cour. Et l'école de filles de Loksow n'offrirait rien de mieux à Klara qu'une éducation des plus élémentaires.

Néanmoins, je pinçai les lèvres. Mon école... Agata et moi avions travaillé d'arrache-pied de nombreuses années. Je ne pouvais pas m'en aller en l'abandonnant comme ça.

« *Kochanie...* » Kaz m'embrassa sur le front. « Je serai enfin capable de t'offrir tout ce que tu veux, tout ce que tu désires ! Laisse-moi faire ça. »

Je ne voulais pas qu'il me donne tout ; je voulais le prendre moi-même. Et s'il n'y avait pas eu Klara, sans doute était-ce ce que je lui aurais répondu. Je me serais dégagée de son étreinte, et j'aurais refusé de quitter Loksow et tout ce que j'y avais construit.

Mais à l'instant où je levai les yeux, j'aperçus Klara sur le seuil de la cuisine en train de nous observer intensément, s'accrochant à chaque mot que nous échangions.

Marie

France, 1908-1909

À l'été 1908, nous louons une grande maison sur la côte normande avec les Langevin. C'est parfait pour Irène et Ève. Comme Paul et Jeanne ont quatre enfants, mes filles ont des camarades de jeu sur place. Qui plus est, je leur donne des cours de sciences, et Paul des cours de maths. Notre école coopérative ne prend pas de pause ; apprendre est un effort qui se fait tout au long de l'année.

Arromanches me plaît pour la simple raison que ce n'est ni Saint-Rémy ni la Bretagne. Ici, il n'y a pas de vieux souvenirs qui reviennent me hanter. Jeanne est ravie d'être loin de la capitale. Et le docteur Curie apprécie l'océan et l'air marin. « C'est bon pour les poumons », me dit-il. Nous faisons tous deux semblant de ne pas remarquer le spasme bronchique récurrent qui lui obstrue la poitrine à intervalles inquiétants.

Les six enfants adorent le sable et la mer. Nous les envoyons jouer dehors jusqu'à l'heure du repas, après quoi vient le moment des leçons. Quand ils rentrent, sales, épuisés et affamés, ils se jettent sur le festin qu'a préparé le docteur Curie. Pendant la journée, je rattrape mes lectures en retard et prends des notes dans mon carnet. Je suis loin du labo, mais mon esprit ne le quitte jamais.

Paul est le seul à avoir l'air malheureux. Il disparaît tout l'après-midi et, quand je vais le prévenir que le dîner est prêt, je le trouve assis dans un coin désert de la plage, en train de contempler la mer d'un œil soucieux.

« Tu ne te sens pas bien ? » Je lui pose la question un après-midi de début juin et lui touche le front, mais sa température semble normale. Je m'assois près de lui et regarde l'océan, qui me paraît aussi infini qu'ennuyeux. Je ne comprends pas ce que Paul fait là.

Il se tourne vers moi avec un vague sourire. « J'ai juste besoin d'une pause. Tu sais bien comment c'est, Marie…

— Par rapport au travail ? » Je ne connais pas ce besoin du tout. Dès que je prends du temps loin de mon travail, je me sens perdue. C'est ce qui me nourrit, me maintient en vie.

Paul secoue la tête. « C'est juste que… Tu n'as jamais l'impression qu'autour de toi tout t'écrase, au point qu'il devient impossible de respirer ? »

C'est étrange qu'il décrive ainsi cette sensation que j'ai si souvent éprouvée tout au long de ma vie : quand ma mère est morte, puis quand Kaz m'a quittée et, plus récemment, quand j'ai perdu mon Pierre. « Comme un brouillard noir, dis-je en posant ma main sur son bras. Une sorte de lourdeur. »

Il se retourne vers l'océan, mais il me prend la main. « Quand je me perds dans l'immensité de la mer, je me rappelle à nouveau comment respirer. »

Après avoir vécu durant des années à côté des Langevin boulevard Kellermann, je compte Paul et Jeanne parmi mes amis d'*avant* et d'*après*, tout comme les Perrin (qui ont décidé de passer l'été en famille en Bretagne plutôt qu'avec nous). Les Langevin ont fait partie de mon autre vie, ma vie de femme mariée, et ils sont restés mes amis pendant le tunnel noir interminable qu'ont été mon chagrin et le déménagement à Sceaux. C'est à la fois merveilleux et affreux d'avoir des amis qui vous ont connue dans les meilleurs et les pires moments.

Jeanne se comporte comme s'il ne s'était rien passé, comme si rien n'était différent à Arromanches de ce que nous avons connu boulevard Kellermann lorsque Pierre était en vie. Je trouve que c'est là sa qualité la plus remarquable, cette manière qu'elle a d'ignorer mon deuil et les changements survenus dans mon existence. Et c'est notamment pour cette raison que je tiens à prendre le petit déjeuner en sa compagnie chaque matin du mois de juin. On boit du café, et Jeanne me parle d'elle, de son couple. « Paul est épouvantable avec moi », me confie-t-elle un jour, environ une semaine après qu'il m'a fait part de ses idées noires sur la plage. Le sujet de conversation favori de Jeanne est et a toujours été son couple.

Je bois mon café et marmonne en hochant la tête. Mon amitié avec Paul a toujours reposé sur ma volonté de faire la part des choses entre le mal que Jeanne dit de lui et ce que je sais être la vérité et vois de mes yeux. Ces derniers mois, je l'ai observé enseigner les maths à nos enfants : il s'exprime avec douceur, se montre d'une patience et d'une gentillesse incroyables, même quand ils ne comprennent pas un problème élémentaire. Et je repense à cet air perdu qu'il avait sur la plage, à la douce tristesse dans sa voix lorsqu'il m'a dit qu'il lui était impossible de respirer. Je ne l'imagine pas avoir l'intention d'être *épouvantable* avec quiconque. Mais j'ai l'impression que, si je le disais à Jeanne, elle serait en colère contre moi. Et puis, pour une fois, je trouve bon d'avoir une amie, une autre femme à mes côtés. Alors je m'abstiens de tout commentaire et me contente d'acquiescer.

« Il a un fond méchant, tu sais ! me dit-elle en mettant dans sa tasse une cuillerée de crème épaisse, qui donne à son café une couleur marron peu appétissante. Il refuse de me donner de l'argent, Marie ! L'argent dont j'ai besoin pour m'occuper de ses enfants !

— Si tu as besoin d'argent, je peux t'en prêter.

— Oh, non ! » Elle rejette mon offre d'un geste du poignet, puis boit une gorgée de café. « Je ne te demande pas d'argent. Je te dis juste, d'une femme à une autre, que c'est compliqué. Tu comprends ? »

Je hoche la tête, mais, à la vérité, je ne comprends pas. Je gagne mon argent moi-même, ne compte sur personne d'autre depuis que je suis partie de chez moi pour venir à Paris il y a de nombreuses années. J'ai envie de dire à Jeanne que, si elle trouve sa vie difficile, elle devrait imaginer ce que c'est de grandir en Pologne sous occupation russe, d'être une étudiante si pauvre à Paris qu'on s'évanouit de faim. Qu'elle devrait imaginer ce que c'est de tomber amoureuse, de finalement tout avoir, et que votre mari meure écrasé sous les sabots d'un cheval.

Mais je ne lui dis rien de tout cela. D'ailleurs, Jeanne a déjà changé de sujet et observe les nuages qui s'amoncellent au-dessus de la mer. « Il va y avoir de l'orage ce soir », dit-elle.

Je bois mon café et regarde par la fenêtre. Les nuages, hauts et légers, n'ont rien de menaçant. « Il n'y a pas de quoi s'inquiéter. Ce n'est rien de sérieux. »

Au milieu de la nuit, un bruit énorme me réveille. Je repense à ce que Jeanne a dit à propos de l'orage et me demande si elle n'avait pas raison, si ce qui m'a réveillée n'était pas un coup de tonnerre. Pourtant, comme je l'avais supposé, les nuages s'étaient dispersés vers la fin de l'après-midi. Le ciel nocturne était parfaitement dégagé et parsemé d'étoiles.

À l'étage au-dessus, j'entends la voix de Jeanne, et bien que je ne distingue pas vraiment ce qu'elle dit, son ton est celui de la peur, ou de la colère. *C'était quoi, ce bruit ?* Le cœur battant à tout rompre, je me lève et enfile mon peignoir. Les Langevin ont pris les chambres à l'étage, nous celles au rez-de-chaussée. Je vais faire un tour en bas sur la pointe des pieds, mais les filles et le docteur Curie dorment à poings fermés.

La maison est silencieuse. Je regagne ma chambre. Sans doute ai-je rêvé. Quoi qu'il en soit, je suis complètement réveillée.

J'allume la lampe et regarde la montre de Pierre, la seule relique que je me suis autorisée à garder de lui et que j'ai en permanence sur moi. Il est presque cinq heures du matin – inutile que je me rendorme. Je prends mon carnet et sors sur la terrasse à pas de loup. Je travaillerai à la lumière de la lampe, puis je verrai le soleil se lever et profiterai du calme avant le réveil des enfants.

Je suis là depuis quelques minutes quand la porte s'ouvre, ce qui me fait sursauter. Paul sort de la maison, la tête à moitié recouverte d'une serviette. En levant la lampe, je vois que du sang coule au-dessus de son œil droit et sur sa joue.

« Paul ! Qu'est-ce qui t'est arrivé ? » Le bruit énorme… La voix de Jeanne… Mais je ne vois pas le rapport avec le sang sur son visage.

« Jeanne a piqué une colère », murmure-t-il d'une voix résignée. Il tente d'esquisser un sourire. « Le vase s'en est moins bien sorti que moi ! »

Je me lève et approche la lampe de son front pour examiner sa blessure. Tout doucement, je retire la serviette – des éclats de verre sont enfoncés dans son cuir chevelu. Après les avoir enlevés délicatement un à un, je regarde de nouveau. « J'ai une aiguille et du fil dans ma chambre. Je peux te recoudre ça, si tu veux.

— Non. » Il referme ses doigts sur les miens. Je les lui serre doucement avant de les lâcher. Il touche son front en grimaçant. « Ça va aller.

— Paul, tu saignes !

— L'entaille n'est que superficielle. Ça va aller, je t'assure. »

Il s'assoit en soupirant, puis presse la serviette sur sa blessure jusqu'à ce que le sang cesse de couler. Je voudrais lui demander pourquoi Jeanne s'est mise en colère, comment ce vase a atterri sur son front. Et si c'est elle la cause de cette noirceur qui l'écrase, de son besoin de contempler la mer tout seul l'après-midi. Mais je me mords la langue. Jeanne est mon amie. Paul est mon collègue et aussi mon ami. Je n'ai pas à me mêler de ce qui se passe entre eux deux.

« Sur quoi travailles-tu ? me demande Paul, qui change de sujet en montrant mon carnet.

— Le polonium, dis-je dans un soupir. Ces dernières années, tellement de travail a été fait sur le radium… Du bon travail. Je me suis concentrée là-dessus. Mais j'ai donné ce nom au polonium en hommage à mon pays et, depuis, tout le monde l'a oublié. Je rêve de mener une étude qui permettrait de déterminer sa désintégration alpha.

— C'est ce que j'ai toujours admiré chez toi, dit-il tout bas. Tu n'abandonnes jamais, Marie ?

— Je suppose que non. Ou… peut-être que je ne peux pas. » La chose la plus importante que j'ai désormais, c'est mon travail. Je n'imagine pas une vie sans cela qui aurait du sens.

« Quand Pierre est mort… » Paul s'interrompt. Il doit se rappeler que je n'aimais pas qu'on prononce son nom juste après sa mort.

Maintenant que du temps a passé, je veux de nouveau entendre son nom, parler de lui, me souvenir qu'il était bien réel, vivant, beau et brillant. Et qu'il était à moi. Mais plus personne ne parle de lui. « C'est bon, tu peux le dire, Paul… Je t'en prie.

— Quand Pierre est mort, j'ai admiré ta force, reprend-il d'un ton mélancolique. Tu étais là, toute seule avec tes deux petites filles, tu aurais pu accepter une pension de veuve de l'université et vivre confortablement, mais tu as préféré reprendre le poste de Pierre. Et tu en as fait le tien. Tu as fait de ce travail le tien. Tu es courageuse et incroyable, Marie ! »

Aucun autre scientifique ne m'a jamais vue ainsi. Excepté Pierre. « À moins que je ne sois folle et insensée ! »

Paul sourit. « Est-ce que nous ne sommes pas tous fous et insensés de travailler de longues heures ingrates dans un laboratoire en poursuivant quelque chose que personne à part nous ne voit vraiment ? » Je lui souris à mon tour. C'est la vérité. « Tu m'en diras plus sur le polonium ? » C'est une simple requête, d'un scientifique à une autre, mais sa voix est douce et claire, et sa question chargée d'un poids. C'est comme s'il m'interrogeait sur moi, sur mon cœur.

« Oui, bien sûr. Que veux-tu savoir ?

— Tout. » Il le dit dans un souffle et, l'espace d'une seconde, je songe à Pierre, à ce premier soir où je l'ai rencontré dans la suite d'hôtel des Kowalski, quand il était haletant et fasciné par mon travail. Paul a un peu cet air-là. Il veut savoir et comprendre qui je suis réellement derrière tout le reste. D'un seul coup, je me sens plus légère que je ne l'ai été depuis très longtemps.

Je lui montre les notes que j'ai prises dans mon carnet pendant l'été. Ce qui me fascine dans le polonium, lui dis-je, c'est sa façon d'exister dans la pechblende avec le radium, alors que ses propriétés ne pourraient être plus différentes. Je soupçonne la dégradation alpha d'être aussi radicalement différente. Cependant, je n'ai encore eu ni le temps, ni l'espace, ni l'argent qui permettraient de le démontrer, et le polonium est devenu un élément à quoi je pense uniquement quand je ne m'occupe pas du radium. « Le polonium devrait être autant révéré que le radium, dis-je avec insistance. Ou alors, je les ai mal nommés au départ. Je voulais honorer ma patrie, lui donner… quelque chose.

— On peut faire sortir une scientifique de Pologne, mais on ne peut pas faire sortir la Pologne de la scientifique », plaisante Paul.

Je ris, ravie qu'il me comprenne aussi bien. Le soleil a commencé à se lever. Je referme mon carnet. Le ciel s'embrase de rose et d'orangé, mais la lumière est encore trop faible pour éteindre la lampe. Je l'approche du front de Paul. Il avait raison. Le saignement s'est arrêté. L'entaille n'est que superficielle.

Jeanne a beau me dire tout le temps que Paul est cruel, je me demande si ce n'est pas elle qui l'est. C'est étrange qu'on ne puisse jamais vraiment savoir ce qui se passe dans la vie des autres ou dans un couple, même quand on a été voisins pendant des années, et amis plus longtemps encore. Même ici, en vivant avec eux cet été, je ne comprends pas très bien Jeanne ou Paul, ni leur couple.

Paul me sourit d'une façon qui fait remonter sa moustache en guidon de vélo. Je ressens le curieux désir de la toucher du bout de mes doigts, mais je me retiens.

Il réagit le premier, me prend par l'épaule en m'attirant vers lui. Jamais nous ne nous sommes touchés de cette manière. Mais, au lieu de reculer, je me laisse aller contre lui, et nous restons là un moment sans bouger, en regardant la mer scintiller sous le soleil levant. Paul a raison. C'est réellement apaisant.

« Quand on sera rentrés à Paris, tu devrais venir dans mon labo, finis-je par lui dire. Je te montrerai mes études sur le polonium.

— Oui, j'aimerais bien, rétorque-t-il, la voix un peu rauque. J'aimerais beaucoup venir dans ton labo. »

Six mois plus tard, au trimestre du printemps 1909, nous renonçons à notre coopérative d'enseignement. On est tous trop pris par le travail pour continuer à faire la classe à nos enfants. J'ai beau éprouver un bref moment de tristesse, je me sens surtout soulagée – je suis tout le temps épuisée –, et je trouve une meilleure école où inscrire Irène que celle où elle allait précédemment. De toute façon, il faudra qu'elle ait reçu une éducation officielle pour entrer plus tard à l'université. Et sans les cours des enfants à préparer en plus, je peux me concentrer uniquement sur mon enseignement à la Sorbonne et mes recherches au labo.

Bien qu'on ne fasse plus la classe ensemble, Jean Perrin, Paul Langevin et moi continuons à déjeuner souvent tous les trois près de l'université. Mais au lieu de parler emploi du temps et enfants, on discute de nos cours et de nos travaux scientifiques. Puis, à l'automne 1909, Jean devient si occupé – il veut vérifier les prédictions d'Albert Einstein sur la théorie atomique – qu'il reste travailler dans son labo à l'heure du déjeuner. Paul et moi prenons une table tranquille près de la fenêtre du bistrot, où certains jours nous nous attardons devant un café en conversant jusqu'à une heure avancée de l'après-midi.

Dans les mois qui ont suivi l'été à Arromanches, il a pris ma proposition au mot en venant de temps en temps dans mon labo. Et pendant nos déjeuners, il m'interroge toujours sur mes recherches, veut savoir si je progresse, pas seulement sur le polonium mais aussi sur le radium. Récemment, j'ai essayé d'obtenir du radium à l'état métallique, et il me demande chaque jour ce que donnent mes résultats. Tous les matins, j'attends avec impatience de parler avec lui au déjeuner et de répondre aux questions qu'il me pose.

« Viens travailler à plein temps dans mon labo. » C'est ce que je le supplie de faire un après-midi glacial de la fin novembre. J'ai des assistants, des étudiants, mais pas de véritable partenaire. Ne pas avoir de partenaire me manque terriblement.

Paul sourit. « Et qui achèvera mon étude sur les ondes ultrasonores, Marie ? »

Il a ses propres recherches, c'est vrai, et sans doute est-ce égoïste de ma part de vouloir qu'il participe aux miennes à mes côtés. Mais elles pourraient devenir les siennes, les nôtres. « Peut-être l'année prochaine… Quand tu auras terminé ton étude. »

Il a une expression si étrange que je ne sais pas ce qu'il pense. Puis il pose sa main sur la mienne, comme il en a pris l'habitude depuis quelque temps. Un geste familier, suffisamment amical pour que je ne me dise pas que je devrais retirer ma main, ou que c'est inconvenant. Il le fait en général lorsqu'il veut souligner un point ou m'interrompre pour me poser une question. Là, ses doigts s'attardent sur mon poignet quelques secondes de plus que d'habitude, puis il caresse ma paume avec son pouce. « Je ne peux pas travailler avec toi, dit-il tout bas.

— Pourquoi ?

— Il me serait impossible d'être aussi près de toi en permanence et de ne pas tomber amoureux.

— Amoureux ? dis-je en m'esclaffant. Mais je te parle de science, Paul !

— Moi aussi », répond-il avec le plus grand sérieux.

Un soir de la mi-décembre, je reste au labo beaucoup trop tard. Au déjeuner, Paul m'a donné une idée – pourquoi ne pas utiliser l'électrolyse pour essayer de transformer le radium en métal ? Et j'ai passé la suite de la journée à voir si ça pourrait marcher. Mais j'ai mal au dos d'être restée de longues heures debout et je ne peux pas m'empêcher de bâiller. Dehors, il neige. Je sais que le trajet à pied jusqu'à la gare sera long, glissant et glacial. La montre de Pierre m'indique qu'il est déjà plus de huit heures.

Alors que je ne m'y attends pas du tout, on frappe à la porte – un de mes assistants a dû oublier quelque chose ou n'a pas pu rejoindre la gare à cause de la neige. Mais au moment où j'ouvre la porte, j'aperçois Paul, son chapeau et son gros pardessus en laine blanchis de flocons. « J'ai vu de la lumière derrière la fenêtre, s'excuse-t-il.

— Tu es venu travailler avec moi ? » Ma voix laisse percevoir ma joie. Je le tire par la manche pour qu'il se mette à l'abri. Il referme la porte derrière lui, et, pendant un instant, je le regarde. Il demeure planté là sans enlever son manteau.

« Je ne sais pas pourquoi je suis ici, murmure-t-il. Je… je n'avais pas envie de rentrer chez moi. »

Je repense à ce matin à Arromanches, aux minuscules éclats de verre que j'ai ôtés de ses cheveux. Aucun de nous n'en avait reparlé, et le lendemain matin, Jeanne s'était comportée comme d'habitude, avait bu du café avec moi en parlant des enfants. J'avais voulu l'interroger sur ce qui l'avait poussée à briser un vase sur la tête de son gentil mari. Mais comme ce qui se passait entre eux ne me regardait pas, je m'étais abstenue.

Bien que l'entaille ait depuis longtemps guéri, soudain, je lui touche la tempe. Sa peau est froide et mouillée à cause de la neige. Il saisit ma main et la laisse là sur son front. Mes doigts me brûlent. Je me penche vers lui, et il fait si froid ce soir dans le labo que son haleine se fige dans l'air.

Je n'ai connu aucun homme depuis Pierre. Je n'en ai pas eu envie jusqu'à cet instant. Je me souviens de ce que Paul m'a dit – s'il venait travailler ici, il tomberait amoureux de moi. Je me demande si l'amour et la science sont pour moi la même chose.

Nos visages sont si proches que je sens son souffle sur mes lèvres. Je pense alors à Jeanne, qui l'attend dans la cuisine boulevard Kellermann. « On ne devrait pas », dis-je tout bas. Mais je tremble, et mon cœur bat très fort. Je passe mes doigts sur sa joue, suis le contour de sa bouche.

« Une fois, murmure Paul. Juste une fois. »

Puis mes lèvres sont sur les siennes. Tout mon corps est brûlant de désir. Je ne peux pas m'éloigner. Je ne veux pas m'éloigner.

Marya

Cracovie, Pologne autrichienne, 1909

Dans son traité sur l'élasticité, Kaz postulait l'idée que les matériaux étaient élastiques si, et seulement si, ils revenaient à leur forme originelle après qu'on les avait éloignés de toutes forces extérieures. Selon sa définition, notre couple lui aussi était *élastique*. Les années, les choses qui nous étaient arrivées comme celles que nous avions faites lorsque nous étions à Loksow nous avaient façonnés, transformés et modelés en quelque chose de méconnaissable. Mais à présent, dans une nouvelle ville, dans une nouvelle vie, loin de tout et de tout le monde, nous étions redevenus un homme et une femme qui s'aimaient.

À Cracovie, on louait une maison en brique tout près de l'université Jagellonne, où Kaz donnait deux cours de mathématiques chaque trimestre et disposait d'un laboratoire pour continuer ses recherches sur l'élasticité. Nous avions à l'arrière un petit jardin, où nous commençâmes à cultiver des laitues et des herbes aromatiques, et assez d'argent pour inscrire Klara dans une école primaire privée, ainsi qu'à des leçons de piano hebdomadaires.

Nous n'avions pas encore les moyens d'avoir un piano à la maison, mais nous économisions dans ce but.

Le matin, je préparais le petit déjeuner, embrassais Kaz avant qu'il parte travailler, puis j'accompagnais Klara à l'école, et ensuite, seulement ensuite, je ressentais ma propre élasticité. À Cracovie, les soucis liés à l'argent et au fait que les Russes soient opposés à l'éducation des femmes n'existaient pas. Et j'étais toujours la même vieille Marya, à l'esprit fébrile et assoiffé d'apprendre, avide de plus.

Au début, j'espérais ouvrir une succursale de mon université à Cracovie. Instruire des jeunes femmes m'était apparu à Loksow comme le travail de ma vie. Cependant, se lancer ici était très compliqué. Tout d'abord, rencontrer des personnes partageant la même vision des choses dans une nouvelle ville n'était pas facile. La plupart du temps, on me présentait aux épouses des hommes qui enseignaient dans le département de mathématiques avec Kaz, lesquelles ne voulaient parler que de leurs maisons, de leurs enfants ou de leurs maris. Dès que j'abordais le sujet de l'amélioration de notre éducation, elles riaient, ou me regardaient d'un œil bizarre, comme si je les mettais mal à l'aise. Autant dire que je ne me fis aucune amie au cours de ces premiers mois à Cracovie.

Néanmoins, le plus gros problème était que, ici, mon école ne répondait pas à un besoin comme dans la Pologne placée sous contrôle russe. Les femmes étaient libres de s'inscrire à l'université Jagellonne depuis 1897. En 1906, l'université avait même engagé la première femme professeure. Un jour où je l'interrogeais à ce propos, Kaz me dit qu'elle enseignait à la faculté des sciences, mais qu'il ne l'avait pas encore rencontrée. Cette femme me donnait l'impression d'être une créature mythique ! Et certains matins, après avoir déposé Klara à l'école, je rentrais chez moi en effectuant un long détour par le bâtiment des sciences dans l'espoir de la croiser par hasard. Ce qui était absurde, étant donné que je ne savais pas du tout à quoi elle ressemblait. Comment aurais-je su si je passais près d'elle ?

Chaque semaine, j'écrivais à Hela en la suppliant de m'envoyer autant d'articles récents qu'elle le pourrait, de façon à continuer au moins ma formation scientifique de mon côté. Mais elle était tellement occupée à rédiger la synthèse de ses découvertes sur le magnétisme élémentaire avec Jacques que ses lettres et ses colis de revues scientifiques arrivaient moins fréquemment que du temps où je vivais à Loksow.

Notre maison était située dans la rue Gołębia, et, là encore, que la rue ait le nom d'un oiseau semblait adapté – un pigeon, pas un moineau. Les pigeons que je voyais à Cracovie ne volaient pas tous. Ils se pavanaient tranquillement sur les trottoirs en picorant les miettes que laissaient tomber les passants.

Au printemps, on acheta un piano. Klara n'arrêtait pas de jouer. Dès qu'elle se réveillait le matin, elle courait s'exercer et, à peine rentrée de l'école, elle recommençait. Le soir, je devais me fâcher pour qu'elle fasse ses devoirs, sans rien lui laisser voir du coup de poignard que je ressentais dans le ventre quand elle me disait : « Pourquoi, Maman ? Les sciences et les maths m'ennuient. J'aime mieux jouer du piano !

— Tu en rejoueras après avoir appris tes leçons, lui répondais-je. Je vais t'aider pour les maths et les sciences. » J'étais peinée que ce moment de la journée que je préférais soit celui qu'elle détestait.

Cependant, je ne pouvais nier que Leokadia avait vu juste à propos de son talent. Au bout de seulement deux ans de leçons, ses petits doigts d'enfant de six ans voletaient sur les touches d'une manière qui me fascinait. Et un jour, sa professeure, une vieille dame recommandée à Kaz par un de ses collègues dont la fille était son élève, nous dit que l'on devrait chercher quelque chose de mieux pour Klara, comme une école de musique professionnelle.

« Est-ce qu'il existe ce genre d'école à Cracovie ? » lui demandai-je avec une réelle curiosité. Je n'avais rien connu de tel à Loksow ou à Varsovie. Et certainement pas un endroit qui serait ouvert aux petites filles.

Elle acquiesça. « Il n'y a qu'un seul institut qui accepte les filles, Chernikoff. Et il est très difficile d'y entrer.

— Ah… » Je haussai les épaules d'un air déçu, même si, à la vérité, et bien que Klara adore le piano, je continuais à espérer qu'elle tomberait amoureuse de la science. Et puis, à six ans, elle était encore très jeune. Qu'elle prenne des cours de façon informelle avec Pani Lebowska me convenait parfaitement.

« Mais Klara est spéciale, ajouta la professeure d'un ton prosaïque. Elle va travailler encore un peu, et je lui arrangerai une audition. »

« J'ai une surprise pour toi ! » annonça Kaz un soir en rentrant du travail, au début de notre deuxième automne à Cracovie. Klara s'entraînait en vue de son audition.

Les sons mélodieux de son piano résonnaient dans toute la maison.

Il entra dans la cuisine, où j'étais en train de préparer le dîner, posa son chapeau sur la table et m'embrassa en me soulevant dans ses bras. « Viens, c'est devant la porte… » Il me tendit sa main, mais j'hésitai, de peur de laisser brûler le dîner. « Allez, Marya, viens avec moi ! »

Je m'essuyai les mains sur mon tablier avant de le suivre, et à l'instant où il ouvrit la porte d'entrée, j'aperçus sur le perron une bicyclette d'un rouge éclatant.

« C'est quoi ? » Je passai mes doigts sur le guidon. Je n'avais pas fait de bicyclette depuis des années, depuis ce magnifique été à Paris, quand ma nièce Marie était née, et où je m'étais promenée partout avec Pierre.

« J'ai écrit à tes sœurs en leur demandant ce qui te ferait plaisir… Je sais que l'année passée n'a pas été facile pour toi à Cracovie, que tes amies et ton travail te manquent… mais je voudrais que tu sois de nouveau heureuse. Bronya et Hela m'ont répondu toutes les deux que tu aimerais avoir une bicyclette. »

C'était un cadeau attentionné – en tout cas, il avait voulu qu'il le soit. Pourtant, j'éprouvai une sensation désagréable au creux du ventre. Mes deux sœurs croyaient-elles que c'était tout ce dont j'avais besoin pour être heureuse ? Et Kaz croyait-il sincèrement que cela assouvirait mon désir d'apprendre, mon envie d'aider les autres et d'améliorer le monde ? *Une bicyclette ?*

Je dis simplement : « Kaz, ça coûte beaucoup trop cher ! »

Il se pencha et m'embrassa sur le front. « Mais tu le mérites, *kochanie.* »

La semaine suivante, à la grande satisfaction de Kaz, je me promenai à vélo dans Cracovie pendant qu'il était au travail, et Klara à l'école. J'explorai les sites historiques, les musées, le château royal et la Halle aux draps.

Je roulais en pédalant si fort que j'étais hors d'haleine et en sueur. C'était comme si ma vie défilait devant mes yeux : l'école et l'audition de Klara, ce vélo, mon jardin, la préparation du dîner familial… Ma vie s'étendait devant moi, longue, terne et fastidieuse, de sorte que je ne savais plus si ce qui mouillait mes joues était de la transpiration ou des larmes. Je pédalais encore et encore, de plus en plus fort, repoussais mes limites jusqu'à avoir l'impression que mon cœur allait exploser dans ma poitrine.

Que faisais-je ici ? J'avais seulement quarante et un ans et j'étais assoiffée de savoir. Comment Kaz ou mes sœurs pouvaient-ils penser qu'une bicyclette serait la solution ? Sans doute ignoraient-ils une chose que je ne leur avais jamais dite : ce qui m'avait tant plu à Paris n'était pas la bicyclette, mais les belles conversations scientifiques avec Pierre pendant nos balades.

Pierre.

Ces temps-ci, ses lettres étaient défaitistes. L'an dernier, il avait renoncé à la pechblende – il disait que c'était trop dur, trop de travail pour lui tout seul. Et récemment, Henri Becquerel avait découvert un nouvel élément, celui dont Pierre soupçonnait depuis longtemps l'existence. Cet élément, qui désormais aurait pour nom le *becquerelium*, était hautement radioactif, encore plus que l'uranium. Et Pierre se demandait s'il devait continuer dans la science. *Qu'ai-je fait de ma vie ?* m'écrivait-il.

Je lui envoyai une lettre en l'implorant de ne pas abandonner ses recherches scientifiques. Il pourrait peut-être assister Hela et Jacques en travaillant avec eux sur les aimants, le temps de trouver un nouveau domaine de recherche. *La prochaine fois sera différente*, lui assurai-je.

Pierre me répondit : *Et vous, Marya ? Que faites-vous à Cracovie de votre bel esprit brillant ? Il vous faut plus que du jardinage et des balades à bicyclette. Je le sais.*

Le lendemain, j'allai revendre ma bicyclette dans un magasin.

Les poches remplies de couronnes, je me rendis ensuite à la faculté, où je m'inscrivis à mon premier vrai cours universitaire. Le secrétaire ne chercha pas à savoir quelles étaient mes motivations, ni pourquoi une femme de mon âge s'intéressait à la science. Il se contenta de prendre mon argent, puis me pria de remplir une fiche d'inscription et de choisir mes cours.

Les mains tremblantes d'incrédulité et de joie, j'écrivis mon nom en haut de la fiche : *Marya Zorawska.*

« Quel cours donne la femme professeure ? » demandai-je au secrétaire. Je n'avais pas besoin de traverser l'université en espérant la croiser par hasard. Il me suffisait de payer et de suivre son cours. J'allais pouvoir apprendre avec elle !

Le secrétaire soupira avant de répondre – apparemment, je n'étais pas la première à lui poser cette question. « Introduction à la chimie. Le professeur Mazur. »

J'en avais probablement appris davantage toute seule que ce qu'on enseignait dans une *introduction* à la chimie. Néanmoins, je m'inscrivis à son cours, ainsi qu'à un cours de physique donné par un homme. Les deux avaient lieu à des heures pendant lesquelles ma fille serait à l'école. Que j'aille à l'université n'aurait aucun effet sur la vie et la routine de Klara ou de Kaz, en revanche, cela en aurait un radical sur la mienne.

Je remis les couronnes restantes dans ma poche et repartis à pied vers la rue Gołębia. J'avais mal aux jambes, j'étais fatiguée.

Mais peu m'importait. J'avais retrouvé mes ailes.

Marie

Paris, 1910

Au début de l'année 1910, je suis enfin sortie du long tunnel de chagrin et de solitude qui me paralysait. Et qu'est-ce qui m'attend au bout ? *Paul.*

Juste une fois, c'est le mensonge que nous nous sommes raconté l'un à l'autre ce premier soir passé ensemble en décembre. Mais une fois ne suffit pas. Nous nous accordons d'autres moments volés, tard le soir dans mon laboratoire. Cependant, cela non plus ne suffit pas. Je veux plus, j'ai besoin de plus.

Alors je loue un appartement tout en haut du 5, rue du Banquier, une sorte de discret pied-à-terre. C'est près de l'université, et pratique pour s'éclipser pendant les heures de travail.

De l'extérieur, l'immeuble en plâtre blanc est quelconque, avec un petit chiffre 5 gravé au-dessus de la porte d'entrée marron. L'appartement de deux pièces est au quatrième étage. J'explique au propriétaire que je compte m'y installer avec mes filles, qu'il me faut un second chez-moi plus proche de mon travail maintenant que mon beau-père est décédé. « Notre maison est à Sceaux, mais je travaille tout le temps dans ce quartier », dis-je avec nervosité pour me justifier.

Et c'est en partie vrai, sauf que la deuxième pièce n'est absolument pas nécessaire. Jamais je n'amènerai les filles ici. Elles sont à Sceaux avec leur gouvernante. Après le décès du docteur Curie, nous sommes toutes très tristes, mais nous nous consolons en nous rappelant qu'il a eu une belle et longue vie. Et j'ai fait en sorte que la routine quotidienne des filles reste inchangée. Je prends cet appartement parce que l'emplacement et le prix du loyer me conviennent, en dépit de la seconde pièce inutile. Et j'aime l'idée que, pour tomber sur cet endroit, il faut d'abord se donner la peine de monter quatre étages.

Paul rit quand je lui fais cette remarque, la première fois où nous nous retrouvons rue du Banquier pendant l'hiver 1910, quelques semaines après que les filles et moi avons accompagné le docteur Curie à sa dernière demeure. Peut-être est-ce la mort du père de Pierre qui m'a permis de finalement m'avouer la vérité : je suis tombée amoureuse de Paul. Nous partageons plus que des moments de plaisir fugitifs – quelque chose de l'ordre de la grandeur, la longévité et *l'importance*. À seulement quarante-deux ans, je suis trop jeune pour être une veuve le restant de ma vie. Paul est l'homme avec qui je veux être. Je veux qu'il soit mon partenaire au travail et dans la vie. Avoir avec lui tout ce que j'ai eu autrefois avec Pierre.

« Mais maintenant, c'est *nous* qui devons monter les quatre étages pour nous retrouver ! » rétorque Paul en riant, alors que je l'entraîne dans notre espace à nous. Mais je sais qu'il apprécie l'exercice physique autant que moi. Et je sens pratiquement le désir émaner de son corps, cet éclat iridescent qui rend ses joues plus rouges, ses yeux bleus plus clairs.

Dès que nous entrons dans l'appartement, je ferme la porte et l'attire contre moi. Mon cœur bat comme il ne l'a pas fait depuis ma jeunesse, depuis le jour où j'ai posé le pied à Paris, et où m'a submergée la joie de découvrir ce nouveau monde et cette nouvelle vie.

Paul m'embrasse. Je réponds à son baiser en tenant son visage entre mes mains. Ses doigts descendent sur les boutons de ma robe de labo et les défont lentement, un à un, avec la précision d'un scientifique. À l'instant où sa main fraîche touche ma peau, je suis brûlante de désir.

Nous nous retrouvons dans notre pied-à-terre tous les jours où nous pouvons nous absenter. Chaque fois que nos emplois du temps nous le permettent. Entre-temps, nous nous écrivons des lettres d'amour, que nous envoyons à l'appartement. Certains après-midi, si Paul ne peut pas se libérer, je viens m'allonger dans la chambre et lis les phrases magnifiques qu'il m'écrit.

J'aime autant ton corps que ton esprit, la courbe délicate de ton cou n'est sans doute surpassée que par la prose élégante de tes recherches. Ce papier que tu as écrit sur le chlorure de radium ! Je veux dévorer ton génie.

Un après-midi de la fin avril, nous sommes au lit, encore nus. La tête posée sur son torse, je dis : « Bientôt, peut-être que cet appartement sera vraiment le nôtre. »

Paul m'embrasse sur la tête. Sentir sa moustache sur mon front déclenche une onde de chaleur le long de mon dos. Il m'a déjà dit qu'il voulait quitter Jeanne, et qu'on se marierait bientôt, mais qu'il avait besoin de temps pour mettre ses affaires en ordre.

« Avec tous les enfants, il nous faudra un endroit plus grand, réplique-t-il.

— Oui, bien sûr. Mais les enfants peuvent vivre dans la grande maison à Sceaux. On aura besoin d'un endroit plus près du travail. Juste pour nous. Pour ces moments.

— Et une maison d'été à L'Arcouëst.

— L'Arcouëst ? Où est-ce ? » Je pose la question d'une voix ensommeillée, en me demandant si j'ai le temps de m'accorder une brève sieste avant de retourner au labo.

« En Bretagne, sur les falaises. Je t'en ai parlé dans ma lettre de la semaine dernière, tu ne te souviens pas ? C'est là que la moitié du département des sciences part en vacances cet été. »

Je me redresse en secouant la tête. Je n'ai reçu aucune lettre de Paul depuis des semaines – j'ai même pensé qu'il avait dû se lasser de m'écrire des lettres d'amour. « Tu ne m'as pas envoyé de lettre la semaine dernière…

— Mais si. Je l'ai donnée à poster à une domestique et… » Paul s'interrompt brusquement. J'ai la chair de poule à l'idée que Jeanne ait intercepté la lettre. Ces derniers temps, elle s'est montrée avec moi d'une extrême froideur. À l'occasion d'un dîner chez les Perrin boulevard Kellermann où nous étions toutes les deux présentes, elle s'est assise à l'autre bout de la table et a refusé de croiser mon regard. Mais j'avais interprété cette impression comme une manifestation de mon sentiment de culpabilité. La lettre s'est peut-être tout simplement perdue.

Dehors, il s'est mis à pleuvoir. La fenêtre est dégoulinante et pleine de buée, le ciel gris et flou. « Ta lettre finira sûrement par arriver ! » dis-je avec une gaieté forcée.

Trois jours plus tard, je pars très tard du labo. Alors que je sors dans la nuit sous le clair de lune, voir quelqu'un devant la porte me fait si peur que je pousse un petit cri. « Marie… » Jeanne m'interpelle avec amertume.

« Jeanne ? Tu m'as fait une de ces peurs ! » J'essaie de me ressaisir, de me rappeler que nous sommes censées être toujours amies, mais mes mains tremblent. « Il est tard… Est-ce que tout va bien ? »

Elle ne répond pas tout de suite. Je distingue ses traits dans la lueur du réverbère. Elle est calme, immobile. Puis elle sort une enveloppe de son sac et me la tend. *La lettre de Paul.*

Je déglutis péniblement. « C'est quoi ? » Je feins la surprise. *A-t-il écrit quelque chose de compromettant ?* Il m'a dit avoir parlé de L'Arcouëst, et il aurait pu le faire de manière factuelle, en évoquant tout le département qui se retrouve là-bas comme le feraient deux amis, deux collègues. Seulement, comme j'ai lu ses autres lettres, je devine que celle-ci sera fatale.

« Tu dois penser que je suis stupide », dit finalement Jeanne. Son ton est mesuré, ses mots sont neutres.

« Bien sûr que non, dis-je posément.

— Je ne suis pas une scientifique comme toi et Paul, mais tu crois que je ne sais pas ce que vous faites ? »

Je secoue la tête, comme pour lui faire comprendre qu'il n'y a rien entre nous, rien du tout. Mais je repense à ce que Paul m'a écrit dans une lettre sur les courbes de mon corps, comme elles excitent quelque chose en lui, un feu. Une lumière. *As-tu remarqué que les mots* radieuse *et* radium *ont la même racine ?* Je ferme les yeux et expire lentement.

« Tu vas quitter la France, reprend Jeanne avec calme.

J'ouvre les yeux. « Pardon ? » Et j'éclate de rire. « Pourquoi je partirais ? La France est mon pays. Mes filles sont françaises. Mon travail est ici…

— Tu vas quitter la France, sinon je te tue. » Sa voix est si calme, son comportement si paisible que ses paroles glissent sur moi avec une clarté effrayante. Et sur ces mots, elle s'en va.

Un jour, j'ai dit à Pierre que j'étais marquée par la mort. Toute ma vie, elle a plané sur moi, s'est accrochée à moi. Chaque fois que je crois aller bien et que la vie est belle, elle revient : ma mère et ma sœur, mon bébé, mon mari, mon cher et adorable beau-père… Cependant, jamais je n'ai été *menacée* de façon aussi directe, jamais je n'ai envisagé que ma mort survienne à brève échéance. Jamais je n'ai pensé que ma vie pourrait être en danger avant cet instant où Jeanne Langevin m'attend dans la nuit devant le laboratoire en serrant dans sa main la lettre de Paul.

Après qu'elle est partie, j'ai du mal à respirer. L'espace d'une seconde, je me demande si je n'ai pas imaginé cette rencontre, mais je tiens encore la lettre de Paul – la preuve est là, dans mes mains tremblantes. *Tu vas quitter la France, sinon je te tue.* Ce sont les mots que m'a dits Jeanne.

Qu'adviendrait-il de mon travail, de mon labo, si je devais mourir ? Et les enfants ? Mes filles ont perdu leur père et viennent de perdre leur grand-père. Que se passerait-il si elles me perdaient moi aussi ?

Je ne sais pas quoi faire. Je ne peux pas rentrer à Sceaux et oublier ce qui s'est passé. Ni aller à la gendarmerie. Que leur dirais-je ? *Cet homme dont je suis amoureuse… Sa femme a menacé de me tuer. Vous pouvez m'aider ?* Oh, si cela se savait, la presse adorerait !

Je regarde la montre de Pierre en caressant le verre lisse.

Que suis-je censée faire, Pierre ?

Je sens le tic-tac indifférent des aiguilles contre ma paume. Il est onze heures et demie. Malgré l'heure tardive, je me retrouve à marcher en direction du boulevard Kellermann. Revoir mon ancien quartier me remplit de regret, de nostalgie. Autrefois, dans ce qui me semble être une autre vie, Pierre et moi buvions du café ici dans le jardin en compagnie des Perrin et des Langevin, Jeanne et moi étions amies, nous parlions des enfants, elle m'apportait des citrons de son jardin…

Tu lui as pris son mari, mon amour. J'entends la voix de Pierre dans ma tête. *À quoi t'attendais-tu ?*

Mais leur mariage est fini. Elle ne l'aime même plus. Et il m'aime !

À onze heures et demie du soir, je me retrouve devant chez les Perrin. Ils habitent toujours là, et Jean reste un ami, comme il est l'ami de Paul et de Jeanne. Je remets la montre de Pierre dans ma poche. Me complaire dans une prétendue conversation avec un homme mort ne me fait aucun bien. Je sonne à la porte.

Jean vient ouvrir en robe de chambre, l'air inquiet. Et c'est seulement à l'instant où il dit « Marie, tu pleures » que je me rends compte que mes joues sont trempées de larmes.

« Je ne peux pas mourir… Je ne veux pas mourir…

— Calme-toi, dit-il gentiment en me faisant entrer dans la maison. Personne ne va mourir. »

Jean négocie un accord avec Jeanne. Elle me laissera en paix à condition que je me tienne à distance de Paul. Nous ne nous parlerons pas, nous ne nous écrirons pas, nous ne travaillerons pas ensemble.

J'accepte. Paul aussi. Mais pendant des semaines, je vais l'attendre dans notre pied-à-terre à l'heure du déjeuner. Il respecte sa partie de l'accord et ne vient pas me rejoindre. Je reste allongée sur le lit à l'attendre, j'ai froid, je me sens perdue et vide.

L'été arrive. Nous quittons Paris pour les vacances et allons finalement à L'Arcouëst, où Hela nous rejoint avec Hanna. Je souffre de ne plus voir Paul, je lui écris une longue lettre que j'envoie à notre appartement. Cet accord que nous avons passé est absurde, lui dis-je, il ne doit être que temporaire, en attendant qu'on trouve le moyen d'être ensemble.

Je ne sais pas, m'écrit-il une semaine plus tard. *Je suis trop débordé de travail pour te répondre en détail. Je t'écrirai plus longuement dès que je le pourrai.*

C'est bref et concis, néanmoins c'est une réponse, qui parle d'elle-même. S'il a reçu ma lettre, s'il l'a lue, c'est qu'il est venu à notre pied-à-terre en mon absence. Il pense à moi, il m'aime toujours, il veut que l'on soit ensemble. Et il est au labo en train de travailler, pas en vacances avec Jeanne. Cet automne, quand je rentrerai à Paris, nous trouverons une solution.

« Qu'est-ce qui te fait sourire ? » me demande Hela en revenant de la plage où elle a passé la matinée avec Hanna, Irène et Ève. Après toutes ces années, elle a réussi à vaincre sa peur de l'océan, mais je ne l'ai pas encore vue s'y baigner davantage qu'à hauteur de chevilles.

« Je travaille à la rédaction de mes découvertes sur l'obtention de radium à l'état de métal. » Et c'est vraiment ce que j'étais en train de faire avant que n'arrive la lettre de Paul.

« Mmm... Le travail, le travail, toujours le travail ! Pourquoi tu ne viens pas à la plage avec nous cet après-midi ? Tes filles disent qu'elles te voient à peine. »

Qu'elles me voient à peine ? Je note leur croissance dans mes carnets avec force détails, comme je le fais depuis leur naissance. Cet été, le corps d'Irène a commencé à se développer, Ève a grandi de deux centimètres, et elle prend des cours de maths et de sciences à ma demande, et de piano à la sienne. Je le dis à Hela qui éclate de rire. « Je ne te parle pas de leur croissance ou de leur développement ! Elles veulent juste passer du temps avec toi, profiter de ta compagnie... Viens à la plage avec nous ! »

Je ne vois pas l'intérêt d'y aller avec elles histoire d'être là alors que des idées se bousculent dans ma tête et que je dois les noter. « Je vois très bien la mer d'ici, dis-je en montrant la grande baie vitrée. Il faut que je travaille encore un peu avant le dîner. »

Hela me touche l'épaule en fronçant les sourcils. « Tu travailles trop. Un jour, tu cligneras des yeux, tes filles seront grandes, et tu te demanderas comment tu as pu rater tout ça. »

Mais je lui rétorque qu'elle dit n'importe quoi. Les filles se feront accompagner par elle et leur gouvernante polonaise pour aller à la plage. Elles n'ont pas besoin de moi quand elles sont dehors. Et en plus, je verrai tout le monde au dîner.

Marya

Cracovie, 1910

Klara fut admise du premier coup à l'Institut de musique Chernikoff, où, à seulement sept ans, elle était la plus jeune élève qu'ils avaient jamais eue. On y étudiait le piano avec une extrême rigueur – quatre à six heures de pratique et de théorie tous les jours, sauf le dimanche. Et je craignais que ce ne soit trop lourd pour ma délicieuse petite fille, mais elle insistait en disant que c'était ce qu'elle voulait et aimait plus que tout – plus que *n'importe quoi d'autre* au monde. Kaz décida que le prix élevé de l'inscription valait la peine, et j'acceptai qu'elle abandonne les cours de maths et de sciences, à condition que je continue à lui enseigner ces matières le soir.

« Tu penses vraiment qu'on devrait la laisser faire ça ? » Un soir, au lit, je fis part de mon inquiétude à Kaz, la veille du jour où Klara devait commencer à étudier dans le programme, en novembre. Il faisait beaucoup plus chaud à Cracovie qu'à Loksow, mais, depuis deux ans que je vivais ici, je m'étais adaptée au climat, si bien que, malgré la douceur des automnes et des hivers, j'étais gelée, et il me fallait une couverture supplémentaire, même pendant les nuits tempérées comme celle-ci.

« Tu imagines ? Si tes parents avaient eu les moyens de t'aider à réaliser tes rêves ? » murmura Kaz dans mes cheveux. Ses parents les avaient eus, et ils avaient fait le choix de ne pas l'aider après notre mariage. Il était arrivé là où il était par la seule force de son travail et de sa détermination. Et si mon père avait eu de quoi m'envoyer à Paris à la fin de l'école secondaire, je ne serais jamais devenue gouvernante et n'aurais jamais rencontré Kaz.

Je lui rappelai ces faits. « Je ne sais pas, dit-il en remontant la couverture et en me serrant plus fort. Je crois que je t'aurais rencontrée de toute façon, *kochanie*, quelque part, d'une manière ou d'une autre. »

Et même une fois qu'il fut endormi, que je l'entendis ronfler doucement près de moi, je me demandai si c'était vrai. Si, par-delà nos choix, ce que nous avions, ce qui nous était donné et ce que nous prenions ou pas, il y avait certaines personnes dans nos vies vers qui nous trouvions notre chemin, quoi qu'il advienne.

Je terminai mes premiers cours en obtenant les meilleures notes de ma promotion aux examens de chimie et de physique. Mais étant donné que l'argent qui restait de la vente de la bicyclette avait servi à inscrire Klara au Chernikoff, je ne retournai pas à l'université à l'automne.

La professeure Mazur remarqua mon absence. Un matin, une semaine après que Klara était entrée à sa nouvelle école, j'eus à la fois la stupéfaction et le plaisir de la voir venir frapper à ma porte. C'était une femme petite, plus petite que moi, qui portait ses cheveux noir corbeau en un chignon si serré qu'il tirait les traits de son visage, leur donnant en permanence un air interrogateur.

« Marya, êtes-vous souffrante ? me demanda-t-elle dès que je vins ouvrir.

— Souffrante ? Non, je vais très bien.

— Dans ce cas, pourquoi n'êtes-vous pas à mon cours ce trimestre ? » J'étais étonnée qu'elle s'en soit aperçue et soit venue chercher une explication. Mais il est vrai que j'avais été la seule femme dans son cours de chimie le trimestre précédent, et sa meilleure et plus vieille étudiante.

Je l'invitai à entrer et lui proposai un café, qu'elle refusa, puis nous nous installâmes au salon, où je lui expliquai que, comme ma fille allait dans une nouvelle école, je n'avais pas les moyens de m'inscrire à l'université et devais consacrer du temps à lui enseigner d'autres matières le soir. Par conséquent, il me serait impossible de venir étudier ce trimestre.

Elle se renfrogna. « Mais vous avez été tellement prometteuse, Marya... Vous pouvez très bien être à la fois une mère et une scientifique ! Je vous assure que c'est possible. J'ai moi-même deux filles. »

Elle disait cela comme si c'était facile, et que j'étais sans doute folle de penser le contraire. Mais vu qu'elle enseignait à plein temps et passait de longues heures au laboratoire, je supposai que ses filles étaient plus âgées que Klara, ou qu'elle payait quelqu'un pour s'en occuper. Je n'avais ni les moyens ni l'envie d'en faire autant. Klara était mon cœur, mon souffle. J'avais beau adorer la science, adorer apprendre, j'aimerais toujours ma fille davantage. Je ne voulais pas que quelqu'un l'élève à ma place.

Toutefois, flattée par son attention, je lui souris. « J'espère revenir l'automne prochain. D'ici là, j'arriverai peut-être à faire des économies. »

La professeure Mazur fronça de nouveau les sourcils, puis baissa les yeux sur ses bottines noires cirées. J'avais l'impression qu'elle n'était pas habituée à ce qu'on lui dise non, et je me sentais mal de l'avoir fait. Parce que, en vérité, je voulais continuer à aller à l'université. Rien ne me rendait plus heureuse et ne me comblait plus que d'apprendre, étudier, travailler. Rien, excepté Klara.

Elle releva les yeux. « Et si nous trouvions un arrangement ? J'ai besoin d'une assistante au labo, seulement je n'ai pas un sou pour la payer. Vous pourriez travailler dans mon laboratoire à titre bénévole, en compensation de quoi je demanderai à l'université de vous inscrire aux cours. »

J'ouvris la bouche pour répondre mais ne trouvai pas quoi dire. Personne ne s'était intéressé comme ça à mon éducation, pas depuis que Bronya et mon père m'avaient poussée à aller à Paris l'été où j'avais fait le choix d'épouser Kaz. Cependant, ça paraissait très lointain, comme un nuage dans ma tête, brumeux, flou et éphémère. Plus une sensation qu'un souvenir.

Un désir nouveau, quoique familier, bouillonnait en moi. Le laboratoire dont j'avais toujours rêvé de faire partie se trouvait ici à Cracovie, à ma portée.

« Réfléchissez, reprit la professeure Mazur. Parlez-en avec votre mari. » Elle se leva et me donna une petite tape sur l'épaule. « Ce serait dommage de laisser votre cerveau se ramollir. »

Puis elle disparut de façon aussi soudaine qu'elle était apparue.

Le laboratoire d'Ola Mazur travaillait sur la théorie de la combustion et de la détonation, que je trouvais tellement fascinante que je passai le reste de l'après-midi à rêvasser à toutes les expériences auxquelles on pourrait me demander de participer en tant qu'assistante de recherche. Mes pensées étaient encore pleines de flammes bleues et de chalumeaux lorsque j'allai chercher Klara à l'école, puis l'écoutai faire ses gammes pendant que je préparais le dîner dans la cuisine.

Si, comme me l'avait conseillé la professeure Mazur, je devais en discuter avec Kaz, il me faudrait faire preuve du plus grand tact. Il me demanderait à coup sûr comment je trouverais le temps de m'occuper de Klara, de lui, de la maison *et* du travail au labo. Mais je n'arrêtais pas de repenser à la remarque de la professeure : *Ce serait dommage de laisser mon cerveau se ramollir.*

J'envoyai un télégramme en urgence à Pierre en lui demandant son avis. Entre ses récents échecs et les succès de Hela et de Jacques, il avait passé la majeure partie de sa vie dans un labo. J'étais certaine qu'il saurait ce que je devais faire.

Il me répondit immédiatement.

La combustion ! Marya, vous devez y aller. Hela et Jacques sont ici, et ils sont d'accord avec moi. Hela dit qu'elle a rencontré Ola Mazur au congrès Solvay[1] *l'an dernier et qu'elle est brillante.*

---

1. Ces conférences scientifiques réunissaient à Bruxelles les plus grands savants du monde, grâce à la générosité d'Ernest Solvay, un chimiste et industriel belge qui avait fait fortune en inventant

(À propos de gens brillants, votre sœur et mon frère ont du succès avec leurs aimants. Vous ne trouvez pas difficile d'être apparenté à autant de génie ? Ou est-ce uniquement moi ?)

Tous les Curie vous transmettent leur affection. Pierre.

---

un nouveau procédé de fabrication de la soude. Elles se tiennent encore de nos jours.

Marie

Paris, 1910-1911

À la fin de l'année 1910, je pose ma candidature à l'Académie des sciences. Je le fais plus ou moins sur un coup de tête – un décès vient de libérer un siège. Mais ce n'est pas la première fois et ce ne sera pas la dernière. L'Académie est composée de vieux messieurs moribonds.

Un de mes assistants de recherche me dit : « Madame Curie, vous devriez essayer. Ils ont besoin de quelqu'un comme vous. » Il ne précise pas si c'est parce que je suis plus jeune, le seul Prix Nobel ou une femme.

Il est encore étudiant et a la naïveté de la jeunesse. Peut-être que je me laisse aveugler par sa naïveté. *Pourquoi pas ?* Et c'est ainsi que je présente ma candidature.

Mais peut-être que je me suis également laissé aveugler par le bonheur. Une nouvelle clarté sur mon avenir.

Cet automne, Paul et moi avons recommencé à nous retrouver à notre pied-à-terre, mais seulement une fois par semaine. Une petite heure volée sur les cent soixante-huit que compte ma semaine. Bien que ce ne soit pas suffisant, c'est le moment que j'attends avec le plus d'impatience. Tout au long de la semaine, je note des idées dont je veux lui faire part, des questions scientifiques à lui poser, et quand enfin nous nous voyons, je déborde de choses à lui dire.

Paul monte un dossier contre Jeanne en documentant les histoires d'abus avec son avocat. Et Jean Perrin a prévenu Jeanne que, si elle me menace encore, si elle tente quoi que ce soit de douteux à mon encontre, on l'arrêtera et on lui retirera ses enfants. Paul aura tout. Quoi que je puisse savoir par ailleurs sur Jeanne, je sais qu'elle adore ses enfants. Elle garde ses distances avec moi, et j'en fais autant.

Néanmoins, penser à elle, me rappeler comme nous étions amies autrefois me perturbe. Après la mort de Pierre, elle a été très gentille avec moi, m'apportait des plats pour les enfants. Je ne parviens pas à faire coïncider cette attitude avec la femme qui aujourd'hui me hait, qui m'empêche d'être avec Paul. J'essaie de ne pas penser à elle. Et puis quand je me rappelle qu'elle est *mariée* avec l'homme que j'aime, je sens un froid envahir ma poitrine qui me coupe la respiration.

Mais lorsque je suis avec Paul, je ne pense qu'à lui, au fait que je l'aime et qu'il m'aime. Une fois par semaine, lorsque nous nous allongeons sur le lit, Paul dépose des baisers le long de mon bras nu en murmurant : « Je t'aime, ma lumière rayonnante… » C'est comme ça qu'il m'appelle : *sa lumière rayonnante.*

J'imagine à quoi ressemblerait de l'avoir tout le temps avec moi, pas uniquement dans cet appartement mais au laboratoire, jour après jour.

« Bientôt », me promet-il.

Je m'accroche à ce mot, à cette promesse. Dès que notre heure est passée, je repars au labo, l'esprit frais et empreint d'une sorte de clarté, d'une nouvelle envie de travailler encore plus dur.

Croire que je vais être élue à l'Académie parce que mon travail le mérite est stupide. Au début du mois de janvier, juste avant que se tienne le vote, les journaux impriment des choses épouvantables à mon sujet, mentent en prétendant que, depuis la mort de Pierre, je n'ai rien accompli, et que je n'ai eu le prix Nobel que grâce à lui.

« Et que font-ils de l'année qui a suivi sa mort, où j'ai établi toute seule le poids atomique du radium ? » dis-je à Paul, gâchant notre unique heure de la semaine à me plaindre de ces articles calomnieux.

Il m'embrasse le visage. Je sais qu'il veut que j'arrête de parler et que je me déshabille, mais il est difficile d'aimer quelqu'un seulement une heure par semaine. De l'aimer sans pouvoir partager ses pensées, ses espoirs, ses rêves et ses inquiétudes. Toute la semaine, je les garde pour moi, et maintenant qu'il est là, tout se déverse sans aucune retenue.

« Ce sont de vieux messieurs, réplique Paul. Ils sont inquiets de voir une femme plus intelligente qu'eux bouleverser leurs vieux modes de pensée. Ne prête pas attention à ce que racontent les journaux… Ils cherchent juste à te faire renoncer. Reste forte, et continue à faire ton brillant travail.

— Tu crois que ça se résumera vraiment à mon travail ? » Je suis sceptique. Je regrette d'avoir postulé. C'est dur de voir tant de choses négatives et mensongères publiées dans les journaux, dur de n'avoir que Paul pour me rassurer pendant cette unique petite heure.

« Marie... » Il murmure mon nom d'une voix douce et m'embrasse sur la joue. « On n'a pas beaucoup de temps... Viens au lit. »

En janvier 1911, le vote a lieu. Je ne suis pas admise à l'Académie. Un homme, qui a la moitié de mes qualifications et vingt ans de plus que moi, est élu à ma place. Bien que ce ne soit guère surprenant, je suis plus déçue que je m'y attendais. Toute ma vie, on m'a dit non parce que je suis une femme. J'ai été sotte de croire que cette fois ce serait différent.

Néanmoins, le lendemain, je retourne au labo. Je vais travailler encore plus. Leur prouver qu'ils ont tort, comme je l'ai toujours fait.

Outre que je cherche toujours à établir la désintégration du polonium, je fais également les plans du nouveau laboratoire, plus grand, que l'université a accepté de me construire. Je continue à travailler sur le standard international du radium, et nous sommes si près du but que je sens presque le goût du succès.

Je montrerai à ces hommes de quoi je suis capable. Je le montrerai à tout le monde.

Le samedi de Pâques, Paul arrive à s'échapper l'après-midi. Je prends le train pour le rejoindre à l'appartement et, quand j'arrive, j'aperçois la porte entrouverte. Oublier de la fermer ne lui ressemble pas. Inquiète, je la pousse doucement. « Paul... Paul ? »

L'appartement est désert. Dans le salon, le tiroir où nous rangeons nos lettres est grand ouvert, et horriblement vide. « Il y a quelqu'un ? » Mon cœur bat à tout rompre, mais personne ne répond. Je vais voir dans les autres pièces. Personne.

Quelques instants plus tard, Paul entre et m'aperçoit. « Qu'est-ce qui ne va pas, ma lumière rayonnante ?

— Les lettres… Quelqu'un a dû fracturer la porte et… a volé toutes nos lettres ! »

Aussitôt, il s'assoit et devient blême. Il penche sa tête entre ses genoux comme s'il allait vomir, ou s'évanouir. Je lui frotte le dos jusqu'à ce qu'il se redresse. Je caresse son visage, sa moustache, ses lèvres.

Il m'embrasse tendrement. « Je dois y aller, dit-il tout bas.

— Mais tu viens juste d'arriver…

— Je suis désolé, Marie. Vraiment désolé. »

« Elle veut de l'argent. » C'est ce que m'annonce Paul la semaine suivante, lors de sa visite au labo à l'heure du déjeuner. Mes assistants le dévisagent d'un air intrigué. Il y a des mois qu'ils ne l'ont pas vu, depuis que Jeanne m'a menacée et que nous sommes convenus par l'entremise de Jean Perrin de ne plus nous voir. Je le prends par la main et l'entraîne à l'extérieur. Le soleil de midi est éclatant, aveuglant. Je me protège les yeux.

« Combien ?

— Cinq mille francs », répond-il tout bas en détournant le regard.

Je me rappelle avoir proposé un jour à Jeanne de l'aider si elle avait besoin d'argent, mais pas de cette façon. « Et si je la paie… elle acceptera de divorcer ? »

Paul me regarde, les yeux écarquillés, en secouant la tête. « Elle ne transmettra pas nos lettres aux journaux. »

Les journaux. Maintenant que l'Académie a voté et ne m'a pas élue, ils ont fini par cesser de publier des mensonges à mon sujet. Je repense à la poésie de ce qu'a écrit Paul sur mon corps dans ses lettres. Malgré la chaleur du soleil, je frissonne.

« Ils ont déjà essayé de te crucifier, toi, une femme qui a osé revendiquer un siège à l'Académie, dit-il. Alors imagine ce qu'ils feraient de ça ! »

Je ne veux pas l'imaginer. Je m'adosse au mur du laboratoire et prends ma tête entre mes mains. « D'accord. » Cinq mille francs est une grosse somme, mais ça ne va pas m'anéantir. « Je vais lui donner ses cinq mille francs.

— Et nous ne pourrons plus nous voir, ajoute Paul dans un murmure. Je ne peux pas prendre le risque de ce qu'elle serait capable de te faire maintenant qu'elle a ces lettres. Elle pourrait te ruiner… Et je t'aime, ma lumière rayonnante. Je ne me le pardonnerais jamais.

— Non. » Je refuse d'accepter cette condition. « C'est le fait de ne pas être avec toi qui me ruinera ! Nous garderons nos distances pour l'instant, mais je sais que nous serons bientôt ensemble. Je le sais.

— Marie… » Il le dit avec une douceur mêlée de tristesse, comme s'il psalmodiait un chant funèbre. « Marie, Marie, Marie… »

J'avais tort. L'amour et la science ne sont pas une seule et même chose. L'amour est allé et venu au cours de ma vie, en ne me laissant à la fin qu'une infinie tristesse. Kazimierz… Pierre… Et maintenant, Paul.

Mais la science est toujours là. Elle ne me quitte pas, ne m'abandonne pas, ne me fait pas souffrir, ne cesse pas d'avoir besoin de moi. Mon labo m'appelle et m'attend. Il est ma vie et mon chez-moi, la chose la plus vraie à laquelle je me sois jamais consacrée.

Jean Perrin m'informe que, en dépit de mes cinq mille francs, Jeanne Langevin continue à clamer partout boulevard Kellermann qu'elle voudrait me tuer. « Tu devrais partir pour l'été, me conseille-t-il gentiment. La laisser se calmer.

— Je l'ai déjà payée pour la calmer. En lui donnant l'argent avec lequel je comptais louer une maison en Bretagne pendant les vacances. »

Cependant, je me dis que Jean Perrin a raison, d'autant que Bronya me harcèle pour que j'amène les filles à Zakopane. Elle a toute la place qu'il faut. Il nous suffirait de payer le train. Ève n'est jamais allée en Pologne. J'imagine mes deux filles là-bas, heureuses et insouciantes, ramasser des myrtilles, faire du cheval au milieu des pâturages, respirer l'air de la campagne polonaise de ma jeunesse. J'écris à Bronya que nous viendrons.

À Zakopane, l'air de l'été est imprégné d'un délicieux parfum, la ville paraît très loin. Au moment où nous arrivons, Bronya et Lou sont dans la cuisine en train de manger des mûres qu'elles viennent de cueillir. Ma nièce a dix-neuf ans et est devenue une femme à part entière. Je crois voir la Bronya que j'ai connue à Varsovie il y a longtemps. Lou est plus musclée, a les joues plus rouges, mais les mêmes yeux envoûtants.

Pendant qu'Irène et Ève vont déballer leurs affaires dans leur chambre, je m'assois avec Bronya et Lou dans la cuisine, encore incapable de me débarrasser de ce brouillard qui m'enveloppait à Paris – les menaces de Jeanne, la douleur de ne plus voir Paul. Dans le train, j'ai pensé à tout ce que je voudrais partager avec lui concernant mes dernières découvertes sur la désintégration du polonium. Il serait emballé de ce que j'ai mis en évidence, à savoir que la demi-vie du polonium doit être nettement plus courte que celle du radium. Et maintenant que je ne peux plus lui parler, je ressens un vide résiduel.

« Tiens, mange une mûre, dit Bronya en m'en tendant une. Elles sont délicieuses. Je te promets qu'elles apaiseront ce qui te fait souffrir. »

Je refuse d'un signe de tête en repoussant sa main. Je n'ai pas faim.

« Il faut que tu l'oublies », murmure-t-elle. Je lui ai écrit ce qui s'était passé avec Paul, mais sans mentionner les menaces de mort ni les cinq mille francs. « Il est marié, ajoute-t-elle d'un ton implacable, inflexible.

— Jeanne ne l'aime pas comme moi ! » dis-je avec pétulance. J'ai beau m'entendre réagir comme une enfant, ça m'est égal. « Leur mariage est terminé. »

Bronya mange une mûre en fronçant les sourcils. « Mais elle est toujours sa *femme.* » Elle insiste sur ce mot, comme si je ne comprenais pas ce qu'il signifie. « Quoi qu'il arrive entre Mier et moi, je voudrais détruire toute femme qui croirait qu'elle peut l'avoir, qui s'imaginerait qu'elle peut me le prendre ! »

Lou enfourne une mûre dans sa bouche en pouffant de rire, peut-être à cause du ton sérieux de sa mère, ou du ridicule de ce qu'elle vient d'affirmer. Bronya, la gardienne, la médecin, ne pourrait jamais *détruire* qui que ce soit.

« Tu lui ferais du chantage ? Tu menacerais de la tuer ?

— Son mari lui est infidèle. Qui est le méchant dans l'histoire ? »

Mes joues s'enflamment à l'idée que ce serait moi *la méchante*. Veut-elle insinuer que Paul est le méchant ? J'ouvre la bouche pour lui dire ce que j'en pense. Que sait-elle ? Son mari est en vie et travaille à ses côtés. Ils mènent une existence simple et belle dans les montagnes. Mais je ne dis rien du tout parce qu'elle a sans doute raison. Dans une autre vie, dans laquelle Pierre n'aurait pas traversé devant un cheval par un après-midi pluvieux d'avril, Jeanne aurait pu être celle pour qui j'aurais eu de la sympathie, pas Paul. C'est dur de l'admettre, y compris à moi-même. Je ravale ma salive sans rien ajouter.

« Moi, je ne me marierai jamais ! » déclare Lou en se levant. Le pli sur le front de Bronya se creuse. Mais sa fille ne lui prête pas attention et l'embrasse sur la tête. « Je sors faire un tour », dit-elle, ennuyée par notre conversation. Je me souviens que Bronya m'a parlé de l'engouement de Lou et de Mier pour la randonnée après la mort de Jakub. Lou est une quasi-professionnelle. Elle connaît les Carpates par cœur. Mais Bronya voudrait qu'elle passe un diplôme de science.

« Lou, emmène-moi avec toi ! » Je la supplie parce que je veux partir. Oublier Jeanne, Paul et ce brouillard qui m'a enveloppée à Paris. Mais aussi parce que je sais que m'intéresser à ce qui passionne sa fille embêtera ma sœur et lui fera penser à autre chose qu'à ma vie amoureuse.

« Tu as envie de connaître les montagnes, *ciotka* ? s'étonne Lou. Maman dit que tu ne te sens bien que dans un laboratoire.

— C'est vrai ? dis-je en regardant Bronya, qui fronce toujours les sourcils. Ta mère ne se souvient sans doute pas que je me baladais partout à bicyclette dans la campagne française. Je crois très fort au pouvoir du grand air pour oxygéner le cerveau et rasséréner le corps. » Le formuler à haute voix me rappelle que c'est vrai.

Après avoir lacé mes bottines, je suis Lou sur le chemin, où nous grimpons et grimpons encore. Pendant un long moment, il n'y a plus que la conversation avec mon adorable nièce sur la nature magnifique qui nous entoure, l'air frais de l'été polonais, le ciel bleu immense au-dessus de nous, ma respiration laborieuse et la sensation que l'effort fait exploser mon cœur.

Marya

Cracovie et Zakopane, 1911

Juste avant Pâques, Leokadia vint donner un concert à Cracovie, invitée par l'Orchestre philharmonique. Sa popularité s'était étendue en Allemagne et en Autriche ces dernières années, et, en tant que Polonaise, elle était très demandée à Cracovie, une ville qui possédait la double identité polonaise et autrichienne.

Kaz donnait à ce moment-là une conférence à Bruxelles, mais je pris des places pour Klara et moi, et il était prévu que nous allions dîner avec Leokadia après le concert. Ma fille, folle de joie, passa la journée à s'essayer au concerto de Beethoven que Leokadia devait jouer le soir. Naturellement, c'était encore trop difficile pour elle, mais elle plissa son petit front de concentration et apprit les premières mesures en les interprétant à un rythme bien plus lent.

« Tu crois qu'elle se souviendra de moi ? » me demanda-t-elle alors que nous nous rendions au concert. La fin de journée était d'une grande douceur et embaumait. Les amaryllis roses qui commençaient à fleurir dégageaient un parfum divin. J'inspirai à fond, savourant le contraste avec ce que je respirais si souvent dans le petit laboratoire d'Ola Mazur lorsque nous travaillions côte à côte en utilisant des combustibles : des odeurs de fumée et de cendre, le tout brûlant. Même après être rentrée chez moi, l'odeur de brûlé restait incrustée dans mes narines. Aussi respirais-je lentement, voulant garder le parfum des amaryllis en moi à tout jamais. « Tu crois qu'elle se souviendra, Maman ? Ça fait très longtemps que je l'ai rencontrée. »

Dans la courte existence de Klara, sans doute cela faisait-il très longtemps. Avant le piano. Avant Cracovie. Elle devait avoir du mal à se rappeler notre ancienne vie, le petit appartement rue Złota à Loksow d'où l'on avait vue sur les cheminées d'usine, et les longues heures passées avec moi à mon école. « Bien sûr qu'elle se souvient de toi, *mój mały kurczak* ! répondis-je en replaçant une mèche échappée de sa natte. Je lui parle de toi dans les lettres que je lui écris. Elle est très contente de tes progrès au Chernikoff. »

En voyant son sourire, je décidai de m'en tenir à ce demi-mensonge. J'avais écrit à Leokadia que Klara était inscrite au Chernikoff, mais je n'y avais fait allusion qu'une seule fois. Nous ne correspondions plus assez souvent pour que l'une ou l'autre soit au courant des *progrès* de quiconque.

Je découvris ceux de Leokadia en lisant le programme avant le début du concert. Selon la notice biographique, elle avait vendu plus de disques que n'importe quelle femme pianiste polonaise dans l'histoire. Et elle faisait alors une tournée avec des orchestres symphoniques partout en Europe et en Asie.

Lorsqu'elle entra sur la scène, elle était comme toujours magnifique. Vêtue d'une longue robe d'un rouge scintillant, ses boucles blondes relevées en un chignon impeccable qui dégageait son beau visage, elle s'installa devant le piano. Après avoir entendu Klara s'entraîner durant des heures, je compris à quel point le jeu de Leokadia était divin, précis et passionné.

« Elle est très célèbre, Maman ! s'extasia Klara, les yeux écarquillés, quand nous allâmes la retrouver dans sa loge. Un jour, c'est moi qui serai sur cette scène !

— Tu as envie d'être célèbre, ma poulette ? » C'était une chose que j'avais du mal à comprendre. Toute ma vie, j'avais eu soif d'apprentissage, et de perfection, mais je fuyais l'attention.

« Non, ce que je veux dire, c'est que j'ai envie de jouer du piano comme elle, d'être la meilleure. »

Je lui souris et l'embrassai sur la tête. Klara était bien ma fille.

Puis Leokadia sortit de sa loge, le visage rouge et radieux, le front perlé de sueur, le chignon toujours aussi impeccable.

« *Moi kochani !* » s'exclama-t-elle en nous serrant dans ses bras. Elle se baissa un peu pour être les yeux dans les yeux avec Klara. « Oh, laisse-moi te regarder, ma petite amie pianiste… » Ma fille sembla ravie de cette attention. « Tu as tellement grandi… Et tu es aussi belle que ta maman !

— Bonsoir, Kadi », dis-je tout bas. Elle se redressa, me sourit, puis me reprit dans ses bras.

« Papa voulait venir, mais il est à une conférence à Bruxelles », lui expliqua Klara – Dieu sait pourquoi ! S'il avait été là, Kaz ne nous aurait pas accompagnées à ce concert.

Détournant le regard, Kadi changea de sujet en lui demandant quels morceaux elle travaillait au Chernikoff. Puis elle nous invita à la suivre à son hôtel, où elle nous avait commandé un repas.

Elle séjournait dans un bel hôtel en brique au bord de la Vistule, où elle occupait une immense suite dans laquelle il y avait son propre piano, ainsi qu'un dîner de poisson joliment disposé sur la table. Ce ne fut qu'en découvrant le luxe de sa suite que je pris conscience de l'ampleur de son succès. Le lire dans les notes d'une brochure était une chose, c'en était une tout autre de voir comment elle vivait et d'en faire l'expérience.

Après le dîner, Klara, repue, heureuse et épuisée, s'allongea sur le canapé du salon et s'endormit. Kadi nous servit deux verres de vin et me proposa d'aller parler sur le balcon.

« Je ferais mieux de ramener Klara à la maison, dis-je. Il est tard. » Mais ce n'était qu'une molle objection de ma part. Je pris le verre qu'elle me tendait. Klara avait quelques jours de vacances et Kaz était à Bruxelles. Nous n'avions aucune raison de nous dépêcher de rentrer.

« Comment vas-tu, Marya ? » me demanda Leokadia en s'installant dans un fauteuil. Je m'assis à côté d'elle. « Cracovie a l'air de te réussir.

— Ah oui ? » Je bus une gorgée de vin, un vin plus sec que je ne m'y attendais. « Sans doute. Je suis assistante de recherche dans un labo à l'université, où je travaille sur la combustion. Chaque jour est une explosion...

quasiment au sens propre ! » Je ris de ma plaisanterie. Leokadia sourit.

« Et tu continues à enseigner comme tu le faisais à Loksow ?

— Non, mais j'apprends tellement de choses... Je reviendrai un jour à l'enseignement, et j'aurai alors plus de connaissances à transmettre à mes élèves.

— C'est formidable, vraiment formidable, Marya, murmura-t-elle. Tu as toujours été la plus intelligente de nous toutes. »

Je ris avec gêne, songeant à quel point j'avais été *stupide* lorsqu'elle m'avait trahie, et que j'avais laissé la chose arriver juste devant mes yeux. Ce qui avait attiré Kaz vers Leokadia était sa passion, son désir de faire carrière, tout ce à quoi j'avais renoncé pour être avec lui. « Eh bien, regarde-toi, tu es une pianiste connue dans le monde entier !

— Mmm... » Elle se rembrunit et but un peu de vin en contemplant le ciel nocturne, la rivière et le centre de Cracovie qui étincelait devant nous.

« Tu n'es pas heureuse ? lui demandai-je. Tu as pourtant tout ce que tu as toujours voulu.

— Le bonheur, c'est quoi, en fait ? On peut aimer son travail, ou aimer sa famille, mais il est impossible pour une femme d'avoir les deux, de tout avoir. » Je pensai à Ola Mazur qui m'avait assuré qu'on pouvait avoir *et* un travail *et* une famille, même si je n'en étais pas aussi certaine. En tant qu'assistante, je partais du labo quand venait l'heure d'aller chercher Klara à l'école, tandis qu'elle restait souvent à travailler très tard après l'heure du dîner – parfois, jusqu'à environ minuit, me disait-elle. Comment ses filles se sentaient-elles, sans leur mère à la maison le soir ? « J'ai connu un grand succès dans mon travail, était en train de dire Leokadia. Mais c'est souvent solitaire. Dans cette grande chambre, on peut se sentir très seule…

— Tout de même, tu as vendu plus de disques que n'importe quelle femme en Pologne ! lui rappelai-je, répétant ce que j'avais lu dans le programme.

— En Europe, pas seulement en Pologne, rectifia-t-elle. Mais les ventes de disques ne vous tiennent pas la main et ne vous embrassent pas pour vous souhaiter bonne nuit.

— Non, j'imagine », dis-je avant de terminer mon verre de vin.

Deux mois plus tard, dans le paisible été de Zakopane, je ressentis une sorte de tourment. J'avais beau avoir tout un été devant moi avec Klara, mes sœurs, mes nièces et mon neveu, je repensais sans cesse à ce que Leokadia avait dit sur le fait qu'il était possible d'avoir un travail ou une famille, mais pas les deux. L'odeur de brûlé du laboratoire me manquait, de même que d'avoir les mains et l'esprit occupés toute la journée par les expériences de combustion. Kaz était resté travailler à Cracovie, tout comme la professeure Mazur – elle avait envoyé ses filles chez leurs grands-parents à Berlin et prévoyait de poursuivre ses recherches au labo. Mais lorsqu'elle m'avait demandé si je voulais rester, j'avais choisi Zakopane, Klara et ma famille.

J'appréciais le bon air et le soleil, de sentir la peau chaude et rougie de Klara contre moi le soir. Allongées dans le noir, nous évoquions les moments de ces journées estivales que nous avions préférés. Les miens étaient ceux que je passais chaque matin après le petit déjeuner à lui faire rattraper ses cours de maths et de sciences, les siens les heures qu'elle passait à se baigner dans le lac avec son cousin. À quinze ans, Jakub était très grand et ressemblait à mon père de façon étonnante, et je savais que s'amuser au grand air avec lui faisait du bien Klara. Quand elle me supplia au bout de quelques semaines de laisser tomber les cours de maths et de sciences pour aller dehors, j'acceptai.

J'en profitai pour lire les dernières recherches sur les principes de la combustion qu'Ola Mazur m'avait remises avant mon départ, ainsi que l'article publié par Henri Becquerel sur le becquerelium que m'avait envoyé Pierre, lequel était quelque peu désespéré de ne pas avoir été le premier à le faire.

Je me sentais idiote, mais je regrettais de ne plus avoir de bicyclette ; j'avais besoin d'exercice et de fatigue pour y voir clair dans mes idées et mes sentiments. Lorsque Lou arriva de Paris avec Hela, Jacques, Marie et Pierre, je lui demandai de m'emmener en montagne, pensant que cela m'aiderait à surmonter l'étrange sensation de vide que j'avais au creux du ventre.

« Tante Marya, je ne fais plus d'escalade ! s'esclaffa-t-elle. Il faut que je prépare mes cours du prochain trimestre. » Après s'être prise de passion pour la biologie dans mon école à Loksow, Lou faisait des études de médecine à Paris. « Et j'ai promis à Klara et à Jakub de leur apprendre à disséquer les grenouilles mortes qu'ils ont trouvées hier. »

Bronya sourit d'un air approbateur. Je ne pouvais pas m'opposer au fait que Lou allait injecter un peu d'amour de la science dans l'été de Klara, fût-ce sous la forme de cadavres de grenouilles.

« Moi, je veux bien venir avec vous », proposa Pierre en sortant de la cuisine, où il venait de prendre son petit déjeuner. Je ne m'étais pas rendu compte qu'il avait entendu notre conversation.

« Vous connaissez bien les Carpates ? » lui demandai-je d'un ton sceptique. Mon corps mourait d'envie de marcher, d'avoir mal et de grimper, oui, mais je ne voulais pas mourir en montagne !

Il sortit sa montre de gousset pour me montrer qu'elle était équipée d'une boussole. « J'aime bien explorer, et puis nous n'irons pas très loin… Quelqu'un d'autre veut-il venir ? » demanda-t-il en s'adressant à Bronya, Hela et Jacques. Mais personne n'en avait envie.

« Dites-moi, où est votre mari, cet été ? » m'interrogea Pierre, haletant, alors que nous commencions à monter. Nous n'étions pas allés très haut, mais la maison de Bronya et le sanatorium que l'on apercevait au loin ressemblaient à des jouets.

« Il a trop de travail à Cracovie. » J'étais un peu jalouse du fait que, parce qu'il était un homme, il était possible à Kaz d'accorder la primeur à son travail, et qu'on l'admire pour cette raison. Mais en même temps, j'étais désolée pour lui. Il ratait toutes ces belles journées en famille remplies de lumière, ne voyait pas notre fille nager et s'amuser avec ses cousins, ou disséquer des grenouilles. Pierre et moi venions d'atteindre un sommet. Nous étions tous deux si essoufflés que nous dûmes arrêter de parler, le temps de reprendre notre respiration tout en profitant du panorama. Debout au bord du précipice, je contemplai la magnifique vallée verdoyante en contrebas.

Pierre me rejoignit. « Cette dernière année, je me suis senti complètement perdu, m'avoua-t-il. J'ai participé à une séance de spiritisme pour demander à mon père ce que j'étais censé faire. » Hela m'avait écrit lorsque son beau-père était mort l'an dernier, et je savais que Pierre vivait tout seul dans la grande maison de Sceaux. Je songeai à Leokadia, qui se plaignait de ses grandes chambres d'hôtel solitaires. Mais elle, au moins, elle avait ses ventes de disques. Pour Pierre, ces pièces vides ne devaient faire qu'accentuer les échecs qu'il avait connus dans son travail ces dernières années.

En revanche, je n'étais pas au courant de ces séances de spiritisme, auxquelles, du reste, je ne croyais pas. « Et cette... *séance*, a-t-elle été couronnée de succès ? » demandai-je, ce qui le fit rire.

Il haussa les épaules. « Il voudrait que je me marie, que j'aie un enfant... » Je me mordis la lèvre, car, d'après ce que je savais du docteur Curie, il avait dû le lui dire clairement de son vivant. « J'ai cinquante-deux ans, enchaîna Pierre. Je suis désormais un vieux. Comment est-ce possible ? Pourtant, je me sens encore comme un jeune homme. Mais je ne sais pas si je trouverai un jour ma place dans ce monde... Il est peut-être trop tard. »

Il venait d'escalader cette montagne avec une telle férocité que j'avais eu de la peine à le suivre. Et bien que sa barbe soit plus grise qu'autrefois, rien chez lui n'évoquait un *vieux*. Pierre était un homme dynamique, débordant de vigueur.

« Il n'est pas trop tard, le rassurai-je. Il n'est trop tard qu'une fois qu'on est mort. Et vous êtes là avec moi, bel et bien en vie ! »

Il me tendit sa main. Je la pris. Sa peau était chaude, sa poigne ferme. Nous restâmes ainsi un petit moment avant de redescendre en nous soutenant l'un l'autre, ayant tous deux l'impression d'être au sommet du monde.

Marie

Bruxelles et Paris, 1911

Début novembre, je n'ai pas vu Paul depuis des mois lorsque je pars à Bruxelles au congrès Solvay. Je suis très heureuse d'y participer. Des physiciens de toute l'Europe viendront présenter leurs derniers travaux. Cependant, comme Paul, Jean et moi devons voyager ensemble, au moment de monter dans le train, l'idée de me retrouver si près de Paul me rend nerveuse.

Cet été, pendant que j'étais chez Bronya en Pologne, il ne m'a écrit qu'une seule lettre. Jeanne et lui ont eu une terrible dispute. Elle lui a lancé une assiette à la figure, et il est parti en vacances en Bretagne avec leurs deux fils aînés. Ensuite, malgré le fait que ce voyage avec les garçons ait été prévu plusieurs mois avant, elle a tenté de le poursuivre pour abandon.

Là, à l'instant où je le vois monter dans le train pour Bruxelles, je remarque qu'il a l'air fatigué. Il semble avoir vieilli de plusieurs années depuis le printemps dernier, quand il m'a réclamé cinq mille francs devant mon laboratoire. Je me touche la joue en me demandant s'il m'est arrivé la même chose. Je l'observe, mais il évite mon regard, puis va s'asseoir le plus loin possible au fond du wagon.

Pendant le voyage, je n'arrête pas de lever les yeux de ma lecture pour voir ce qu'il fait, mais pas une seule fois il ne regarde dans ma direction. Installé à mes côtés, Jean Perrin me parle de ce qui sera selon lui le clou de la conférence – il est impatient de discuter avec Albert Einstein, dont il a jugé le dernier article sur la théorie des quanta très intéressant. Et il continue à parler jusqu'au moment où nous arrivons tous ensemble à l'hôtel et montons dans nos chambres, alors que Paul et moi gardons le silence.

Ce n'est qu'une fois seule dans ma chambre que, adossée à la porte les yeux fermés, je m'autorise à verser des larmes. Paul et moi sommes là tout près l'un de l'autre, et je ne veux rien de plus que lui parler, le toucher. M'accrocher de nouveau à lui.

On frappe un coup discret à la porte ; la vibration dans mon dos me fait sursauter. J'ouvre et vois Paul sur le seuil, son visage reflétant la même tristesse que le mien, le même désir.

Il entre et referme aussitôt derrière lui. Nous nous jetons dans les bras l'un de l'autre de toutes nos forces. Je me délecte de la sensation familière de son corps, de l'odeur de clou de girofle de son tabac de pipe dans son cou. « Ma lumière rayonnante, murmure-t-il. Tu m'as tellement manqué ! »

Nous nous allongeons sur le lit sans nous déshabiller. Nous restons simplement enlacés, à nous dévisager, à parler tout bas de notre travail, de la vie que nous désirons toujours autant avoir ensemble. La semaine suivante, c'est mon anniversaire – j'aurai quarante-quatre ans. Il me dit que, quand j'en aurai quarante-cinq, nous trouverons un moyen d'avoir un avenir ensemble.

Il me le promet et me couvre le visage de baisers.

La semaine à Bruxelles est merveilleuse. Paul et moi parlons de physique avec nos pairs toute la journée et passons nos nuits dans ma chambre. Rien d'autre n'existe que la science, personne d'autre que nous.

Il reste deux jours de plus à Bruxelles où il doit donner une conférence. Le matin où Jean et moi reprenons le train, Paul m'embrasse tendrement sur les lèvres, un dernier baiser avant mon départ.

« Je n'ai pas envie de te quitter, dis-je en m'agrippant à lui. On ne peut pas rester ici comme ça pour toujours ?

— Je te le promets. Bientôt. »

Mais ce *bientôt* est une promesse intangible. Je sens déjà que le bonheur que nous avons connu cette semaine est une bulle fragile et éphémère qui va exploser.

Je m'accroche à lui encore un instant, puis j'attrape ma valise et je m'en vais. Une boule au ventre, je me retourne pour le regarder une dernière fois. J'ignore si la douleur que je ressens est du désir ou de la peur. Ou de l'espoir.

Arrivés à Paris, Jean et moi sommes accueillis à la gare par une étrange tempête de journalistes. À la seconde où nous descendons du train, ils se mettent à hurler : « Madame Curie ! Madame Curie !

— Personne ne s'intéresse à ce point au congrès Solvay, me dit Jean, intrigué.

— Madame Curie, quand votre histoire d'amour a-t-elle commencé ? Est-il vrai que vous et M. Langevin avez voulu fuir ensemble ? »

À la mention du nom de Paul, je suis prise d'une sueur glacée. « Qu'est-ce qui se passe ? » Je murmure à l'oreille de Jean, qui hausse les épaules sans comprendre.

Nous nous frayons un chemin parmi la foule sans dire un mot aux journalistes. Mon cœur bat trop vite dans ma poitrine. Mon mal au ventre s'accentue. Et soudain, j'aperçois une pile de journaux devant un kiosque de la gare. Je fais la une. Paul et moi faisons la une.

« Une histoire d'amour : Mme Curie et le professeur Langevin ».

Et sur un autre : « Romance au laboratoire – L'affaire Mme Curie et M. Langevin ».

J'achète plusieurs journaux avant que Jean nous trouve une voiture. Une fois à l'abri des cris des journalistes, je lis les articles, les mains tremblantes. Non seulement Jeanne a parlé de Paul et de moi à la presse, mais elle a montré nos lettres. Et elle a menti en racontant que nous avions pris la fuite sans que personne sache où nous étions partis.

Je n'arrive pas à le croire. Nous avions un accord. Je lui ai remis cinq mille francs. Puis je me sens coupable d'avoir donné un baiser à Paul en le quittant ce matin à Bruxelles. Jeanne n'a cependant aucun moyen de le savoir. Et nous participions à un congrès avec nos collègues. Nous n'avons pas pris la fuite.

Je jette les journaux par terre. Jean les ramasse et les lit à son tour. Il blêmit.

« Tout le département des sciences sait qu'on était à ce congrès », dis-je. Mais mon estomac se tord, et j'ai soudain la nausée. « Arrêtez la voiture… » Le chauffeur ne m'écoute pas. « Arrêtez-vous ! » Je hurle.

Nous nous arrêtons brusquement. J'ouvre la portière, descends en vitesse et vomis dans la rue. Le peu que j'ai avalé au petit déjeuner avec Paul gît liquéfié et putride dans le caniveau.

« On va recadrer la presse, dit Jean quand je remonte dans la voiture. Et tout ira bien. »

Mais ça ne va pas bien. Je ne sais pas si ça ira bien de nouveau un jour.

Les journalistes se rassemblent devant ma maison à Sceaux, telle une meute hurlante qui exige des réponses à toute heure du jour et de la nuit. J'essaie de les ignorer ; ils jettent des cailloux sur mes fenêtres. Mais comme je refuse de sortir, nous nous retrouvons enfermées chez nous telles des prisonnières. Je ne peux pas partir. Ni aller travailler.

Je tape une déclaration que j'envoie aux journaux, en expliquant que nous étions au congrès Solvay et que vingt autres physiciens peuvent en témoigner. Mais personne ne semble s'en soucier. Ils continuent à imprimer des histoires abominables les unes après les autres, me crucifient en me reprochant d'avoir une liaison avec un homme marié, de *ruiner* la vie de Jeanne et celle de ses enfants.

Je songe à ce que Bronya m'a dit cet été : « Qui est le méchant ? » Toute la France pense que c'est moi. J'aime Paul, et il est marié avec Jeanne. Mais leur mariage était terminé bien avant que Paul et moi ayons une histoire. Ce n'est pas la vie de Jeanne qui est ruinée, c'est la mienne. Chaque jour, la presse publie des choses de pires en pires à mon sujet :

Elle n'est pas du tout une scientifique.

Elle s'accroche à la célébrité de son défunt mari, elle n'a rien fait par elle-même.

C'est une amatrice et une briseuse de ménage.

Les membres de l'Académie l'ont rejetée – et à juste titre. Plus jamais ils ne l'accepteront !

Mais que disent-ils en réalité ? Que, parce que je suis une femme qui désire être aimée, je ne peux pas être une scientifique respectée ? En tant que femme, impossible de gagner. On ne peut pas tout avoir. La presse ne le permet pas. Et Paul ? Aucun journal ne mentionne que c'en est fini de sa carrière scientifique.

Je jette au feu tous les journaux, des mensonges sur des mensonges. Et je reste là à regarder s'élever les flammes, les mensonges s'embraser de bleu et d'orangé.

Quelques jours plus tard arrive un télégramme inattendu.

Irène, en larmes, s'est recroquevillée dans un coin du salon et lit les derniers journaux. Ève joue une chanson au piano, indifférente, ou insensible, ou trop jeune pour comprendre – j'ai du mal à savoir. Mon ventre me fait mal : depuis mon retour de Bruxelles, je peux à peine garder ce que j'ai avalé.

« C'est pour vous, madame Curie. » La domestique qui m'apporte le télégramme a les traits tirés et les mains tremblantes, comme si elle craignait que je ne lui en veuille des nouvelles épouvantables qu'il doit contenir.

Mais rien de tout cela n'est sa faute. Je la remercie et prends le télégramme. Je vois qu'il vient de Suède. Subitement, un souvenir me revient comme un coup de poing : Pierre arrivant en trombe au laboratoire il y a de longues années, à l'époque où je me noyais dans le deuil et le chagrin d'avoir perdu mon bébé et mon neveu. *Un télégramme de Suède, mon amour ! Ils nous donnent la moitié du prix Nobel pour nos travaux sur le radium. À toi et à moi. Une moitié de prix Nobel !*

Pierre est maintenant si loin que je ne me rappelle plus le son de sa voix ou le contact de ses mains, mais, d'un seul coup, tous mes sens sont inondés de lui si fort que je n'arrive plus à respirer.

C'est là devant moi, écrit sur le télégramme de Suède. Le prix Nobel 1911 m'a été attribué. En chimie, cette fois, en reconnaissance des avancées que représentent mes découvertes sur le radium et le polonium, l'isolement du radium, et l'étude de la nature et des composants de cet élément extraordinaire.

Les yeux brouillés de larmes, je lis et relis les mots sans y croire. J'ai envie de courir le dire à Pierre. *Regarde ce qu'on a fait, mon amour !* Mais je ne peux même pas sortir de chez moi, encore moins aller sur sa tombe. Avec tous ces reporters massés dehors, c'est impossible. De toute façon, ça n'a pas d'importance. Pierre est mort.

Et je me languis de Paul. Revenu de Bruxelles, il se cache quelque part en France – Jean Perrin ne m'a pas dit où et, même si je le savais, il me serait impossible de partir le rejoindre sans empirer plus encore la situation.

« C'est quoi, Maman ? » Irène se tient devant moi et me regarde de ses yeux inquiets en cherchant à comprendre la nouvelle que je viens de recevoir.

Je me tourne vers ma fille aînée. Grande, mince et sérieuse, elle a plus l'air d'une femme que d'une petite fille. Son regard intense me rappelle celui de son père. Mais elle n'est pas Pierre, elle est l'incarnation de ce que j'étais plus jeune. Et, comme moi, elle a des dispositions pour la science. Je lui tends le télégramme et lui laisse lire la nouvelle.

« Un autre Nobel ? Maman… c'est merveilleux ! » Ma fille, qui était en pleurs quelques secondes plus tôt, rayonne de joie. C'est étrange comme la vie peut être en même temps terrible et magnifique.

Une semaine plus tard, un autre télégramme de Suède me demande de ne pas venir à la cérémonie, prévue en décembre, où je dois recevoir mon prix. Jeanne a transmis toutes nos lettres à la presse, de sorte que la France entière peut les lire dans les journaux. C'est comme si tout le monde dans ce pays, voire dans toute l'Europe, connaissait nos pensées les plus intimes à Paul et à moi. En revanche, personne ne semble remarquer ou s'intéresser au fait qu'on m'a décerné un second prix Nobel. Non seulement je suis la seule femme à avoir eu cet honneur, mais la seule à l'avoir eu *deux fois*.

L'Académie suédoise n'en précise pas moins que toute cette presse embarrassante l'inquiète. Le comité craint que l'affaire ne me suive jusqu'en Suède et ne détourne l'attention des cérémonies. *Nous pensons qu'il serait préférable que vous n'y assistiez pas.*

Préférable pour qui ?

Je leur réponds que ma vie privée n'a rien à voir avec mes recherches scientifiques. Ils m'ont remis un prix, un prix que je mérite en raison de mon travail, et j'ai bien l'intention de venir le recevoir à Stockholm.

« Tu crois qu'ils seront fâchés contre toi ? » me demande Irène, à qui je montre l'échange de télégrammes. En l'espace de ces deux semaines passées piégées chez nous, pendant lesquelles j'ai dû me cacher des journalistes, coupée de mon laboratoire et du monde, et de Paul, ma fille est devenue plus que ma fille. Elle est aussi ma confidente.

« Irène, je suis une femme. Et j'ai reçu deux Nobel, soit deux de plus que la plupart des hommes de science n'en ont obtenu au cours de leur carrière. Et tu vois comment ils me traitent dans les journaux ? Ils continueront à m'attaquer avec méchanceté, feront tout ce qu'ils pourront pour m'abattre, pour essayer de m'anéantir. Je ne peux pas me préoccuper des gens qui m'en veulent. Ce prix, je le mérite. »

Irène se mord la lèvre en se retenant de pleurer, mais nous n'allons pas être tristes à cause de ces gens qui veulent ma ruine. Nous allons faire le choix d'être heureuses de ce que j'ai accompli. Et célébrer ma réussite.

« Pas de larmes, lui dis-je avec plus de gentillesse. Va préparer ta valise. Je t'emmène en Suède avec moi. Tante Bronya nous rejoindra là-bas, et vous assisterez toutes les deux à la remise de mon prix Nobel. »

Marya

Cracovie et Stockholm, 1911

En novembre, une lettre de Hela m'annonça la plus merveilleuse des nouvelles. Jacques et elle avaient obtenu le prix Nobel de chimie en récompense de leurs travaux sur le magnétisme élémentaire. Ce prix leur serait remis à Stockholm en décembre, et elle m'invitait avec Bronya à venir en Suède. Elle tenait tellement à notre présence qu'elle nous envoyait l'argent des billets de train.

J'étais folle de joie pour elle, pourtant je ressentais autre chose. Un peu de jalousie, ou d'envie. Et si j'étais allée à Paris de nombreuses années plus tôt ? Aurais-je pu accomplir tout ce que Hela avait accompli ? Me serais-je sentie plus heureuse, plus épanouie ? J'adorais ma vie avec Klara et mon travail au laboratoire, mais aurait-il pu y avoir pour moi davantage ?

Le lendemain, je parlai à Ola Mazur du prix attribué à Hela et à Jacques. Nous étions au labo, où nous tentions de condenser de l'hydrogène à l'état liquide dans une bouteille isolante. Récemment, la professeure Mazur avait reçu le financement de l'université qui lui avait permis d'acquérir des matériaux à Bruxelles lorsqu'elle s'était rendue au congrès Solvay, quelques semaines plus tôt.

« Marya ! » Ola Mazur me rappela à l'ordre en me faisant signe de tenir la bouteille sans bouger, comme elle me l'avait expliqué. Ce jour-là, nous portions des masques en plus de nos lunettes, si bien que sa voix était plus assourdie. Et nous avions éliminé toute flamme du labo, étant donné que, si nous menions à bien notre tâche, l'hydrogène liquéfié était extrêmement inflammable.

Je suivis ses instructions de façon précise, comme toujours, puis l'aidai à sceller la bouteille. Elle la plaça dans la chambre de refroidissement que nous avions fabriquée la semaine précédente, puis elle retira son masque et épongea son front en sueur d'un revers de bras. Ce fut à cet instant que je lui parlai de Hela.

« Le Nobel ? s'exclama-t-elle d'un air incrédule tout en me souriant avec chaleur. C'est merveilleux pour Hela ! Quand je l'ai vue au congrès Solvay, elle s'est montrée très gentille. Surtout après que je lui ai dit que vous m'étiez d'une grande aide au labo. Il est très rare d'être à la fois gentil et brillant… Ça doit tenir de famille ! »

Je rougis un peu de ce compliment inhabituel. La professeure Mazur, toujours intensément concentrée sur son travail, avait peu de temps pour les bavardages ou les compliments. « Hela voudrait que j'aille à Stockholm le mois prochain, mais ce serait trop dur de me séparer de Klara… et du labo », ajoutai-je. Après être parties tout l'été, nous avions repris notre routine : Klara était à l'école, moi au laboratoire, Kaz donnait ses cours de l'automne. Tout mon temps en dehors du labo, je le consacrais à Klara, je l'aidais dans ses études et l'écoutais jouer du piano.

« Marya Zorawska ! Votre sœur va être la première femme à recevoir le Nobel… Je vous ordonne d'aller à Stockholm et de tout me raconter en détail à votre retour. Je veux tout savoir, au cas où j'en aurais un moi-même un jour ! » Elle rit, mais je doutais qu'elle plaisantait. « Ma gouvernante pourra s'occuper de votre fille pendant ces quelques semaines. Par conséquent, vous n'avez plus aucune excuse. »

Ce soir-là, je demandai à Klara si elle accepterait que la gouvernante des Mazur veille sur elle pendant que je serais absente. Son regard s'illumina, et, très lentement, elle répéta ce que je lui avais dit. « Tante Hela a gagné le plus grand prix scientifique du monde ! La première femme ? »

J'acquiesçai en me mordant la lèvre. J'étais très fière de ma sœur-jumelle. Néanmoins, je ne pouvais m'empêcher de penser à ce que Pierre m'avait écrit un jour, sur la difficulté d'avoir un lien de parenté avec quelqu'un d'aussi brillant. J'étais profondément fière, mais pas seulement. Une curieuse sensation me faisait un peu mal au ventre.

« Maman, il faut que tu y ailles ! J'ai presque huit ans… Je peux très bien me débrouiller toute seule ! »

Je lui souris et l'embrassai sur le front. « Je sais, *mój mały kurczak* ! »

Le voyage en train jusqu'à Stockholm était interminable. Après avoir passé près de vingt-quatre heures toute seule dans un wagon glacial brinquebalant, je me demandai si je n'avais pas commis une erreur en abandonnant Klara et ma vie en ce début d'hiver. Mais je finis par arriver, et Hela me serra dans ses bras. Elle était rayonnante ; jamais je ne l'avais vue aussi belle, aussi heureuse.

Hela et Jacques avaient fait une folie en nous réservant des chambres d'hôtel magnifiques – le Nobel s'accompagnait d'une coquette somme d'argent. Bronya et moi en partagions une, Pierre avait la sienne à côté. Être ici sans les enfants, délivrés de nos responsabilités d'adultes, paraissait très étrange. Nous sortîmes dîner et restâmes très tard à parler tout en buvant du *brännvin*.

Bronya et Jacques s'engagèrent dans une discussion passionnée sur les usages potentiels des aimants dans le domaine de la médecine – Jacques estimait qu'ils pourraient se révéler utiles, Bronya affirmait que non. Elle dit à Jacques qu'il ferait mieux de s'en tenir à son laboratoire et de la laisser comprendre la médecine. Hela tenta de jouer les médiatrices en reconnaissant des arguments aux deux camps. Quant à moi, je me contentai de boire mon eau-de-vie, en prenant garde à ne pas en abuser. À un moment donné, Pierre croisa mon regard, haussa les épaules, puis leva son verre en me souriant. « Vous voulez rentrer ? » articula-t-il discrètement.

J'acquiesçai. Nous nous excusâmes. Bronya, Hela et Jacques continuaient à discuter avec tant de ferveur qu'ils nous prêtèrent à peine attention.

« Parlez-moi de vos travaux sur la combustion », dit Pierre alors que nous retournions à pied vers l'hôtel. L'air était glacial. Je frissonnai un peu. « Vous avez froid ? Voulez-vous mon manteau ?

— Non, ça va », mentis-je. J'avais l'étrange impression que si j'enfilais son manteau, si je m'enveloppais dans sa chaleur et son odeur, plus jamais je ne pourrais m'en séparer.

Pendant le dîner, Hela m'avait interrogée sur mon travail, mais, dès que j'avais commencé à répondre, Bronya m'avait coupé la parole en posant une question à Jacques sur le discours qu'il prononcerait le lendemain.
« Il n'y a pas grand-chose à en dire, répondis-je à Pierre. En réalité, ces recherches sont celles d'Ola Mazur. Je ne fais que l'assister. En ce moment, nous essayons de liquéfier du gaz afin de voir si ça fonctionnerait comme détonateur.

— Ce doit être… dangereux ! »

Je haussai les épaules. « Nous prenons toutes les précautions nécessaires. Aucune de nous n'a encore explosé ! » Je plaisantais, mais ça ne fit pas rire Pierre. Je m'étais habituée aux flammes, à la fumée et aux explosions au labo. Ça ne me paraissait pas dangereux. C'était simplement mon quotidien. « Et vous, sur quoi travaillez-vous ?

— Le becquerelium. Enfin, plus ou moins… », dit-il dans un soupir. Je ralentis le pas et me tournai vers lui pour qu'il m'en dise davantage. « Je pense que la pechblende contient un second élément qui possède des propriétés radioactives. Les mesures que j'obtiens ne sauraient s'expliquer par la seule présence du becquerelium. Je crois qu'il y a un autre élément d'une composition chimique totalement différente.

— C'est fascinant !

— Oui, convint Pierre en se frottant la barbe. Mais je n'ai pas assez de place au labo, ni la force d'entreprendre de laver chimiquement le minerai tout seul.

— Vous pourriez publier un article exposant votre théorie. »

Il eut un rire amer. « Oui, j'ai voulu le faire. Sauf que l'Académie des sciences refuse de le publier tant que je n'ai pas des résultats définitifs, ou l'aval d'un scientifique reconnu. Et Jacques est trop débordé par ses propres recherches.

— Vous ne pouvez pas renoncer. Vous trouverez un moyen.

— Peut-être, dit-il d'un air incrédule. Peut-être. »

Le lendemain matin, quelques heures avant que Jacques et Hela présentent leur discours de réception, Pierre vint frapper à la porte de notre chambre en nous proposant d'aller faire un tour et d'explorer la ville.

« Vas-y, toi, me dit Bronya. Je suis fatiguée. Je vais me reposer un peu et je vous rejoindrai à la cérémonie tout à l'heure. » La veille, elle était rentrée très tard. Je me demandai combien de verres de *brännvin* elle s'était autorisée à boire en étant si loin de son mari, de ses enfants, de sa maison et de ses patients.

J'avais mis ma plus belle robe, celle en mousseline bleue confectionnée à Paris pour le mariage de Hela. Et avant mon départ, j'avais été ravie de constater qu'elle m'allait encore. Elle me serrait légèrement à la taille, ce qui n'était pas le plus confortable pour marcher et explorer une ville, mais j'inspirai un grand coup en rentrant le ventre, puis embrassai Bronya et partis avec Pierre.

Nous marchâmes à pas lents, sans nous dire grand-chose au début étant donné que nous avions déjà épuisé le sujet du travail la veille au soir. Nous nous imprégnâmes des bruits et des odeurs de cette ville superbe.

Partout alentour, on n'apercevait que de l'eau très bleue et des toits d'un rouge pittoresque. Se promener là en plein jour nous donnait l'impression d'être en vacances. Ensemble.

Alors que nous longions la rivière dans le superbe Djurgården, je m'interrogeais à voix haute sur les diverses espèces de fleurs, différentes de celles que je connaissais si bien en Pologne.

« J'ai beaucoup pensé à vous, Marya, dit soudain Pierre. Depuis que je suis revenu à Paris, nos randonnées m'ont énormément manqué. » Il me l'avait déjà dit dans une lettre récente.

« Oui. Cet été, les Carpates étaient magnifiques…

— Les montagnes, oui. Mais ce qui m'a manqué, c'est ça. Votre compagnie. Nos conversations. »

Pendant nos randonnées, nous avions parlé de tout, de la science, de la famille, de l'amour et du deuil. Du vieillissement, des échecs et du bonheur. Et à dire la vérité, nos conversations me manquaient à moi aussi. De retour à Cracovie, je parlais avec Klara et avec Ola Mazur. Kaz et moi nous embrassions le matin du bout des lèvres et échangions de brèves plaisanteries, mais je me concentrais sur Klara, ainsi que sur mes recherches au laboratoire. Kaz avait son propre travail et, le soir, nous étions trop fatigués pour discuter vraiment comme nous l'avions fait étant plus jeunes.

« Regardez, Marya ! s'exclama Pierre en me tirant par la main. Là-bas, sur le lac… des cygnes. »

Je les vis nager vers nous, toute une famille splendide en tandem, leur long cou blanc magnifique ondulant au fil de l'eau.

Le mâle et la femelle se lançaient de petits coups de bec. Brusquement, Pierre prit mon autre main et m'attira vers lui. Je sentis son torse contre le mien, son haleine sur mon visage. « Marya », dit-il, la voix plus rauque que d'ordinaire.

J'eus l'étrange impression qu'il voulait m'embrasser et que, si je le laissais faire, si je lui donnais un baiser, tout changerait.

« Je ne peux pas », murmurai-je, si près de lui que nos souffles se mêlaient. Je sentis la contrariété sur son visage gagner le mien, une lourdeur qui se propagea dans mon corps jusque dans mes orteils.

« Et si vous et moi étions destinés à être ensemble ? » chuchota-t-il.

Dit de sa voix posée, cela paraissait logique. Cependant, je ne croyais pas à la destinée. Je croyais à la science, aux choix que l'on faisait. Si je l'embrassais, si je m'approchais ne fût-ce que d'un centimètre de plus, je ferais un choix sur lequel il me serait impossible de revenir, comme celui qu'avait fait Kaz bien des années auparavant.

Je m'écartai d'un pas. « Un jour, j'ai failli venir m'installer à Paris. Mais au lieu de ça, je me suis mariée. Et aujourd'hui, j'ai une belle vie à Cracovie, une fille merveilleuse…

— Et si nous nous étions rencontrés à Paris il y a longtemps ? Tout aurait pu être différent. »

Nous restâmes encore un instant devant le lac à regarder les cygnes, sans nous toucher ni rien dire de plus. Sans doute imaginions-nous tous les deux ce qui aurait pu se passer si, autrefois, tant d'années auparavant, j'étais montée dans ce train.

À mon retour à Cracovie, je repensai souvent à ces moments passés au Djurgården avec Pierre. Le soir, quand Kaz travaillait tard au labo et que j'étais couchée toute seule dans le noir, je les revivais, encore et encore. Je m'approchais un peu plus et posais mes lèvres sur les siennes, sentais sa barbe rêche sur ma peau, m'accrochais à lui et respirais son odeur. Il ne sentait pas les pommes de pin et la menthe poivrée comme mon mari, mais les flammes de mon laboratoire et les fleurs de Sceaux.

On avait le choix. On avait toujours le choix. Avais-je fait le mauvais ? Aurais-je connu un bonheur avec Pierre que je ne connaîtrais jamais avec Kaz ? Avais-je tort de croire que mon bonheur était intimement lié à un homme ? Mon vrai bonheur se trouvait peut-être dans le son des notes du piano de Klara, dans l'odeur de fumée du labo d'Ola Mazur.

« Maman ! » La petite voix de Klara m'appela un soir dans le noir, m'arrachant à ma rêverie. Je repoussai Pierre le plus loin possible dans mon esprit.

« Qu'est-ce qu'il y a, *mój mały kurczak* ?

— J'ai fait un cauchemar… » Sa voix tremblait, pleine de larmes. Je me souvenais de ce qu'elle m'avait dit avant mon départ en Suède – à presque huit ans, elle était assez grande pour se débrouiller toute seule. Mais à l'instant, une onde de chaleur me parcourut, car je savais qu'elle avait encore besoin de moi. Elle était mon bonheur, mon cœur.

« Viens dans le lit avec moi ! » Dès que je tapotai la place vide de Kaz, elle accourut. Je la serrai fort dans mes bras, caressai ses cheveux emmêlés. « Tu veux me raconter ton rêve ? » lui demandai-je en l'embrassant sur les cheveux, savourant leur contact aussi doux que des pétales. Elle secoua la tête avec vigueur. « Parfois, parler fait du bien, tu sais…

— Tu avais repris le train pour la Suède, finit-elle par dire d'une toute petite voix. Et puis… il est arrivé quelque chose et… et tu n'es jamais revenue…

— Chut… ce n'était qu'un mauvais rêve, ma poulette ! dis-je en la serrant plus fort. Maman est là. Et elle ne va nulle part.

— Papa aussi est là. » Je n'avais pas entendu rentrer Kaz, mais quand soudain je levai les yeux, je l'aperçus sur le seuil. J'ignorais depuis combien de temps il était là à nous écouter.

Il vint embrasser Klara sur le front, puis m'embrassa à mon tour. Ses lèvres étaient froides, et il sentait la pipe, le tabac allemand qu'il adorait.

« Il reste de la place pour moi ? » demanda-t-il.

Klara se colla contre moi. Kaz retira ses chaussures et se coucha à côté de nous. Au bout de quelques minutes seulement, Klara se rendormit en ronflant légèrement. « Moi non plus, je n'étais pas certain que tu me reviendrais », confessa-t-il dans l'obscurité. Puis il chercha ma main et la pressa doucement dans la sienne.

« Je t'ai choisi, lui dis-je au bout de quelques secondes. Je reviendrai toujours. »

Marie

Paris, 1912-1914

Paul devient une douleur perpétuelle dans mon ventre et, après mon retour de Suède, c'est de pire en pire. Un après-midi où je suis à la Sorbonne, je me sens vaciller, le sol se dérobe sous mes pieds. Je ne suis plus capable de supporter cette souffrance, plus capable de me tenir debout.

« Il faut l'emmener à l'hôpital ! » C'est ce que j'entends dire un de mes étudiants à travers un brouillard de douleur.

Et ensuite, alors qu'on me transporte, la lumière alterne avec l'obscurité. Jeanne n'aura pas à me tuer. La presse n'aura pas à me crucifier. Je suis en train de mourir, seule.

Paul est loin et flou, hors d'atteinte. Je le revois ce soir de neige où il est venu au laboratoire et m'a promis que ce serait *juste cette fois*.

Si je pouvais revenir en arrière, je refuserais, je dirais non. Aucun homme ne vaut une telle souffrance, ne vaut ma carrière. Ne vaut ma vie. Si je pouvais revenir en arrière, je ne le choisirais pas. Je me choisirais moi.

Cependant, Paul n'est pas la véritable cause de ma souffrance, laquelle a une explication scientifique. À l'hôpital, on me diagnostique de graves problèmes aux reins dus à des lésions sur l'utérus. Au printemps 1912, il faut m'opérer.

En principe, je devrais me sentir mieux, mais, après l'opération, c'est encore pire. J'ai tellement mal que je peux à peine bouger. Clouée au lit, je suis dans l'incapacité de travailler, de me lever ou de voir les enfants. Si j'étais croyante, j'y verrais une sorte de pénitence, je ne sais quelle punition pour tous ces merveilleux après-midi passés avec Paul.

Alitée pendant des semaines, j'essaie d'organiser mes affaires. J'écris à Jacques à Montpellier pour le supplier de veiller à ce que le radium dont je dispose au labo soit mis en sécurité si je meurs.

Il me répond qu'il m'aidera pour tout ce que je voudrai. Qu'il sera toujours mon frère. L'oncle des filles.

Mais tu ne vas pas mourir, Marie. Tu es beaucoup trop jeune pour mourir.

En réalité, en ce printemps 1912, j'ai quarante-quatre ans. Deux ans de plus que ma mère quand elle est morte. Seulement deux ans de moins que Pierre quand il est mort. Plus de six fois l'âge qu'avait le Jakub de Bronya, et cinq fois celui de ma sœur Zofia.

J'ai beau avoir reçu deux prix Nobel, connu le succès dans mon travail, je me sens vide et seule, et, même si je me remets, je ne suis pas certaine d'être capable de retravailler. Les journaux continuent à raconter des atrocités à mon sujet. L'un d'eux rapporte que je suis enceinte de l'enfant de Paul, que c'est ce qui explique qu'on ne me voie plus.

C'est une invention ridicule alors que je souffre tant et peux à peine bouger, respirer, marcher ou me lever. Alors que je n'ai pas vu Paul depuis de nombreux mois.

La mort est comme une ombre. Qui me suit et plane sur moi. *Je suis marquée par la mort.* Sans doute est-ce même surprenant que je sois arrivée à l'âge de quarante-quatre ans. Peut-être devrais-je renoncer, la laisser venir me prendre. Si j'étais morte, je ne souffrirais plus.

Que m'a dit Paul un jour, dans la pénombre à Arromanches ?

Que ce qu'il admire le plus chez moi est ma force. Je n'abandonne pas, je n'abandonne jamais. Je suis courageuse et incroyable. À moins que je ne sois folle et insensée ?

Pendant des mois, comme je ne me sens toujours pas mieux, je décide de faire une cure de repos. Après avoir confié les filles à leur gouvernante et à leur tuteur, je pars dans un sanatorium dans les Alpes sous le nom de Bronya – Mme Dluska – afin que les journalistes ne me trouvent pas. L'été venu, je prends un bateau pour l'Angleterre, voyageant sous le nom de Mme Skoldowska.

Je lis les dernières revues dans mon lit. Tant de recherches sur le radium se font sans moi… Je suis jalouse de toutes les avancées réalisées en mon absence. Je dois aller mieux pour recommencer à y contribuer. Il y a encore tellement à faire, d'autant qu'un superbe laboratoire est en construction à Paris et sera le mien si je me sens assez en forme pour y travailler.

Je me demande si la mort, comme n'importe quoi d'autre, est un choix. Peut-être ne suis-je pas encore prête à le faire.

À l'été 1914, j'ai suffisamment récupéré pour revenir à Paris en prenant un billet sous mon vrai nom. La presse ayant fini par m'oublier, aucune fanfare ni personne ne m'attend à la gare. Les journaux ne parlent que du récent assassinat de l'héritier du trône d'Autriche et évoquent la possibilité d'une *guerre*. Qui aurait le temps de se soucier d'une scientifique à Paris ?

C'est un soulagement de marcher dans les rues à ma guise, sans être observée ou remarquée, enfin libérée de la douleur et de la presse qui m'ont hantée si longtemps.

Ève et Irène sont déjà à L'Arcouëst pour l'été avec les Perrin – je les rejoindrai d'ici à quelques semaines après avoir mis de l'ordre dans mes affaires. La maison est vide, sombre, poussiéreuse et calme. Au moment où je rentre chez moi, j'ai l'impression d'être une étrangère dans ma propre maison.

Même les fleurs jaunes qui poussent dans une jardinière devant l'entrée, plantées par quelqu'un pendant mon absence, ne me sont pas familières.

La construction de mon nouveau laboratoire est presque terminée : l'Institut du radium. Le bâtiment en brique de trois étages s'élève dans la rue Pierre-Curie – on pourrait y loger dix hangars comme celui dans lequel nous avons découvert le radium. Et il se situe à seulement quelques rues. Si près. *Si loin.*

Après avoir déposé mes bagages à la maison, j'y vais directement et reste là à contempler ces trois étages de grandeur et de splendeur. Soudain, l'émotion me submerge.

Oh, Pierre… Si tu voyais ce qu'ils nous ont construit !

Je suis bel et bien en vie, et il y a du travail à faire ici, encore beaucoup de travail.

Quelques jours après mon retour à Paris, Jean Perrin m'écrit de L'Arcouëst. Ève s'est fait de nouveaux amis et joue dehors toute la journée ; Irène étudie et continue à bosser ses maths. Je n'ai pas vu les filles depuis des mois. Mais elles vont bien, sont heureuses et ne manquent de rien.

Et j'ai pensé qu'il fallait que tu saches que Jeanne et Paul se sont réconciliés, me dit-il dans un post-scriptum à sa lettre.

Réconciliés ?

Auparavant, ce mot m'aurait blessée, pourtant je me rends compte avec étonnement que je ne ressens rien. Après avoir mené une si longue lutte pour recouvrer la santé, tout ce que j'ai vécu avec Paul me semble infiniment loin et sans importance. Je veux qu'il soit heureux, or je ne crois pas qu'il le sera jamais avec Jeanne. Mais leur mariage ne me regarde pas. Je ne désire plus vivre avec lui. Je veux juste une vie à moi. Travailler, apprendre, diriger mon nouvel institut et faire d'autres découvertes sur le radium.

À moins que je ne sois comme le chien de Pavlov. Et que, arrivée à l'âge mûr de quarante-six ans, bientôt quarante-sept, j'apprenne enfin. Tous les hommes que j'ai aimés m'ont causé de la douleur. À quoi bon en aimer un autre, espérer avoir dans ma vie ce genre de relation ?

Je maîtrise ma santé. J'ai ma tête et mon travail.

Tant mieux pour Paul et Jeanne – c'est ce que je réponds à Jean Perrin. *Mais cela ne me concerne plus. Je dois m'inquiéter de choses plus importantes.*

Je dois m'inquiéter de choses plus importantes. En premier lieu, je n'irai pas à L'Arcouëst la semaine suivante comme je l'avais prévu, étant donné que la France mobilise ses soldats et que les trains cessent brusquement de transporter des civils. Une guerre se prépare, pas seulement en Autriche-Hongrie, mais également en France. En l'espace d'une semaine, tous les hommes en âge de l'être sont appelés sous les drapeaux, y compris mon neveu et ancien assistant, Maurice. Jacques m'écrit la nouvelle de Montpellier. C'est à mon tour de le rassurer.

Maurice est très intelligent, très agile, tout ira bien pour lui. Mais l'inquiétude me serre la poitrine. Maurice est un scientifique, pas un soldat.

Au moment où je sors poster ma lettre, des avions vrombissent dans le ciel. Brusquement, le sol se met à trembler sous mes pieds. Puis il y a un grondement, une explosion. Je me précipite dans une petite rue et, au moment où j'en ressors, mes oreilles bourdonnent, mes mains tremblent. Au loin s'élèvent des panaches de fumée, et des cris.

Une bombe allemande vient déjà de tomber sur Paris, rue des Récollets, à six kilomètres à peine de mon nouveau laboratoire.

Un seul gramme de radium, destiné à la recherche, est conservé dans mon nouveau labo. C'est l'unique morceau de radium en France, et il est irremplaçable puisque nous n'avons ni l'argent ni les moyens de nous en procurer un autre.

Deux autres bombes succèdent rapidement à la première. Irène m'écrit pour me supplier de trouver un moyen de venir à L'Arcouëst – me savoir à Paris l'inquiète. Mais je lui réponds que je vais bien, et je me sens en sécurité parce que j'ai déjà frôlé la mort et l'ai surmontée. Je lui réponds : *C'est du radium que je m'inquiète, pas de moi.*

Dans une autre vie, dans laquelle mon doux et persuasif Pierre serait toujours là, je parviendrais à trouver un moyen d'aller à L'Arcouëst rejoindre ma famille et la sécurité. Mais dans celle-ci, où de nouveau je vais bien, mon travail représente tout ce que j'ai, tout ce que je suis. Et mon radium me préoccupe beaucoup.

Il vaut si cher que je ne serais jamais en mesure de le remplacer s'il se passait quelque chose. Qu'adviendrait-il dès lors de mes recherches ? J'écris des lettres, j'envoie des télégrammes urgents, jusqu'à ce que je finisse par convaincre le gouvernement de l'importance de garantir la sécurité de mon radium. Au début du mois de septembre, il accepte de me laisser accompagner mon précieux minerai à Bordeaux par le train, emballé dans une lourde caisse plombée.

Deux soldats m'escortent jusqu'à la banque, où je loue un coffre-fort. Ce n'est qu'une fois le radium mis à l'abri derrière une porte verrouillée dont j'ai empoché la clef que je m'autorise à respirer.

« Vous devez avoir quelque chose de sacrément précieux dans cette boîte ! » me dit un des soldats d'un air contrarié. Visiblement, avoir été chargé de cette mission auprès de moi l'ennuie. Sans doute pense-t-il qu'il serait plus utile s'il combattait sur le front. Et bien que je porte la robe noire modeste que j'ai tout le temps au labo, il doit me prendre pour une Française pleine aux as qui se fait du souci pour ses diamants ridicules.

« Vous voulez savoir ce qu'il y a dans cette caisse ? Un gramme de radium, qui ne représente rien de moins que l'avenir scientifique et médical de la France. »

L'autre soldat me regarde en penchant la tête. « Du radium ? Mais je vous connais... Vous êtes madame Curie ! Je me souviens d'avoir lu des choses sur vous et votre histoire d'amour dans les journaux...

— Il ne faut pas croire tout ce qu'on lit, lui dis-je en grinçant des dents.

— Mais oui ! s'exclame l'autre, qui à son tour me reconnaît. Vous êtes la *fille* qui a gâché la vie de cette pauvre femme... »

Partout et toujours, quoi que je fasse, cette histoire, ce choix, me suivra, continuera à me rendre malade et à me détruire.

Seulement si tu laisses faire, mon amour, entends-je Pierre me souffler.

« Je ne suis la *fille* de personne, dis-je au soldat d'un ton agacé. Je suis une scientifique. »

Marya

Cracovie et L'Arcouëst, 1915

Au début, je ne pensais pas que la guerre nous atteindrait à Cracovie. Les combats nous entouraient – on lisait les informations sur les affrontements et les invasions en Europe. Mais pas dans notre ville, pas dans notre pays… La vie paraissait étrangement normale, même quand Hela m'écrivit que Paris était évacué et qu'ils quittaient le laboratoire pour aller se réfugier à L'Arcouëst. Effrayés par une bombe tombée trop près, ils emmenèrent Marie et Lou, laquelle vivait toujours avec eux et terminait ses études de médecine, et filèrent dans leur maison sur les falaises bretonnes.

Rejoins-nous, Marya, m'implorait Hela. *Nous avons toute la place qu'il faut.*

Elle avait essayé en vain de convaincre Bronya d'en faire autant. Mais celle-ci disait se sentir en sécurité à Zakopane, et que, s'il y avait une guerre, il y aurait toujours des malades à soigner. Elle ne pouvait pas les abandonner. Au début, je résistai moi aussi et répondis à Hela qu'il n'y avait aucun danger à Cracovie.

Le premier signe que la guerre allait changer quelque chose à Cracovie arriva lorsque le Chernikoff annonça que le reste du trimestre était annulé et que l'institut fermerait ses portes jusqu'à la fin de la guerre. Une décision prise après une nuit de pillages par des soldats russes dans les faubourgs de la ville, assez proche toutefois pour que la population prenne peur. L'université Jagellonne renvoya une partie de son personnel pendant le trimestre du printemps. Par chance, Kaz avait suffisamment d'ancienneté dans le département de mathématiques et put continuer à enseigner, tout comme la professeure Mazur. Cependant, il n'y avait plus de financement pour son laboratoire, ni pour moi son assistante. Le plus ironique dans tout cela était que, au cours des quatre années précédentes, je l'avais aidée à perfectionner un système de détonation de gaz liquide. Ola Mazur me dit qu'elle avait tenté d'expliquer que, si on nous laissait finir nos essais, ceux-ci s'avéreraient certainement utiles à l'effort de guerre, ce à quoi les administrateurs de l'université avaient répondu qu'il n'y avait plus d'argent pour son laboratoire de femmes.

« On nous a complètement supprimé notre financement, dit-elle d'un air frustré. Mais nous nous remettrons au travail après la guerre. Nous n'abandonnerons pas, Marya… Je vous le promets ! »

J'acquiesçai, sans lui laisser voir mon scepticisme. Il semblait déjà impossible d'imaginer un temps *après* cette guerre où la vie reprendrait son cours normal.

Privée de son programme d'études intensif, Klara était démunie et se morfondait sur le canapé du salon comme si elle était mourante.

« Pourquoi tu ne t'entraînes pas, ma poulette ? Il faut que tu travailles tes dons malgré la guerre.

— À quoi bon ? se lamentait-elle. De toute façon, il n'y a plus aucun endroit où je peux me produire. »

À douze ans, Klara ressemblait de plus en plus à une femme et s'exprimait de plus en plus comme une pianiste virtuose, aussi bien par sa manière de jouer que de se comporter. Son professeur m'avait parlé d'un programme à Berlin auquel il voulait qu'on envisage de l'inscrire cet été, et si j'avais aimé l'idée qu'elle cultive son talent, je n'avais pas aimé penser à l'effet que cela risquerait d'avoir sur son ego déjà démesuré. Mais ça, c'était avant la guerre. Et Klara n'avait pas tort. Il n'y avait plus de musique, ni de salle où elle pouvait jouer. Même le Philharmonique avait cessé de donner des concerts.

À l'été 1915, ma fille et moi nous retrouvâmes piégées à la maison. Les pillages empirèrent autour de la ville, et quand, une nuit de juin, des soldats russes saccagèrent deux maisons près de chez nous, Kaz tomba d'accord avec Hela que Klara et moi serions plus en sécurité à L'Arcouëst.

Niché entre mer et falaises, ce hameau breton était un lieu de villégiature très apprécié des membres de la faculté de la Sorbonne, où de nombreux universitaires possédaient une maison, à l'instar de Hela et Jacques qui y avaient fait construire la leur avec l'argent de leur prix Nobel. Bien que Bronya se soit plainte auprès de moi de les voir dépenser cette somme dans l'extravagance d'une résidence secondaire, une maison de vacances, leur décision apparaissait aujourd'hui la plus avisée qu'ils aient jamais prise. Ici, on se sentait à l'abri de la guerre. Et si un avion vrombissait de temps à autre dans le ciel, il n'était qu'un lointain rappel égaré de ce qui se passait.

La maison de Hela et Jacques était pleine : Marie et Lou, Pierre, Klara et moi, et leur voisine à Paris, Jeanne Langevin, qu'avait récemment abandonnée son *bon à rien* de mari, ainsi qu'elle me l'expliqua le premier matin au petit déjeuner.

Je n'avais pas revu Pierre ces dernières années, mais nous avions continué à correspondre, essentiellement pour parler de nos avancées dans nos laboratoires respectifs. Il avait fini par convaincre Jacques de s'intéresser à ses recherches et de l'aider à explorer la possibilité de ce second élément radioactif que contenait selon lui la pechblende. Cependant, tout était resté en suspens lorsqu'ils avaient dû fuir Paris et, chaque matin, s'inquiéter de l'état du labo était leur sujet de conversation favori.

Là, lorsque je le revis, il avait vieilli. Sa barbe était complètement grise, sa démarche plus lente, et ses épaules voûtées. Mais ce que je remarquai surtout, c'était sa relation avec Jeanne Langevin. Le matin, ils se promenaient tous deux sur la plage, bras dessus bras dessous. Pierre s'arrêtait pour ramasser des coquillages ou d'autres trésors, jusqu'à ce que les poches de son costume soient remplies, ou que Jeanne semble se désintéresser et se remette en marche sans l'attendre. Il la rattrapait aussitôt en courant et lui prenait la main. Je les observais si souvent depuis la fenêtre que Hela finit par me demander : « Marya, qu'y a-t-il de si intéressant sur la plage pour que tu regardes comme ça ? L'océan ? » C'était la première fois que je séjournais au bord de la mer, et entrer dans l'eau me faisait peur, tandis que Klara, devenue bonne nageuse après ces nombreux étés passés au lac avec Jakub, se baignait sans crainte.

Hela jeta un coup d'œil par-dessus mon épaule, et aperçut Pierre et Jeanne qui se promenaient. « Laisse-les, Marya… Le pauvre Pierre a été si seul pendant des années… Avec Jeanne, il a enfin trouvé une compagne.

— Je suis troublée. Elle est toujours mariée ou pas ?

— C'est compliqué… L'année dernière, son mari, Paul, est parti avec une domestique et leurs deux plus jeunes enfants en la laissant sans rien. Leur mariage n'allait pas bien. Elle m'a toujours dit qu'il la traitait de façon épouvantable, mais je n'y ai jamais vraiment prêté attention avant le jour où il est parti. Je suppose que, légalement, ils sont encore mariés… pour ce que ça lui sert ! Elle vient de vivre une année très dure. Et Pierre la rend heureuse.

— Parti avec une domestique ? » L'apprendre me choqua tellement que je considérai Jeanne avec plus de bienveillance. J'étais triste que son mari l'ait abandonnée, mais aussi qu'il lui ait pris ses enfants. C'était terrible. La pauvre femme.

Hela haussa les épaules. « À Paris, il n'est pas rare qu'un homme prenne une maîtresse de cette condition, mais ce n'est pas pour autant qu'il s'enfuit avec elle… » Elle le disait comme s'il s'agissait d'une chose banale. Étonnée, je me tournai vers ma sœur en me demandant s'il était arrivé à Jacques de prendre une maîtresse. « Je suis d'abord une scientifique, la partenaire de Jacques au laboratoire, et ensuite sa femme, précisa Hela, comme si je lui avais posé la question à haute voix. Ce qu'il fait de son côté ne regarde que lui. Mais jamais il ne me *quitterait.* » Elle le dit d'un air détaché, comme si ses indiscrétions n'avaient pour elle aucune conséquence.

Je me souvenais de Hela étant jeune, ma sœur-jumelle qui sentait le citron et le coquelicot, toujours pleine de lumière et d'espoir, et qui maintenant était là devant moi, une scientifique célèbre. Mais avait-elle un cœur de pierre ?

« Je me rappelle comme Kazimierz était désespéré de te récupérer, le matin où il est venu chez nous à Varsovie. Tu étais déjà à la gare et tu as failli partir à Paris sans lui. » Hela continuait à parler d'une voix qui semblait lointaine. « Je t'ai toujours enviée d'avoir un amour comme ça, Marya…

— Oh, Kazimierz n'a rien d'un saint, crois-moi ! » dis-je en posant ma main sur son épaule.

Après toutes ces années, l'imaginer avec Leokadia me faisait encore mal – une douleur physique, au creux du ventre. Mais ça faisait longtemps, et je n'y pensais pas souvent. Kaz ne me quitterait pas, je ne le quitterais pas. Ensemble, nous avions construit une vie, une famille. Cependant je ne pensais pas que Hela aurait dû envier notre vie, elle qui avait un prix Nobel, un laboratoire à Paris et une maison de vacances en Bretagne.

« Te demandes-tu jamais en quoi nos vies auraient pu être différentes, si j'avais pris ce train et étais partie à Paris ? »

Sur la plage, Pierre tenait la main de Jeanne. Elle sourit à quelque chose qu'il lui dit, puis ils continuèrent à marcher vers le rivage. Hela avait sûrement raison, ils se faisaient du bien. Et qu'elle soit encore mariée ou pas, Jeanne méritait d'être heureuse avec Pierre.

« Mais tu n'aurais pas Klara ! répondit Hela en riant. Et je n'aurais peut-être pas eu un prix Nobel.

— Ni Marie.

— C'est vrai… Ni Marie, répéta-t-elle tout bas. Et qui sait où nous aurions été en ce moment, au milieu de cette horrible guerre ? »

Il était difficile d'imaginer nos vies sans nos filles magnifiques. Peut-être que tout ce que nous avions fait, chacun de nos choix, nous avait menées à elles, ici à l'abri pendant cette guerre, ensemble. Et rien ne donnait l'impression que l'on puisse le regretter.

Hela me tira par le bras en m'éloignant de la fenêtre. « Viens, laissons les deux amoureux… Je vais te montrer le papier que j'ai écrit sur l'électromagnétisme. À mon avis, tu vas le trouver fascinant ! »

À L'Arcouëst, je me réveillais avant l'aurore, angoissée par la guerre et le monde, et le danger que couraient mon mari et ma maison à Cracovie. Pendant que Klara continuait à ronfloter, je sortais sur la pointe des pieds et allais me faire un café dans la cuisine, où je lisais les articles que Hela avait laissés à mon intention. Ayant appris des tas de choses sur ses recherches, je finis par me demander si sa théorie sur les charges électromagnétiques et les atomes pourrait servir aux recherches sur la détonation que menait Ola Mazur. J'écrivis à cette dernière une lettre décousue mais remplie d'idées, et fus déçue de ne rien recevoir en retour pendant de longues semaines.

Kaz et moi nous écrivions tous les deux ou trois jours. Il me parlait des cours qu'il donnait, des rares étudiants qui lui restaient, des produits médiocres qu'il trouvait au marché et du goût exécrable de sa soupe – il gardait le souvenir du bouillon à la pomme de terre que je préparais lorsque nous vivions dans notre minuscule appartement à Loksow et aurait bien aimé avoir quelque chose d'aussi délicieux. Il ajoutait qu'il se languissait de moi, de cette époque où nous avions été si *proches* l'un de l'autre. *Je ne pouvais pas faire un geste dans l'appartement sans te toucher*, écrivait-il.

Oh, si tu as le souvenir que cette soupe était délicieuse, tu dois être dans un drôle d'état ! lui répondis-je. Mais je l'écrivis en riant, émerveillée de constater que, en dépit de la distance qui nous séparait et de la guerre, Kaz me semblait plus proche qu'il ne l'avait été depuis des années.

À la fin du trimestre d'automne, Kaz arriva un soir de façon inattendue alors que nous étions tous en train de dîner. Klara fut si heureuse de le voir qu'elle se leva d'un bond en criant « Papa ! », oubliant qu'elle était désormais une adolescente, et qu'elle n'était pas toute seule. Elle se jeta dans ses bras comme elle l'avait fait étant petite.

« *Kurczak !* Comme tu as grandi ! » Il l'embrassa sur la tête tout en me fixant. À ses joues creusées et à son regard sombre, je compris que quelque chose n'allait pas.

Je me levai et l'embrassai sur sa joue pas rasée, puis fermai les yeux en respirant son odeur familière de pin et de tabac. « Kaz… qu'est-ce qu'il y a ? Que s'est-il passé ?

— Il faut que je te parle en privé. » Il promena son regard autour de la table et s'arrêta sur Jeanne, la seule personne qu'il ne connaissait pas.

Hela se leva en fronçant les sourcils. « Kazimierz, assieds-toi, prends du ragoût et raconte-nous ce qui se passe. Ici, nous sommes tous en famille. »

Kaz m'interrogea d'un coup d'œil. J'acquiesçai. Hela avait raison. De quoi qu'il s'agisse, il pouvait en parler devant ma famille. Il prit place près de ma sœur comme elle l'y invitait, et je retournai m'asseoir à côté de Jeanne. Au moment où Hela posa un bol de ragoût devant lui, les mots jaillirent de sa bouche. « Je suis désolé, *kochanie*… Ola Mazur a été tuée.

— Tuée ? » Le mot me paraissait si incongru et inattendu que je ne parvenais ni à le comprendre ni à l'intégrer. Qu'on puisse utiliser un tel mot dans une phrase avec *Ola Mazur*… Mon mentor et ma sauveuse. Il y aurait des tas de choses à faire avec elle au labo après la guerre – elle me l'avait promis ! Elle ne pouvait pas avoir été *tuée* !

« … un épouvantable accident, était en train de dire Kaz. Il y a eu un pillage à côté de chez elle, et elle a voulu intervenir, aider sa voisine, une femme âgée. Mais la vieille dame ne voulait pas qu'on lui prenne ses affaires… Ola s'est interposée, les pillards l'ont poussée dans la rue, elle est tombée… et une voiture l'a percutée. »

J'imaginais le corps menu d'Ola Mazur projeté en l'air et écrasé par une automobile, sa belle tête saignant sur la chaussée. La main plaquée sur ma bouche, je dus lutter contre le goût de bile qui m'emplit la gorge. Cette femme avait seulement quelques années de plus que moi, ses filles, quelques années de plus que Klara. Oh, mon Dieu, ses filles…

« Vos recherches ! » s'écria Pierre à la seconde même où je m'exclamais : « Ses enfants ! »

Jeanne lui jeta un regard, puis se tourna vers moi et me toucha la main. « Je suis désolée pour vous, Marya. Cette guerre… Cette guerre abominable…

— J'aurais aimé pouvoir faire quelque chose, murmurai-je.

— Mais que pouvons-nous faire ? rétorqua Kaz en me regardant dans les yeux. Je remercie le ciel que Klara et toi soyez venues ici, à l'abri, *kochanie.* »

Ce soir-là, ses bras m'enlacèrent pour la première fois depuis des mois, mais je n'arrivai pas à dormir. Derrière mes paupières closes, je n'arrêtais pas de voir la professeure Mazur se vider de son sang et mourir dans la rue.

Je la voyais tomber encore et encore, sans pouvoir la retenir ou la sauver. Et à cause de ce sentiment d'impuissance qui me nouait le ventre, j'avais de la peine à respirer.

Marie

Sur le front, 1914-1916

Après avoir mis mon radium à l'abri à Bordeaux, j'ignore les demandes continuelles des Perrin qui me supplient de venir à L'Arcouëst. De si nombreux hommes meurent dans cette guerre épouvantable que, si je reste à Paris, je pourrai me servir de mon labo, et de la science, pour me rendre utile. Il m'est impossible de regarder passer la guerre en allant me réfugier sur les falaises bretonnes alors que je peux faire quelque chose à Paris.

L'idée me vient que, si j'arrive à fabriquer des unités de rayons X mobiles et à les installer dans des voitures, je pourrai aller examiner des soldats sur le terrain et leur sauver la vie. Au début, la tâche paraît redoutable, car je ne sais pas conduire, et je dois faire jouer mes relations afin d'obtenir un financement. Mais ensuite, je fais revenir Irène à Paris pour m'aider, et, soudain, nous sommes au labo où nous travaillons côte à côte. En équipe.

En 1914, le premier camion de radiologie est prêt. Irène et moi faisons un premier essai. Je nous emmène là où se déroule la bataille de la Marne, à la grande consternation d'un général qui me crie, ou plutôt *m'ordonne*, de retourner à Paris *immédiatement.* « Le front n'est pas un endroit pour une femme ! » hurle-t-il pour couvrir le bruit du moteur Renault.

En guise de réponse, je fais ronfler la pédale d'accélérateur.

« Je suis sérieux, madame ! s'égosille le général.

— On m'a dit la même chose au laboratoire. Et deux prix Nobel plus tard, je ne suis pas d'accord. Maintenant, poussez-vous et laissez-nous aller secourir vos soldats ! » Il croise les bras en restant parfaitement immobile. « Écartez-vous ! Sinon je serai obligée de vous rouler dessus ! »

Je redonne un coup d'accélérateur. Le général finit par céder. Il me prend sans doute pour une folle et pense que je serais capable de l'écraser. « Si vous vous faites tuer toutes les deux, ce ne sera pas mon problème ! » crie-t-il. Je passe devant lui en l'ignorant et vais me garer devant la tente médicale. Je coupe le moteur, mes mains tremblent. Je serre les poings pour qu'Irène ne le voie pas.

« Tu comptais vraiment lui rouler dessus, Maman ? » Elle écarquille les yeux et a le teint verdâtre.

« Non, bien sûr que non, ma chérie ! Mais il faut que tu apprennes que les hommes ont beau résister, ils finissent toujours par céder. Rien ne leur fait plus peur qu'une femme intelligente. » Elle hoche lentement la tête. « Allez, viens ! Puisqu'on est arrivées jusqu'ici, on va utiliser notre machine à rayons X à bon escient. »

En 1916, vingt camionnettes de radiologie sont sur le terrain – les *petites Curie*, comme on les appelle. Toutes sont équipées d'unités de rayons X et d'une dynamo, un générateur électrique que j'ai conçu et fait installer dans chaque véhicule de manière à avoir du courant.

Irène et moi partageons notre temps entre nos déplacements sur le front et la formation d'autres femmes pour conduire les camions et se servir du matériel radiologique à Paris. (Pendant toute cette période, Irène poursuit ses études à la Sorbonne où, après avoir obtenu sa licence de mathématiques, elle passera bientôt celles de physique et de chimie.) Désormais, nous avons environ cent cinquante femmes capables de conduire, de faire une radiographie et de poser un diagnostic. Je garde un des véhicules, le Renault, avec lequel je me rends sur le front dès que je peux ou quand on a besoin de moi. Régulièrement, des télégrammes ou des appels téléphoniques m'informent de l'endroit où il faut aller, et je répartis les camions depuis Paris.

Pendant presque toute ma vie d'adulte, le laboratoire a été le lieu où je me suis sentie le plus libre, le plus chez moi. Mais maintenant, je conduis mon camion d'un poste à l'autre sur les champs de bataille, je change des pneus crevés et nettoie des carburateurs, diagnostique des hommes blessés et sauve des vies. Jamais je n'ai ressenti autant d'enthousiasme et de plaisir, autant de réconfort et de certitude dans mon travail.

En septembre 1916, Irène est à son propre poste à Hoogstade, en Belgique flamande, où elle dort durant des semaines sous la tente médicale avec les infirmières. Elle me parle dans ses lettres des éclats d'obus qu'elle repère dans les os des soldats, d'un homme auquel elle a sauvé la vie en diagnostiquant qu'il avait le poumon perforé.

Un message m'informe qu'on aurait besoin d'une autre unité et, comme toutes mes collaboratrices sont déjà occupées ailleurs, je pars moi-même à Hoogstade dans mon Renault.

« Maman ! » s'écrie Irène en me voyant descendre du camion. Son visage, bien que fatigué, rayonne de joie. Ce n'est plus celui d'une petite fille ou d'une adolescente, mais d'une femme qui a vu, fait et appris des choses. Elle me serre très fort dans ses bras et, comme elle est un peu plus grande que moi, elle se penche pour m'embrasser sur la tête. « C'est merveilleux que tu sois venue !

— Évidemment, je suis venue ! J'ai reçu un message disant que les blessés étaient trop nombreux pour une seule unité.

— Ah… » Elle se décompose. « C'est idiot… j'ai cru que tu venais me souhaiter mon anniversaire. » Elle hausse les épaules d'un air penaud.

Son anniversaire ? Vraiment ? Il y a des semaines, voire des mois, que nous ne nous sommes pas vues. Quand on est sur le front en pleine guerre, il est difficile de garder la notion du temps. Je mesure mes journées en kilomètres, en radiographies d'os fracturés et de poitrines criblées de balles. En nombre d'hommes sauvés, évacués pour être soignés, ou perdus en dépit de tous mes efforts.

« Bon anniversaire, ma chérie ! » Je la reprends dans mes bras. Si je n'étais pas au milieu d'une guerre, je m'accorderais le temps de repenser à la joie vertigineuse qui a jailli en moi le matin de sa naissance, à la façon qu'a eue Pierre de s'écrier qu'elle était *petite, trop petite*. Peut-être ruminerais-je sur le fait qu'il n'est plus là depuis si longtemps qu'il ne reconnaîtrait pas notre bébé qui se tient là devant moi, une femme, une scientifique.

Mais il n'y a pas de temps pour la nostalgie. J'embrasse ma fille sur la joue avant de la relâcher. « Réjouissons-nous d'être toutes les deux en vie. Tant d'hommes sont blessés ou mourants... Ils ont besoin de nous. Il y aura d'autres anniversaires. Viens, allons sur le front ! Ouvre la voie, je te suis dans mon camion. »

Irène acquiesce, et je sais qu'elle ressent le même frisson que moi d'aller sur le terrain. Ses yeux bleus s'illuminent, comme l'ont fait un jour ceux de son père dans notre hangar-laboratoire en voyant notre radium briller d'un éclat incandescent.

Marya

Cracovie, 1918-1919

Le 31 octobre 1918, quelques semaines avant la fin de la guerre, Cracovie fut libérée de l'autorité autrichienne et, après la signature du traité de Versailles, Varsovie de l'autorité russe. Pour la première fois dans ma vie, et depuis un siècle, la Pologne était redevenue la *Pologne*. Il n'y avait plus de Pologne autrichienne, plus de Pologne russe. Après l'horreur, la mort et la destruction, mon pays retrouvait enfin sa souveraineté. Je regrettais que mon père ne soit pas là pour le voir.

Vers la fin de la guerre, une fois la situation stabilisée, Klara et moi revînmes à Cracovie. Et comme le Chernikoff était toujours fermé, elle pratiquait le piano chaque jour pendant des heures à la maison, sans manifester aucune aigreur. Chez Hela, elle avait été privée d'un piano pendant si longtemps qu'elle était heureuse de se remettre à jouer. Et j'étais heureuse de savoir que la guerre touchait à sa fin, que ma Pologne était redevenue la Pologne, ainsi que d'entendre la musique magnifique de Klara emplir de nouveau la maison de lumière, de joie et d'émerveillement.

Aller voir les filles d'Ola Mazur fut une des premières choses que je décidai de faire en revenant à Cracovie. Nous nous étions vues uniquement au labo, en tant que professeure et étudiante, chercheuse et assistante. Nous n'avions pas été amies – je n'avais croisé ses filles, Nadia et Emilia, qu'une seule fois. Et puisque je n'étais jamais allée chez elles, j'ignorais leur adresse exacte. Mais Klara, qui avait passé du temps avec les filles et leur gouvernante au moment où j'étais partie en Suède, s'en souvenait. Quand je lui demandai de me l'indiquer, elle se leva de son piano et dit : « Maman, je vais venir les voir avec toi. »

La maison des Mazur n'était qu'à cinq pâtés de maisons de la nôtre, dans la rue Nadzieja, où j'étais passée quelques fois. Klara et moi y allâmes ensemble en nous tenant par le bras. À quinze ans, elle était belle, svelte et portait ses cheveux blonds bouclés. Elle me dépassait de quelques centimètres et, tandis que nous marchions, j'eus la nette impression qu'elle croyait me soutenir. Mais lorsque je la regardais, je voyais toujours ma petite fille.

Nadia, l'aînée des Mazur, âgée bientôt de dix-huit ans, vint ouvrir. Elle s'était épanouie depuis la dernière fois que je l'avais vue, et elle se tenait devant moi tel le fantôme de sa mère, petite et pâle, les cheveux d'un brun chatoyant. Elle me regarda d'un air hésitant, puis aperçut Klara qu'elle reconnut aussitôt et lui sourit. « Oh… Klara ! Marya ? » Elle nous salua et nous fit entrer.

Je lui tendis la miche de pain que j'avais fait cuire la veille avec ce que j'avais pu grappiller au marché. La levure et la farine étant des denrées rares, ma miche avait à peine levé et ressemblait plus à un biscuit informe.

Klara serra Nadia dans ses bras. « Entrez ! nous dit-elle. J'espérais que vous reviendriez vivre à Cracovie.

— J'ai été sincèrement désolée d'apprendre ce qui est arrivé à votre mère. Comment allez-vous, vous et votre sœur ? » demandai-je en entrant dans la maison. Des cartons étaient empilés dans un coin, et le salon quasiment vide. « Vous déménagez ? »

Nadia confirma d'un signe de tête. « L'université de Chicago a proposé un poste à Papa. Emilia et moi allons faire nos études là-bas.

— En Amérique ! » s'exclama Klara, les yeux arrondis de surprise, ou d'envie. Je n'avais jamais rencontré le mari d'Ola Mazur, mais je savais que lui aussi était professeur, de littérature ou d'histoire.

« Ça a été dur, dit Nadia. Tout a été très dur. La guerre... La mort de Maman... » Elle réprima ses larmes. Je serrai la main de Klara dans la mienne. J'aurais voulu pouvoir faire quelque chose pour sauver la professeure Mazur, mais j'étais reconnaissante que Klara et moi ayons trouvé un abri pendant la guerre, et que ma famille en soit sortie indemne. « Ce sera bien de vivre dans un nouvel endroit... Pour nous tous », ajouta Nadia.

J'acquiesçai. « Votre mère représentait beaucoup pour moi. Je n'arrive toujours pas à croire qu'elle n'est plus là... Nous étions censées retourner dans son laboratoire une fois la guerre terminée. Il restait tant de travail à faire... » Je soupirai.

« Oui, elle nous l'avait dit, murmura Nadia. Oh, attendez... J'ai quelque chose pour vous. »

Elle disparut dans une autre pièce, d'où elle revint avec une pile de carnets. Je les reconnus aussitôt : les carnets de laboratoire d'Ola Mazur. Elle en avait toujours eu un dans lequel elle prenait sans cesse des notes. Nadia me mit la pile dans les bras. Je n'eus d'autre choix que de les accepter ou de les laisser tomber par terre.

« Que suis-je supposée en faire ? » demandai-je, stupéfaite.

Nadia me sourit en haussant les épaules. « On ne voulait pas s'en débarrasser et on ne veut pas les emporter.

— Mais je ne...

— Je suis sûre que vous saurez en prendre soin. » Puis Nadia se tourna vers Klara et l'interrogea sur ses études de piano. J'entendis ma fille expliquer que le Chernikoff était toujours fermé, et Nadia dire qu'elle espérait étudier la biologie en Amérique, peut-être devenir médecin.

Le travail qui avait été toute la vie d'Ola Mazur pesait si lourd dans mes bras que je me demandai soudain si je n'allais pas m'écrouler sous son poids.

Au printemps 1919, on eut l'espoir que le Chernikoff allait rouvrir, et que Klara pourrait reprendre ses études. Mais le fils de Max Chernikoff était mort à la guerre, et le vieil homme, accablé de chagrin, annonça qu'il prenait définitivement sa retraite. L'école ne rouvrirait plus. Klara n'avait pas suivi de formation professionnelle depuis près de quatre ans, et il n'y avait rien d'autre à Cracovie. Ne sachant trop quoi faire, j'écrivis à Leokadia pour qu'elle me conseille. Puisqu'elle avait entraîné Klara, et moi-même, dans cette vie que consumait le piano, il me semblait juste de réclamer son aide.

En outre, elle m'était redevable. Sans doute le serait-elle toujours.

Je n'avais pas vu Kadi depuis son concert à Cracovie, mais nous correspondions de temps à autre. Pendant la guerre, elle était retournée aux États-Unis, où, d'après ses dires, elle était devenue la coqueluche des scènes musicales de New York. Elle fréquentait un homme plus âgé qu'elle, un Américain héritier d'une entreprise d'expédition, mais elle avait toujours la même certitude qu'à l'époque où nous étions jeunes et vivions à Loksow – elle ne se marierait jamais. Sa carrière de pianiste était toute sa vie, tout son monde. Néanmoins, j'étais contente de savoir qu'elle ne se sentait peut-être plus aussi seule.

Elle me répondit quelques semaines plus tard. Comme par magie, une place attendait Klara dans le meilleur conservatoire de Paris. *Je sais que tu apprécieras qu'elle soit près de ta sœur*, écrivait-elle. *Et à Paris, elle bénéficiera d'une excellente éducation. Meilleure que tout ce qu'elle pourrait avoir en Pologne.*

Je regardai fixement ce mot tracé de sa belle écriture – *Paris*. D'un seul coup, tout ce que moi-même j'avais perdu était à la portée de ma fille. Si je l'envoyais là-bas, je lui offrirais ce que je m'étais refusé autrefois : une chance.

Au mois d'août 1919, je pris deux billets de train dans l'intention d'accompagner Klara à Paris. Elle me fit remarquer que, à presque seize ans, elle était assez grande pour voyager seule, d'autant plus que Hela viendrait la chercher à la gare du Nord. Et puisqu'elle vivrait chez ma sœur pendant ses études, elle ne serait pas isolée.

Tout cela était vrai, cependant, l'idée de la laisser partir aussi loin sans moi m'était si insupportable que j'insistai pour l'accompagner. Et puis, ça me permettrait de voir Hela, Jacques et Marie.

La veille de notre départ, alors que nous étions au lit, Kaz me prit dans ses bras et m'embrassa sur la nuque. Une chaleur familière me parcourut les reins. « *Kochanie*, notre bébé est une femme », murmura-t-il, la voix pleine de fierté, ou de regret, ou de nostalgie.

C'était comme si son enfance avait disparu sans que l'on s'en soit rendu compte, et que Klara n'était plus notre enfant. Que cette nuit soit la dernière où elle dormirait dans cette maison, dans la chambre à côté de la mienne, me semblait impossible. Brusquement, je sentis couler mes larmes.

« Que vais-je faire sans elle ? » dis-je en m'étouffant de sanglots.

Kaz m'attira tout contre lui en me chuchotant de *respirer*. Soudain, je repensai à ce jour où il m'avait tenue ainsi dans notre minuscule appartement de Loksow après que ma petite Zosia était morte, et que je n'étais pas sûre de m'en remettre un jour. Il m'avait serrée contre lui, m'avait soutenue. Apaisée.

« Si je ne suis plus sa mère, je suis qui ? » bredouillai-je dans le noir. Pendant des années, ma vie avait tourné autour de Klara. Je l'avais toujours fait passer en premier, l'avais nourrie, éduquée et protégée. Et maintenant, quoi ?

« Je crois que la réponse est là sur ta commode », dit Kaz en montrant la pile de carnets d'Ola Mazur. Je les avais posés sur le meuble le jour où Nadia me les avait remis et n'y avais pas touché depuis.

Je secouai la tête. Je ne savais pas du tout quoi en faire. Je n'avais été que son assistante. Je n'avais pas son savoir, ni son influence à l'université.

« Tu te souviens de ce que tu m'as dit, juste après la mort de Hipolit ? » La voix de Kaz vibrait d'un calme enthousiasme. « "Tu as les recherches." Alors, toi aussi, tu vas les poursuivre… et les publier. Et tu iras bien. Nous irons bien tous les deux. »

J'avais du mal à croire ou à comprendre ce qu'il me disait. Pendant un long moment, je restai là dans l'obscurité, profondément perturbée, sans savoir si, au bout de tout ce temps, il me serait possible de vivre la vie d'une scientifique.

Marie

Paris, 1920

Un matin de mai où je pars au labo, la rue embaume du parfum des fleurs de cerisier. La guerre est derrière nous, c'est une belle journée, mais je me sens perturbée.

J'ai accepté un entretien avec une journaliste américaine, et je le redoute déjà. En règle générale, je ne rencontre pas les reporters et ne parle pas à la presse. Ils m'ont pourchassée et dénigrée tout au long de ma carrière – une fois, cela a même failli me tuer. Et je refuse systématiquement les demandes d'interviews, nombreuses depuis la fin de la guerre, ou mes assistants le font à ma place.

Sans doute ai-je dit oui à cette Missy Meloney parce qu'elle n'est pas française mais américaine. Et comme elle m'a écrit d'innombrables fois en disant vouloir m'aider, continuer à l'ignorer m'a paru cruel. D'autant plus que ce qu'elle a écrit dans sa dernière lettre m'a touchée : *Il est impossible d'exagérer l'insignifiance des gens. Mais vous avez de l'importance pour moi depuis vingt ans.*

Oui, c'est exactement ça ! ai-je songé en lisant cette phrase. Ce n'est pas moi qui ai de l'importance, c'est mon travail. Et Missy semblait l'avoir compris.

Néanmoins, dès que j'arrive au labo et aperçois cette femme étrange assise là, pâle, petite et timide, je m'en veux d'avoir accepté cet entretien, bien qu'elle ait l'air tout à fait inoffensive.

« Madame Curie ! » s'écrie-t-elle en se levant.

Je soupire et l'invite à entrer dans mon bureau sommairement meublé. Elle marche avec un léger boitillement. Après avoir rapproché deux chaises, je lui en propose une et prends l'autre. Depuis quelque temps, j'ai des problèmes d'audition, mais je ne veux pas lui dire que c'est pour cette raison que je m'assois aussi près. Elle doit croire que c'est par sympathie et me tapote la main. « J'ai seulement dix minutes avant de devoir retourner au travail, lui dis-je d'un ton brusque en dégageant ma main.

— Bien sûr, vous devez être très occupée, s'excuse-t-elle. Alors… racontez-moi ! » Missy me fixe de ses grands yeux couleur charbon, comme si elle cherchait à me jauger et à me juger – ma robe noire de labo élimée, mes cheveux gris et mon visage ridé. Mal à l'aise, je lisse mon chignon. « Ce grand et beau laboratoire qui est le vôtre est-il rempli de radium ? »

J'éclate de rire. « Oh, mon Dieu, non ! J'aimerais que ce soit le cas. Nous n'avons qu'un gramme de radium entreposé ici, le seul et unique en France. Ce n'est pas comme vous en Amérique qui en possédez cinquante grammes ! Quatre à Baltimore, six à Denver, sept à New York… Faut-il que je continue ? Je sais où se trouve chaque gramme de radium dans le monde.

— Vous pourriez sûrement vous en procurer davantage…

— Oui, au prix de cent mille dollars. Nous pourrions avoir un gramme de plus pour faire des essais.

Actuellement, je ne peux même pas utiliser celui-ci pour mes recherches. Il est réservé aux traitements médicaux en France.

— Cent mille dollars… Mais vous devez toucher l'argent que rapportent les droits de vos brevets d'invention ?

— Je ne dispose d'aucun droit. Le radium est à tout le monde. Pour le bien de la science. Ce n'est pas à moi d'en tirer profit. Je n'ai jamais déposé aucun brevet. »

Missy plisse les yeux, l'air de penser que j'ai commis là une grave erreur. Et peut-être est-ce le cas. Mon intention était de partager le radium avec le monde entier, mais jamais je n'ai imaginé qu'il deviendrait aussi cher une fois que d'autres commenceraient à en extraire, et que je n'aurais pas les moyens de poursuivre mes recherches.

Missy réfléchit en mordillant le bout de son stylo. « Donc, vous me dites que vous, madame Marie Curie, qui avez découvert le radium, vous ne disposez pas d'une quantité de radium suffisante pour poursuivre vos expériences ? Ni l'argent qui vous permettrait d'en acquérir davantage ? »

Je confirme d'un signe de tête. Je me retrouve dans la terrible situation où je n'ai plus les moyens de continuer mon travail. L'argent de mon second Nobel, je l'avais placé en bons de guerre, lesquels ne valent plus rien. Je vis très bien avec mon salaire annuel d'enseignante de douze mille francs, et la vente d'un livre que j'ai terminé récemment. Mais l'université n'a pas de quoi acheter l'équipement et les matériaux nécessaires aux expériences que je veux faire au labo, et encore moins du radium.

Missy pouffe de rire. Je crains qu'elle ne se moque de moi, qu'elle n'écrive un article épouvantable et déplaisant que lira toute l'Amérique. « Inutile de le préciser dans votre article », lui dis-je.

Elle reprend son sérieux. « Eh bien… pourquoi pas ? Si, au contraire, j'écrivais précisément cela et pouvais vous aider ?

— Je ne vois pas en quoi vous pourriez…

— Si j'arrivais à lever les cent mille dollars qu'il vous faut en sollicitant les femmes qui lisent mon magazine ? »

C'est à mon tour de rire. « C'est absurde… Lever de l'argent auprès de vos lectrices ?

— Vous sous-estimez les femmes américaines, Marie… Vous permettez que je vous appelle Marie ? »

J'acquiesce. Voir qu'elle semble se soucier de ma situation et me propose une solution, si ridicule soit celle-ci, me fait l'apprécier un peu plus, malgré sa profession. « Laissez-moi essayer de lever cet argent et, une fois que ce sera fait, vous viendrez en personne récupérer votre gramme de radium en Amérique. »

À la vérité, je n'imagine pas ce que je détesterais plus qu'un long voyage éreintant qui m'emmènerait de l'autre côté de l'océan, aussi loin de mon laboratoire et de mon travail. Néanmoins, j'accepte sa proposition. Quel mal y a-t-il à être polie ? Il est impossible qu'elle parvienne à récolter l'argent pour me procurer un autre gramme de radium.

Ce ne sont pas seulement mes oreilles qui me posent problème, mais mes yeux également. Jour après jour, le monde me paraît plus sombre, plus tamisé. Tout me semble brumeux, puis ombreux, et mes oreilles bourdonnent.

Au début, je fais comme si ce n'était rien et que ça ne me dérangeait pas. Je rapproche les chaises, je parle tout près des gens et je me sers en permanence d'une loupe. Mais travailler, enseigner ou lire m'est de plus en plus difficile. Irène et Ève, qui s'en sont aperçues, deviennent mes yeux et mes oreilles, l'une au laboratoire, l'autre à la maison. Chaque soir, Ève ouvre mon courrier et me le lit pendant le dîner d'une voix forte et distincte.

Elle écrit les réponses que je lui dicte, après quoi elle s'excuse et part jouer du piano. Je la supplie de continuer à étudier la science. Elle me dit qu'elle a l'intention de devenir *pianiste de concert.*

« Maman, je ne serai jamais une scientifique comme toi et Irène !

— Mais il le faut. Tu pourras toujours garder le piano comme passe-temps, cependant, à quoi ça te servira dans le monde ? Et en plus, en quoi cela servira le monde que tu joues du piano ? »

Elle se lève et s'en va plutôt que d'en discuter. J'entends sa musique au loin, à travers le bourdonnement pénible dans mes oreilles. Lui parler équivaut à hurler dans le vide. Ce qui m'attriste et m'inquiète.

Un soir, un télégramme arrive. Malgré mes oreilles qui bourdonnent, j'entends Ève sangloter avec une clarté étonnante. Quelle que soit la nouvelle, je devine qu'elle n'est pas bonne. Récemment, nous avons perdu Stanislaw, le mari de Hela, en Pologne. Et maintenant, qui d'autre ? Bronya ? Mier ? Je viens de quitter Irène au laboratoire, où tout allait bien. Ève s'assoit par terre dans l'entrée en poussant un hurlement.

« Qu'est-ce qu'il y a ? » Mon cœur se serre. Je repense à cet été abominable où mon bébé est mort, où Jakub est mort, et où mon cher et adorable Pierre m'a sauvée de mon immense chagrin. Je suis désormais trop fatiguée pour résister à un tel séisme. Je n'y survivrai pas.

« Cousine Lou a eu un accident en montagne, bredouille Ève entre deux sanglots. Tante Bronya dit que… qu'elle est totalement paralysée… Ils ne savent pas si elle remarchera… »

Je ferme les yeux, plaque mes mains sur mes oreilles pour tenter de faire cesser le bourdonnement. Depuis notre jeunesse, Bronya et moi avons accompli tant de choses… La guerre est finie, la Pologne est libre, Bronya et Mier parlent finalement de retourner à Varsovie…

Et voilà que s'abat sur eux cette tragédie. C'est trop. C'est simplement trop.

Oh, ma petite Lou… Je me rappelle nos randonnées ensemble pendant ce lointain été où je suis sortie de mon épouvantable brouillard, où j'ai respiré l'air de ses magnifiques Carpates. Bronya souhaitait qu'elle fasse des études de sciences, mais elle refusait de l'écouter. Si seulement elle l'avait fait…

Je rouvre les yeux. Le visage d'Ève en larmes n'est plus qu'une ombre. « Ce ne serait jamais arrivé si elle avait entrepris des études scientifiques comme le voulait Bronya !

— Maman… tu es sérieuse ? Tout ne tourne pas autour de la science ! »

Elle jette le télégramme sur la table et part en courant. Je ferme les yeux et j'attends. Au bout d'à peine une minute, j'entends résonner son piano, sombre et lointain, tel un orage qui gronde.

Marya

Cracovie, 1919-1920

Lorsque je revins à Cracovie après avoir installé Klara à Paris, une mauvaise grippe me cloua au lit. Kaz était si inquiet qu'il fit venir Lou, ma nièce devenue à son tour médecin. Je l'avais initiée à la biologie à Loksow, puis elle était partie faire des études de médecine à Paris, à l'issue desquelles elle était revenue en Pologne travailler avec ses parents dans leur clinique. Pendant plusieurs semaines, elle s'installa dans la chambre vide de Klara de façon à veiller sur ma santé jour et nuit.

En plus d'être très malade, sans ma fille, je me sentais extrêmement seule. J'avais du mal à respirer, la fièvre me faisait délirer, et je me demandais si la grippe n'allait pas me tuer. Ne plus avoir le réconfort de la musique de Klara me manquait affreusement, ce piano auquel je m'étais habituée après l'avoir écouté tant d'années.

« Joue dans toutes les salles de concert dont tu rêves, ma magnifique fille, lui avais-je dit avant de la quitter, comme si c'était ma dernière chance d'être sa mère, de la conseiller. Et si tu tombes amoureuse, assure-toi que ce soit d'un homme qui te considère comme son égale, que vous vous aimez l'un l'autre et qu'il ne t'étouffe pas.

— Comme toi et Papa », avait-elle dit en souriant.

Mais était-ce vraiment le cas ? Tout au long du trajet de retour en train, je m'étais interrogée. Si j'avais moi-même appliqué ce conseil étant jeune, j'aurais dit non à Kaz et serais partie à Paris.

Cependant, des années plus tard, il était toujours là quelque part avec moi. Ma maladie se prolongea et me plongea dans les ténèbres. La voix de Kaz, distante et brumeuse, s'élevait au milieu de mes rêves fébriles, m'interpellait comme il l'avait fait autrefois à la gare : *Tu ne peux pas t'en aller... Où que tu ailles... tu ne peux pas partir. Reste. Reste ici avec moi.*

Et je n'avais pas pris ce train pour Paris. Ou peut-être que si. Dans mon brouillard fébrile, je me voyais sortir de la gare du Nord sous un soleil si éclatant qu'il m'aveuglait. Devant moi, tout Paris se fondait dans un jaune éblouissant, puis s'embrasait dans les flammes bleues du laboratoire d'Ola Mazur. Tout était trop brûlant pour être touché.

Un matin, la fièvre tomba brusquement. Je m'assis dans mon lit, en sueur et haletante. Le soleil de décembre brillait derrière la fenêtre de ma chambre, illuminant les carnets d'Ola Mazur empilés sur la commode. « Lou ! m'écriai-je. Lou ! »

Elle arriva en courant, les traits tirés. Ma nièce était désormais une femme, que pratiquement plus personne n'appelait par le diminutif de son enfance. Elle était la *docteure Helena Dluska*, grande, sérieuse, austère et maternelle, exactement comme Bronya. Il était difficile de percevoir une trace de la jeune fille qui avait crapahuté autrefois dans les Carpates. Prise d'une quinte de toux, je repris tant bien que mal ma respiration tandis qu'elle s'approchait. « Tu as besoin de quelque chose, *ciotka* ? » me demanda-t-elle d'une voix inquiète.

Je hochai la tête en montrant les carnets sur la commode. « Oui, apporte-les-moi. » Klara était à Paris ; j'avais l'impression pour la première fois depuis des mois d'avoir les idées claires. Il m'était impossible d'ignorer plus longtemps la science. D'ignorer le legs que la professeure Mazur m'avait laissé.

Lou repartit à Varsovie quelques jours plus tard, mais j'étais encore trop faible pour me lever. Je passai mon temps à lire les carnets d'Ola Mazur, à décortiquer ses calculs avant d'ajouter mes propres notes dans les marges.

« Elle était tout près du but, dis-je à Kaz, un soir où il rentra du travail et vint s'asseoir au bout de mon lit – le seul espace qui n'était pas encombré de carnets et de papiers. Mais… il faudrait que je retourne au labo. Ces calculs ne sont pas assez précis. Je dois faire d'autres essais. Et j'ai une hypothèse qui incorpore les recherches électromagnétiques de Hela à ma…

— *Kochanie*, m'interrompit Kaz en desserrant sa cravate avant de m'embrasser sur le front. Pour ce qui est du labo, je crois pouvoir t'aider.

— Quoi ? » Ce qu'il racontait n'avait aucun sens !

« J'ai parlé avec le doyen. L'ancien laboratoire d'Ola est resté inoccupé depuis la guerre, et l'université a prévu d'engager un nouveau professeur de chimie l'an prochain, mais il dit que, en attendant, tu peux utiliser le labo. À condition de le libérer en le laissant en état pour le professeur suivant.

— Kaz ! » Je bondis pour le serrer dans mes bras. « Merci… c'est une merveilleuse nouvelle ! » L'idée d'avoir un laboratoire à moi, ne fût-ce que de façon temporaire, me remplit d'un nouvel espoir.

Au début, me retrouver seule dans le labo d'Ola Mazur me fit un effet bizarre. Personne n'était là pour me donner des instructions ou prendre des décisions. Personne à part moi. Quoi qu'il advienne, ce serait de mon fait à moi et à moi seule. C'était à la fois fabuleux et terrifiant.

Le labo sentait le renfermé, mais aussi la fumée, même après être resté clos si longtemps. La salle, dépourvue de fenêtres, était sombre, et la chaleur insupportable, pourtant je respirais à fond comme ça ne m'était pas arrivé depuis des mois. Mon cœur battit follement le jour où je sortis le matériel entreposé depuis des années et nettoyai les bidons, ainsi que les chambres de combustion et de refroidissement.

Je disposais seulement de quelques mois pour terminer ce qui avait été le travail de toute une vie pour Ola Mazur, mais j'avais déjà passé des semaines au lit à décider ce que je ferais. Si je prenais en compte la théorie de Hela sur l'énergie électromagnétique en l'appliquant au gaz, au lieu d'essayer de le liquéfier comme nous l'avions fait avant la guerre, je pensais pouvoir créer un détonateur à charge électrique.

J'écrivis à Hela et à Pierre afin d'avoir leur avis. Hela m'encouragea ; mon idée l'emballait. Pierre craignait que travailler en solitaire ne soit trop dur et proposait que je vienne à Paris à l'Institut Curie, avec lui, Jacques, Hela et notre nièce Marie, une scientifique en herbe elle aussi. Mais j'étais polonaise. Ma place était ici. Toute découverte que je serais susceptible de faire appartiendrait à la Pologne et à Ola Mazur.

Et en plus, j'aime travailler seule, lui répondis-je. *J'aime faire mes propres choix, être entièrement responsable de mes résultats.*

Tous les matins, je me levais à l'aube et, j'avais beau être épuisée, mon esprit était en alerte et foisonnait d'idées. Je passais chacune de mes heures d'éveil dans mon nouveau labo. Parfois, je ne rentrais à la maison qu'après que Kaz était couché et déjà endormi.

Un soir d'avril où je revins à temps pour le dîner, Kaz m'accueillit avec un tendre baiser, puis il me caressa la main en fronçant les sourcils. « *Kochanie*, tu as le bout des doigts tout noir… »

Je haussai les épaules et essuyai mon front en sueur. Le visage encore brûlant de la chaleur que je fabriquais dans la chambre de combustion, j'avais mal partout d'être restée debout toute la journée. Mais je me sentais si merveilleusement en vie que je ne prêtais aucune attention aux conséquences physiques qu'avait sur moi le labo, pas plus qu'à la noirceur de mes doigts.

« Tu as travaillé très dur, *kochanie*… On devrait prendre des vacances.

— Je ne peux pas partir, pas maintenant. Il ne me reste plus beaucoup de temps à passer au labo. Il faut que je profite de chaque minute tant que c'est possible. »

Il acquiesça. « Bon… Mais je pourrais peut-être t'acheter une bicyclette, dit-il gentiment. Ou même en acheter deux pour qu'on aille se balader ensemble. »

Reconnaissante de sa sollicitude, je lui souris. « Oui, ce serait bien. » Cependant, je mentais. En réalité, faire du vélo me semblait extrêmement fatigant. Et Kaz avait fait cette proposition d'une façon si abrupte que je me dis qu'il l'oublierait.

Toutefois, il n'oublia pas. En rentrant un soir à la maison quelques semaines plus tard, j'aperçus deux bicyclettes rouge vif devant la porte. Assis dans son fauteuil à bascule, Kaz fumait sa pipe en lisant à la lumière de la lampe. Il m'avait attendue et observa ma réaction.

« Oh… Kaz ! » J'éclatai de rire et passai ma main sur le guidon, sur lequel mes doigts laissèrent des traces noirâtres.

« Viens, *kochanie*, allons faire un tour ! » Il posa son livre et sa pipe, puis se leva.

« Là, tout de suite ? Il est tard… Il va bientôt faire nuit. » Qui plus est, être restée debout toute la journée m'avait épuisée.

Kaz me prit dans ses bras. « Il est tard, et alors ? dit-il dans mes cheveux, son souffle me chatouillant la nuque. On est encore jeunes ! »

Qu'il puisse croire une chose aussi absurde me fit rire, mais soudain, prise d'un regain d'énergie, j'eus envie de le suivre, de me *sentir* à nouveau jeune, libre et légère. J'enfourchai la bicyclette et pédalai en m'éloignant dans la rue.

« *Kochanie*, attends… Ralentis ! Tu vas trop vite… », cria Kaz derrière moi en riant, comme le jeune homme qu'il avait été autrefois à Szczuki. Nous deux, comme les jeunes gens que nous avions été autrefois.

Je pédalai encore et encore, Kaz et le vent derrière moi, serpentai dans les rues de Cracovie, franchis les grilles de l'université et ne m'arrêtai qu'en arrivant devant le labo.

Je secouai la tête. Ce que j'avais dit à Pierre était vrai : j'aimais travailler seule, être responsable de mes résultats. Mais ce jour-là, j'avais accompli une chose que j'avais envie de partager avec quelqu'un. « Je voudrais te montrer ce sur quoi j'ai travaillé, dis-je à Kaz en posant ma bicyclette dans l'herbe.

— Maintenant ? Mais… il fait trop noir pour voir quoi que ce soit ! »

Je lui tendis ma main. Il hésita une seconde avant de la prendre, puis nous montâmes l'escalier du bâtiment des sciences et entrâmes dans mon minuscule labo. Il faisait très sombre. Kaz s'avança vers la lampe. « Non, dis-je en le retenant.

— Mais je ne peux pas voir ce que tu fais dans le noir…

— Si… Regarde ! »

Je le fis se tourner vers la chambre de combustion, où j'avais laissé du mercure dans un tube chargé électriquement – j'avais fini par trouver la charge électrique qui convenait pour transformer le mercure en feu. Dans l'obscurité absolue, le feu de mercure brillait, faisant vibrer mon petit laboratoire d'une sublime lueur bleu argenté. Elle était là, juste devant nos yeux : la clef du système de détonation d'Ola Mazur. Bleue et vivante. Mystique. Comme le dernier ruban de lumière au crépuscule.

« Oh, *kochanie*, regarde ce que tu as fait ! » s'exclama Kaz en contemplant mes flammes de mercure. Quand il s'approcha de la chambre de combustion, son visage s'illumina de bleu et d'or. « C'est la plus belle chose que j'aie jamais vue ! » s'exclama-t-il. Et c'était vrai.

Marie

Amérique et Paris, 1921-1922

La traversée transatlantique à bord de l'*Olympic* est longue et pénible. Je passe la majeure partie de mon temps dans ma cabine, en proie à des vertiges. Ève et Irène m'y laissent seule pour aller profiter des repas somptueux et de la vue avec Missy, qui est venue exprès à Paris afin de nous accompagner à New York. Et régulièrement, elles reviennent voir comment je me porte. Elles caquettent comme des poules, s'inquiètent que je n'aie pas assez mangé ou fait assez d'exercice, que je ne me sois pas *amusée*.

« Ce ne sont pas des vacances, c'est du travail ! » leur dis-je avec plus de dureté que je ne le voulais.

Après tout, un accord est un accord. En moins d'un an, Missy est parvenue à lever ses cent mille dollars – les femmes américaines ont fait des donations, comme elle avait été convaincue qu'elles le feraient. Sans doute l'ai-je sous-estimée, comme on m'a sous-estimée ma vie entière. Et j'admire Missy d'avoir réussi. Je suis ravie d'avoir bientôt un autre gramme de radium pour la France. En revanche, je déteste avoir à entreprendre un tel périple : la traversée sera suivie d'une tournée de conférences de *sept semaines* dans diverses universités de femmes qui me décerneront des titres honorifiques. Nous terminerons par Washington, à la Maison-Blanche, où le président Harding me remettra mon gramme de radium. Je dis à mes filles que c'est du travail, mais je pense surtout que ça m'éloigne de mon vrai travail au laboratoire. Je donnerais n'importe quoi pour être plutôt là-bas.

Ma vue a encore tellement baissé que j'y vois à peine. Le mois dernier, je l'ai avoué à Missy dans une lettre en espérant que mon état me dispenserait du voyage. Mais elle m'a répondu qu'elle m'avait pris un rendez-vous chez un spécialiste à New York. Et à présent, la perspective de le rencontrer me semble justifier en grande partie ce voyage. Je veux mon radium, oui. Cependant, j'ai encore plus besoin de mes yeux, d'y voir à nouveau au labo, faute de quoi ce radium me sera inutile. Et tous les médecins que j'ai consultés à Paris ne m'ont rien dit qui ait pu m'aider, sinon que je devrais songer à prendre ma retraite. D'après eux, le radium et les rayons X auxquels j'ai été exposée pendant la guerre sont à l'origine de mes problèmes. Mais je suis encore bien trop jeune pour partir à la retraite. Mon labo est toute ma vie, mon travail, tout mon univers. Que me restera-t-il si je suis obligée de le quitter ?

« Marie, tant de femmes en Amérique vous adorent ! me dit Missy, essayant de me remonter le moral. Vous les inspirez. Elles sont impatientes de vous rencontrer. Ce sera merveilleux d'attirer toute cette attention sur vous ! »

Que m'avait-elle écrit un jour, à propos de *l'insignifiance des gens* ? Pourquoi ces femmes s'intéressent-elles à moi ? Elles feraient mieux de s'intéresser à la science, au radium.

« Mais elles s'y intéressent ! m'assure Missy. Comment croyez-vous que j'ai réussi à rassembler cette somme en seulement quelques mois ? »

Elle ne comprend pas que ce voyage se profile devant moi dans une quasi-obscurité, que je redoute les discours, les rencontres mondaines et les journalistes. *Oh, mon Dieu, les journalistes*... Missy m'a promis qu'il ne sera fait aucune mention du *scandale* avec les Langevin, que personne en Amérique ne s'intéresse à ce genre de choses. Mais maintenant que je suis au milieu de l'Atlantique, que le roulis du bateau me donne le tournis et me rend malade, je me demande comment j'ai pu me laisser embarquer dans cette histoire. Je donnerais n'importe quoi pour y voir clair et mener une existence anonyme en passant mes journées à travailler au laboratoire.

Quand enfin nous accostons à New York, je mets ma vieille robe noire confortable, agrémentée du nouveau chapeau en taffetas que m'a trouvé Ève avant le départ. Je me sens ridicule, mais, avant que je puisse changer d'avis et l'enlever, les journalistes sont là qui m'attendent en criant : « Madame Curie... madame Curie ! »

Je les entends à travers le bourdonnement de mes oreilles, j'aperçois une horde se rassembler derrière le voile brumeux de mes yeux. Et brusquement, je me revois descendre du train à mon retour de Bruxelles, le ventre noué de cette douleur interminable.

J'ai tellement de mal à respirer que je laisse Missy, Irène et Ève parler la plupart du temps. Assise entre elles sur une chaise, je m'efforce de ne pas pleurer et me contente de répondre à quelques questions sur le radium.

Le lendemain matin, le *New York Times* imprime un gros titre outrancier à la une : MME CURIE PRÉVOIT LA FIN DE TOUS LES CANCERS.

« Ce n'est pas du tout ce que j'ai dit ! » Je brandis le journal alors que nous prenons le petit déjeuner dans l'appartement élégant de Missy à Greenwich Village et manque de renverser ma tasse de café.

Ève rattrape la soucoupe juste à temps, prend le journal et lit l'article. « Ils m'appellent "la fille aux yeux de radium" ! s'esclaffe-t-elle d'un air ravi.

— C'est absurde ! Si tu avais du radium dans les yeux, tu serais aveugle ! » Toutefois, en disant cela, je réalise à quel point la remarque est appropriée. Ma fille cadette est magnifique, phosphorescente. Je devrais le lui dire, mais je n'en fais rien. Ce n'est pas le problème.

J'essaie de me remémorer les propos exacts que j'ai tenus sur le radium et le cancer au moment où l'on a débarqué, or ce n'était pas ça. J'ai simplement dit que je comptais utiliser ce nouveau gramme de radium afin d'expérimenter de nouveaux traitements contre le cancer – jamais je n'ai promis de *tous les guérir* ! « Je suis là depuis seulement une journée, et déjà la presse raconte des mensonges à mon sujet ! Je veux rentrer en France. Irène, prends-nous des billets sur le prochain bateau ! »

Irène reste figée, comme si elle cherchait à décider quoi faire, et à modérer sa joie de découvrir la ville de New York en même temps que ma colère. Elle s'apprête à dire quelque chose, puis se ravise.

« Marie, je vais les appeler, et nous leur ferons publier une rétractation, propose Missy. Ils n'ont pas écrit ça par malice, juste par enthousiasme. L'Amérique vous adore ! Et les gens sont impatients qu'il existe un traitement contre le cancer ! C'est ce que vous avez fait. Sauver d'innombrables vies. »

Je me laisse amadouer par son compliment et j'accepte : d'accord, un rectificatif fera l'affaire.

Et de fait, le journal en publie un dès le lendemain : LE RADIUM NE SOIGNE PAS TOUS LES CANCERS. Mais avant de le trouver, il faut aller à la page 16.

Les semaines suivantes, les discours et les obligations s'enchaînent à un tel rythme, et je me fatigue si facilement et me sens si mal, qu'Irène et Ève me remplacent de plus en plus souvent à mesure que nous nous déplaçons d'est en ouest – New York, l'État de New York, et ensuite Pittsburgh. Nous nous arrêtons à Chicago, où les festivités sont plus importantes qu'à New York. Missy m'explique que c'est parce que de nombreux Polonais vivent ici, et ils viennent tous m'acclamer. Quant à ce qu'ils acclament exactement, je l'ignore.

J'ai l'impression d'être exposée comme un objet, je brûle d'envie de m'enfuir, de retrouver Paris, mon labo et la science. Je dois faire ce qu'il faut pour obtenir mon radium – sourire, saluer de la main, parler quand je le peux. Néanmoins, c'est une épreuve pénible, dont je déteste chaque minute. Ce n'est pas ce que je veux, jamais je n'ai voulu ça.

Lou séjourne dans un établissement de Chicago où elle tente de retrouver des sensations dans les jambes. Nous planifions d'aller lui rendre visite au milieu de toutes ces occupations. C'est un choc de la voir en fauteuil roulant, infirme et dépendante, en train de regarder le ciel gris de Chicago par la fenêtre.

« Tu as bonne mine », dit Ève en mentant à sa cousine lorsqu'elle l'embrasse. Irène confirme d'un vigoureux signe de tête.

Lou se tourne vers moi. Je m'approche tout près de son visage pour mieux la voir. Ses grands yeux ronds sont hagards. Je la serre contre moi d'un geste maladroit en la prenant par les épaules. « Vivre comme ça est trop dur, *ciotka* », me chuchote-t-elle à l'oreille.

Sa voix est atone. J'ai du mal à retrouver la jeune fille qui m'emmenait dans les Carpates. Pourtant elle est là, quelque part, je le sais. « Tu es une femme forte, lui dis-je. Comme moi, comme ta mère. Nous avons toutes enduré beaucoup de choses. Tu finiras par surmonter cette épreuve. »

Lou s'écarte en fronçant les sourcils d'un air sceptique, puis se tourne de nouveau vers la fenêtre.

Elle m'inquiète. Je déteste la laisser ici dans cet état. Mais comme elle ne peut pas marcher, il m'est impossible de l'emmener vers l'ouest. Et Missy nous a encore prévu un programme de deux semaines.

L'année suivante, en France, tout paraît plus prometteur.

J'ai mon nouveau gramme de radium, de nouvelles recherches en cours. J'ai été opérée de la cataracte aux deux yeux, après que le médecin que m'a fait rencontrer Missy en Amérique a diagnostiqué que c'était de là que venait le problème. Et j'y vois à nouveau, avec l'aide de ma loupe.

Un télégramme urgent arrive de Bronya. Tenant à le lire moi-même, je le prends des mains d'Ève.

Lou est morte.

Ces trois mots s'enfoncent en moi, pesants.

« Qu'est-ce qu'il y a, Maman ? C'est Lou ? » s'écrie Ève, affolée.

Sa perspicacité me surprend, même si ça ne devrait pas. À Chicago, Ève avait été joyeuse, mais elle avait vu le regard vide de Lou et ses jambes affreusement atrophiées. « Elle s'est suicidée », dis-je en lisant la suite du télégramme.

Ève plaque sa main sur sa bouche, ses yeux se remplissent de larmes, et elle part en courant. Je ne m'aperçois pas que mes mains tremblent avant qu'Irène ne vienne me prendre le télégramme et s'assoie par terre avec moi en m'enlaçant par les épaules.

Ce n'est pas juste. Ce n'est pas possible. J'ai mal pour ma sœur-mère, à qui ses deux enfants ont été arrachés trop tôt. Pourquoi la mort plane-t-elle sur ma famille ? J'essaie de respirer, mais mes poumons me brûlent comme si je venais de courir pendant des jours. Tant de gens ne sont plus là ; tant de deuils autour de nous…

Aurais-je pu empêcher tout cela si j'avais fait les choses différemment dans ma vie ? Pendant cet été passé dans les Carpates, peut-être aurais-je pu parler à Lou, la convaincre de renoncer à l'escalade pour s'intéresser à la science. Ou j'aurais pu trouver un médecin qui aurait guéri Jakub si j'avais convaincu Bronya de rester un été de plus à Paris. Et Pierre. Si je l'avais empêché de sortir cet après-midi-là sous la pluie ? Pendant toutes ces années, j'ai changé le cours de la science ; pourquoi n'ai-je pas été capable de sauver ma famille ?

« C'est ma faute… Tout est ma faute… »

Irène s'accroche à moi. « Maman, comment ça pourrait être ta faute ? Qu'est-ce que tu aurais pu faire ?

— J'aurais pu faire les choses différemment.

— Maman, murmure-t-elle en me caressant les cheveux, comme si c'était moi l'enfant et elle la mère. Quand on l'a vue à Chicago, Lou allait très mal. Il n'y avait rien à faire. »

Je la serre de toutes mes forces, respire son odeur : un mélange de fleurs, de soleil et de labo. « Promets-moi que tu ne me quitteras jamais, ma fille chérie…

— Je te le promets. »

Marya

L'Arcouëst, 1922

Je passai l'été 1922 dans la maison de Hela et Jacques à L'Arcouëst, où même Bronya accepta de venir afin que les trois sœurs et leurs enfants soient une nouvelle fois réunis. Nos maris continuèrent à travailler et ne vinrent nous rejoindre en fin de semaine que de temps en temps. Mais pour la première fois depuis de longues années, nous étions là toutes les trois avec les enfants. C'était merveilleux.

L'année précédente, je l'avais consacrée à rédiger un article sur les recherches d'Ola Mazur et mes résultats. Je n'avais plus accès au laboratoire de l'université Jagellonne, où le doyen avait engagé un nouveau professeur de chimie, un homme âgé qui ne voyait pas l'intérêt de poursuivre mes recherches sur le mercure, en dépit de tous les arguments que lui avait présentés Kaz en ma faveur. Néanmoins, j'avais des mois de résultats, et un article qui en attestait. Je l'apportai à Hela, dans l'espoir qu'elle conviendrait qu'appliquer sa théorie sur l'électromagnétisme au mercure était extrêmement stimulant. Qu'elle voudrait même peut-être approuver mes découvertes sur l'emploi du mercure pour déclencher une commutation électrique, et qu'elle m'aiderait à publier mon article dans une revue scientifique.

« Marya, c'est brillant ! s'exclama-t-elle, les joues roses, après l'avoir lu. Tes recherches pourraient se révéler révolutionnaires ! Si jamais il y avait une nouvelle guerre, imagine comme ce dispositif augmenterait la précision des bombes… et des avions ! »

Je lui souris, cependant, elle allait trop vite. J'avais fait s'enflammer du mercure dans un tube chargé électriquement, en émettant l'hypothèse que ça pouvait fonctionner comme dispositif de détonation, ou dans une commutation. Or cela semblait très loin du contrôle des bombes ou d'une autre guerre – *à Dieu ne plaise !* Je le dis à Hela, qui éclata de rire.

« Mais toute grande idée est d'abord une petite idée. » Elle réfléchit une seconde, et je repensai à une phrase latine que j'avais apprise autrefois à l'université volante à Loksow : *Omnium rerum principia parva sunt.* « Pourquoi ne viens-tu pas avec moi à Bruxelles en octobre, Marya ? On pourrait présenter ce papier ensemble au congrès Solvay. Peut-être que quelqu'un voudra entreprendre des recherches supplémentaires avec nous…

— Au congrès Solvay ? » Je me souvenais que la professeure Mazur y était allée. C'était là qu'elle avait croisé Hela, juste avant qu'elle reçoive son prix Nobel. Étant en grande partie une autodidacte, je n'imaginais pas me mêler à des scientifiques comme ma sœur qui avaient des diplômes supérieurs des meilleures écoles. « Je ne sais pas si…

— Je te paierai ton billet. Tu n'as aucune raison de ne pas venir…

— Oh, vous deux ! s'exclama Bronya en levant les yeux au ciel. On ne pourrait pas arrêter de parler de science cinq minutes et profiter de cette vue magnifique ?

— Tu peux toujours parler ! rétorqua Hela. Toi qui passes tout ton temps à travailler !

— Je me suis accordé un mois entier de congé, protesta Bronya, l'air étonnée par sa remarque. Lou et moi avons pris des vacances…

— J'arrêterai de parler de science si Marya accepte de m'accompagner à Bruxelles. » Toutes deux me dévisagèrent en attendant ma réponse.

« D'accord, dis-je finalement, à la fois enchantée et terrifiée. J'irai avec toi. »

Puis je m'installai sur la plage entre ma sœur-jumelle et ma sœur-mère, et toutes les trois, avec nos visages ridés et nos chignons grisonnants, nous oubliâmes la science un petit moment. Nous regardions nos grands enfants nager, faire la course dans l'eau, rire et blaguer comme des cousins et de bons camarades. Lou était la plus rapide, Jakub arrivait deuxième. (Naturellement, les enfants de Bronya étaient les meilleurs, comme leur mère.) Marie battait Klara. Ma fille magnifique passionnée de musique, moins athlétique que ses cousins, arrivait toujours dernière.

Là, tandis que nous étions sur la plage, Hela prit ma main, moi celle de Bronya, et nous restâmes ainsi ensemble, trois vieilles femmes liées par le sang et l'amour à tout jamais. Et par la science.

« Regardez ce que nous sommes devenues, tout ce que nous avons fait ! » dit Hela avec un sourire dans la voix alors que nous contemplions la mer s'étendant à l'infini. Je m'étais habituée à cette immensité et n'en avais plus peur. Et j'avais toujours beau ne pas aimer entrer dans l'eau, j'admirais son impressionnante beauté. Bronya me pressa la main. J'en fis autant.

Ma sœur-jumelle avait remporté le plus grand prix scientifique, et étant donné qu'elle et Jacques avaient breveté leur découverte, les profits qui affluaient leur avaient permis de construire un laboratoire de trois étages à Paris, où ils poursuivaient leurs recherches. Marie terminait sa licence de chimie et s'apprêtait à venir travailler à leurs côtés.

Ma sœur-mère et son Kazimierz, après avoir dirigé un sanatorium à Zakopane pendant des années, envisageaient de revenir à Varsovie ouvrir un hôpital, où Lou prévoyait de travailler elle aussi. Jakub étudiait la médecine à l'université Jagellonne. Un jour, tout un hôpital serait sans doute dirigé par une lignée de Dluski médecins.

Et moi ? J'avais élevé ma fille aussi magnifique que talentueuse, je lui avais donné la vie, la musique et une opportunité. Et j'avais repris les recherches d'Ola Mazur dont j'avais moi-même tiré quelque chose – une théorie, puis un article. Une petite chose qui peut-être deviendrait grande. Après être allée au congrès Solvay, si je parvenais à faire publier mon article, peut-être que, un jour, lorsque je ne serais plus sur cette plage en train de regarder ma Klara nager, ou de l'écouter donner un concert, une petite part de moi, un petit bout de mon idée, me survivrait dans ce vaste monde.

Pierre était resté tout l'été à Paris, où, enfin, il travaillait avec Jacques sur sa pechblende. D'après Hela, la vraie raison pour laquelle il était resté était Jeanne, qui refusait d'être dans la même pièce qu'elle (encore plus de passer l'été dans la même maison) depuis qu'elle avait engagé Paul pour travailler avec elle et Jacques l'année précédente. « C'est un scientifique hautement qualifié », m'avait-elle dit en haussant les épaules.

J'étais embêtée. *Oh, Hela, n'y avait-il vraiment personne d'autre ?* Mais de toute façon, je ne croyais pas que ce qu'elle disait était vrai. Pierre voulait depuis longtemps tester son hypothèse sur la pechblende. Ce travail représentait davantage à ses yeux que n'importe quelle femme, n'importe quel amour. C'était pour cette raison qu'il était resté à Paris.

Cependant, Pierre débarqua à L'Arcouëst à la fin d'un après-midi d'août, quelques jours avant que nous nous préparions tous à repartir. Sa barbe était d'un blanc neigeux, et il était quasiment chauve, mais ses yeux étaient toujours d'un bleu aussi profond que l'eau autour de Stockholm.

« Tout va bien au labo ? » lui demanda Hela, inquiète de le voir là. Elle travaillait avec Jacques à adapter leurs recherches sur l'électromagnétisme à l'imagerie médicale et, désormais, son nouveau laboratoire était son enfant préféré.

« Oui, très bien. J'avais juste besoin de quitter la ville quelques jours. Mais ne t'inquiète pas, Jacques continue à travailler.

— Mmm… » Bronya croisa les bras en jetant à Pierre le même regard réprobateur que le soir où nous étions rentrés à la Villette après être allés voir passer le Tour de France. Je souris à ce souvenir.

« Si vous voulez tout savoir, Jeanne et Paul se sont réconciliés, ajouta Pierre en nous observant toutes les trois comme si nous étions une force qui lui faisait peur.

— Oh, Pierre… Je suis désolée », rétorqua Hela en le serrant brièvement dans ses bras. Il haussa les épaules, sans me quitter des yeux. Je lui fis un petit sourire, puis haussai les épaules à mon tour, étonnée que ma sœur ait vu juste sur la raison qui l'avait incité à passer l'été à Paris. L'amour, pas la science.

« Il y a de la vodka dans la glacière, Pierre, dit alors Bronya en allant dans la cuisine. Tu as l'air d'avoir besoin d'un verre. »

Plus tard, une fois tout le monde parti se coucher, Pierre et moi nous installâmes sur la terrasse en buvant de la vodka. Dans la lueur vacillante de la lampe, j'apercevais les vagues qui se brisaient au loin contre les rochers.

« Je ne sais pas si je l'ai jamais vraiment aimée, murmura Pierre.

— Vous avez dû l'aimer, pour être resté avec elle des années.

— Mmm… Mais il y a peut-être une différence entre un grand amour et un compagnonnage, mon amie. »

Je songeai à Kaz, aux longues années que nous avions passées ensemble, et je n'étais pas certaine d'être d'accord avec Pierre. Que signifiait un *grand amour* si, pendant tout ce temps, il ne venait pas combler les moments de solitude ? Si les seules choses dont une personne avait besoin pour survivre étaient ses études, son travail, son laboratoire, j'aurais pris ce train pour Paris et abandonné Kaz à la gare. Mais il n'y avait pas que cela. À quoi servait le travail si on ne pouvait le partager avec qui que ce soit ? « Comment va votre pechblende ? » lui demandai-je en changeant de sujet.

Pierre esquissa un sourire. « Jacques et moi avons fini par isoler ce qu'on cherchait. Un élément totalement différent du becquerelium, et dont les propriétés chimiques sont différentes.

— C'est merveilleux ! »

Il acquiesça et but une grande lampée de vodka. « Oui, je suppose que je devrais être content. Mais... à quoi bon ? À part moi, qui d'autre cela intéressera ? Et puis, je suis vieux, et pas tout à fait un vrai scientifique.

— Premièrement, vous êtes tout à fait un vrai scientifique. Deuxièmement, vous n'êtes pas si vieux. »

Il soupira et fit tournoyer sa vodka au fond de son verre. « Quoi qu'il en soit, mes jambes sont fatiguées. J'ai du mal à me lever le matin, encore plus à entreprendre le travail ardu qu'exige la recherche scientifique. Je crois que je vais me retirer à Sceaux et passer les jours qui me restent dans les jardins de mon enfance.

— C'est absurde ! Vous êtes en bonne santé. Vous devez poursuivre votre travail. » Sachant à quel point le soutien de Hela par rapport à mon article comptait pour moi, je voulais apporter le même à Pierre. « Je vous propose une chose. Hela veut que je vienne présenter mes recherches au congrès Solvay cet automne. J'irai à condition que vous veniez présenter les vôtres. »

Pierre éclata de rire, comme s'il croyait que je plaisantais, puis son expression changea du tout au tout en voyant mon air sérieux.

« Pourquoi pas ? repris-je. Peut-être que les futures générations pourront utiliser ces choses que nous avons découvertes… Et que nos petites découvertes donneront de l'importance à la totalité de ce qu'auront été nos vies et nos choix. »

Il termina son verre et contempla la flamme vacillante de la lampe. « Oui, peut-être… »

Marie

Paris, 1925-1926

Au printemps 1925, Irène termine sa thèse de doctorat sur la désintégration alpha du polonium. Je suis heureuse que notre fille à Pierre et à moi poursuive nos recherches. Depuis que nous l'avons découvert, le polonium est resté largement ignoré. Ce qui, en tant que scientifique, a toujours été mon plus grand regret.

Mais en voyant ma chère Irène se prendre d'un intérêt particulier pour le polonium, je l'aime plus que jamais. Elle soutient sa thèse et obtient son doctorat à la Sorbonne.

Jour après jour, nous travaillons au laboratoire côte à côte. Nous avons tout : un travail satisfaisant, de bons salaires, une belle maison à Paris, plus celle que nous faisons construire à L'Arcouëst pour y passer l'été. Tous les jours, nous prenons nos repas ensemble et allons ensemble au labo. Elle est mes yeux, mes oreilles et, parfois, mon cerveau. Pourquoi aurions-nous besoin de quoi que ce soit d'autre ?

Mais un jour, je lui confie la tâche de former un nouveau jeune ingénieur chimiste, Frédéric Joliot, à l'utilisation de techniques de laboratoire précises en radiochimie. D'un seul coup, elle reste très tard au labo et arrive de bonne heure pour l'aider. M'abandonne pour l'aider.

Le matin, je dois partir toute seule étant donné qu'elle a déjà pris son petit déjeuner et filé aussitôt. Le trajet à pied dans la rue Pierre-Curie me paraît soudain très long et très solitaire.

En juin, Missy m'écrit au sujet d'une jeune Américaine qui a travaillé à l'usine de l'US Radium Corporation, dans le New Jersey. Peintre de cadrans lumineux, elle peignait des montres avec du radium, et elle attaque l'entreprise en justice en disant que son travail, qui nécessitait qu'elle effile son pinceau en l'humectant sur ses lèvres, a eu des conséquences néfastes sur sa santé.

Ève me lit la lettre pendant le dîner, car mes yeux me posent à nouveau problème et Irène n'est pas encore rentrée. Je l'ai laissée il y a des heures au labo en train de travailler avec Frédéric.

« Maman, Missy s'interroge sur les effets qu'a le radium sur ta santé, dit Ève en continuant à lire la lettre, laquelle évoque neuf ouvrières qui sont décédées. Moi aussi, je m'inquiète de savoir qu'Irène et toi passez votre temps à manipuler du radium… D'ailleurs, deux hommes sont morts ici en France. »

Marcel Demalander et Maurice Déménitroux étaient des jeunes gens qui avaient travaillé autrefois dans mon laboratoire et qui, plus récemment, préparaient du thorium X à usage médical dans une usine proche de Paris. Et comme ils avaient succombé à des maladies différentes à quelques jours d'intervalle, la presse avait accusé le radium.

« Ne dis pas de bêtises ! répliqué-je en balayant ses inquiétudes d'un revers de main. Mon laboratoire est un endroit sûr. J'ai toujours pris toutes les précautions nécessaires. On part en vacances loin de la ville tous les étés, on fait le plein de bon air et d'activités en extérieur qui régénèrent nos poumons.

— Mais ces filles américaines et… ta santé… » Elle pose la lettre et fronce les sourcils.

Ève ne comprend pas ce que nous faisons. En dépit de mes protestations, elle a décidé de continuer le piano de façon professionnelle, et elle donnera bientôt son premier concert à Paris. Je ne comprends pas qu'elle soit attirée par une carrière de musicienne, ni comment elle peut croire qu'une telle chose la nourrira psychiquement et matériellement tout au long de sa vie. Mais, quoi que je lui dise, et bien que j'aie essayé de la pousser vers la science, chaque fois elle revient à son piano.

« Ma santé va très bien. Je suis une femme de cinquante-sept ans en pleine forme.

— Qui voit et entend à peine… Et tu es tout le temps épuisée.

— Tu n'as aucune idée de ce dont tu parles ! dis-je, la voix tremblante.

— Ne te fâche pas, rétorque Ève d'un ton plus doux. C'est juste que je m'inquiète pour toi, Maman…

— Je n'ai pas besoin que tu t'inquiètes pour moi. Si tu suivais une formation scientifique comme ta sœur, peut-être le comprendrais-tu ! »

Son visage se décompose, comme si je venais de la gifler alors que je n'ai pas bougé. Puis elle se lève d'un bond et sort de la pièce.

Quelques minutes plus tard, le son de son piano remplit la maison. Elle joue une mélodie aiguë, à la fois douce et triste, qui me rappelle les gouttes de pluie sur le toit en tôle du laboratoire le jour où Pierre a été tué.

Je retiens mes larmes en songeant : *Je devrais aller la voir, je devrais lui dire ça.* J'ai beau aimer Ève, je n'ai jamais su la comprendre ou lui parler. Je lui dis toujours ce qu'il ne faut pas.

Il n'empêche qu'elle a raison : je suis épuisée. Je reste là à l'écouter jouer et ferme les yeux en pensant à ces gouttes de pluie, à ce dernier jour où j'ai vu Pierre en vie. Et je m'endors dans mon fauteuil en rêvant de cette autre vie, de cette autre époque.

Ève veut que je vienne à son premier concert qui aura lieu dans quelques semaines, et je prévois d'y aller. Mais quand le soir dit arrive, ma fatigue est telle que je reste à la maison et me couche de bonne heure. Irène y va à ma place, accompagnée de Frédéric Joliot, ainsi que me le rapportera Ève le lendemain au petit déjeuner.

« Tu t'attaches trop à lui, dis-je à ma fille aînée. À partir d'aujourd'hui, je veux que tu travailles au labo avec un autre étudiant. »

Irène rougit, fait une grimace à sa sœur, puis boit une gorgée de café. « Fred est adorable, Maman. Et il est amusant. »

Fred ? « Mmm… En quoi est-ce utile à une Curie que l'on soit *adorable* et *amusant* ?

— J'ai bien quelques idées ! plaisante Ève.

— Et en plus, c'est un brillant scientifique, ajoute Irène, qui, comme moi, ne prête aucune attention à sa remarque.

— La brillante scientifique, c'est toi. Ce Frédéric n'est rien d'autre qu'une distraction.

— Maman... » Irène secoue la tête, ferme les yeux et fronce les sourcils. L'espace d'une seconde, je repense au fait que Pani Zorawska avait dit de moi ce que je suis en train de dire de Frédéric. Toutefois, c'est différent. Complètement différent. Ma fille est trop douée pour se laisser distraire par un homme.

« Je suis sérieuse, Irène. Je veux que tu gardes tes distances avec lui. »

Elle soupire, se lève et débarrasse la table du petit déjeuner. « Je dois aller au labo », dit-elle brusquement en m'embrassant sur la tête.

Alors que je la regarde partir en me demandant si je ne devrais pas l'accompagner, Ève m'interpelle : « Si tu te poses la question, Maman, mon concert s'est très bien passé. Je prévois d'en faire un autre à Bruxelles cet été. Tu pourras venir, j'espère ? »

Je suis lasse de me disputer avec elle. Lasse de la supplier de me choisir, de choisir la science. Je pense à Irène, l'imagine entrer dans le labo sans moi et parler à *Fred*.

« Maman ?

— J'essaierai, ma chérie, dis-je d'un air distrait. J'essaierai vraiment. »

« J'ai quelque chose à te dire, déclare Irène quelques semaines plus tard au milieu du dîner.

— Oui ? » Ce soir-là, je n'ai pas très faim. J'ai relu un article en touchant à peine à mon assiette. Depuis que je l'ai priée de garder ses distances avec Frédéric, Irène a été mutique et marche sur la pointe des pieds. Soulagée qu'elle veuille me parler, je pose l'article et lève la tête.

« Fred et moi allons nous marier », m'annonce-t-elle brusquement.

Sa phrase résonne et me choque. Je cligne des yeux en croyant avoir mal entendu. « Quoi ? »

Elle le répète, et je l'entends, je vois ses lèvres remuer et s'étirer en un sourire. Mais c'est comme si elle parlait une autre langue ou jouait un des morceaux d'Ève au piano. Quelque chose qui m'est incompréhensible.

« Non. Je ne te laisserai pas faire. »

Son sourire laisse place à une mine renfrognée comme je lui en vois rarement, plus proche de l'expression favorite de sa sœur. « Maman, j'ai vingt-neuf ans, dit-elle doucement. Fred et moi, nous sommes amoureux. Nous avons tout ce que toi et Papa avez eu autrefois, on s'aime et on est passionnés par notre travail. Comment pourrais-tu ne pas le comprendre ? »

Les larmes aux yeux, je pense à Pierre. *Nous nous aimons et notre travail nous passionne.* Mais c'est ce que j'ai avec Irène. Elle est ma partenaire, ma confidente. Que ferai-je sans elle ?

Et si Pierre était là, que dirait-il ? *Nous voulons qu'elle soit heureuse, mon amour. Nous voulons qu'elle ait une vie belle et facile.*

Mais avec moi, elle est déjà heureuse.

Mon amour, elle a vingt-neuf ans. Elle est amoureuse.

Qu'est-ce qu'elle en sait ?

« Maman, je ne te demande pas ta permission, enchaîne gentiment Irène en me tirant de mes pensées. Je te dis simplement ce qu'il en est. Fred et moi, nous nous aimons. Et nous allons nous marier. »

Que puis-je faire ? Que puis-je dire ? J'ai perdu tant de gens. Si inquiète que je sois à l'idée qu'elle se donne à un homme, je ne peux pas l'en empêcher. Irène est une adulte, une scientifique brillante. Mais je ne peux pas la perdre. Et plus important, elle ne peut pas se perdre.

« Je tiens à ce que soit rédigé un contrat de mariage, finis-je par dire. Dans lequel il sera stipulé que le laboratoire et tout le radium t'appartiennent à toi et à toi seule.

— D'accord. Fred se fiche de tout ça. Il m'aime et je l'aime.

— Tu l'aimes peut-être pour l'instant. » Je veux qu'elle comprenne, je veux juste ce qu'il y a de mieux pour elle. Je ne veux pas qu'elle soit meurtrie par l'amour comme moi je l'ai été. « Mais l'amour est fugace. La science ne t'abandonnera jamais. »

Marya

Varsovie, 1926-1932

Après avoir obtenu son diplôme au conservatoire, Klara trouva un poste dans un orchestre symphonique à Londres. Et une fois qu'elle gagna sa vie, je dis à Kaz que je désirais plus que tout retourner vivre à Varsovie, la ville de mon enfance. Agata y était revenue après la guerre et avait développé notre université, en la rebaptisant l'Université des femmes de Pologne.

Kaz me répondit qu'il avait envie de changement lui aussi et que, plus que tout, il voulait me voir heureuse. Il démissionna de la Jagellonne, puis nous emménageâmes dans un appartement à Praga-Północ, où notre chambre offrait une très belle vue sur la Vistule. Je retournai enseigner avec Agata quelques jours à peine après notre installation.

Nos enfants avaient grandi, nos vies étaient totalement différentes – le mari d'Agata était mort depuis trois ans, et son fils Piotr étudiait l'art à Cracovie –, mais notre amitié revint immédiatement, avec autant de facilité que lorsque nous travaillions chez les Kaminski.

« Oh, Marya, c'est bon de te retrouver ! » Je ressentais la même chose. « Sans toi, l'école n'a plus jamais été la même. »

Soulagée et heureuse, je lui souris, la remerciai de m'accueillir ainsi après tout ce temps et tout le travail qu'elle avait effectué en vue de développer ce qui n'avait été à Loksow qu'une petite université.

Mais Agata rétorqua que c'était elle qui avait de la chance. « Après tout ce que tu as accompli, Marya, les étudiantes ont tellement de choses à apprendre de toi ! » dit-elle en me regardant d'un œil rayonnant de fierté.

Quelques années auparavant, après que je l'avais accompagnée au congrès Solvay, Hela m'avait aidée à breveter mon appareil, que j'avais appelé le *détonateur Mazur-Zorawska.* Mais comme je ne recherchais ni la richesse ni la gloire, j'avais fait don de mon brevet au gouvernement polonais, dans l'espoir qu'il trouverait des moyens de l'utiliser en permettant à mon beau pays de rester beau, libre et polonais pour de nombreuses générations à venir.

J'avais mon expérience au labo à transmettre à une nouvelle génération de femmes polonaises, ainsi que le détonateur Mazur-Zorawska. Je donnais des cours de chimie et de physique à l'Université des femmes, comme de nombreuses années plus tôt, sauf que je disposais à présent d'une belle salle de classe dans un beau bâtiment où je pouvais entrer sans crainte.

J'appréciais le confort de l'enseignement, d'être assise dans une salle avec des fenêtres et d'aller déjeuner dans un café en respirant l'air frais de Varsovie. J'adorais entendre les sons de la langue polonaise libre lorsque je rentrais le soir en marchant dans ces mêmes rues que j'avais empruntées dans ma jeunesse. Mais ce qui me plaisait le plus, c'était de voir s'éclairer le visage et les yeux de mes jeunes élèves quand je leur parlais de Hela et de Jacques recevant leur prix Nobel, des recherches d'Ola Mazur que j'avais reprises en appliquant la théorie de Hela, ou de Pierre découvrant son nouvel élément après l'avoir espéré durant tant d'années.

« Il ne faut jamais renoncer, disais-je à ces jeunes femmes qui me fixaient de leurs regards éclatants. Ne laissez jamais les circonstances, la malchance ou l'âge vous arrêter. Vous devez faire le choix de continuer. On a toujours le choix. »

Kaz ne resta pas longtemps inactif. Le contact quotidien avec les étudiants et les discussions sur les mathématiques lui manquaient. Au bout de quelques mois, il retourna enseigner à l'université de Varsovie deux matins par semaine. Et le soir au dîner, nous prenions plaisir à parler de nos élèves, de ce qu'on enseignait et de ce qu'on apprenait chaque jour.

Bronya vivait tout près de chez nous dans la banlieue d'Anin, où la clinique qu'elle dirigeait avec Kazimierz et Lou aidait des patients à se remettre de la tuberculose. Kaz et moi les voyions tous les trois au moins une fois par semaine, le dimanche soir.

Hela était toujours à Paris avec Jacques et Marie. Tous trois travaillaient à l'Institut Curie, où ils avaient fait de grandes avancées concernant l'usage des aimants dans l'imagerie médicale. La plupart du temps, Marie dirigeait le labo pendant que Hela et Jacques voyageaient, donnant des conférences et levant des fonds en vue de financer leurs recherches. Ils étaient allés partout en Europe, et deux fois aux États-Unis, mais Hela, qui n'aimait pas voyager, me disait dans ses lettres que plus elle vieillissait, plus la Pologne et ses sœurs lui manquaient.

Il y a très peu de science dans la célébrité, et très peu de joie pour Jacques et moi quand on ne travaille pas ensemble au labo, m'écrivait-elle.

Je la poussai à revenir à Varsovie pour se rapprocher de ses deux sœurs, à venir enseigner dans mon université et partager ses connaissances avec d'autres jeunes femmes. *Jacques ne quittera jamais la France,* me répondit-elle. Et en dépit de ses plaintes, je me demandais si une part d'elle-même n'aimait pas en fin de compte la notoriété, ou si elle s'y sentait liée par je ne sais quel devoir. J'étais triste à l'idée qu'elle ne puisse jamais partir et connaître une belle vie tranquille comme celle que Bronya et moi avions à Varsovie.

Pierre m'écrivit que, certains jours, il assistait Marie au laboratoire, mais que, le reste du temps, il se promenait à bicyclette dans le parc de Sceaux et était content de laisser sa nièce poursuivre ses recherches. Je l'imaginais rouler, cheveux et barbe au vent, en se délectant du parfum des fleurs. Kaz et moi avions apporté nos vélos à Varsovie et partions en balade le dimanche, emportant parfois un panier de pique-nique pour déjeuner au bord de la Vistule.

En 1929, Marie m'envoya une étude scientifique qu'elle venait de publier afin que je fasse part de ses résultats à mes étudiantes. Elle travaillait sur la désintégration alpha de l'élément de Pierre, dont elle avait déterminé que la demi-vie était de seulement cent vingt-huit jours. Une durée particulièrement remarquable comparée à celle du becquerelium, évaluée à mille six cents ans.

Imagine ces deux éléments radioactifs côte à côte dans la pechblende, qui sont si similaires et ont pourtant une demi-vie si différente, écrivait-elle.

La demi-vie. *Quelle curieuse expression*, pensais-je. *Si peu scientifique.*

Ce terme m'évoquait plutôt la façon dont j'aurais pu décrire ce que j'avais vécu tout au long de ma vie d'adulte. Un pied dans la réalité avec Kaz, un autre dans le rêve de ce que j'aurais pu devenir si j'étais partie étudier à la Sorbonne dans ma jeunesse.

Klara, désormais pianiste soliste dans l'orchestre symphonique de Londres, donnait des concerts partout en Europe. Kaz et moi allions la voir dès que nous pouvions nous le permettre, en fonction du coût et de la distance, notamment pendant l'été, lorsque aucun de nous n'enseignait. À l'été 1932, nous partîmes l'écouter jouer à l'Ancienne Belgique à Bruxelles, puis à la salle Pleyel à Paris, où nous rejoignirent Hela, Jacques, Pierre et Marie.

Comme elle était belle sur la scène, dans sa robe de taffetas aussi bleue que ses yeux ! Assise dans la salle, j'étais fascinée de voir ses doigts voler sur les touches, à la fois rapides, furieux et délicats. D'une certaine manière, Kaz et moi avions fait de notre fille ce qu'elle était. Mais elle avait travaillé sans relâche, s'était entraînée encore et toujours. Elle avait poursuivi son rêve et s'était aussi faite elle-même.

Kaz me pressa la main et, au moment où Klara vint saluer, il m'embrassa sur la joue. « Tu pleures, *kochanie*, murmura-t-il en essuyant mes larmes. Ne sois pas triste…

— Je ne suis pas triste. Quand je la vois là, je sais qu'on a fait ce qu'il fallait. Nous avons fait les bons choix, non ?

— Oui, *kochanie*. »

« Venez faire un tour avec moi », me proposa Pierre le lendemain matin. Il était passé chez Hela et Jacques, où nous séjournions encore pour quelques jours, et tout le monde riait autour de la table du petit déjeuner : Kaz et Klara, Hela, Marie et Jacques. Pierre m'avait chuchoté sa demande à l'oreille, si bien que personne ne sembla l'entendre ou le remarquer.

Je me levai. « Je reviens vite », murmurai-je à Klara, assise à côté de moi. Elle me sourit, puis replongea aussitôt dans sa conversation et ses fous rires avec sa cousine Marie.

« Venez », dit Pierre en me prenant par la main. Ce geste familier me réconforta. Il marchait avec plus de lenteur qu'autrefois, les épaules légèrement voûtées, il n'avait plus de cheveux, sa barbe était moins fournie et complètement blanche. « Au parc Monceau, les delphiniums sont en fleur. Et, je vous le jure, ils sont de la même couleur que vos flammes de mercure ! Chaque fois que je passe devant, je pense : Marya adorerait ces fleurs. »

À Varsovie, je n'avais pas de jardin comme à Cracovie, et d'ailleurs je me sentais trop vieille pour jardiner. J'avais des difficultés à respirer. Alors que nous marchions avec Pierre, je dus ralentir le pas et fus soudain prise d'une quinte de toux.

« Marya ? Êtes-vous malade ?

— Non, non… Je tousse un peu, c'est tout. » Mais dans ma poitrine, mes poumons se comprimaient et exerçaient une pression contre mes côtes, de sorte que les mots sortirent dans un sifflement. Pierre sembla s'alarmer. « Ne vous inquiétez pas, lui dis-je. Je demanderai à Lou de m'examiner quand nous serons rentrés à Varsovie. Mais je suis sûre que ce n'est rien. Venez… Montrez-moi vos delphiniums ! »

Je n'avais pas vraiment menti à Pierre, néanmoins, en rentrant à Varsovie, j'attendis encore six mois avant de laisser Lou m'examiner. Sans doute parce que, au fond de moi, je savais. La scientifique et l'enseignante que j'étais connaissait suffisamment le corps humain pour comprendre que le mien me lâchait. Cependant, je n'arrivais pas à dépasser mon déni, je gardais le stupide espoir que, si je l'ignorais, le mal disparaîtrait. Et que j'irais mieux.

« C'est cette grippe qui m'a un peu reprise, rien de plus », rassurais-je un Kaz inquiet pendant des mois et des mois chaque fois que je toussais.

Mais l'hiver venu, ma toux était devenue insupportable, et ma respiration si laborieuse que je ne pus l'ignorer plus longtemps. Comme je préférais y aller seule, je pris le train pour Anin un jeudi, un jour où Kaz avait cours.

« Oh, *ciotka…* », dit Lou en examinant ma radio. Trois mois plus tôt, elle avait épousé un écrivain qu'elle avait soigné de la tuberculose à la clinique et, jusqu'à cet instant, son visage avait été rayonnant de joie.

« Dis-moi la vérité. Ne cherche pas à me ménager. »

Elle me tendit la radiographie. Les grosses taches noires sur mes poumons confirmaient ce que je savais déjà. Un cancer proliférait en moi. Après toute la fumée que j'avais inhalée au laboratoire à Cracovie jour après jour, ce n'était pas très surprenant.

Et pourtant, je ressentis comme un choc qu'une telle chose puisse m'arriver *à moi*. Mes mains tremblaient. « Tu es certaine que c'est la mienne ? » demandai-je à Lou d'un ton incrédule. La radio aurait pu tomber de la machine, être celle d'un autre patient.

Elle me prit dans ses bras et me caressa les cheveux. « Le cancer est à un stade trop avancé pour opérer, dit-elle au bout de quelques instants. Et nous n'avons pas d'autre traitement que la chirurgie, tu le sais. »

J'acquiesçai. Oui, je le savais. Il n'y avait rien à faire, aucune thérapie capable de me soigner. « Combien de temps penses-tu qu'il me reste ? »

Ma nièce se contenta de me serrer contre elle sans répondre tout de suite. Et finalement, elle dit : « Si tu as de la chance, si le cancer n'est pas trop agressif… un an, peut-être ? »

Marie

Varsovie, 1932

Un grand Institut du radium va ouvrir à Varsovie, entièrement consacré à la curiethérapie, qui utilise mon radium pour soigner le cancer. À la fin du mois de mai, je pars toute seule en Pologne assister à l'inauguration ; aucune de mes filles ne peut m'accompagner.

Irène a récemment donné naissance à un petit garçon qu'elle a prénommé Pierre, en hommage à son père, et elle et Frédéric restent à Paris pour s'occuper de l'enfant et de mon laboratoire. À propos de Frédéric, je dois reconnaître que je me suis trompée. Irène a raison : il est gentil et drôle ; c'est un bon scientifique, et maintenant un bon père. Tout ce que mon Pierre aurait voulu pour Irène. Je n'ai pas du tout perdu Irène à cause de Frédéric, au contraire, j'ai gagné un autre scientifique et un gendre. Irène est meilleure que moi. Pour elle, peut-être que l'amour et la science peuvent être une seule et même chose.

J'ai passé la majeure partie de ces dernières années à voyager, à lever de l'argent pour financer mes instituts, à prononcer des discours et à recevoir des honneurs, c'est donc bien de savoir Irène et Frédéric à Paris. Je préférerais de très loin être avec eux au laboratoire, seulement, si ce n'est moi, qui trouvera de quoi subventionner la suite de mes recherches ?

Lorsqu'elle n'a pas d'engagement professionnel, Ève m'accompagne dans mes voyages. Elle ne me ressemble pas, ni à Irène – c'est une rêveuse, qui a la tête dans les nuages, comme son père. Quand elle traverse la rue, j'ai tendance à lui recommander de faire bien attention. Ce qui est ridicule étant donné que ma vue a baissé et que, lorsque nous sortons ensemble, c'est elle qui veille sur moi. J'aurais aimé qu'elle vienne à Varsovie, mais elle ne pouvait pas, et d'ailleurs elle ne comprend pas l'importance singulière que revêt pour moi ce voyage. Ce n'est pas juste un discours de plus, un honneur de plus – j'ai finalement donné quelque chose à ma patrie.

Le trajet en train jusqu'à Varsovie me paraît cependant très, très long, et d'autant plus que je suis seule. À mon arrivée, je me sens tellement épuisée que je ne me souviens plus très bien pourquoi j'étais si impatiente d'entreprendre ce voyage. Tout mon corps est endolori.

Mais dès que je vois ma sœur-mère et ma sœur-jumelle venues m'attendre toutes les deux à la gare, et que je les serre dans mes bras, je ressens une lueur de bonheur.

La ville me reçoit avec enthousiasme, me décerne des titres honorifiques et m'adresse plein de discours aimables. C'est une chose étrange que de faire coïncider tout cela avec la ville que j'ai connue quand j'étais jeune et pauvre, avec le pays qui a refusé de m'embaucher, de me vouloir, de nous aimer Pierre et moi autrefois. Et là, je suis devant mon nouvel institut face à une foule qui m'acclame. Sur une brique du bâtiment, on a même inscrit quelque chose en mon hommage.

Hela et Bronya assistent à la cérémonie d'inauguration. Être ici avec elles deux est merveilleux. Elles me tiennent chacune par une main, et nous restons là toutes les trois à admirer le grand et bel institut, longtemps après que le ruban a été coupé et que la foule s'est dispersée.

« Regarde ce que tu as fait ! murmure Hela. Papa serait fier de toi. »

J'ai tant perdu, tant de gens... Je suis vieille, malade, et souvent très seule. Parfois, je me demande à quoi ressemblerait ma vie si Pierre était encore là. Je repense à ce dernier matin baigné de soleil à Saint-Rémy, lorsque l'amour, la lumière et notre petite famille irradiaient autour de moi – Pierre avait parlé de *chance*.

Mais c'était il y a longtemps. Depuis toutes ces années, en dépit de tout ce que j'ai perdu, jamais je n'ai perdu de vue mon travail. Grâce à la radiothérapie, de nombreux Polonais guériront du cancer ici même, dans cet institut. Et alors que je regarde ce grand et beau bâtiment polonais, je me fais la réflexion que tous les choix que j'ai faits ont été les bons.

Bronya acquiesce à la remarque de Hela. « Oui, très fier... Comme moi je le suis d'être la directrice médicale de cet institut. » Bien que l'ouverture officielle ait lieu aujourd'hui, nous avons admis des patients qui sont soignés depuis déjà plusieurs mois, sous la houlette de Bronya.

Je m'approche de ma sœur-mère pour distinguer son visage à travers la brume de mes yeux. Elle est trop pâle, trop maigre. Qu'elle vive seule à Varsovie sans autre famille que Hela m'inquiète. Depuis la mort de Mier, survenue il y a deux ans, Bronya s'est consacrée à la supervision de la construction de cet institut tout en levant des fonds pour qu'il soit terminé, et aujourd'hui, c'est elle qui le dirige.

Néanmoins, elle me paraît fragile, sa peau ridée plisse sur ses os. Mais dès que je lui demande de me parler des personnes qu'elle soigne ici, son visage s'illumine un peu. Même au bout de tout ce temps, ma sœur-mère a besoin, et veut, qu'on ait besoin d'elle. Ce sont maintenant les Polonais qui ont besoin d'elle, pour qu'elle les soigne avec mon traitement contre le cancer.

« Je suis fatiguée, dit-elle après m'avoir parlé de ses patients. Il est temps de rentrer à la maison. »

Cependant, je ne suis pas encore prête à la laisser partir – ou à me priver de ce temps passé auprès de mes sœurs. Je la supplie de marcher jusqu'au bord de la Vistule, d'aller regarder l'eau d'un bleu éclatant, la laisser nous apaiser et nous porter comme quand nous étions jeunes. Elle objecte qu'il est tard, mais Hela est d'accord et insiste.

« La vie est étrange et trop courte, dit-elle. Et si nous n'avions plus jamais l'occasion d'être ensemble ? » Il est vrai que les trois sœurs Sklodowska ont survécu à leurs maris, et que Bronya a survécu à ses enfants. Ici à Varsovie, mes deux sœurs restent proches, mais ma vie est toujours à Paris, mon laboratoire est à Paris. Le très long voyage m'a tellement épuisée que je ne sais pas si je serai capable de rentrer chez moi.

Mais je ne vais pas l'avouer devant elles. « Qui sait quand nous nous retrouverons toutes les trois ? »

Bronya finit par accepter. Nous partons à pas lents. Mes yeux y voient si mal que je tiens fermement mes sœurs, compte sur elles pour me montrer le chemin, me guider.

« Vous vous souvenez du jour où on est venues se promener ici, après la mort de Maman ? demande Hela. Et de ce que tu nous as dit à propos du fleuve, Bronya ?

— Ça remonte à si longtemps… Je ne sais plus. »

Mais moi, je m'en souviens. Nous étions alors très jeunes, très tristes et totalement perdues. Nous ne savions rien du monde en dehors de Varsovie, ni de ce que nous réservait l'avenir. Nous ne savions rien des hommes, de l'amour, de la science ou de la guerre. Nous venions de perdre notre mère et pensions avoir tout perdu. Nous ne savions pas que nous pourrions encore perdre tellement de choses, survivre à tellement de choses. Nous ne savions pas de quoi nous étions capables, ce que nous deviendrions, ou que nous changerions le cours de la science.

Bronya avait dit que le grand air et l'eau nous feraient du bien. Elle nous avait prises Hela et moi par la main et nous avait pratiquement tirées jusqu'ici. Et au moment où nous étions arrivées au bord du grand fleuve bleu, elle s'était exclamée : « Regardez, mes sœurs ! Regardez comme l'eau coule… Jamais elle ne s'arrête, elle ne peut pas s'arrêter. »

Au moment où nous arrivons au bord du fleuve, l'eau est toujours aussi bleue, aussi belle et saisissante que dans mon souvenir.

« Regarde, dis-je à Bronya. L'eau continue de couler, encore et toujours, sans jamais s'arrêter. Elle ne peut pas s'arrêter. »

Marya

Varsovie, 1934

J'ai soixante-six ans et je suis en convalescence, mes poumons ne sont plus en mesure de porter le poids de ma respiration. Presque toute la journée, je dors, mais je n'arrête pas de rêver, réconfortée par les concertos de Klara que j'entends dans ma tête. Pendant mes heures d'éveil, Bronya, Lou et Kaz s'occupent de moi, m'apportent de la soupe et des fleurs, s'assoient à mes côtés en me parlant doucement. Derrière la fenêtre, j'aperçois un pan de ciel pâle de l'été polonais ou, les jours où je me sens assez bien pour m'asseoir dans mon lit, les eaux bleues étincelantes de la Vistule qui coulent là-bas au loin.

Klara arrive de Londres. C'est à ce moment-là que je comprends que c'est vraiment la fin, que le cancer l'a emporté sur ma volonté de respirer. Kaz a dû la prévenir qu'il fallait qu'elle vienne au plus vite.

Maman, tu as besoin de quelque chose ?

J'ouvre les yeux et vois sa silhouette, plus une ombre que ma fille magnifique. *Joue pour moi*, lui dis-je. *Joue-moi une chanson.*

Sa douce musique est comme un baume, un souvenir. Un paysage onirique.

Promets-moi quelque chose, lui dis-je. *Tu n'arrêteras jamais de jouer cette musique. Et si tu tombes amoureuse d'un homme, assure-toi qu'il soit ton égal, qu'il ne sera pas un obstacle à ta carrière. Ne t'arrête jamais, Klara. Accomplis tout ce que tu veux et ne t'arrête jamais.*

Dans l'autre pièce, le son de son piano résonne, encore et encore. Je ferme les yeux et l'écoute en souriant.

Maman... C'est de nouveau la voix de Klara.

Des heures ont passé, ou seulement quelques minutes. À moins que ce ne soit des jours. Ma fille magnifique, *mój mały kurczak*, est une ombre qui se penche vers moi. Non, il y a maintenant deux ombres.

Quelqu'un est venu te voir, dit Klara. *Il est venu jusqu'ici de Paris !*

L'ombre se transforme en un souvenir, et comme mon odorat ne m'a pas encore quittée, j'inspire profondément : les fleurs du parc de Sceaux. Le parfum des cerisiers en fleur alors que nous roulions à bicyclette dans les rues de Paris en pédalant à toute allure, le soleil sur nos visages.

Ralentissez, mon amie ! Vous allez beaucoup trop vite !

Marya... Il dit mon nom. *Oh, Marya*... Je me souviens comme son visage s'est décomposé en Suède au bord du lac, le jour où il a voulu m'embrasser. Je me souviens de son expression sur la terrasse au bord de la mer quand il faisait tourner sa vodka dans son verre, comprenant enfin que son travail était important. Que sa vie voulait dire quelque chose. Qu'elle *veut dire* quelque chose. Il est ici, il est vivant et il respire, et il continuera à le faire, même lorsque je ne serai plus là.

Il a dû s'asseoir près du lit dans un fauteuil, car, à l'instant où je rouvre les yeux, son ombre me paraît plus petite, plus proche. Je suis à nouveau jeune, je roule à bicyclette sur les pavés des rues de la Villette, grimpe dans les montagnes des Carpates sous le ciel très bleu d'une journée de juillet. Nous sommes ensemble au sommet du monde et contemplons la vallée en contrebas.

Vous êtes venu jusqu'ici ? crois-je lui demander. Mais peut-être que je ne dis rien du tout.

Imaginez, si nous nous étions connus étant plus jeunes, dit Pierre. *Si nous nous étions mariés. Imaginez ce qu'aurait pu être notre vie, Marya…*

Je referme les yeux et, quelque part entre le sommeil et l'éveil, entre la vie et la mort, entre ce qui est encore ma respiration et ce qui sera mon dernier souffle, j'imagine.

Marie

France, 1934

La fin semble fondre sur moi à toute vitesse, même s'il y a longtemps qu'elle le fait. J'ai été malade et fatiguée, mes yeux, mes oreilles et mes jambes me posent des problèmes depuis tant d'années que j'ai l'impression que je vivrai pour toujours ainsi.

Je continue à travailler au laboratoire jusqu'à ce que je sois incapable de tenir debout. Terrassée par une grippe épouvantable, je dois rester alitée pendant des jours. Ève fait venir médecin sur médecin.

« Je vais en trouver un qui fera en sorte que tu ailles mieux, Maman », m'assure-t-elle en me pressant la main trop fort dans l'obscurité de la chambre.

Ève n'est pas une scientifique. Elle ne connaît pas le corps humain, ne le comprend pas comme moi. « Le moment est venu, lui dis-je – et je sais que c'est la vérité. Le moment est venu pour moi de lâcher. »

Mais je suis très faible, très fatiguée. Peut-être que je ne lui dis rien du tout.

Et puis un matin, je me réveille dans un sanatorium de Haute-Savoie, à Sancellemoz. Assise à mon chevet, Ève pleure, et je sais que, cette fois, elle comprend.

À soixante-six ans, je suis en convalescence, mes os ne sont plus capables de me porter en dehors de ce lit. Je dors presque toute la journée, mais je continue à rêver. Pierre me revient la plupart du temps, et la douleur de le perdre m'oppresse si fort la poitrine que j'arrête un instant de respirer. Puis je me réveille et respire à nouveau. Je ne suis pas encore morte.

Ève ne me quitte pas. Elle m'appelle dans l'obscurité.

Maman, tu as besoin de quelque chose ?

Je rouvre les yeux, et la silhouette que je distingue ressemble plus à une ombre qu'à ma fille cadette. *La fille aux yeux de radium.* Je regrette de ne pas avoir appris à mieux comprendre la musique qu'elle joue au piano. J'aurais voulu la serrer plus fort, l'aimer mieux, apprécier son talent. *Peut-être qu'il y a pour toi plus que la science*, voudrais-je lui dire. *Joue dans toutes les salles de concert dont tu rêves, trouve un homme qui soit ton égal, et aimez-vous.* Seulement les mots ne sortent pas comme il faut.

Mais oui, je vais te jouer une chanson, dit-elle.

C'est sans doute ce que je lui ai demandé. Car les touches du piano tintent telles les gouttes de pluie sur le toit en tôle de notre laboratoire le dernier matin où j'ai vu Pierre.

Maman. C'est de nouveau la voix d'Ève.

Des heures ont passé, ou seulement quelques minutes. À moins que ce ne soit des jours. Telle une ombre, ma fille magnifique se penche vers moi. Non, il y a maintenant deux ombres. J'aimerais que l'autre soit celle d'Irène, ma fille aînée, mon cœur, ma compagne, ma confidente. Mais ce n'est pas elle. Cette ombre, beaucoup plus grande qu'Ève, est trop imposante.

Quelqu'un est venu te voir, murmure-t-elle. *Il dit que vous avez été amis en Pologne, il y a longtemps.*

Il ?

L'ombre se transforme en un souvenir. Comme mon odorat ne m'a pas encore abandonnée, j'inspire profondément : menthe poivrée et tabac de pipe. Puis viennent la rivière gelée à Szczuki, les pommes de pin et les sapins le long de la route où nous avons marché ensemble pour la dernière fois.

Pourquoi est-il ici ? Il a vécu toute sa vie sans moi, a épousé Leokadia et est devenu un mathématicien respecté en Pologne, comme en avait rêvé sa mère.

Marya, dit-il. Il a dû s'asseoir dans un fauteuil à côté du lit, car, au moment où j'ouvre les yeux, son ombre me paraît plus petite, plus proche. En sentant le poids de sa main sur la mienne, je sais. Je sais que c'est *sa* main, la sensation est la même après toutes ces années. J'ai à nouveau vingt-deux ans, je patine sur la rivière à en avoir le tournis et je ris. C'est ridicule, puisque scientifiquement impossible. Mes os sont quasiment réduits en poussière. Je suis incapable de me lever de ce lit.

Pourquoi es-tu ici ? crois-je lui demander. Mais peut-être que je ne dis rien du tout.

La plus grande erreur de ma vie a été de te laisser partir, répond Kazimierz. *J'aurais dû t'épouser.*

Je ferme les yeux, et j'imagine : les différents choix que j'aurais pu faire, comment j'aurais pu sauver ma famille. J'aurais pu vivre d'une façon tellement différente : une vie anonyme, une vie plus heureuse, une vie polonaise. Une vie sans la science.

Je rouvre les yeux, mais tout est noir.

« Maman… » La voix d'Irène semble très lointaine, comme si elle me parvenait du bout d'un long tunnel sombre. Je sens sa main sur la mienne, celle d'Ève sur l'autre.

Kazimierz n'est plus là, sans doute qu'il ne l'a jamais été. Pierre est si proche que je sens presque sa main caresser ma joue, entends presque sa voix me crier : *Ralentis, mon amour, tu pédales beaucoup trop vite !*

J'aime notre vie ensemble. Comment ai-je pu avoir autant de chance ?

Mais la chance n'existe pas. Seulement les choix que nous faisons. Seulement le travail que nous entreprenons. Seulement le legs qu'on laisse derrière soi.

« Ma vie aurait pu être tellement différente…

— Chut, dit Irène sans comprendre. Je suis là, Maman. Ne parle pas. Repose-toi. Tout va bien au labo, je te le promets. Fred et moi en prendrons soin. »

Alors que je referme les yeux, l'obscurité se pare d'un éclat jaune d'or sublime, tel le radium ce soir-là dans notre laboratoire de longues années auparavant, comme si Pierre était monté au ciel capturer la lumière des étoiles et l'avait mise sous verre.

« Oh, Pierre… Regarde ce que tu as fait ! »

Il s'assoit au bord de la table près de la lumière. Son visage s'illumine de vert et d'or. « Non, regarde ce que toi tu as fait, mon amour. Toutes ces années, tout ce travail extraordinaire… Regarde ce que tu vas laisser derrière toi ! »

Le radium a une demi-vie de mille six cents ans. Il existera encore et encore, longtemps après que j'aurai rendu mon dernier soupir.

Pierre disparaît. Irène et Ève se sont fondues dans l'obscurité. Mon radium resplendit devant moi, éclatant et magnifique, il est puissant et il guérit. À la fin, il est tout ce qui reste, la seule chose qui compte.

Regardez ce que j'ai fait.

UN MOT DE L'AUTEURE

Marya Zorawska n'est pas une personne réelle, néanmoins elle aurait pu exister.

La vraie Marie Curie, née Marya Sklodowska en Pologne en 1867, était la plus jeune de cinq enfants. À la fin des années 1880, elle s'engagea comme gouvernante chez la famille Zorawski à Szczuki, essayant de gagner assez d'argent pour partir à la Sorbonne à Paris et aider sa sœur Bronya à faire ses études de médecine. (Bronya qui aiderait à son tour Marya lorsqu'elle la rejoindrait plus tard à Paris.) Toutefois, alors qu'elle était gouvernante, Marya tomba amoureuse du fils aîné de la famille, Kazimierz Zorawski. Ils se fiancèrent, mais Kazimierz rompit leurs fiançailles parce que sa mère désapprouvait leur union, estimant que Marya n'était qu'une pauvre employée et n'arriverait jamais à rien. Peu de temps après, Marya partit vivre chez sa sœur Bronya à Paris, francisa son nom en *Marie* et commença à étudier à la Sorbonne.

Kazimierz Zorawski épousa par la suite Leokadia Jewniewicz, pianiste et fille d'un éminent mathématicien, Hipolit. Ils eurent trois enfants. Devenu lui-même un mathématicien renommé, Kazimierz enseigna à l'université Jagellonne à Cracovie, puis à l'université de Varsovie après la Première Guerre mondiale. (Son beau-père, Hipolit, travaillait avant sa mort sur la théorie de l'élasticité ; il publiera ses travaux à titre posthume en 1910.)

Je ne sais pas si la vraie Marie a jamais eu des regrets de ce qui s'était passé avec Kazimierz, et, d'après tout ce que j'ai pu lire, je pense que Pierre Curie a été son plus grand amour, son égal sur le plan scientifique et son partenaire dans tous les sens du terme. Mais on raconte que Kazimierz passa les dernières années de sa vie à venir s'asseoir sur un banc devant l'Institut du radium à Varsovie, où il contemplait la statue de Marie érigée là après son décès, en 1934. C'est en lisant cette anecdote que m'est venue l'idée de cette histoire.

Dans les chapitres concernant Marya, qui tous relèvent de la fiction, j'imagine comment Marya Sklodowska aurait pu vivre une vie différente et devenir quelqu'un d'autre si elle avait fait un autre choix. En revanche, les chapitres sur Marie s'inspirent tous de la vie réelle de Marie Curie. Les morts tragiques, les hauts et les bas, les scandales de sa vie privée tout comme les aléas de sa carrière scientifique sont fondés sur des faits historiques. J'ai pris quelques libertés fictionnelles pour les besoins de mon histoire. Notamment, j'ignore si Marie et Kazimierz se sont revus après 1891, ou ce qu'ils auraient pu se dire si cela avait été le cas. Dans cette veine, la scène dans laquelle il tente de la dissuader de prendre le train pour Paris est inventée. Comme celle où ils se croisent dans un café à Varsovie pendant l'été 1906.

J'ai également suivi la réalité historique des personnes faisant partie de l'entourage de Marie : les vies de Bronya et Hela, Pierre, Irène et Ève, ainsi que celles de Jean Perrin, Jeanne et Paul Langevin (qui se sont bel et bien réconciliés en 1914, même si Paul a eu plus tard une autre liaison). Les Curie et les Langevin ont réellement passé des vacances ensemble pendant l'été 1908, et l'incident au cours duquel

Jeanne frappe Paul à la tête a bien eu lieu, même si, à ma connaissance, ce n'était pas durant ces vacances et si je me suis permis certaines libertés avec la chronologie. La durée et l'ampleur de la liaison qu'ont eue Marie et Paul demeurent quelque peu floues et méconnues, mais ils ont eu un pied-à-terre à Paris en 1910, et les détails concernant les lettres, les menaces et le chantage qu'exerce Jeanne, ainsi que les retombées dans la presse, sont véridiques. Et si Marie a en effet recouru à l'électrolyse pour obtenir du chlorure de radium à l'état métallique au moment où elle était avec Paul, j'ai imaginé que c'était lui qui lui en avait soufflé l'idée.

Bronya perdit ses deux enfants de façon tragique lorsqu'ils étaient très jeunes, comme décrit dans le livre, et elle survécut à son époux et à Marie. Elle dirigea l'Institut du radium en Pologne dès son ouverture. Irène travailla avec sa mère sur les champs de bataille pendant la Première Guerre mondiale et, ensuite, dans son Institut à Paris. Elle épousa Frédéric Joliot (contre l'avis de sa mère, qui l'obligea à signer un contrat de mariage), lequel finit néanmoins par gagner l'affection de sa belle-mère. En 1935, un an après le décès de Marie Curie, Irène et Frédéric reçurent le prix Nobel pour leurs travaux sur la radioactivité artificielle. Ève devint pianiste de concert, puis écrivaine (elle écrira une biographie de sa mère après la mort de celle-ci), et reporter de guerre pendant la Seconde Guerre mondiale. Elle épousa un diplomate américain et travailla par la suite pour l'Unicef. Elle fut la seule de la famille à ne pas remporter un prix Nobel, mais son mari, Henri Labouisse, se vit remettre le Nobel de la paix en récompense de son travail auprès de l'Unicef. Elle vécut jusqu'à cent deux ans, sans avoir été touchée par les hautes quantités de radiation qui tueront sa mère et sa sœur à un bien plus jeune âge.

Je me suis autorisé une seule omission notoire concernant la famille de Marie. Dans la réalité, il existait un autre enfant Sklodowski, un frère, Józef, qui était médecin à Varsovie et a toujours été présent dans la vie de Marie, Bronya et Hela. Je l'ai écarté de l'histoire pour des raisons romanesques.

La ville de Loksow est fictionnelle, mais tous les autres lieux cités dans le livre sont réels, qu'il s'agisse de Zakopane (où Bronya avait bien un sanatorium), de Saint-Rémy, où Marie et Pierre ont passé un merveilleux dernier week-end de Pâques avant la mort accidentelle de celui-ci, ou de L'Arcouëst, un hameau breton où se retrouvaient l'été de nombreux professeurs de la Sorbonne. L'Université des femmes de Marya relève de la fiction, mais l'Université volante a existé à Varsovie. Et la vraie Marie y a suivi des cours avec sa sœur Bronya avant qu'elles ne partent à Paris. L'école, légalisée vers 1905-1906, est devenue par la suite la Société des cours de sciences, puis, après la Première Guerre mondiale, l'Université polonaise libre. Agata et les autres femmes de l'école sont toutes des personnages de fiction, à l'exception de Leokadia Jewniewicz qui, dans la réalité, était pianiste concertiste et épousa Kazimierz quelques années après qu'il eut rompu avec Marya. Je me suis demandé en quoi sa vie aurait été différente si Marya avait épousé Kazimierz, et si elle avait poursuivi sa carrière de musicienne au lieu de se marier et d'avoir des enfants.

Pour ceux que la biographie de Marie Curie intéresse, je recommande de lire *Madame Curie*, d'Ève Curie, *Marie Curie*, de Susan Quinn, et *Marie Curie and Her Daughters*, de Shelley Emling. Ces livres m'ont été d'une immense aide pour établir la chronologie des vies de Marie et de Marya. Toute erreur ou omission dans ce domaine, intentionnelle ou autre, relève uniquement de mon fait.

REMERCIEMENTS

Certains livres me viennent avec facilité, l'intrigue déjà pleinement formée. En revanche, pour *Marie et Marya*, j'ai cherché durant des mois comment raconter l'histoire, où et quand la situer, et qui seraient les principaux personnages. Au bout d'un an, j'ai commencé (gribouillé) deux romans distincts intitulés *Marie* et *Marya*, chacun lié à Marie Curie d'une façon différente et situé dans une époque différente, avec des personnages différents de ceux qui figurent dans la version finale. Ce n'est qu'après avoir écrit quatre-vingts pages pour la seconde fois que je me suis rendu compte que Marya Zorawska avait besoin d'une voix, et que l'histoire que je souhaitais raconter était celle-ci.

Je suis toujours immensément redevable à ma merveilleuse agente, Jessica Regel, et cette fois-ci plus encore dans la mesure où non seulement elle a cru que j'y arriverais, mais n'a pas pensé que j'étais folle quand je l'ai appelée en lui disant que je recommençais le livre pour la troisième fois. Je lui suis également reconnaissante de m'avoir lue et encouragée tout au long de ces faux départs jusqu'à la version finale, et de n'avoir jamais perdu son enthousiasme à l'idée que j'écrive un roman sur Marie Curie. Merci également à l'extraordinaire équipe de Foundry qui s'occupe de mes droits subsidiaires et de mes contrats, notamment à Claire Harris, Richie Kern, Sarah Lewis, Sara DeNobrega, Marin Takikawa et Natalie Todoroff.

Merci à ma merveilleuse éditrice, Sarah Stein, qui est demeurée extraordinairement imperturbable lorsque j'ai changé d'avis au début, et dont les conseils avisés et les modifications minutieuses m'ont aidée à polir les histoires de Marya et de Marie. Merci également à l'éditrice adjointe Alicia Tan de m'avoir fourni d'innombrables détails tout au long du processus. Je suis très reconnaissante à toutes les équipes de vente, de marketing et de publicité chez Harper qui placent mes livres entre les mains des lecteurs et des lectrices. Un immense merci à Doug Jones et à Amy Baker pour leur enthousiasme et leur soutien continuels à mon travail.

J'ai la chance d'avoir de nombreux amis écrivains qui m'encouragent et sont toujours là pour m'écouter et lire mes premiers brouillons. Un grand merci à T. Greenwood, Maureen Leurck et Brenda Janowitz de m'avoir permis de ne pas devenir folle grâce à leurs textos et leurs mails, et de m'avoir donné leur avis. Quand je bloque sur un point de l'intrigue, j'appelle toujours mon amie Eileen Connell, qui en discute avec moi – cette fois-ci, elle m'a aidée à déterminer ce que devaient être les deux derniers chapitres. Un énorme merci à Jean Kwok et à Marie Benedict, qui m'ont lue et m'ont apporté leur approbation et leur appui (y compris en temps de pandémie). Et à Andrea Katz, merveilleuse défenseure de mes livres, que j'ai la chance de considérer comme une amie. À mes camarades sur le front intérieur, merci pour le mah-jong, les mimosas, les Facetime, l'affection et le soutien permanents.

Merci à ma famille, qui croit toujours à mon écriture même quand je me bats pour la comprendre moi-même.

À Gregg, d'être toujours mon meilleur ami au bout de toutes ces années, et de toujours proposer d'être le premier et le plus enthousiaste de mes lecteurs. Et à mes enfants, qui sont des adolescents et des lecteurs incroyablement merveilleux.

Merci à tous ces libraires formidables qui défendent mes livres et les font découvrir. Et enfin, à ceux et celles qui continuent à les lire et à en discuter dans leurs clubs de lecture – un immense merci à vous de choisir de lire mes livres et de me permettre de continuer à faire ce que j'aime.

LE PORTRAIT INSPIRANT D'UNE FEMME LIBRE

GABRIËLE

ANNE ET CLAIRE BEREST

N° 35097

Septembre 1908. Gabriële Buffet, une jeune femme de vingt-sept ans, indépendante, musicienne, féministe avant l'heure, rencontre Francis Picabia, un peintre à succès et à la réputation sulfureuse. Il avait besoin d'un renouveau dans son œuvre, elle est prête à briser les carcans : insuffler, faire réfléchir, théoriser. Elle devient « la femme au cerveau érotique » qui met tous les hommes à genoux, dont Marcel Duchamp et Guillaume Apollinaire. Entre Paris, New York, Berlin, Zürich, Barcelone, Étival et Saint-Tropez, Gabriële guide les précurseurs de l'art abstrait, des futuristes, des Dada, toujours à la pointe des avancées artistiques.

LE ROMAN QUI RÉINVENTE L'HISTOIRE DU XXe SIÈCLE

22/11/63

STEPHEN KING

N° 33535

Imaginez que vous puissiez remonter le temps, changer le cours de l'Histoire. Le 22 novembre 1963, le président Kennedy était assassiné à Dallas. À moins que...
Jake Epping, professeur d'anglais à Lisbon Falls, n'a pu refuser la requête d'un ami mourant : empêcher l'assassinat de John Fitzgerald Kennedy. Une fissure dans le temps va l'entraîner en 1958, à l'époque d'Elvis et de JFK, des Plymouth Fury et des Everly Brothers, d'un dégénéré solitaire nommé Lee Harvey Oswald et d'une jolie bibliothécaire qui deviendra le grand amour de Jake.
Avec une extraordinaire énergie créatrice, Stephen King revisite au travers d'un suspense vertigineux l'Amérique du baby-boom, des « happy days » et du rock'n'roll.

PAPIER À BASE DE
FIBRES CERTIFIÉES

Le Livre de Poche s'engage pour
l'environnement en réduisant
l'empreinte carbone de ses livres.
Celle de cet exemplaire est de :
830g éq. CO_2
Rendez-vous sur
www.livredepoche-durable.fr

Composition réalisée par PCA

Achevé d'imprimer en mars 2022 en Espagne par
ROTATIVAS DE ESTELLA - 31132 Villatuerta
Dépôt légal 1re publication : avril 2022
LIBRAIRIE GÉNÉRALE FRANÇAISE
21, rue du Montparnasse – 75298 Paris Cedex 06

88/6595/8